トップ・レフト

ウォール街の鷲を撃て

黒木 亮

角川文庫
13872

トップ・レフト　ウォール街の鷲を撃て

目次

地図作成／オゾングラフィックス

ロンドン・シティ
バービカンセンター
チャーターハウス・ストリート
オールダーズゲート通り
セントラル・マーケット
ロンドン博物館
ロンドンウォール通り
リバプール・ストリート駅
ファーリンドン通り
ニューゲート・ストリート
ゴールドスミス・ホール
刑事裁判所
ナットウェスト・タワー
イングランド銀行
証券取引所
チープサイド通り
ブレッド・ストリート
セント・ポール大聖堂
バンク駅
王立取引所
セント・マリー・ル・ボー教会
マンションハウス
ブラックフライアーズ駅
タロウ・チャンドラー・ホール
キャノン・ストリート
アッパーテームズ・ストリート
キャノン・ストリート駅
ニューブリッジ通り
テームズ川
ロンドンブリッジ駅
ロシア
モスクワ
カスピ海
黒海
トルコ
テヘラン
イラク
イスラエル
イラン
（ペルシア）
クエート
ペルシア湾
バーレーン
マナマ
サウジアラビア
アブダビ

ボスニア湾
ノルウェー
スウェーデン
ストックホルム
スコットランド
北海
デンマーク
バルト海
ラトビア
リトアニア
ビリニュス
ベラルーシ
イギリス
アイルランド
オランダ
ロンドン
ベルリン
ドイツ
ポーランド
ブリュッセル
ベルギー
ルクセンブルク
フランクフルト
フランス
スイス
ハンガリー
ビスケー湾
ミラノ
アドリア海
ユーゴスラビア
ニース
シエナ
ブルガリア
イタリア
イスタンブール
スペイン
ポルトガル
アンカラ
イズミール
ギリシア
エーゲ海
地中海

ヨーロッパ・中近東

主な登場人物

今西哲夫《いまにしてつお》……富国銀行ロンドン支店次長（国際金融担当）

高橋《たかはし》……富国銀行ロンドン支店国際金融課主任

若林《わかばやし》……富国総研ロンドン駐在エコノミスト

曽根《そね》……富国銀行ロンドン支店副支店長（非ディーリング部門担当）

龍花丈《たつはなじよう》……モルガン・ドレクスラー欧州ローン・シンジケーション部共同部長、マネージング・ディレクター

ジャック・ヒルドレス……同上

ヘレン・キング……モルガン・ドレクスラー東京支店企業金融部長、マネージング・ディレクター

ディシュリ……トルコ・トミタ自動車財務部長

ハルーク……トルコ人金融ブローカー

ピエール・フォンタン……クレディ・ジェネラル銀行シンジケーション・マネージャー

マイク・ハーランド……ブリティッシュ・チャータード銀行ローン・シンジケーション部長

サイード・アッ・ディフラーウィー……ガルフ・バンキング・コーポレーション・ローン・シンジケーション部長

パオロ・ベネデッティ……BMJ（ベネデッティ・モンディーノ・アンド・ヤヌス）投資銀行会長兼CEO（最高経営責任者）

ジョン・マグロウグリン……アクイジション・コープM&A担当、バイス・プレジデント

伊吹《いぶき》……謎の日本人ビジネスマン

一九八六年から八七年にかけて金融関係者の間ではやった室内ゲームは、今世紀末現在での上位十社のグローバル・バンクのリストを作ることであった。広く認められている前提は金融市場のグローバル化によって、一握りの銀行や金融サービス関連企業が強大となり、世界的な規模で統合され、これらの金融機関が新しく金融〝寡占〟状態を創り出すのではということであった。(中略)次の二社は上位十社に入るであろうということがよく言われている。シティコープと野村證券の二社である。次に入るとよく言われるのがドイツ銀行、ソロモン・ブラザーズ、モルガン・ギャランティである。その次にくるのがクレディ・スイス・ファースト・ボストンとアメリカの投資銀行各社とスイスの銀行である。次がイギリスと欧州の銀行、それに日本勢である。多くの人間がこの中から二一世紀のメガバンクが出てくると考えている。

ロイ・C・スミス著『国際金融の内幕』
(木村雄偉訳・東洋経済新報社・一九九二年)より

プロローグ

ロンドンの金融街シティのキャノン・ストリートからテームズ川に下りて行く坂の途中にあるタロウ・チャンドラー・ホール（Tallow Chandler Hall、獣脂ろうそく製造業者会館）。古い職人組合《ギルド・ホール》会館である。

古色蒼然《こしょくそうぜん》とした木造の内装には、中世にまで溯《さかのぼ》る歴史が厳《おごそ》かに漂《ただよ》っている。ニスが何十回となく重ね塗りされた艶《つや》やかな壁や柱。壁に掛けられた変色したロンドンの古地図。磨《みが》き上げられた樫《かし》材のテーブル。茶色い革張りの椅子《いす》。数百年の時の流れを越えて輝きを放つ銀食器。

高い天井の会議室にダーク・スーツに身を固めた五十人の男たちが集まっていた。

天井に近い窓から、薄暗い会議室に光の帯が差し込んでいる。テーブルにはぶ厚い融資契約書が積み上げられ、各国の小旗が色鮮《あざ》やかな生け花のように咲いている。

各国の金融機関から選び抜かれ、ユーロ市場の覇権を目指して死闘を繰り広げる男たち。「ザ・モースト・エクスクルーシブ・クラブ・イン・ロンドン」（ロンドンで最も入会が困難なクラブ）といわれる国際金融ビジネス。

「では、乾杯！」

神に捧《ささ》げた生け贄《にえ》を祝うかのように、五十人の国際金融マフィアが一斉にグラスを掲《かか》げた。

カメラのフラッシュが次々と焚《た》かれる。どよめきが起こる。林立するシャンペン・グラスが、暗い夜空に浮かぶ銀河のように燦《きら》めく。

国際協調融資《シンジケート・ローン》のクライマックス、調印式。

男たちの栄光は、この瞬間に凝縮されている。

融資団組成委任状《マンデート》獲得争い、幹事団組成、一般参加行募集《ゼネラル・シンジケーション》、融資契約書作成交渉《ドキュメンテーション》という半年間を超える闘いを経て、今、一つの叙事詩《エピック》に終止符が打たれる。

グラスを飲み干す男たちの背筋を駆け抜けるのは、戦慄《せんりつ》にも似た恍惚《こうこつ》感だ。

（あの男は何者なんだ……）

タロウ・チャンドラー・ホールでの調印式とそれに続く昼食会を終え、オフィスに戻った龍《たつ》花丈《はなじょう》は怪訝《けげん》な面持《おもも》ちでいた。

八畳ほどの広さのガラス張りのオフィス。アメリカの有力投資銀行モルガン・ドレクスラーの欧州ローン・シンジケーション部を率いる龍花の個室だ。部屋の後方の壁は大きなガラス窓で切り取られ、高層階にあるオフィスからは、広い川幅いっぱいに湛《たた》えた水をゆっくりと運んで行くテームズの流れと、その対岸にあるシティの街が映画のミニチュア・セットのように一望できる。四十二階建ての黒いナットウェスト・タワーを中心に、狭い区域にさまざまな高さと形のビルが密集している金融街シティは戦艦の艦上構造物を思わせる。龍花のデスクの横の壁ぎわには棚がしつらえられ、ツームストーンが溢《あふ》れ返らんばかりに並べられている。

ツームストーン。融資案件のボロワー（borrower、借入れ人）名、融資総額、主幹事銀行名、引受銀行名、一般参加銀行名を記した文庫本程度の大きさの紙片を埋め込んだ厚さ二センチほどの透明なアクリル樹脂の置物だ。形が西洋の墓石に似ていることから、こう呼ばれる。主幹事銀行の名前は常に融資銀行団の最上段左端《トップ・レフト》に記される。この「トップ・レフト」の座をめぐって、国際金融マンたちはしのぎを削《けず》る。

(あの男はなぜ、GFキャピタルが欧州の消費者金融市場に照準を定め、その布石を打っていることまで知っているんだ?)

龍花の気にかかっているのは、調印式で会った伊吹《いぶき》という男だった。

その日、アメリカの巨大ノンバンクGFキャピタルの子会社、GFモーター・ファイナンス・ヨーロッパ向け十億ドルの巨額融資が調印された。伊吹はその調印式に現われた四十代半《なか》ばの日本人だ。背が高く、高級スーツをりゅうと着こなし、常に微笑を絶やさない日本人離れした印象の男だった。英語でも日本語でも無駄な言葉は一つもなく、いつの間にか論点にずばりと切り込んでくる話し方は、並々ならぬ知性と豊かな国際ビジネス経験を感じさせた。

(GFモーター・ファイナンス・ヨーロッパは、表向きは英国で自動車の販売金融をやる会社だ。しかし近い将来、個人ローンを含むすべての消費者金融の分野でGFグループが全欧州に進出するための橋頭堡《きょうとうほ》だ。このことを知っているのは協調融資の主幹事をつとめたモルガン・ドレクスラーだけのはずだ。……伊吹という男はなぜそれを知っている?)

伊吹の名刺にはバミューダ・インベストメントという会社名と、大西洋に浮かぶ租税回避地《タックス・ヘイブン》であるバミューダ島の住所が記されているだけだ。そのバミューダ・インベストメントは、今回のローンに五千万ドルという巨額の参加をしていた。GFキャピタルの幹部によると、GF

モーター・ファイナンス・ヨーロッパの株式を一部取得したいと先日打診してきたという。

龍花は、伊吹の名刺をひっくり返して見る。裏側には何も書かれていなかった。

（何だこのふざけた名刺は！　これじゃ、何者なんださっぱりわからん。……ヘッジ・ファンドあたりか？）

「丈《ジョー》、バーレーン・オフィスのエリック・サザランドから電話よ」

名刺を見つめていた龍花は部屋の外の秘書の声で現実に引き戻された。

「オーケー、回してくれ」龍花は素早く受話器を取り上げた。

部屋のガラス戸の向こうには体育館がいくつも入るほど巨大なトレーディング・フロアーが広がっている。あまりの広さでフロアーの向こう端はよく見えない。各人のデスクは楕円《だえん》形で、数人分のスペースが組み合わされて雪の結晶のような形を作り、その雪の結晶が無数のビーズ玉のように繋《つな》がって広いスペースの中を自由自在にうねり、何百人ものセールスマンやトレーダーを無駄なく収容するとともに、殺伐とした戦いの場に有機的なデザインを与えている。フロアーのあちらこちらにある大型のテレビ・スクリーンがCNNのニュースを映し、株式部の横長の電光掲示板はウォール街式で欧米の株式の現在値を右から左へ続々と流している。ここは一瞬の休みもなく唸《うな》りを上げ、札束を吐き出し続ける投資銀行の発電タービンだ。

一九九八年四月。ニューヨーク・ダウは九千ドルを突破し、米国は好景気に沸いている。欧州では来年一月に単一通貨ユーロの誕生を控え、年初から三月末までのユーロ建て債券の発行額はドル換算で二百十四億四千万ドルと昨年同時期の四倍に膨《ふく》らんだ。

「タツハナ、スピーキング（龍花だ）」

「サザランドだ。例の件、通貨庁に確認した。間もなく認可が下りるそうだ」

「そうか、わかった。あとはこっちの企業金融部にフォローさせる」

龍花は電話を切り、ガラスの個室を大股《おおまた》で歩み出る。

個室の前の一帯では英語、フランス語、イタリア語、スペイン語、ドイツ語、スウェーデン語など様々な言葉がひっきりなしに飛び交《か》っている。世界じゅうの金融機関や投資家を相手にする欧州ローン・シンジケーション部。男たちはアイロンのきいたダブルのズボンに真っ白な綿のワイシャツ、絹のネクタイ。全員二十代から四十代の働きざかりで、欧米の著名ビジネススクール出身者が多い。

「あれが龍花さんだ」

この四月に東京支店で採用された十人ほどの新入社員が見学に来ており、囁《ささや》きが交わされる。

龍花は一八〇センチの長身、細面《ほそおもて》に長めの頭髪、油断のない二つの目。世界で最も洗練され、最も競争が激しい欧州の金融ビジネスを勝ち抜いてきた荒鷲《あらわし》に、研修生たちは遠くから畏敬《いけい》の視線を送る。

龍花はローン・シンジケーション部の中央に背筋をすっくと伸ばして立った。

「ローンチの準備だ！」

龍花の声が響き渡り、四十人のスタッフの間に緊張が走った。

国際協調融資《シンジケート・ローン》の組成開始を「ローンチ（進水）」と呼ぶ。

中近東の大産油国向け二十億ドル（約二千六百億円）の大型融資が、今まさに国際金融市場という大海へローンチされようとしている。欧米の有力金融機関が入り乱れての激烈な主幹事争いの末、強大な引受け力を有し、金融技術の粋《すい》を凝《こ》らしたファイナンス案を提示したモルガン・ドレクスラーが並みいるライバルを蹴散《けち》らしてトップ・レフトの座を獲得した。

すでに四百の参加招聘状《インビテーション》が準備され、ドレクスラーのコンピューター・システムの中で搭載された魚雷のように出番を待っている。

「通貨庁の認可はまだか⁉」

「今、企業金融部に確認しています！」

スピーカー式電話でやり取りをしている英国人スタッフがひきつった顔で答えた。

「早くしないとスワップ・マーケットが動くぞ！」龍花が苛立《いらだ》つ。

融資の一部に日本の生命保険会社の低利の円建て固定金利資金を使うが、借入れ人《ボロワー》である産油国が支払うのは米ドル建て変動金利だ。そのためローンチ直後に金利スワップを締結しなくてはならない。このスワップの出来いかんで儲《もう》けが大きくぶれる。

わずか三、四分の時間が永遠の長さに感じられる。

「今、通貨庁の認可が下りました！」

その声に何人かがほっとした表情を見せ、別の何人かは一層緊張した顔になった。

これでローンチの準備はすべて完了だ。

主幹事はモルガン・ドレクスラー。引受銀行《アンダーライター》もドレクスラー一社。これぐらいの巨額融資であれば主幹事の下にいくつか引受銀行を入れてリスク分散をするのが普通だが、ウォール街の雄はいつも単独主幹事、単独引受けだ。鷲は群れない。その攻撃的なビジネス・スタイルは儲けを極大化する代わりに、融資団組成《シンジケーション》に失敗したときは巨額の損失を発生させる。

一瞬の静寂がモルガン・ドレクスラー欧州ローン・シンジケーション部を支配した。

金利、手数料、儲け、リスクの四項目をパソコンに何百通りも打ち込んで、うんざりするほどシミュレーションを繰り返した末につけたプライスは、果たして正しかったか。否か。市場の神の審判を受ける瞬間だ。トップ・レフトの座。それは神に最も近い地位《ステータス》である。

龍花が鋭い目でローン・シンジケーション部全体を一瞥《いちべつ》した。

各人の周囲は金融情報メディアのブルームバーグやロイターのモニター・スクリーンで埋め尽くされている。赤、黄、青、緑の多色画面が数字やチャートで刻々と変化する市場の動きを無言で伝えている。

「よし、ローンチだ！」

張り詰めた緊張の糸を断ち切るように、龍花の声が響き渡った。

その瞬間、参加招聘状《インビテーション》が電子メールの弾丸となって地球上に張り巡らされたインターネット網を駆け抜けた。四百の弾丸が欧州、中近東、アフリカ、北米、中南米、アジア、オセアニアの金融機関に雨あられと打ち込まれる。セールスマンたちが解き放たれた猟犬のように一斉に電話に飛びつく。「モルガン・ドレクスラー欧州ローン・シンジケーション部、本日午後三時十分、二十億ドルの大型国際協調融資《シンジケート・ローン》をローンチ！　借入れ人《ボロワー》は……」瞬く間にロイターやブルームバーグのスクリーンにニュースが流れる。二十億ドルの大型国際協調融資は今、青い波を蹴立《けた》てて市場の海へと進水したのだ。

「スワップは⁉」龍花の声が飛んだ。

「一・九〇です！」スワップ担当の若い男が叫んだ。緊張と興奮で顔が赤らんでいる。

米ドルのライボー(LIBOR、ロンドン銀行間金利)を払えば、円で一・九〇パーセントの金利を受け取れるという意味である。

「片側だけじゃ駄目だ! 両サイド、クオート(提示)させろ!」

周囲はセールスマンたちの話し声で騒然としている。

「一・九〇、一・九五! うちのスクリーン通りです!」スタッフが叫ぶ。

「ファック・オフ!(冗談じゃない!)開きすぎだ!」龍花の怒声が飛んだ。「デリバティブ(金融派生商品)チームのとんまどもに、お前らは間抜けな事業会社相手にクオートしてるんじゃないといえ! 一分以内にまっとうなレートが出なきゃ市場でレートを取るぞ!」

龍花にどやしつけられたスタッフがスピーカー・フォーンに向かって怒鳴る。ボリュームをいっぱいに上げたスピーカーのこちらと向こうで、短く激しい応酬が行き交う。

「一・九二、一・九三!」

スピーカー・フォーンから顔を上げたスタッフが精一杯の声で告げた。

その瞬間、龍花の頭の中で数字がめまぐるしく変化し、利益額が弾《はじ》かれた。

「オーケー、ダン!(done、取引成立!)」

龍花は握り締めた右のこぶしを虚空《こくう》に突き上げた。スワップ成立だ。

「よし、来たぞ!」

龍花の右前方の席のドイツ人セールスマンが歓声を上げた。頭にヘッドフォーン式の受話器を付けている。

「ヘイ、ジューン! エッセン・ランデス銀行、七千万ドルコミットだ!」

「オゥ、ブラボー！」

ジューンと呼ばれたアメリカ人女性がコミット額を自分のパソコンに打ち込む。彼女は融資団が組成された後、数ヵ月間を要するローン契約書の作成から調印式までの事務を監督するローン執行《エクゼキューション》チームのヘッドである。

「こっちは、バンコ・サン・ジミニャーノが五千万ドルだぜ！」

イタリア人セールスマンの陽気な声に、イタリア・チームの二、三人が拍手した。

それを契機とするかのように続々と参加申し込み《コミットメント》とインフォメーション・メモランダムの請求が入り始める。間髪を入れずに、英文で百ページほどのメモランダムが次々と電子メールで相手方に発信されてゆく。

手応《てごた》えは上々だ。

二十億ドルの巨額融資は数ヵ月後の調印式へ向けて順調に航海を開始した。

龍花は緊張を解《と》き、軽い興奮に包まれながら作業を続けるスタッフたちを見詰めた。

「丈《ジョー》、上手く行ったようだな」

傍《かたわ》らからローン・シンジケーション部の共同部長《コー・ヘッド》を務めるジャック・ヒルドレスが声をかけた。ぱりっと糊《のり》のきいた真っ白いワイシャツ姿。この道三十年のベテラン英国人は、マネージング・ディレクターに与えられるガラス張りの個室を嫌って、頑固に「市場の匂いがする」トレーディング・フロアーで仕事をしている。年齢は五十歳すぎ。アングロサクソンらしく骨格はごついが、長身で引き締まった体型。油断のない眼差《まなざ》しがこの世界の人間らしい。頭髪はかなり薄くなっている。すわっている椅子の背もたれには一目で高級品とわかる、濃紺の毛織りの上着が無造作に掛けられている。モルガン・ドレクスラーの欧州ローン・シンジケーション部は、ディールの陣頭指揮を執る龍花と、戦略を練るヒルドレスの二頭体制だ。

「ああ。今期もハードル（目標）が高いが、これで少しは前進だ」

そういって龍花は、ヒルドレスのデスクの上に視線をやった。

「ところでジョー、最近日本のシンジケート・ローン市場が随分活気づいてるようだな」

ヒルドレスは黄色い表紙のIFR（International Financing Review）誌を何冊か机の上に広げていた。

ヒルドレスの言葉に龍花は頷《うなず》いた。

それまで案件が殆《ほとん》どなかった日本では一九九八年に入り、まず一月に日立信販が百八十億円で登場。主幹事はロンドン・フォーフェイティング社だった。三月にはシティバンクがNECの七百億円のシンジケーションの組成に成功して市場をあっといわせ、チェース・マンハッタン銀行は富士ゼロックスの七億五千万ドルの融資に成功した。フランスのパリバ銀行はアコムに二百十億円、スイスのUBSはプロミスに百五十億円の組成を完了。近々日本航空も四、五百億円をシティバンク主幹事で調達するという噂だ。

アジアの金融市場最後のフロンティアといわれ続け、ようやく姿を現わした日本のシンジケート・ローン（略称シ・ローン）市場は外資系銀行の独壇場となっている。

「邦銀が貸し渋って、企業に対するクレジット・ライン（融資枠）をどんどんキャンセルしているからな。企業の方も、いざ金が要るときになって使えない邦銀のクレジット・ラインなんか当てにしないで、多少の手数料を払ってでも外銀の融資枠を確保しようってとこだろう」龍花がいった。

「しかし、主幹事はシティ、チェース、パリバ、UBS、ABNアムロばっかりで、うちの名前が全然出てこないな。東京支店じゃ誰がシ・ローンの営業をやってるんだ？」

「確か、ヘレン・キングだろう」

「ヘレンか……」ヒルドレスは顔を顰《しか》めた。

ヘレン・キングはまだ三十代前半で東京支店企業金融部長の要職にあるアメリカ人女性だ。出世と金儲けのためなら誰彼かまわず蹴散らし、熊のケツにでも噛《か》みつきかねない典型的なウォール街のインベストメント・バンカーである。自然を愛し、精神のゆとりに人生の価値を置く英国人《イングリッシュマン》ヒルドレスとは反《そ》りが合うはずもない。

「しかしヘレンは何でまたこうもボロ負けなんだ？」ヒルドレスが訊《き》いた。

「営業方針を間違えたんだろう。……今まで日本じゃ邦銀が資産残高を毎年九月と三月末に一時的に圧縮するため、我々外銀に買い戻し条件付きで資産を一時売却していただろう？」

「ああ、あのウィンドウ・ドレッシング（粉飾決算）ビジネスか。我々外銀にとっちゃおいしい商売だったな」ヒルドレスは笑みを浮かべた。

「今年もあれで相当儲かるとヘレンは踏んでいて、シ・ローン市場の動きは全然フォローしていなかったらしい。ところがこの三月の公的資金注入で邦銀は自己資本が厚くなって、粉飾決算をやる必要がなくなった」

「フン、そりゃ気の毒なこった。で、今どうやって挽回《ばんかい》しようとしてるんだ？」

「デリバティブを使った別の粉飾決算ビジネスを、含み損を抱えた事業会社に盛んに売り込んでいるらしい。不良資産を一時的に外国のペーパー・カンパニーに飛ばして簿価で資産計上し、含み損は十年間くらいにわたってじわじわとデリバティブの損失として計上するというスキームだ。当然その損失の中には我々に支払う巨額の手数料も含まれている」

「そんなことやって大丈夫なのか？」

「一応リーガル・オピニオン（法律意見書）は取ってるらしい。しかし、日本の裁判や行政は欧米と違って恣意《しい》的な部分が相当あるからな。アメリカ人的発想で、リーガル・オピニオンさえ取っておけば絶対大丈夫だと安心していると危険なんだが」

「アメリカの田舎娘にゃ、そんなセンスはないだろうさ。……ところで、そいつはかなり儲《もう》かってるのか？」

「ああ。こないだなんか一件で三千八百万ドル（約五十億円）儲けたらしい」

「三千八百万ドル！　そりゃ、ごついな」ヒルドレスは目を剝《む》いた。「しかし、日本の企業は馬鹿じゃないのか？　ロイター・スクリーンでもちょっと見りゃ、どれだけ法外な手数料を取られてるかわかるだろうに」

「日本人がおめでたいのは今に始まったことじゃないさ。まあ、ヘレンも金に目が眩《くら》んであまり無茶をやらなきゃいいんだがな。それにシ・ローンの営業もしっかりやって、俺たちの飯のタネも作ってもらわなきゃ」

「あの女は抜かりがないから大丈夫だろうよ。今ごろ髪の毛振り乱して東京中を駆けずり回ってるさ」

「そうだな。……ところでジャック。ヘレンは今、妊娠してるらしいぞ。朝から夜中まで平然と仕事をしていたので、最近まで誰も気がつかなかったらしいが、もう六カ月になるそうだ」

「ヘレンが妊娠⁉　結婚しているとは聞いてたが、そりゃ驚きだな」

二人の話が脇道に外れ始めたとき、トレーディング・フロアーの株式部で俄《にわ》かに人だかりが始まった。

「おっ、そろそろだな」ヒルドレスが目を輝かせた。

「何だ？」

「忘れたのか？　今日がアヴェスタ・エンジニアリングのテンダー・オファー（株式公開買付け）の最終日だぞ」

「そうか。いよいよ今日決着がつくのか」

「そして、我々の五百万ドルの行方もな。……行ってみようぜ」


来年一月の欧州通貨統合の前に、欧州域内では事業再編を睨《にら》んだM&A（mergers and acquisitions、企業買収）が活発化していた。この二月に英国の保険会社ゼネラル・アクシデントとコマーシャル・ユニオンが合併を決定、欧州第九位の保険会社が誕生することになった。三月にドイツの化学会社ヒュルスとデグサが合併したのもその流れの一環である。

ドイツの大手機械メーカーであるジャーマン・テクノロジー社が、スウェーデンのアヴェスタ・エンジニアリング社に対して敵対的買収（TOB、takeover bid の略）を発表したのは四カ月前のことだ。モルガン・ドレクスラーはジャーマン・テクノロジー社のアドバイザーとしてM&Aチームを中心に総力をあげて取り組んできた。総額四十億ドルの買収資金のうち半分は龍花とヒルドレスが率《ひき》いるローン・シンジケーション部がシ・ローンで集め、残り半分を債券部がジャンク・ボンド、すなわち投資不適格のハイリスク・高利回り債券でかき集めた。この案件でローン・シンジケーション部は既《すで》に三百万ドルの組成手数料を手にしている。今日ジャーマン・テクノロジー社が過半数の株式を制すれば、ローン引出し手数料としてさらに五百万ドルが転がりこむ。M&Aチームにいたっては、ジャーマン・テクノロジー社が勝てば成功報酬として四千万ドルを手にするが、負ければ過去四カ月間の努力は灰燼《かいじん》に帰《き》する。

時刻は既に午後四時を回っていた。

アヴェスタ・エンジニアリング社はストックホルムとロンドンの二つの株式市場に上場している。ロンドンより時差が一時間先のストックホルムでは先ほど取引きが終了した。しかしまだ決着はついていない。残り三十分足らずの午後四時半に取引きが終了するロンドン市場で過半数の株式を制することができなければ、TOBは失敗だ。

株式部のモニター・スクリーンはすべて同じページにスイッチオンされていた。

緑色の画面の中で、現在の獲得株式数が赤く明滅している。

株式部の周囲に関係者が続々と集まってきていた。

人だかりの中心でジャーマン・テクノロジー社のドイツ人社長が腕組みをしている。

精気に溢《あふ》れた壮年のドイツ人男性だ。米国流の攻撃的なビジネス・スタイルに相応《ふさわ》しく、白いボタンダウンのワイシャツに色鮮やかな赤と紺のストライプのネクタイという若々しい服装。部下のCFO（Chief Financial Officer、財務部門のトップ）とモニター・スクリーンをじっと見つめている。

四時五分になった。

まだ獲得株式は四四パーセント。あと六パーセントも足りない。

株式部のセールスマンたちは電話にしがみついて、自分の顧客がアヴェスタ社の株を確実に売却するよう、最後のひと押しをしている。

四時十分を回った。

「アヴェスタ社の株式の四パーセントを保有するスウェーデンのハンデルス銀行の頭取が同社との長期的取引関係を重視し、株式売却はしないと明言しました」

トレーディング・フロアーに設置されているテレビでニュースが流れた。

その瞬間、どよめきと落胆のため息が一斉にもれた。ドレクスラーのニューヨーク本社のM&A担当マネージング・ディレクターがジャーマン・テクノロジーの社長と二言、三言言葉を交わす。二人とも表情が硬い。ハンデルス銀行の動きは大きな痛手だ。

四時十四分。残り時間は十六分。

人だかりの中で、白髪をオールバックにした紳士がスクリーンを見つめていた。

ロンドンの大手法律事務所ベーカー&シンクレアーの筆頭パートナーで「ミスターM&A」とよばれる企業買収専門の英国人弁護士だ。ジャーマン・テクノロジー社の法律顧問としてこの大型買収の法律面を終始リードしてきた。どこかの交渉現場から駆けつけたのか、白髪が乱れ、分厚い書類を小脇に抱えている。

株式獲得数は、まだ四四・五パーセント。

「思ったより伸びないな」「うん」「機関投資家の連中、どっちが勝ちそうかじーっと見てるんだ。勝ち馬がわかるまで、あいつら決して動き出さねえ。畜生！」

あちこちで重苦しい囁《ささや》きとため息が漏れる。

四時十九分。

ジャンク債担当のマネージング・ディレクターが部下と囁きあっている。

二十億ドルのジャンク・ボンドはこの男の陣頭指揮のもと、米国の投資ファンドを中心に売り捌《さば》かれた。しかし、ジャーマン・テクノロジー社が負けるとボンドの発行は中止され、債券部の努力は水の泡となる。勝てば一千万ドルという巨額の引受け手数料が転がり込む。マネージング・ディレクターの顔はこころもち蒼《あお》ざめていた。

四時二十一分。残り時間九分。

獲得株式数はまだ四五パーセントにも達しない。

「こりゃ、難しそうだな」

「そうだな。取引終了まであと十分もない」

龍花とヒルドレスが、言葉を交わしたその時、株式部の一角でどよめきが起こった。

見るとM&A担当マネージング・ディレクターがガッツ・ポーズをしている。

「何事だ!?」ヒルドレスが側にいた株式部のトレーダーに訊《き》く。

「今、ロイター・スクリーンで、アヴェスタの大株主のスイス・ルガノ保険が持ち株を売却したというニュースが流れた！」

「おおっ！」龍花とヒルドレスは同時に声を上げた。「これで機関投資家の雷同売りが始まるぞ！　後はドミノ（将棋倒し）だ！」

その瞬間、ずらりと並んだ株式部のセールス・デスク全体が、突然炎に包まれたように真っ赤に発光した。顧客からの売り注文が殺到し、電話のタッチ・ボードのライトが一斉に点灯したのだ。

間もなく、モニター・スクリーンの数字が一挙に四八パーセントに跳ね上がった。

「そら、あと一息だ。行けっ！」「行けーっ！」

上気した顔、顔、顔。一瞬のうちにトレーディング・フロアーは、ワールドカップ決勝戦のサッカー・スタジアムのような熱気と興奮に包まれた。

「おい、アヴェスタの役員たちが持ち株を売りはじめたぞ！」トレーダーの一人が受話器を振り回しながら絶叫した。「内部崩壊だ！」

午後四時二十九分。

ついにモニター・スクリーンの赤い数字が五〇・一パーセントに変わった。

「うおおーっ！」

歓喜の津波がトレーディング・フロアーじゅうの空気を震わせた。

第一章　国際協調融資《シンジケート・ローン》

1

四月のロンドンの風はまだ寒さをはらんでいる。

富国《ふこく》銀行ロンドン支店国際金融担当次長今西哲夫《いまにしてつお》は黒い書類鞄《かばん》を右手に、テイク・アウェイのコーヒーを左手に、朝の光と風の中をオフィスへ向かう。

ロンドンの金融街シティは地下鉄バンク駅を中心に、テームズ川左岸に広がる一平方マイルほどの街だ。今西の通勤コースは地下鉄をバンク駅で降り、シティの中心部を東西に二分するチープサイド通りをセント・ポール寺院の大伽藍《だいがらん》の方角へ向かう。歩道の脇の花壇は手入れが行き届き、色とりどりの花が目を楽しませてくれる。

ニューヨークのウォール街は、金融機関の高層ビルの谷間の殺伐《さつばつ》とした廃墟《はいきょ》のような街だが、同じ国際金融街でもシティのチープサイドはコーヒーショップ、書店、航空会社、ブティック、靴屋など瀟洒《しょうしゃ》な店が建ち並んでいる。セント・マリー・ル・ボー教会横の木陰では、朝早くからジーンズにフード付きのヤッケを着た女性の花売りが敷石の上に赤、青、黄、白など色とりどりの切り花を入れたバケツを並べ、オフィスへ向かう人々がときおり立ち止まって花束を買って行く。

一つだけあるウォール街との共通点は、道行く人々の歩く速度だ。英国はここ二、三年好景気に沸き、特にシティで働くエリートたちは金儲《もう》けに忙しい。

富国銀行ロンドン支店は、セント・ポール寺院の手前にある八階建ての商業ビルに入居している。黒を基調とした落ち着いた外観の近代的なビルだ。

今西が国際金融課のオフィスに着くと、主任の高橋《たかはし》がすでに出勤していた。

高橋はまだ三十歳になったばかり。銀行からの派遣で英国最高峰の経営大学院であるロンドン・ビジネススクールでＭＢＡ（経営学修士）を取得している。今西の部下としてロンドン支店に配属されたのは二カ月前。国際金融に関してはまだまだ駆け出しだが、数学とコンピューターに滅法《めっぽう》強く、小柄な身体で労を惜《お》しまずよく働く。

（うちの銀行にもまだこういう優秀な人間が残っているんだなあ。腰も低いし）

東京の海外審査部から前夜のうちに入った質問のファックスに熱心に目を通している高橋の後ろ姿を今西は満足そうに見る。

（いずれヘッド・ハンターから目を付けられることになるんだろうが……）

落ち目の邦銀からは櫛《くし》の歯を挽《ひ》くように若手行員が続々と辞め、外資系金融機関に移籍していた。特に二十代から三十代前半、なかでも金融派生商品《デリバティブ》やＩＴ（information technology、情報通信技術）など銀行の将来を左右する分野で活躍している「現場のプレーヤー」の離職率が高い。逆に四十歳以上の手に職のない「管理職」たちは必死で銀行にしがみついている。役員たちはといえば「辞めたい奴らは辞めさせりゃいいんだよ」とうそぶき、自分たちの退職金の額と転出先にしか関心がない。

「おはよう」

「おはようございます」

いつも通りの挨拶《あいさつ》を交わし、今西は自分の席についた。

スーツの上着を椅子の背もたれにかけ、机の鍵《かぎ》を開ける。コーヒー・カップのプラスチックの蓋《ふた》を取るとエスプレッソの濃い香りが漂った。以前は一緒にクロワッサンも買っていたが、四十一歳になって腹が出てきたので、最近はコーヒーだけにしている。今西は年齢のわりに白髪が目立つ髪を片手でかき上げ、毎朝机の上に配られてくるファイナンシャル・タイムズに手を伸ばした。


国際金融課の主要なビジネスは国際協調融資《シンジケート・ローン》だ。

これは一つの銀行では負担しきれない巨額の融資を複数の銀行が融資団を作ることによって実現する国際融資の方式で、一九六〇年代から発達した。

融資の金額は通常二千万ドル（約二十六億円）から二十億ドル（約二千六百億円）。市場の動きを見極めながら最適の条件で融資団を組成しなくてはならない投資銀行的性質のビジネスである。今西の机の背後には、ツームストーンもいくつか並んでいる。

かつて八〇年代にはシティをジャパン・マネーが席巻《せっけん》した時期があった。

ほとんどの大型案件の幹事行に邦銀がずらりと名前を連ね、さながら横綱、大関の揃い踏みだった。当時は国際金融課に日本人が六人と現地採用の英国人スタッフが十五人以上在籍していた。しかし最近は、リストラに次ぐリストラで、日本人は今西と高橋だけ。英国人スタッフは秘書を含めて三人しかいない。二、三年前から銀行間市場《インターバンク》での資金調達に五〇から八〇ベーシス・ポイント（〇・五〜〇・八パーセント）もの邦銀向け上乗せ金利《ジャパン・プレミアム》を課されるため、参加できる融資案件も極端に減った。欧州の一流企業はジャパン・プレミアム以下の利鞘《スプレッド》しか払ってくれないので逆鞘《ぎゃくざや》になる。やれるのは利鞘が一パーセントを超えるトルコ、中近東、アフリカ向けの案件だけだ。

「邦銀さんとやれる仕事はないですなあ」

英国の地場企業のみならず、日系企業にも冷ややかな言葉を浴びせられる毎日で、肩身が狭い。

先日も、日系の大手輸出メーカーの英国法人の財務部長に「邦銀さんにお話をしても、何もできませんからねえ」と蔑《さげす》むようにいわれた。「うちは、英国、欧州での取引銀行はみな欧米系です。例えば、貿易金融であればシティバンク。あそこに持って行けば、大抵の国のリスクは取ってくれます」

「はあ、そうですか。……ところで御社は最近売掛債権の証券化に取り組んでおられると聞きました。手前どもも富国証券を設立しまして、色々やって行きたいと考えておるんですが……」

「証券化で実績があるのは米系のモルガン・スタンレー、メリルリンチ、スイス系のウォーバーグ・ディロン・リードです。私どもも生き残りを賭《か》けて必死に証券化に取り組んでるわけですから、実績のない金融機関の練習材料にされたくはありません。証券化以外にも欧州・中近東でプロジェクト案件が進行中ですが、これはCSFB（クレディ・スイス・ファースト・ボストン）をアドバイザーに起用しています。また、リスク管理についてはバンカース・トラストのシステムを使っています」

「そうですか……」今西は肩を落とす。「キャッシュマネジメント・サービスなどはいかがでしょうか？　私どもも最近はいろいろ研究しまして、この分野のサービスにも力を入れておりますが」

「キャッシュマネジメントは二年前にチェース・マンハッタン銀行のものを入れました。あの時、メインバンクということで富国銀行さんにもお声をかけたんですがシステム的に対応できないといわれました。今はさらに進んで、財務活動を一括管理するために、別の米銀さんのトレジャリー・システムを近々入れる予定です」

今西は、完膚なきまでに打ちのめされた。

意気消沈して支店に帰る途中、地下鉄の中で読んだ新聞に、英国の金融監督当局であるFSA（The Financial Services Authority、金融サービス機構）のハワード・デイビス理事長が「長期にわたり、安定的に活動できない金融機関にシティにいてほしいとは思わない」と、邦銀の撤退を促したという記事が掲載されていて、ますます落ち込んだ。

それでも今西は富国銀行の名前をマーケットで何とか維持しようと必死で頑張っていた。特に、邦銀でもまだ欧米系の銀行に対抗することができるトルコ向け案件には力を入れていた。

その朝、薄オレンジ色のファイナンシャル・タイムズを何気《なにげ》なく広げた今西は、我が目を疑った。

「Citicorp to merge with Travelers（シティコープ、トラベラーズと合併）」

大きな見出しが第一面のトップを飾っていた。

（世界最強の商業銀行シティバンクを擁するシティコープと、かつて「ウォール街の帝王」とよばれた有力投資銀行ソロモン・スミス・バーニーを傘下に持つトラベラーズ・グループが合併!?）

新会社シティグループの資産規模は七千億ドル（約九十三兆円）。株式時価総額は千三百五十億ドル（約十八兆円）で、米国のＡＩＧグループ、ネーションズ・バンク、スイスのＵＢＳ（銀行）などを一気に抜き去り、世界最大の総合金融機関となる。商業銀行業務、投資銀行業務、保険、個人金融、クレジット・カード、資産運用などあらゆる分野で世界最高水準のサービスを目指す金融帝国の誕生だ。

見出しの下には、ニューヨーク、パーク街三〇一番地のウォルドルフ・アストリア・ホテルの記者会見場で、トラベラーズ・グループ会長サンフォード（愛称、サンディ）・ワイルと一緒にシャンデリアの光を浴び、晴れやかな笑顔を見せているシティコープ会長ジョン・リードの大きな写真が掲載されていた。

「世界最強のコマーシャル・バンカー」ジョン・リード。

シカゴ生まれの五十九歳。アルゼンチンとブラジルで育ち、コーヒーをこよなく愛する男は、知的で戦略家タイプのバンカーだ。四十代半ばでシティコープのＣＥＯ（Chief Executive Officer、最高経営責任者）に就任。以来十四年間その職にある。一九九〇年前後、シティコープは米国内の不動産融資や中南米債権の焦げ付きで一時倒産の危機に瀕《ひん》した。ジョン・リードは前代未聞の大幅赤字決算の実施や、サウジアラビア王家のアルワリード・ビン・タラール王子に八億ドルの優先株を購入してもらうなど、大胆な手腕を発揮してグループを蘇《よみがえ》らせた。

今や「シティバンク」は全世界四十カ国以上に支店を有し、約百カ国でビジネスを展開する無敵のブランドだ。

「『静』のリードに『動』のワイルか……」今西は記事から目を上げていった。「これだけ個性の強い二人が対等な共同経営者として上手くやって行けるのかなあ？」

「確かに、その点を懸念《けねん》する意見もありますね」高橋が、今西の席の横にやってきた。

「しかしこの二人はあらゆる点で世界最高水準のビジネスマンです。並みの経営者とは違います。ゴールドマン・サックスも伝統的に二人のトップが力を合わせて組織を運営するスタイルで、あれだけの成功を収めています。僕は上手く行きそうな気がしますね」

「それにしても、世界の金融界は再編の嵐だね。去年、モルガン・スタンレー・ディーン・ウィッターが誕生して驚いてたら、今度はそれを上回るシティグループだからなあ」

「アメリカではグラス・スティーガル法が形骸《けいがい》化しつつありますから、今後商業銀行と投資銀行の合併はまだ数多く出てくるんじゃないでしょうか。メリルとチェースの合併の噂も随分前からあります」

一九二九年のニューヨーク株式市場大暴落に続く金融スキャンダルを機に、商業銀行と投資銀行の間に強固な垣根を設けるグラス・スティーガル法がアメリカで制定されたのは一九三三年である。これにより、証券の引受け（underwriting）と仲介ができるのは投資銀行だけとなった。

投資銀行。日本人には耳慣れない言葉だが、業態としては日本の証券会社に近い。主要な業務は、株式、債券、そしてM&A（企業買収）。法人も個人もすべて相手にする日本の証券会社と異なり、顧客はもっぱら大手事業会社と機関投資家である。最高の給与水準で最高の頭脳を集め、金融工学の最先端を行く点でも日本の証券会社と異なる。代表的な投資銀行《インベストメント・バンク》は、ゴールドマン・サックス、モルガン・スタンレー・ディーン・ウィッター、メリルリンチ、ソロモン・スミス・バーニーなどである。これに対して商業銀行《コマーシャル・バンク》とは、日本で「銀行」といわれている業態だ。預金を集め、企業や個人に貸し出しをする。アメリカのシティバンク、チェース・マンハッタン銀行、英国のHSBC（香港上海銀行）、ドイツのドイツ銀行、スイスのUBS、オランダのABNアムロ銀行などがこれにあたる。

「世界の金融機関はみな将来に向けて着々と布石を打っているのに、邦銀は不良債権であっぷあっぷだからなあ。愚痴《ぐち》ってもしょうがないけど」

今西は新聞の残りのページに素早く目を通すと、気を取り直して仕事に取りかかった。

午前十一時を過ぎた頃、国際金融課のテレックスがカタカタと鳴り出した。

何かメッセージが入っているらしい。今西は、歩み寄って機械から吐き出された短いテレックスを引きちぎった。

発信人はトルコの国営石油会社、ペトロリア・サナイ社（通称ペトサン）財務部だった。

富国銀行はペトサンに対して、数カ月前に六千万ドルのファイナンス・プロポーザルを出していた。ところが、その後ペトサンがユーロ市場で資金調達をするという噂がマーケットで広まり、さらに悪いことに、ペトサンがどの銀行に融資団組成委任《マンデート》を与えるかの決断を何カ月も引き延ばした。その結果、多数の銀行がペトサンにアプローチし、ダンピング競争が起きていた。

（こりゃあ、マンデートが獲れてもろくなプライスじゃないだろうなあ）

今西が知る限りでは、富国銀行以外に応札《ビッド》していたのはアメリカのレキシントン銀行、フィラデルフィア銀行、オランダのユトレヒト銀行、日本の東西《とうざい》銀行、フランスのリヨン国立銀行、ドイツのケルン州立銀行などだ。

今西は急いでテレックスの本文を読んだ。

「貴行から六千万ドルのファイナンス・プロポーザルをいただき、誠に有り難うございました。弊社に対する貴行のご支援には常日頃より大変感謝致しております。しかしながら、慎重に検討致しました結果、残念ながら今回は貴行のプロポーザルを辞退させていただくことになりました。将来、同様の資金調達ニーズが出て参りましたときには、是非またご相談させていただきたいと存じております。今後とも引き続き宜《よろ》しくお願い申し上げます」

（あーあ、やっぱり駄目だったか。……どの銀行にマンデートが行ったんだろう？）

この種の「落選通知」には、どの銀行が栄《は》えのマンデートを手にしたかは敢えて書かないことが多い。敗北した銀行を刺激しないようにと借り手《ボロワー》が配慮するからだ。

今西がため息をついていると、机上の電話が鳴った。

レキシントン銀行のシンジケーション・マネージャー、ロジャー・モリスだった。用件は訊かなくてもわかる。

「やあ、ロジャー。君がマンデートを獲ったのかい？」

「残念ながら僕じゃない。モルガン・ドレクスラーみたいだ」

「モルガン・ドレクスラー⁉」今西は仰天した。「ドレクスラーはこないだトルコ航空の十億ドルという馬鹿でかい案件のマンデートを獲ったばかりだろう？」

「ああ、あのUSアトランティック銀行と一騎打ちになった案件だな。あんなどでかい案件にまともにビッドできるのは、米銀でも大手のところくらいなもんだよな。一生に一度でいいから、ああいうでかいディールで勝負してみたいもんだ」

「そのドレクスラーが、何でまたこんな小さい案件にまでビッドしてくるんだ？」

ゴールドマン・サックスやメリルリンチなど投資銀行がシ・ローンの世界に進出してきたのは一九九〇年前後である。また、JPモルガンやバンカース・トラストはもともと商業銀行なので、ローンの世界では昔から有力プレーヤーだ。モルガン・ドレクスラーも後者のカテゴリーに属する。こうした投資銀行は、大小様々な案件に参加する商業銀行と違い、大型案件や企業買収のためのシ・ローンに限って手がける傾向が強い。

「おおかた、ローン・シンジケーション部の新入社員の練習材料にでもしたんだろう」モリスは面白くなさそうにいった。

「しかしいくらドレクスラーといえど、これだけ激しいビッドでプライスがギリギリまで下がっている案件をそう簡単に売り捌けるのかねえ？」

「あいつら土壇場で、ユトレヒト、ケルン州立、それに極東スタンダードを引っ張り込んだらしい」

「四行共同引受け？」

「みたいだな。主幹事は例のごとく『メジャー・リーガー』のドレクスラーで、ユトレヒト以下三行はその下の幹事行だが」シ・ローンにおいては引受銀行が幹事銀行となって協調融資団を組成する。「……まあ、ペトサンはいいネームだから何とか行ける可能性はあるんじゃないの。それに、ケルン州立や極東スタンダードなんかは販売がうまく行かなかったときはある程度自分で抱え込む覚悟でやってると思うよ」

「そうだろうね。彼らはもともと商業銀行だから資産を持つことに抵抗は少ないだろうし。……あーあ、それにしてもこのディールは取れても取れなくてもつまらないディールだったなあ」

「うーん、でも僕は正直いってやりたかったよ。うちが毎年やってるトルコのディールは四つあるけど、みんな六月から十月のやつばっかりだから。一つくらいは四月にスタートするディールが欲しかったんだよなあ」

「そういえばイズミール製鉄のディールはそろそろボロワーと交渉を始める時期じゃないの?」

イズミール製鉄はトルコの大手製鉄会社で、毎年六月頃にモリス、すなわちレキシントン銀行が期間一年、金額二千万ドルのシンジケーションを組成している。

「そろそろね。……君はまさかビッドする気じゃないだろうな?」モリスは一瞬ぎくりとした様子。

「やらないよ。うちにとっては規模が小さすぎて、審査がオーケーを出してくれないもの。いいボロワーだとは思うんだけれどね。ただ、収益力はそれほどでもないかな」

「確かに収益力はいまいちなんだよなあ。シンジケーションをやってると、よく他行からその点を指摘されるよ」

「幸運を祈るよ」

モリスとの電話を終えると、今西は東西銀行ロンドン支店の国際金融担当次長、公藤《くどう》に電話を入れた。

公藤は今西より二歳年長の四十三歳。ロンドンに来る以前は香港支店でやはりシンジケーション・マネージャーをしていた。この世界ではベテランだ。公藤の方もモリスと同じで、用件をいわなくても何の話かすぐわかる。今西は前置きを一切省略して話しはじめた。

「公藤さん、ペトサンやられましたねえ」

「いやもう本当……。今、アシスタントがペトサンに電話して事情を確認してるところなんで、こちらから折り返し電話します」

かなり混乱している様子で、あわただしく電話を切った。

十分ほどして公藤から電話がかかってきた。今度は落ち着いていたが、いかにも不機嫌そうだ。

「気分悪いですなー」憮然《ぶぜん》とした声で公藤はいった。

「どれくらいのプライスでマンデートが下りたんですか？」

「一一六らしい」

手数料と利鞘《スプレッド》を合わせた「オールイン」でLIBOR（ライボー、貸し出しのベースとなるロンドン銀行間金利）プラス一一六ベーシス・ポイント（一・一六パーセント）という意味だ。

「今西さんは、いくつでビッドしてたの？」

「一一七・五です」

「いいとこついてるねー！」公藤は歓声を上げた。「うちも一二〇を切るか切らないかのところで決断はしてたんですけどね。フォールバック（最低線）で一一七くらい」

「どっかと組んでやってたんですか？」

「東西、ファースト・アメリカン、ロンバードですわ」

ロンバード銀行は英国四大商業銀行《クリアラー》の一角である。

「へーえ。ロンバードとはいつも誰と話すんです？」

「マーク・ロックウッド」

「ああ、あのリーマン・ブラザーズから来た元弁護士とかいう。……ところで今回は芙蓉《ふよう》銀行さんもやってたみたいですね」芙蓉銀行は商社の角紅《かくべに》や安野《やすの》火災などの企業グループに属する関東系の都市銀行だ。「ルクセンブルクのイッパ・バンクと一緒にレキシントンのグループに入ってたみたいですよ」

「イッパ？　珍しいネームがビッドしてたんですね。……ところで今西さんはどこかと組んでたの？」

「いや、単独ですよ」

「えっ、単独で六十本（六千万ドル）フルアンダーライト（全額引受け）？」

「いえ、引受けは三十五で残り二十五はベスト・エフォートです」

三千五百万ドルまでは金を集めることを約束するが、残り二千五百万ドルはシンジケーションが上手くいかなかった場合責任は負わないということだ。

「駄目ですよ、そりゃー！　うちだってペトサンが総額を四十から六十に増やしたいといってきたときは、もう一行ロンバードをアンダーライターに引っ張ってきたんだもの」

「このディール、いまいち力が入らなくて」

「ところでドレクスラーの一一六というプライスは、今西さんのプライスをどこかで聞いたんでしょうね」

「多分そうでしょう。ドレクスラーはイスタンブールに現地法人があるから情報収集力はありますよね」

「負けるのはいいんだけど、ペトサンのやり方が気に食わないねー。うちとはリレーション(取引関係)も長いんだから、いきなり決めないで一回くらい相談してほしかったね、まったく」

公藤の拗《す》ねた子どものような物言いに今西は苦笑した。

「あーあ、月曜日から気分悪いなあ」

「今晩飲みに行きましょうか?」

電話を切ると、今西はペトサンからきたテレックスをくしゃくしゃに丸めて、えいこん畜生、と屑籠《くずかご》に放り投げた。丸めた紙は、あと少しのところで屑籠から外れた。

そのとき、今西の机上の電話が鳴った。

あわてて紙屑を拾って屑籠に入れ、受話器を取る。

「今西スピーキング」

「ハロー、テツ。俺だよ」

耳慣れた陽気な声は、トルコ人のブローカー、ハルークだった。

年齢は今西よりも四、五歳若い三十六、七歳。父親が一九八〇年代にオザール政権の国務大臣を務めた名家の出で、ハルーク自身は英国の高校と大学を卒業している。今は自分が作ったイスタンブールの証券会社で午前中仕事をし、午後は色々なコネを使って金融ブローカーをやっている。ハルークと話していると、トルコの大財閥のサバンジュ家の息子を子どもの頃よくポカポカ殴っていたとか、父親と一緒にデミレル大統領の家に遊びに行ってきたという類《たぐい》の話がぽんぽん飛び出てきて、いかにトルコのエスタブリッシュメント・サークルが狭いかがよくわかる。

「ハルーク！　久しぶりだなあ。元気でやってるかい？」

「うん。株の仕事も順調だ。こないだ一回の取引きで十万ドルくらい儲《もう》かったから、夏はガールフレンドと地中海クルーズに行くことにしたよ」

「そりゃ、羨《うらや》ましいね。……ところで今日は？」

「テツ、富国銀行はトミタ自動車のメインバンクか？」

「うーん、単独じゃないけどメインバンクの一つだな。何とか単独メインになろうと、西海銀《せいかい》行、五井《いつい》銀行と熾烈《しれつ》な競争を繰り広げてるところだ」

「実は、トミタのトルコ現法が一億五千万ドルの資金調達を計画している」

「えっ、本当か⁉」

「興味あるかい？」

「そりゃ大ありだよ。詳しく聞かせてくれないか」

「融資が成功したらちゃんとコミッションを払ってくれるんだろうね？」

「うん、その点は問題ない。ハルークの証券会社を富国銀行のアドバイザーということにすればそれなりのコミッションは払えるよ」

「オーケー。話というのはさ……」

2

轟音《ごうおん》がキャビンに伝わってくる。

零下五十度の空気を、時速八四〇キロメートルの力が絶え間なく圧倒している。

ドイツのフランクフルト空港を午後六時過ぎに離陸したルフトハンザ六〇〇便の飛行は順調だ。高度一万メートルの夜の闇の中を、矢のように一直線に東へ飛び続けている。

やがて機はイラン・イスラム共和国の領空に入った。時刻はドイツ時間午後十時すぎ。イラン時間では午前零時半すぎだ。

「ここからはアルコール飲料はお召し上がりになれません」

機内アナウンスがあり、スチュワーデスたちがワインの小瓶や、水着姿の女性の写真が載った機内誌を片づけ始める。イランはホメイニ師による一九七九年のイスラム革命以来、イスラム教僧侶《そうりょ》が国家を運営する「ベラヤティ・ファギー」と呼ばれる体制下にある。厳格なイスラムの戒律は空の上でも例外ではない。

スチュワーデスが入国カードを配りながら通路をやってきた。

手渡されたカードを見ると、何やら奇妙なことが書いてある。

曰《いわ》く、空港の税関の緑の出口（申告物なし）を通るためには、過去一年間以内にイランに来たことがなく、かつ次の物を所持していてはならない。

・武器、弾薬
・麻薬
・アルコール飲料
・ギャンブルの道具
・通信機
・ビデオ、カメラ
・フィルム、テープ、レコード、CD
・印刷物
・化粧品
・食料品、肉類
・農産物

武器や麻薬など持っているはずもないが、今西の鞄《かばん》の中にはカメラや書類が入っていた。また、トミタ自動車の駐在員に土産として渡す日本食も持っている。

(到着早々刑務所行きか?)

今西は気味が悪くなる。

書類でも読んで気を紛《まぎ》らせようと、イランの国情に関する資料を取り出した。

「ドイツ人ビジネスマンに姦通罪《かんつう》で死刑判決」

いきなりショッキングな見出しが目に飛び込んできた。

ぎょっとして内容を読むと、イランに出張中だったドイツ人ビジネスマンがイラン人女性と性的関係を持ったとして裁判にかけられ、約三ヵ月前の一月三十一日に死刑判決を下されたという。クルド民族運動幹部殺害事件へのイラン政府の関与を認めた去年四月のベルリン上級裁判所の判決に対する報復らしい。

その下には、最近イランの新聞各紙が「悪魔の詩」を書いた英国の作家サルマン・ラシュディー氏に対する故ホメイニ師の死刑宣告を執行するよう呼びかけたという記事が出ていた。

今西はますます気味が悪くなって書類を閉じた。シートを倒して目をつぶる。

エアバス社の大型機、A300は揺れの少ない安定した飛行を続けている。

国際金融マンという仕事は海外出張が多い。今西も年平均七十回は国際線に乗る。ロンドン駐在が仮に五年間とすれば実に三百五十回となり、フライトの選択はまさに命に関わる問題で、極度に神経を遣《つか》っている。航空会社についていえば、資金繰りが苦しく整備に十分な金と人をかけられない発展途上国や米国の一部の航空会社の便は極力回避する。機種に関しては、機齢が古いボーイング707、DC9、トライスター、それに旧ソ連製の飛行機は避ける。また気流の影響を受けやすい小型機を避け、なるべくジャンボ機（ボーイング747シリーズ）やエアバス社の大型機を使う。その結果、あえて遠回りのルートを取ることもしばしばだ。東西の移動が最貧国の飛行機しかないアフリカ大陸の一部では、欧州大陸から飛んでくる先進国の航空会社の便に合わせた南北移動型の出張スケジュールを組む。今回の出張でもフランクフルトで飛行機を乗り換える面倒をあえてして、ルフトハンザ機に乗っていた。

シートを通して伝わってくるエンジンの順調な回転音を聞いているうちに、浅い眠りがやってきた。

飛行機が徐々に高度を下げている気配で目をさますと、腕時計の針はドイツ時間午後十一時二十分、イラン時間午前一時五十分を指していた。

やがて機はテヘラン上空にさしかかった。

テヘランの街は白とオレンジ色の輝きが瞬《またた》く光の海だ。

飛行機の翼の黒い影にくっきりと寄り添われながら、光の大海が後方に流れて行く。光と闇のページェント。今西は窓に顔を近づけて「ほおーっ」と嘆息を漏らした。夜中の二時近くだというのに、街にこんなに明かりが点《とも》っているのは、夜遅くまで人々が起きている中東の生活習慣のゆえか。

午前二時丁度にルフトハンザ機はテヘランのメヘラバード国際空港にタッチダウンした。

飛行機のタラップを降り空港バスに乗る。戸外は思った以上に暑い。

バスが空港ビル入り口に到着すると、今西は荷物を両手に抱えてバスから飛び降り、一〇〇メートル向こうにある入国審査カウンターめざして猛ダッシュする。他の乗客たちもバスから飛び降りるや一目散《いちもくさん》に走り出している。テヘランの入国審査はおそろしく時間がかかるので、少しでも列の前の方に並ばなくてはならない。これを知らないと真夜中の蒸し暑い到着ホールで汗をだらだら流しながら延々三時間くらい待たされる羽目《はめ》になる。

今西が入国審査カウンターの列に到着したときには、すでに五人が前に並んでいた。

四十分ほどして今西に順番が回ってきた。

入国審査官は緑色の軍服を着た中年男。一人一人のパスポートを、手書きのペルシャ語のぶ厚い要注意人物のファイルとつき合わせながらチェックする。男は眠たいらしく、しきりにあくびをしている。しばらくすると、今西のパスポートをうちわ代わりにして自分の顔をぱたぱた扇《あお》ぎ始めた。

入国審査を通過し、荷物受け取りホールに進む。ベルトコンベヤーはすでに停止し、周辺に荷物が散乱していた。自分のスーツケースを見つけ、税関に向かう。

変な入国カードを書かされて気味が悪かったが、すでに時刻は夜中の三時を回り、身体も頭もへとへとに疲れていた。いちいち申告する気力もない。今西は開き直って緑のランプ（申告物なし）の方に行った。

「申告する物はないか？」

「ナシング・アトオール（全然ない）」

係官は荷物を調べようともしなかった。

その先に黒々とした頰髯《ほおひげ》を生やし、目つきが異様に鋭い男が待ち受けていた。革命委員会の人間らしい。今西は嫌な気がする。しかし、男は今西の顔をじろりと見ただけだった。

「日本人か？　オーケー。行ってよい」

今西はほっとする。男の気が変わって呼び止められたりしないよう、歩みを早めて税関を通り過ぎた。

空港ビルの出口に近づいた瞬間、止めようもない電撃的な素早さで黒い影が飛び込んできた。

今西の手からスーツケースがもの凄《すご》い力で奪い取られる。驚いて見ると、頭が禿《は》げた小柄な年寄りのポーターだった。今西のスーツケースを錆《さび》と手垢《てあか》で黒ずんだカートに勝手に載せ、ガシャガシャ音を立てて押して行く。

（やれやれ、イラン人社会も生存競争が厳しそうだな）

今西は仕方なく老人が押すカートの後ろについて行った。

空港ビルを出ると、今度は白タクの運転手たちが四方八方から蠅《はえ》のようにたかってきた。今西の荷物をカートから取り上げ、自分の車に積み込もうとする。

「ドント・タッチ！（触るな！）」

メヘラバード空港からテヘラン市内までは一一キロ。

途中にはペルシャ建国二千五百年祭の記念塔が、照明で夜空に白く浮かび上がっていた。ホメイニ師のイスラム革命以来この塔は「自由記念碑」と呼ばれている。

約三十分で市内のアザディ・グランド・ホテルに到着した。昔は外資系のハイアット・ホテルだったが革命とともに国有化され、今は政府が経営している。今西は十四階の部屋にチェックインした。部屋は旧ハイアット・ホテルらしく広いが、調度品は殆《ほとん》どなく、寒々としていた。照明も薄暗く、急に一人で出張している孤独感が押し寄せてくる。

時刻はすでに午前四時を回っていた。空腹だったが、ミネラル・ウォーターをコップに一杯飲んだだけで今西は短い眠りについた。

朝目覚めると、思っていた以上に疲労は回復していた。

ホテルで中近東特有の安っぽいハムや、しょっぱくてぼろぼろ崩れてくるフェッタ・チーズの朝食をすませ、今西はトミタ自動車の事務所に向かった。

海抜一二〇〇メートルの高地にある大都会テヘランは経済開放の予感に沸いていた。通りは人や車で溢《あふ》れ、排気ガスで目が痛くなるほどだ。市の北には標高五六七〇メートルの高峰ダマバンド山をはじめとするエルブルズ山脈の山々が聳《そび》えている。その雄大な姿に今西は思わず息を呑《の》んだ。

トミタ自動車のイラン工場建設事務所は市内北方のハーレド・アル・エスランブーリ通りの近くにあった。ハーレド・アル・エスランブーリは、一九八一年十月にエジプトのカイロ郊外で行なわれていた第四次中東戦争戦勝記念祝賀軍事パレードの最中に発砲して、サダト大統領を暗殺したイスラム原理主義者のエジプト陸軍中尉の名前である。

（この国は通りの名前からして過激だな）

今西は舌を巻いた。

事務所は古い商業ビルの三階にあった。

安普請《やすぶしん》の応接室に通されて、しばらく待つと経理課長だという人の好《よ》さそうな中年の日本人男性が現われた。

自己紹介と一通りの挨拶《あいさつ》をすませ、今西は本題に入った。

「本日は、御社のイラン工場の建設資金のファイナンスの件でお伺いした次第です。私どもが聞いておりますところでは総額三億ドルで、半分はイラン政府が、半分はトルコ・トミタ自動車が資金を出されるということで、間違いありませんでしょうか？」

「その通りです。しかし、随分お耳が早いですね。どこから情報を手に入れられました？」

「トルコ・トミタさんの合弁パートナーのカラオズ財閥と親しいトルコ人ブローカーからです」

「なるほど。トルコもなかなかコネや人脈がものをいう国のようですね」

経理課長が微笑んだときドアがノックされ、事務所の若いイラン人女性がお茶の載ったお盆を持って入ってきた。女性は長袖《そで》のブラウスを着てジーパンをはき、スカーフで髪の毛をすっぽり隠していた。スカーフは街で見かける真っ黒なものではなく色鮮やかな花柄だった。睫毛《まつげ》が長く、瞳《ひとみ》は濡《ぬ》れたように黒い。

「こういっては失礼かもしれませんが、なぜ敢えてイランに工場なんかをお造りになろうとお考えになったんですか？　確かに人口は多くて市場としては魅力があるかもしれません。しかし、この国はカントリー・リスクが高い。イランなんかに出て行く前に、例えばポーランドあたりに進出するのが普通じゃないかと思うのですが」

「おっしゃる通りです。この国はイスラム原理主義で、西側先進国とは全然違う世界です。もう二十年近くも厳格なイスラム式でやってきたので、イラン国民でさえ相当嫌気《いやけ》がさしています。経済運営も上手くいってません。その結果、去年の大統領選挙では保守派が推すナテクヌーリー国会議長を改革派のハタミ師が予想外の大差で破って大統領に就任しました」

「それ以来、自由化路線が進んでいるんですね？」

「以前は禁止されていた映画や新聞、雑誌も解禁され、外国の衛星放送もホテルで観られるようになりました。外交面でも対米宥和《ゆうわ》策が打ち出され、この二月にはアメリカのアマチュア・

レスリングの選手団がテヘランに来ました。かつての中国とのピンポン外交のレスリング版ですね。……その一方で保守派の巻き返しも激しくなっています。ハタミ派のテヘラン市長が汚職容疑の名目で先日逮捕されたのはご存じの通りです。改革路線の先頭に立っているヌーリ内相も近いうちに国会で不信任投票で罷免《ひめん》されるという噂があります。改革派の人間に対する襲撃事件も起きています。今や、イランでは改革派と保守派が真っ正面から激突している情況です」

「そんな国になぜまた投資をしようと？」

経理課長は一瞬どう答えるべきか逡巡《しゅんじゅん》した。

思案顔でテーブルの上のティーカップに手を伸ばす。中近東独特のチューリップの花のような形をした、小さい透明なガラス製のティーカップだった。琥珀《こはく》色に澄んだ紅茶を一口啜《すす》ってから経理課長はゆっくりと口を開いた。

「実は、これは日本アラブ石油と関係がありまして」

「日本アラブ石油？」

一見脈絡のない会社名がいきなり飛び出してきた。日本アラブ石油は一九五〇年代後半に財界の支援で設立された日本の国策石油会社である。サウジアラビアとクウェートの旧中立地帯沖合のカフジ油田に権益を保有し、原油を生産している。

「日本アラブ石油の権益がそれぞれサウジ側は二〇〇〇年、クウェート側は二〇〇三年に期限切れになるのはご存じですよね？　日本側は通産省を中心にしてサウジアラビア政府と権益延長の交渉をやっているところですが、財政難に苦しむサウジ政府は、日本からサウジに大規模な投資をしないと権益契約を更新しないと脅《おど》しに出て来ています」

「確か、サウジ側は同国北部の鉱山地帯からリン鉱石などを海岸線まで運び出すための総距離一四〇〇キロ、金額で二十億ドルもの鉄道プロジェクトに投資しろといっているとか」

「そうです」経理課長は頷《うなず》いた。「しかし、そんな砂漠のど真ん中の採算度外視の鉄道に誰が投資なんかしますか？　それに、日本の財政も悪化しています。サウジ支援に多額の国費を使うことには通産省内ですら風当たりが強い」

経理課長はそこでティーカップの紅茶を啜って一呼吸入れた。

「それで日本政府も、下手をすると利権が更新されない可能性もある、そうなれば日本のエネルギー安全保障上、どこか別の利権を手に入れなければならないと考えていたわけです」

「それでイランだと……」今西はようやく話の筋が見えてきた。

「イランは米国の経済制裁のおかげで今まで外国投資が非常に難しかった。外国資本が入らないので、十分に開発されていない油田やガス田も多い。そこへヨーロッパ勢が目をつけたんです。イランの南のペルシャ湾の海中にサウス・パースという巨大なガス田がありますが、そこにフランスのトタール、ロシアのガスプロム、マレーシアのペトロナスが二十億ドルの開発投資をする契約を去年九月にイラン政府と結びました」

「アメリカのイラン制裁法には抵触しないんですか？　一九九六年にできたイラン・リビヤ制裁強化法、通称『ダマト法』には、イランの石油・ガス産業に年間二千万ドル以上投資した外国企業に対して制裁を課すという規定があるはずですが」

「ダマト法にはＥＵ（欧州連合）が猛反発しています。クリントン大統領もそう簡単には制裁を発動できません。それに、ダマト法にはいつまでに制裁を実施しなくてはいけないという時限性の規定がない。結局うやむやになるのではないかと見られています。とにかく、最近の欧州勢のイランへの攻勢は凄《すご》いものがあります。ロイヤル・ダッチ・シェルがトルクメニスタン・イラン・トルコを結ぶ天然ガスのパイプラインへの技術参加を決め、ドイツはイラン向け貿易保険枠を一億五千万マルク増額することを決めました。フランスのエルフ・アキテーヌ社とイタリアのＥＮＩ（炭化水素公社）連合も来年くらいにペルシャ湾のカーグ島近くの海底油田に、十億ドル級の開発投資をする契約に調印するという噂です」

今西は相手の話に頷きながら紅茶を啜った。イラン流で砂糖がたっぷり入っていた。

「要するに、この国は保守派と改革派の争いだけでなく、アメリカと欧州の戦いの場にもなりつつあるということですね？」

「まさにその通りです。この七月にはロンドンで、総額八十億ドルくらいの石油・ガス開発の国際入札に関するＮＩＯＣ（イラン国営石油会社）の説明会が予定されています。アメリカの石油・ガス企業も、欧州勢に美味《おい》しいところを易々《やすやす》と持って行かれるのを指をくわえて黙って見ているのは我慢ならんということで、ダマト法廃止に向けて強力なロビー活動を始めました。最近はクリントン政権も制裁解除の動きを見せています。こうなると日本も乗り遅れるわけにはいかなくなります。この七月には経団連の代表団がイランにやって来ます。たしか団長は三《みつ》菱《びし》重工の会長さんだったと思います」

「サウジに代わる利権としてイランは恰好《かっこう》のターゲットというわけですね？」

「ただイラン政府もそう簡単には利権はくれません。日本アラブ石油や日本の通産省との水面下の交渉で、何か投資をしてくれないかという話になりまして……」

「そういえば、日本アラブ石油の社長は元・通産次官ですね」

「その線から通産省を通じて経団連副会長を務めるトミタ自動車の社長に何とかならんかという話があった次第で」

「それでイラン政府と合弁で自動車工場を造ることにしたというわけですか」

「人口六千万のイランの自動車産業は確かにポテンシャルがあります。イタリアのフィアットとドイツのフォルクス・ワーゲンもイランの自動車メーカーへの出資を検討しています。うちとしてもやるのはいい。しかしなるべくリスクは小さくしたい。総額三億ドルのうち半分は日本側が出すわけですが、これはトルコの現地法人であるトルコ・トミタ自動車からの出資にすることにしました。トルコ・トミタ自動車はもともとトミタ自動車とトルコのカラオズ財閥の合弁企業ですが、業績は順調で、現在は株式をイスタンブールの証券取引所に上場しています。経営権は引き続きトミタ自動車とカラオズ財閥が握っていますが、持ち株比率はそれぞれ一五パーセントずつに過ぎません。トルコ・トミタ自動車の負債がトミタ自動車本社のバランスシートに与える影響も、持ち分法に従って一五パーセントだけです」

「なるほど。……イラン側が負担する、残りの一億五千万ドルはどのように調達されるのですか？」

「そちらは大部分を日本からの設備輸出代金支払いに充《あ》て、それに日本輸出入銀行の三号ローン（バイヤーズ・クレジット）を付けてもらうことにしました」

「なかなかよく練られたファイナンス案ですね」

いいながら今西は、トミタ自動車を担当している富国銀行の東京営業第三部がファイナンスの立案に何も関与していないのを情けなく思う。

「その出資金に充てるため、トルコ・トミタ自動車さんがシ・ローンで期間五年の借入れをしようというわけですね？」

「設備投資の借入れで五年というのは短いと感じられるかもしれませんが、輸銀さんの方のファイナンスがドア・ツー・ドア（融資契約調印から最終返済日まで）で十七年という超長期のファイナンスですので、プロジェクトのキャッシュフローは十分回るんです。本件は国策案件ということで、輸銀さんも好条件をすんなり認めてくれました。我々としても、トルコ・トミタの借入れの返済を早くすませてしまって、リスクをなくしたいところです。工場の場所はテヘランからそれほど遠くないところで……」

経理課長はイランの大きな地図をテーブルの上に広げた。

「この辺りですね」経理課長は工場のある場所を指差す。「すでに工事が始まっておりまして、日本から連れてきた職人さんたちも現場で寝泊まりしています」

「なるほど……」

それから一時間ほど、経理課長が工事の概要、進捗《しんちょく》状況やイランの自動車市場、イラン経済の現状などについて説明した。今西はロンドンに戻り次第融資の稟議書《りんぎしょ》を書かなくてはならないので真剣にメモを取り、もらえる資料は何でもコピーしてもらう。

説明が一通り終わり、二人は冷めた紅茶を啜る。

「ところで、今西さんは今晩何かご予定がおありですか？」

「いえ。特に何も用事はありませんが」

「そうですか。でしたら、是非私どもの独身寮の夕食にご招待させて下さい」


面談を終え、今西は事務所のドアを出る。

入れ違いに背の高い東洋人の男がきびきびした動作で階段を上がってきた。濃紺に細い縦縞《たてじま》が入った、ダブルのぱりっとしたスーツを着た精力的な感じの男だ。年齢は四十五歳くらい。全身から欧米風の雰囲気が漂っている。黒革のブリーフケースは、いかにも長年使いこんで繰り返し磨いた艶《つや》を放っている。

男は今西を見てにっこりと微笑んだ。今西は会釈を返す。

(シンガポール人かな?)

男は今西と入れ違いに事務所に入る。

「ああ、伊吹さん。いらっしゃい」

先ほどの経理課長の声が薄いドアの向こうから聞こえてきた。

(なんだ、日本人だったのか。それにしても、ずいぶん日本人ばなれした感じの男だな。外資系企業の人間だろうか?)

今西はしばし立ち止まって中の様子に耳を澄ませた。

「今の日本人はどなたですか?」男が経理課長に訊《き》いた。

「富国銀行ロンドン支店の次長さんです」

「ほう、富国銀行が新工場のファイナンスにチャレンジですか。お手並み拝見ですな、ハハハハ」男は明るく笑った。「ところで、こないだご相談いただいた問題点ですが、うちのエンジニアリング子会社がこんな風に変えてはいかがというので、今日はご提案書をお持ちしました」

伊吹という男が書類のページを繰る気配がする。

（何者なんだろう？　とりあえずは競争相手ではなさそうだが……。エンジニアリング子会社というからには建設会社の人間だろうか？）

興味を引かれたがいつまでも立ち聞きしているわけにもいかない。

今西は階段を降り始めた。


トミタ自動車の「独身寮」はテヘラン市内の二階建ての民家だった。

駐在員は五人とも既婚者だが全員単身赴任で、この「独身寮」に住んでいた。通されたリビング・ルームは二十畳ほどの広さだった。天井が二階まで吹き抜けになっていてサロンのような雰囲気だ。その晩は、五人のうち所長ともう一人は現場に行っており、経理課長とまだ三十歳前後の若い社員二人が今西を迎えた。

「まあ、おひとつどうぞ」

経理課長が今西にビールをすすめる。名うてのイスラム教国のイランでビールが飲めるとは思わなかったが、ヤミで手に入るらしい。

「これも、なかなかイケますよ」

黄色いトレーナー姿の若い社員がイラン名産のピスタチオをすすめる。

トミタ自動車の三人はみなトレーナー姿で、大学の学生寮のような雰囲気だ。一日の仕事が終わった解放感からか、ピスタチオを齧《かじ》りながら四方山《よもやま》話に花が咲く。エルブルズ山脈を越えてカスピ海までドライブしたときの話、近くに住むアルメニア人の老婆が書く珍しいアルメニア文字の話、イラン南部のペルセポリスの遺跡は良いとかつまらないとかいった話、「独身寮」のリビング・ルームで熱帯魚を飼う計画、庭で鶏を飼う計画、海水浴場で男と女の泳ぐところを分ける木の柵《さく》に穴があいていて水着姿のイラン人女性が泳いでいるのが見えたという話。彼らはいつもこうして他愛もない話をしながら長い夜を過ごしているようだった。

「独身寮」の周りでは物音一つしない。

「そろそろ夕食にしましょうか」

経理課長の言葉を合図に、四人はリビング・ルームの隣りの食堂に移動する。

食堂のテーブルには、さまざまな料理が並べられていた。

「この国のチェロ・カバブは絶品ですよ」

チェロというのは、長い粒のイラン米である。炊きたてのチェロに卵の黄身かバターを混ぜ、その上にサフランを塗って炭火でこんがりときつね色に焼き上げた鶏や薄切りの羊肉を載せたものがチェロ・カバブだ。焼いたトマトと輪切りの玉ねぎが添えてあった。皆で、生の玉ねぎをしゃりしゃり齧りながら、チェロ・カバブを食べる。玉ねぎの苦みやほのかな甘みと肉の旨《うま》みが口の中で渾然《こんぜん》一体となって、思わずうなるほどの美味だ。テーブルには、コロッケ、ゆで卵、大根の煮付けも載っていた。イラン人と結婚した韓国人女性が作っているという。派手ではないが心尽くしの料理は、遠い異国で苦労する日本人の心に沁《し》みる味がした。

「ところで、今日のお迎えは無事に終わったのかな?」

食事が終わりに近づいたころ経理課長が若い社員の一人に訊いた。

「ええ、今日は三人とも無事に着いて、今ごろは現場宿舎入りしてると思います」

「そうか。そりゃ良かった」

経理課長は今西の方を向く。

「今日本から左官や、鳶《とび》、玉掛けの職人さんたちが入ってきていて、工事を請け負っている建設会社の駐在員と手分けして空港まで迎えに行ってるんですがね。これが一苦労なんです。建設会社の下請けの下の孫請けの、さらにその三つくらい下請けのところから来るんですが、これがまた職人だかその筋の人だかわからないような人たちで。名簿を持って空港に迎えに行くんですが、名前なんかも流新五郎《ながれしんごろう》とかね。この時代によくそんな名前つけますよね」

経理課長の言葉に今西は苦笑する。

「それで、海外に行くのも初めての人たちが多くて、真っ白いスーツに真っ白い靴を履き、白い中折れ帽子を被《かぶ》ったりして颯爽《さっそう》とやって来ます。しかしなにぶん英語ができないからよく入国審査や税関でトラブるんです。こいつは怪しい奴だということになって刑務所に連れて行かれる。こっちも必死で探すんですが、刑務所を二、三カ所変えられたりするともう駄目です。見つかりません」

「そういうときはどうするんです?」

「どうしようもないですね。行方不明です。本人もイランの刑務所の中で発狂してそれで終わりじゃないですか」

「……凄《すき》まじいですね」

「凄まじいのは、入国のときだけじゃありません。工事現場はもっと大変です。山の中の掘っ建て小屋で男ばかり百人以上が暮らすわけですから」

「つい五日前にもうちの技術者と建設会社の社員の方が殴り合いの大喧嘩《げんか》をしたばかりです」

横から若い社員がいった。

「そうだったなあ。……あれ、原因は何だっけ?」経理課長が訊いた。

「確か、カレーライスの中にジャガイモが入っているべきかどうかで口論が始まったと聞いてます」

「カレーライスのジャガイモ……」今西は口をあんぐり開ける。

「それに、酒が入ると必ず喧嘩になります。酒は一切禁止してるんですが、密《ひそ》かに調達してくる奴がいるんですね。ここ一ヵ月の間にも『テヘラン耳切り事件』とか手打ち式とか色々ありました」

「怪我人が出たらどうするんですか?」

「一応医者も連れて来てはいるんですが、こんなところに来る医者でまともなのはいません。聞いたこともないような私立の医大出身で、とても医者とは思えません。ときどきトミタ自動車本社の診療所の医者が来て『先生、それはその薬じゃありません』とかいいながら指導してます。小さな怪我ならいいんですが、大きな怪我のときは一刻も早く国外移送ですね。……現場にいますと喧嘩や怪我以外にもよくトラブルが発生します。水道管が破裂したりすると、ポリタンクを二十個くらいトラックに積んで山の湧き水を汲《く》みに行きます。水が溜《た》まるまで星空を眺めながら待つんですが、そんなとき何で俺はこんなところでこんなことをしているのかなあ、という気持ちになりますね。こないだまで工事現場で働いていた東大出の若い社員も星空を見ていて思うところがあったらしく、先月退職しましたね」

「はあ……」

「現場だけでなくて、経理も大変で。……ちょっと面白いものをお見せしましょうか？」

経理課長に案内され、今西は二階にある寝室の一つを覗《のぞ》く。

「これが私が寝ている部屋です」

見るとベッドの向こうに高さ一・五メートルほどの巨大な金庫が置いてあった。経理課長がダイヤルを回し、重そうな扉を開けると、中にはぎっしり紙幣が詰まっていた。

「すごい量のお金ですね！」

「日本円で三億円以上あります。みんなイラン・リヤルです。イラン側負担分の一億五千万ドルのうち一五パーセントの頭金部分は輸銀のファイナンスが付かないので、イラン政府が現地通貨で払ってくるんです。イランの銀行なんかいつ支払いを停止するかわかったもんじゃないですから、政府から支払いがある度《たび》にでかい頭陀《ずだ》袋を提《さ》げて銀行に行って全額現金で引き出します。銀行のカウンターに山と積まれた紙幣を見て周りのイラン人たちは目を丸くしてますよ」

「それでどうするんです？　イラン・リヤルなんか海外に持ち出せないし、たとえ持ち出せたとしても紙屑でしょう？」

「イラン国内でイラン・リヤルで商品を買い付けたり、工事代金や事務所経費を支払っているヨーロッパの会社に買ってもらうんです。代わりにもらう外貨はうちのフランクフルトの銀行口座に振り込んでもらいます。お互いに適当に取引書類を偽造してね」

「それは違法じゃないんですか？」

「少なくともイラン法上は違法でしょうね。だからイラン政府用とトミタ本社用に二つ帳簿を作ってます。……こんな国でまともに法律なんか守ってたら何もできませんからね。工事に必要な部品が日本から届いたときなんかも、正規の通関手続きをやってたら何週間も工事がストップしますから、税関の職員に千ドルくらい賄賂《わいろ》を摑《つか》ませて即日通関してしまうんです」

経理課長の話はどれも今西にとっては驚天動地であった。

行政に手厚く保護された銀行や建設会社が能天気にバブルに踊っている間、自動車、家電機器、半導体、機械工業といった輸出産業は誰の保護も受けずにこうして苦労を重ね、地道に力をつけてきた。それが今、日経平均が一万五、六千円で低迷している中にあって本田技研やトミタ自動車株が右肩上がりに上昇している原因だ。

「まあ、それでもイランも随分良くなってはいますよ。イラクとの戦争中はそりゃあもう大変でした。当時わたしは輸出契約の交渉でよくイランに来てたんですが、ある日突然午後四時ころからイラク空軍機が飛来してきて、空爆を始めましてね。そのときはテヘラン市内のホマ・ホテルに宿泊してたんですが、ホテルの周囲に爆弾やミサイルがガンガン落ちてきて、ホテルはずしん、メリメリと揺れっぱなしでした。月並みな表現ですが、あのときはもう本当に駄目かと思いました」

「それで、どうされたんです？」

「幸運なことに、その日たまたまイラン、イラク両国と友好関係を維持していたトルコのオザール首相もホマ・ホテルに滞在していましてね。イラクのフセイン大統領に電話か何かで急遽《きゅうきょ》コンタクトして空爆の停止を要請したんです。それを受けてイラク側が数時間爆撃を停止しまして、オザール首相はトルコ航空の特別機でテヘランを脱出しました。わたしもトルコのビジネスマンたちと一緒にその特別機に乗せてもらって脱出したんです。飛行機が離陸すると直ちに空爆が再開されました。飛行機の窓から煙の上がるホマ・ホテル周辺やミサイルを発射するイラク軍機が何機か見えたときは、本当にぞっとしましたね」

体験談のあまりの凄まじさに、今西は声も出ない。

「さあ、食後のお茶でもいかがですか」経理課長はにこやかにいった。「わたしの静岡の実家から送って来た日本茶がありますから、おひとつお淹《い》れしましょう」

3

女のすらりと長い脚とほどよく脂肪がついた白い腹部があざやかな流線形を作っている。金色のうぶ毛。吊《つ》り上がったアーモンド形の青い目。銀色のTバックの下着。長い金髪が白い背中で波打つ。レーザー光線の帯が深海に差し込むサーチライトのように何十本もステージを射る。選《え》りすぐりのヨーロッパの女たちは皆モデル級だ。ビートの効《き》いた音楽に合わせ、氷の上を滑る独楽《こま》のようにステージを移動する。鞭《むち》のようにしなやかに身体を反らせる。脇の下がノミで削ったような見事な深い曲線を見せる。野生動物のように無駄のない筋肉をまとった黒人女が奇妙なほど真っ白い歯を見せて笑う。

ロンドンのとあるナイトクラブ。

龍花丈は一人でテーブル席にすわり、裸の女たちを眺めていた。

高級クラブのソファーは赤いビロード張りだ。カーテンも赤いビロード。それ以外の内装は黒一色。その赤と黒の室内をシャンデリアの光が控えめに照らしている。室内には葉巻の煙と香水の匂いが満ちている。銀色の小型バケツに入れられたシャンペンのボトルが次々と客のテーブルに運ばれて行く。クラブは身なりの良い人間しか入場を許さない。客はほとんどがビジネスマンか、オールバックの髪に黒いスーツの業界人風の男たちだ。ウェイターは白いワイシャツに黒の蝶ネクタイ。テーブル席のあちらこちらで女たちが服を脱いで踊っている。北京《ペキン》からきた背の高い中国女が、きめの細かい真っ白な肌と形の良い大きな乳房を見せつけながら、微笑を浮かべてテーブルの間を縫い歩いている。景気の良さそうなトレーダー風の若い男が次々と女を呼んで目の前で踊らせている。踊りが終わると男は分厚い財布から二十ポンド札を取り出し、女の足のガーター・ベルトに挟んでやる。

その光景をぼんやり眺めながら、龍花はウイスキーのグラスを呷《あお》る。

気分が沈んでいた。

裸の女たちを眺めながらある計画を練っていたが、それも途中でやめてしまった。

原因は昼間、龍花と同じ頃に富国銀行を辞め、米国系銀行の東京支店に転職した男にかけた電話だった。その時のことを龍花は苦《にが》い気持ちで思い出す。

「あの方は……ご自宅にいらっしゃると思いますが」

電話に出た若い女が当惑したようにいった。「……お友達の方ですか？」

（自宅にいる？　お友達の方？）

妙ないい方が気にかかった。すぐに男の自宅に電話を入れた。

「上司にはめられた……」電話に出てきた男は呻《うめ》くようにいった。「……今月一杯で銀行を辞めることになった」

「そうか……。俺にできることがあれば力になるが」何があったか訊《き》かないのは武士の情《なさけ》だ。

「そういえば、うちの東京支店でも人を募集するという話があったな……」

「えっ、本当か⁉　ドレクスラーの東京支店なら願ってもない。是非頼むよ！」

男の飛びつくような勢いに龍花はしまった、と慌てる。

東京支店が探しているのは、海外のプロジェクト金融経験者で年齢は三十五歳が上限、かつ少なくとも三十件の実績《トラック・レコード》という厳しい条件が付いていた。電話の相手はこのどれ一つとして満たしていない。

「いや……たぶん条件がいろいろあるのでかなり難しいとは思うが」

龍花の言葉で男は事情を察したようだった。

「そうだよな、この歳になってそう簡単にいい就職先は見つからないんだよな」

電話を切る直前に男は「すまんが、俺が辞めることは富国の連中やほかの誰にも秘密にしておいてくれ」といった。

（つまらん口止めなんかして、いったいどうするっていうんだ……）

龍花は情けなさをぐっとこらえ「わかった」といって電話を切った。

それ以来今日は気分が沈んでいる。

龍花が富国銀行ロンドン支店を最後にモルガン・ドレクスラーに移籍して八年。一万一千人の従業員のうち三千五百人もいる一介のバイス・プレジデントから、わずか三百人のマネージング・ディレクターの仲間入りをして三年になる。

米国の投資銀行の報酬は巨額だ。基本給自体はそれほど高くないが、これにボーナスやストック・オプションが加わる。年収でいくと部下数人の下っ端《したっぱ》マネージング・ディレクターでも円換算で五千万円から七千万円。龍花のように部を率いるマネージング・ディレクターだと二億円前後になる。さらに報酬に収益連動部分があれば成績次第で百億円を超す年収を手にすることも可能だ。もしあのまま富国銀行に勤務していたら、今ごろ次長で年収は千四百万円、副支店長になったとしても千六百万円が関の山だ。いまだに邦銀にしがみついている連中にお前らは能力がないのか、俺はもう一生食うに困らぬ金を手にしたぞと思い切り嘲笑《ちょうしょう》を投げつけてやりたい気分だ。

しかし、その一方で転職後しばらく味わった失業するかもしれないという恐怖感がまだ身体のどこか奥底でくすぶっている。そして今日のような出来事があると瘧《おこり》のようにぶり返してくる。

(俺は奴とは違う。……俺は運が強いんだ!)

龍花はいつものように自分を叱咤《しった》する。常に攻撃的であることが求められる投資銀行では弱気になったら終わりだ。強気でいればこそ運を呼び寄せられると信じ、ファイナンシャル・ジャングルを戦い続けるのだ。

恐怖感を忘れようと、龍花は再びグラスを呷った。

しかし、苛々《いらいら》した暗い気分が意識の底で眠っていた昔の嫌な記憶を呼び覚ます。富国銀行時代に人事部や上司から受けたさまざまな侮辱と屈辱の記憶が蘇《よみがえ》ってくる。

　龍花が大学を出て富国銀行に入行したのは十八年前のことだ。

「商社よりもむしろ銀行の方が海外勤務の可能性があるよ」龍花を甘言で勧誘した銀行は入行式が終わるや否や途端に手のひらを返した。龍花は千葉県下の小さな支店に配属された。そこは組織の意に沿わない行員を合法的に処分する場所だった。女性関係で失敗した者、顧客から預かった現金を紛失した者、上司と衝突して飛ばされた者、組合活動に熱心な者。銀行内で決して浮かび上がることのない行員たちが掃き寄せられていた。龍花がいずれ海外勤務をしたいというと支店長は、最初の配属がこの支店じゃねえ、と同情とも嘲《あざけ》りともつかぬ表情をした。

　龍花はくる日もくる日も夜間金庫に投げ入れられる何十もの黒いビニール・バッグを開け、金を勘定する仕事をさせられた。しかし挫《くじ》けることなく毎日英語の勉強を続けた。「わたしは英語もきちんとできます。次の転勤では国際部門とはいいませんが、せめて外国為替を扱っている都心店に転勤させて下さい」入行一年後の人事面接で龍花は控えめに願い出た。三十歳を過ぎたばかりの人事部の男は龍花を見下ろすような目つきをして鼻でふんと嗤《わら》った。「そんなに英語ができるんなら、チャンスは自分で摑《つか》むんだな!」男の言葉に龍花は全身の血が逆流した。

　入行して二年後、龍花は江東区にある中小企業取引専門の支店に転勤させられた。毎日魚市場にでかけ、魚の臭気と鱗《うろこ》にまみれた札や硬貨を集金する仕事をした。その支店で龍花は一人の女子行員と知り合った。交際を始めると、ただちに支店長室に呼び出された。支店長と二人で待ち受けていた支店次長の手には、いつの間に手に入れたのか龍花の戸籍の写しが握られていた。「君の戸籍を見せてもらったが、名家の出でないことは確かなようだねえ」次長はにやにや嗤いながらいった。「きみも知ってのとおり彼女の親御さんはうちの店の大口預金客だ。彼女をちゃんとした筋の相手に嫁《とつ》がせたいと考えておられる」仏頂面《ぶっちょうづら》の支店長がいった。「まあ、僕らもこの手のトラブルはなるべく避けたいんだよ。わかるね？　このまま彼女と付き合うようなら銀行内でのきみの将来はあまり明るいことにはならないと思うよ」その晩、龍花は独身寮に帰宅すると人事部の課長代理である寮長に呼び出された。小心者で、演歌を唄《うた》うのが妙に上手い以外何の取り柄もない寮長は「銀行はお前を社会的に抹殺することもできるんだぞ」と脅しをかけてきた。数日後その女子行員は別の支店に転勤させられ、支店の行員全員が龍花を遠巻きにしてひそひそと噂話を交わしていた。龍花は富国銀行が自分の前に立ちはだかる冷たく巨大な壁で、自分にとって打ち倒すべき敵以外の何物でもないことを屈辱と怒りの中で悟った。

それでも龍花は富国銀行を辞めなかった。当時はまだ日本の労働市場に流動性がなく、辞めてもろくな転職先がなかった。そして、耐えた。龍花以外にも銀行という巨大組織に痛めつけられた行員は大勢いた。彼らは群れ、互いの傷を舐《な》め合っていた。辞める者もいた。しかし龍花はそういう連中とは距離を置いた。一人で苦痛に耐え、飽くなき執念で来《きた》るべき日に備えて自分を磨き続けた。鷲《わし》が群れないように、強い男は孤高《ここう》を守った。

やがて八〇年代後半のバブルの波と共に邦銀の海外進出ブームが訪れた。英語が少しでも話せる者は海外要員として駆り出される時代の到来。江東区の支店のあと丸の内支店に転勤していた龍花はその追い風に乗ってロンドン支店行きの切符を手にした。しかし、ロンドンに来てからも組織との闘いは続いた。

邦銀の内部はまさに日本の「ムラ社会」だった。関東のある大学の出身者たちが銀行を牛耳《ぎゅうじ》り、仲良しグループを作っていた。その大学の出身者でなくても、平身低頭して恭順《きょうじゅん》の意を表わす者は外様《とざま》として扱われる。それ以外の人間は徹底的に排除された。高卒の行員は端から人間以下だ。その大学の出身者でもなく、誰とも決して群れることのない龍花は仲良しグループから常に敵視された。ことにロンドン支店で国際金融マンとして頭角を現わしてからは、さまざまな嫌がらせを受けた。ロンドン支店に巡回してきた仲良しグループに属する人事部の海外人事担当者はいきなり両足をテーブルの上に載せ「まあ、きみは仕事はできるようだが、人間的にはまだまだらしいな。次は国内のどこか地方支店にでも行ってもらおう」といい放った。国際金融課の上司であった「外様」の次長も、ディールを取りまとめる龍花の見事な手腕に嫉《しっ》妬《と》し、事あるごとに人事部や本店に対して龍花の悪口をいい続けた。仕事のことで龍花にやり込められてヒステリーを起こしたディーリング・ルーム担当の副支店長は出張中の龍花の机をひっくり返し、書類を床の上にまき散らした。それ以外にも龍花はさまざまな妨害、干渉、中傷を受けた。龍花は歯嚙《はが》みをしながらそれらに耐えた。周囲を敵に囲まれながら次々とディールをまとめ、着々とトラック・レコードを積み上げて行った。そして四年がたち、英国の永住権を取得して自由に転職できるようになると直《ただ》ちに辞表を叩《たた》きつけた。鷲は鷲の行くべきところに行ったのだ。

しかし、十年間にわたって銀行から受けた侮辱や屈辱の記憶は消えるはずがない。

（ふざけやがって……！）

憎悪で顔がどす黒くなる。怒りでグラスを持つ手に力がこもる。

自分を侮辱した上司や人事部の人間が今この目の前に現われたら、間違いなく殴り殺してやるだろう。

できることなら富国銀行に敵対的買収《TOB》でも仕掛けて銀行を乗っ取り、連中をひとまとめにしてガス室にでも送り込んでやりたい。

（いつか借りは返してやる……）

実際、龍花はその敵対的買収の可能性についてドレクスラーの企業金融部の人間に相談したことがあった。しかし、答えはノーだった。富国銀行の株式時価総額《マーケット・キャップ》は五兆円強もあるからだ。マーケット・キャップ（market capitalization、株式時価総額）とは、発行済み株式数に市場での株価を乗じて求められる、いわば企業の市場での値段だ。企業に買収を仕掛ける場合、これが必要資金の一つの目安になる。五兆円強というのはドルに換算すると四百億ドルという途方もない数字だ。これだけの大掛かりな企業買収をやろうという人間はそう簡単には見つからない。資金も容易には集まらない。

（しかし、俺は諦《あきら》めんぞ。敵対的買収でないにしろ、いつか富国銀行を叩き潰《つぶ》してやる！）

龍花は目を血走らせ、ぎりぎりと歯ぎしりした。

「龍花じゃないか？」

突然背後から声をかけられ、龍花は驚いて振り返った。

「今西か……」

「久しぶりだなあ。丸の内支店以来かな。……元気でやってる？」

明るくいいながら今西は龍花の目の前にすわった。

(元気でやってる？　だと。それはこっちの台詞《せりふ》だぜ。お前の銀行こそ今や不良債権であっぷあっぷだろうが)

龍花と今西は富国銀行の同期入行だった。仲良しグループの大学を出た今西は入行式で新入行員を代表して答辞を読んだエリートだ。父親はもと一部上場企業の重役で、育ちの良さから来る癖のない人柄が人事部受けするらしい。取りたてて実績もないが、国際部、海外留学、丸の内支店、企画部、秘書室という「傷のつかないエリート・コース」に乗り、数年前ロンドン支店に赴任してきた。入行後国内支店ばかり勤務して地べたを這《は》いずった龍花とは対照的だ。丸の内支店で二人はたまたま一緒だったが、今西の方は融資課主任としてクーラーの効いた支店内で仕事をしていた。龍花はノルマに追い立てられる外回りで、ズボンの股《また》を自転車のサドルで擦《す》り切らしながら、猛暑の夏も、雪の降る冬も、毎日朝から晩まで汗だくで走り回っていた。

(こいつを見ていると、まさにおめでたい邦銀だな)龍花は十二、三年振りで会う今西の顔をしげしげと眺め、ふとあることに気がついた。(随分白髪が多くなったな。こいつも人並みの苦労はしているということか……)

「この店はよく来るの？　僕らは今日は行内接待で、検査部の人を案内してきたんだけど」龍花の黒い胸中を知るはずもない今西は無邪気に訊《き》いた。

「ときどきだな」

「そうか。なかなか面白いところだな。……ところで、仕事の方はどうだい？　やっぱりアメリカの投資銀行は凄《すご》いんだろう?」

「まあね。組織はシンプルで動きが速い。社内の階級はアソシエイト、VP《ブイピー》、マネージング・ディレクターの三つしかない」アソシエイトは入行して四、五年目までの見習い社員。それが一人前と認められるとVP、すなわちバイス・プレジデント(Vice President)となり、チームを率いるようになるとマネージング・ディレクターだ。

「取引先を担当する企業金融部は、石油・ガス、食品、流通、輸送、金融・保険、電力、化学、製鉄など二十の産業別チームに分かれていて、相手のニーズに応じて高度で洗練された金融サービスを提供する。邦銀のロンドン支店が日系企業課、英国企業課、国際金融課、プロジェクト金融課の四つくらいにしか分かれていないのとは大違いだ。日本の証券会社と比べても引受け力、販売力、金融技術のいずれも桁《けた》が違う」

そういってから龍花は思い出したような口調になった。「証券会社といえば、富国インターナショナルと富国ファイナンシャル・プロダクツが合併するっていう記事が今朝、日経新聞に出ていたな」

富国インターナショナルと富国ファイナンシャル・プロダクツはロンドンにある富国銀行の現地法人だ。前者は証券会社、後者は金融派生《デリバティブ》商品を扱う会社だ。

「ああ、あれね……」

今西は気まずい顔になった。「例によってうちの頭取は無策でさ。春の全国部店長会でも何の方針も出さずに『他行はいろいろと提携の話が出たりしているが、わたしは形だけの提携などは意味がないと思っている。今はしっかり足場を固める時期だ』といったそうなんだ」ため息まじりにいった。「ただ、相変わらず流行を追って組織をいじくるのだけは好きでさ。最近はグローバル・ストラクチャード・ファイナンスとかいって、香港、ロンドン、ニューヨークに本部直轄の国際金融部門を作ろうとしてるよ。富国インターと富国ファイナンシャル・プロダクツの合併も似たような話でね。別にこれといったストラテジー（戦略）があるわけじゃない。既存の組織じゃ儲《もう》からないから、とりあえずくっつけてみるか、程度の話さ」

「監督官庁はそれでいいのか？　特にイギリスのSFA（The Securities and Futures Authority、証券先物監督局）は簡単にはOKしないだろう？」

「おっしゃる通り。日本の大蔵の方は、合併の報告をしたところ、ああそうですかと例によって『聞き置く』という態度だったそうだ」

「何もしないが、後で問題が起きたら文句をいってくる、というやつだな」

龍花の皮肉に今西は頷《うなず》く。

「ところがSFAの方は真面目に金融行政に取り組んでいるから、その合併はどうして必要なのか？　収益的にはどのような効果が期待できるのか？　と、山のような質問をしてきたそうだ」

「それでどうしたんだ？」

「富国インターの若い日本人が鉛筆舐《な》め舐め適当に数字をでっち上げてプレゼンテーションを作り、それを富国インターの社長が口からでまかせを混ぜて説明したそうだ」

（馬鹿な野郎だ……）

龍花は心の中で吐き捨てる。

（お前は今、誰に向かって話しているのかわかっているのか？……俺のことをいつまでも銀行の同期だなどと、ほんわか思っているのか？　俺はお前の銀行を叩き潰そうと虎視《こし》眈々《たんたん》と狙っている米国の投資銀行の人間なんだぞ。今、お前がいった話を明日、イングランド銀行やSFAに伝えたらどうする気なんだ？）

敵は徹底的に叩《たた》き潰す。それがアングロサクソンの鉄の掟《おきて》だ。

龍花はテーブルの上のカットグラスに四分の一ほど残っていたシングルモルトのストレートを一気に飲み干した。カッと喉《のど》が焼ける。

「すごい飲みっぷりだなあ。龍花はもうイギリス人並みだな」

「ああ、俺はもうイギリス人さ」龍花は目の縁《ふち》を赤く染めて答えた。

「そうだよなあ。もうロンドンに来て十年以上になるんだろ？」

「いや、そういう意味じゃない。国籍が日本じゃないといってるんだ」

「えっ!?」

「富国を辞めて一年くらいで日本国籍は捨てた」

「何だって!?……しかし、イギリスの国籍なんか簡単に取れるものなのか？」

「簡単さ。英国で労働許可を持って五年以上住んで、二人のイギリス人の推薦があれば国籍はあっという間に取れる。俺はこの八年間莫大《ばくだい》な所得税も払ってきた。金で買った国籍みたいなものだ。……この世にあるものは何でも金で値段が付けられる。すべて金だ」

龍花の言葉に今西はごくりと唾《つば》を飲んだ。

「し、しかし、そんなに簡単に自分の国を捨てられるものなのか？　俺にはとても考えられん」

「俺から見れば、日本の国籍なんか後生大事《ごしょう》によく持ってるもんだと感心するよ」

嘲《あざけ》るような口調で龍花はいった。「日本の国籍がなくなって困ることは二つしかない。日本に帰るとき三ヵ月ごとにビザを更新しなけりゃならんことと国の年金がもらえなくなること。それだけだ。……ビザなんか長いこと日本で休暇を取るわけじゃなし、三ヵ月で十分だ。俺はこの八年間一度も日本に帰っていない。帰る気なんぞしない。年金はどうだ？　俺は富国銀行で身を粉《こ》にして十年間働いて、その間三十億円を超える利益を銀行にもたらしたが、六十五歳だかになってもらえる厚生年金の額はいくらだと思う？　富国銀行人事部長様のご大層な印鑑付きで年金証書とかいうものを送ってきたがな、それに月三万円ちょっとだと書いてあったよ。そんな鼻糞《はなくそ》みたいな金をもらうために国籍なんか持っていられると思うか？」吐き捨てるようにいった。

「しかし、捨てる必要もないんじゃないのか？」動揺しながら今西は訊いた。

「お前、あんな阿呆《あほう》みたいな国の国籍を持っていて何が嬉《うれ》しい？」龍花は挑発するようにいった。「国民の税金を使って役人どもはやり放題。存在意義のない外郭団体をぞろぞろこしらえて税金を垂れ流し、高級官僚は退官した後その手の外郭団体を渡り歩いて何億円もの退職金をもらう。欧米の国でそんなの見たことあるか？」

「いや……。たしかに、日本の役所が目に余るのは事実だが……」

「役所なんてほんの一例だ。国民の血税を世界中に援助でばら撒《ま》いて、全然発言力がないどころか舐めきられカモにされている。湾岸戦争のときに一番金を出して、一番馬鹿にされた国はどこだ？　イギリスやフランスを見てみろ。たいして金も出さずに国益はがっちり確保している。同じ税金を払うなら、イギリスやフランス国民として払った方がはるかにマシじゃないか？」

龍花のいう通りだった。

ＯＤＡ（政府開発援助）として昨年（一九九七年）中に日本政府が使った国民の血税は九十三・六億ドル（約一兆一千億円）。不景気に低迷し、格付機関ムーディーズから国債増発による公的債務の増大などを理由に格下げを示唆《しさ》され、毎日百人近くの国民が自殺している国がアメリカの一・五倍、イギリスの三倍近い金をばら撒いたのだ。

「今回の銀行への公的資金投入だって、大蔵省は『公的資金』などと名前をつけて国民を欺《あざむ》いているが、本来『税金投入』というべきものだろう？　日本国民はとてつもない時限爆弾を背負わされているのが、いまだにわかってないみたいだな」

「とてつもない時限爆弾？」

「そうだ。国債と地方債に旧国鉄債務などを加えた公的債務がいまや六百兆円だ。国民一人あたり五百万円、一家五人とすれば二千五百万円。日本国民は知らないあいだにこれだけの債務を背負わされたんだ。債務は今後ますます増えるだろう。そして最も恐ろしいのが金利の上昇だ。今は低金利だが、将来金利が一パーセント上昇すると年間六兆円の金利負担が追加される。三パーセントなら十八兆円だ。考えただけで背筋が寒くなるじゃないか。今後十年くらいのうちに、日本は大破綻《はたん》をきたして目茶苦茶になる可能性が極めて大きい」

お前はどうするつもりだ、という目をして龍花は今西を見た。今西は返す言葉がなかった。

「ダンスはいかが？」

女の一人がテーブルに寄ってきて腰をかがめて二人に訊《き》いた。今西は手を振って断わり、それをしおに腰を上げた。

「じゃあ、俺は検査部の人がいるから席に戻るわ。近いうちに昼飯でも食おう」今西は懸命に笑顔を作っていった。

「そうだな」龍花は素《そ》っ気《け》なく返事をすると、もう今西など眼中にないかのように視線を裸の女たちに向けた。

立ち上がった今西は、ふと何気なく龍花がテーブルの上に置いた手帳に視線をやった。開いたページの乱暴な書きなぐりの中に「Turkish Airlines（トルコ航空）」「X7：141298」「Fu-koku B/K Tsuchiya」という文字が見えた。

（酒を飲みながら考え事をしていたのか……。トルコ航空はこないだドレクスラーが十億ドルの資金調達のマンデートを獲った案件だな。しかし、富国銀行ツチヤとは？　最近ディーリング・ルームに赴任してきた土屋《つちや》副支店長のことか？　トルコ航空と彼は何の関係もないから、何か別の用事か……）

今西は気にとめないことにした。他人の人間関係を詮索《せんさく》しないのが信条だ。

「いつもすぐシャワーに行くのね……」

甘えて媚《こ》びる声が背中にすがってきた。龍花はそれを無視してバスルームに向かう。

シャワーを開き、頭からボディ・シャンプーを振りかける。女の汗と体液を徹底的に洗い流す。全身をさっぱり洗い上げるとタオルを腰に巻き付け、龍花は寝室に戻った。

女はシーツ一枚をまとっただけの全裸でベッドにころがっていた。ときおり、さらりと洗い上げた髪を物憂《ものう》げにかき上げる。目が快感の余韻《よいん》でとろりとしていた。長い手足のよく手入れされた肌は二十九歳にしては張りがある。以前、美人ニュース・キャスターとしてそこそこ売れた女だ。一年前からロンドンの大学院で勉強しているという。

十階にある高級フラットの窓からはケンジントン通りの街路樹が黒いシルエットになって見下ろせる。その下の通りを、車のヘッドライトが暗闇の中で群れをなす蛍《ほたる》のようにゆっくりと流れている。龍花は通りを見下ろしながら煙草《たばこ》を咥《くわ》えた。

(この女、国際政治学の勉強をしに来たとかいってるが、おおかたテレビ局の上司と衝突でもしたんだろう)龍花は感情のない目で女をちらりと見た。(頭の中身とプライドが釣り合っていないこの女じゃ、さぞや周りの人間は苦労したに違いない)苦笑しながら紫色の煙を吐いた。女とはあるバーで知り合った。アメリカの投資銀行の幹部で億を超える年収の龍花なら付き合っても世間体がいいと思ったのか、女は簡単に身体を開いた。

(身体は悪くない。しかし、高級フレンチ・レストランに連れて行けだとか、誕生日にはプレゼントをしろだとか手間がかかりすぎる。そろそろ潮時か……)

「ねえ、あたし赤ちゃんができたら産んでいい?」

龍花が窓の外を見ながら煙を吐いていると女がいった。

「何だと!?」龍花は憤怒《ふんぬ》の形相《ぎょうそう》で振り返る。つい先ほどまで裸の女たちがいるナイトクラブで飲んでいた酒とセックスの興奮でその目は異様に充血していた。「……お前、ピルを飲んでいないのか、ええっ⁉」

龍花の怒声に女はひるんだ。

「冗談よ、冗談。ちゃんと飲んでるわよ」ひきつった顔で女がいった。「……あなたの気持ちを試してみただけよ」

「くだらん冗談をいうな！」

女は口をつぐむ。

龍花は煙草を灰皿に押し付け、身支度を始める。出すものを出してすっきりすれば用はない。

「じゃあ、俺はそろそろ帰らせてもらう」ダークスーツの上着を羽織り、バリーの柔らかい革靴を履《は》く。ベッドに裸で転がったままの女が恨みと悔しさが入り交じった目で龍花を見る。

「お前と会うのもこれで最後だ」

「ええっ⁉」女は信じられないという顔をした。「それ、どういうこと⁉」

「いったとおりだ。もうお前とは会う気がない。女が欲しくなれば売春婦を買う」

「何ですって⁉　それ本気でいってるの⁉」女が叫んだ。「あたしを売春婦と一緒にするっていうわけ⁉」女は怒りに震えながら龍花を睨《にら》みつけた。

「そうだ」龍花の顔に嘲るような苦笑が浮かんだ。「いいか？　この世のすべての物には値段がある」

龍花の言葉に女は怪訝《けげん》な顔をした。

「EBRD（European Bank for Reconstruction and Development、欧州復興開発銀行）が発行した二〇〇二年五月満期のルーブル建てゼロ・クーポン債は額面一〇〇に対して三五の値段で売買される。金利が上がれば固定金利建てローンの値段は下がる。トルコ政府が今後五年間にデフォルト(債務不履行)する可能性は四・五パーセントと見られるからトルコのデフォルト・スワップ(債務履行保証)の値段は額面一〇〇に対して一年当たり四・五だ。企業の値段は将来の予想収益の総和を現在価値に引き直したものだ。この世で値段が付けられない物などない。悲しみや、愛情にも値段は付けられる。そして物に値段を付けて売るのが、俺たちインベストメント・バンカーの仕事だ」女は龍花を凝視する。「俺がお前に付ける値段は……」龍花は冷淡にいった。「お前の股《また》の間にあるものの値段だ。それ以上でもそれ以下でもない」

女の顔がショックで蒼白《そうはく》になった。あまりの屈辱で言葉が出ず、口元をわなわなと震わせる。

「お前と付き合う総コストをはじいて、お前が売春婦より安ければセックスをする。高ければ売春婦を買う。単純なコスト・コンパリソン(費用比較)の問題だ」

龍花は落ち着いていうと、振り返りもせずドアを閉めた。

「畜生!」女がドアの向こうで叫ぶのが聞こえた。

龍花が女のフラットのあるビルを出ると、暗い通りでは雨が降り始めていた。

龍花はタクシーを拾い、運転手に行き先を告げた。

「ハムステッド」

タクシーはロイヤル・アルバート・ホールの円形劇場が茶色く浮かび上がる暗い通りをハイド・パークに沿って走り出した。やがてマーブル・アーチを右折し、オックスフォード・ストリートに入る。水槽のようなブラック・キャブの座席に、雨滴が付いたガラス窓の外から賑《にぎ》やかなショッピング街の赤や青のネオンの光が差し込んでくる。

十五分ほど走ると、タクシーは両側に緑の丘と森が広がる通りに入った。ロンドンの中心街から遠くない場所とはとても信じられない静けさ。「オゥ、フォックス！」運転手の言葉に前方を見ると、道路の真ん中に三角形の両耳を立てたキツネの黒いシルエットが浮かび上がり、一瞬の後緑の丘の中へと消え去った。間もなく森に囲まれたロンドン北部随一の高級住宅地ハムステッド・ガーデンサバーブが現われ、タクシーは煉瓦《れんが》造りの堂々とした門構えの家の前で停まった。龍花がキャッシュで購入した寝室が八つもある豪邸だ。

龍花は小雨が降る中タクシーを降り、門灯の下でオートロックを解除した。邸宅内は通いのメイドが高級ホテルのスイート・ルームのように磨き上げている。龍花は階段を上り、二階の四十畳ほどの広さのリビング・ルームのソファーの上に背広の上着をばさりと放り出した。暖炉に火を入れ、渋い焦げ茶色のマホガニー材のサイドボードからコニャックのデカンターとブランデーグラスを取り出す。

ソファーで龍花はため息を一つついて、ブランデーグラスに注いだコニャックを啜《すす》った。酒を飲み、女を抱いたが心の渇《かわ》きは癒《い》えない。リビング・ルームの床には繊細な幾何《きか》学模様を織り込んだ絹のペルシャ絨毯《じゅうたん》が敷き詰められ、大きな窓からは広い庭とその向こうの鬱蒼《うっそう》とした森を眺めることができる。淡い間接照明と暖炉の炎がリビング・ルームを赤く照らし出している。壁際にはサイドボードと並んで書棚が置かれ、本と一緒にオフィスに収まり切らない無数のツームストーンと写真が並べられている。写真は調印式、ディール・オブ・ザ・イヤーの表彰式、新任マネージング・ディレクター一同、各国の国家元首や政府高官・著名人と一緒に写したものなどで、どれもが龍花の栄光のシーンである。

その同じ棚の片隅に、それらきらびやかな写真とは雰囲気を異にする二葉の写真がひっそりと置かれていた。

一葉は龍花が大学四年のとき秩父宮《ちちぶのみや》杯全日本学生スキー選手権男子一部校三〇キロメートル・クロスカントリーに出場したときのものである。華やかなアルペン競技と違って距離スキーは孤独で過酷なスポーツだ。全選手が一定間隔でスタートするため、自分がいったい何位を走っているのかさえわからない。スタートからゴールまで、無間《むげん》地獄のような苦しさの中で自分自身を執拗《しつよう》に叱咤《しった》し、駆り立てて行かなくては勝負から脱落してしまうところはインベストメント・バンカーによく似ている。試合以上に過酷な雪原での何十キロメートルものトレーニング。最初の一〇キロメートルこそ汗も出て体温も上昇するが、一〇キロを過ぎたあたりから汗は引き、身体は急速に冷えて行く。大学生の龍花は鼻水をぬぐい、細長いスキーとスティックを弓のようにしならせ、口の中で粘り付く唾《つば》を吐き出し、獣のように喘《あえ》ぎながら雪原を走り続けた。塩の結晶がこびり付いた頬が寒風になぶられ、皮膚の感覚は麻痺《まひ》していく。やがて陽は傾き、周囲の景色が黒く変わり始め、いつしか龍花は白と黒の大地でもがく人影になる。ときにその大地が突然真っ暗になり、肉体の極限を超えようとした龍花は失神していた。目標は全日本の代表となり、日の丸を胸に走ることであった。その夢はあと一歩のところで叶《かな》わなかった。社会に出ると同時に、龍花はスキーをきっぱり捨てた。今度は日本を代表するバンカーとなり、日本のためにディールをやりたいと切望した。皮肉なことに龍花は今、星条旗の下でディールをやっている。結局日本はそういう国なのだ。大学四年のときのその写真は苦しいことがあるたびに眺め、鷲《わし》は群れない、と自分を叱咤してきた写真だ。

もう一葉の写真は、数年前に故郷の実家の前で写した両親の写真だった。

老夫婦が木枯《こが》らしの吹き始めた晩秋のある日に、古びた木造トタン葺《ぶ》きの小さな一軒家の前に二人並んで精一杯の笑顔を見せている。その写真を見るたびに龍花は、懐かしさよりも両親はこんなに小さかったのかと愕然《がくぜん》とする。父親は小学校の教員だった。その傍《かたわ》ら、近所の農家から畑を借りて母親と二人で馬鈴薯《ばれいしょ》、大根、トウモロコシなど寒地に適した農作物を育てていた。借地代を払うと収入はいくらにもならなかったが、祖父が他人の保証人になったばかりにこしらえた借金を返し、二人の息子を大学にやるための足しにと、朝から晩まで一年じゅう働きずくめの両親であった。龍花の脳裏には小学校での仕事を終えたあと、黄ばんだランニングシャツにつぎだらけの作業ズボンを穿《は》いて日が暮れるまで畑で肥《こや》しを撒《ま》いていた父親と、もんぺ姿に破れた麦藁《むぎわら》帽子をかぶり農作物を載せたリヤカーを農協まで引いて行く母親の小さな姿が今でも焼き付いている。その父親は若いときの無理がたたって身体をこわし、三年前に他界した。母親もまた龍花が億の金をかけて建ててやった老人仕様の立派な家で病の床に臥《ふ》せっている。地元の役場に勤めている弟の隆《たかし》が面倒を見ているが、もうあまり長くはなさそうだ。

「母さんには何か夢がある？」大学生だった頃、龍花は何気なく訊《き》いたことがある。母親は少し考えてからいった。「そうだねえ。……おじいちゃんの借金を返し終えて隆が大学を出たら、母さん子ども相手の小さな駄菓子屋をやってみたい」結局そんなささやかな夢さえ叶えずに母親は人生を終えようとしている。働きずくめでろくに人生を楽しむことすらなかった両親。それでも写真の中の二人は幸せそうに笑っている。その笑顔を見るたびに龍花は無性に悔しくなり、俺は違う生き方をする、俺は人生の栄光と楽しみを精一杯味わうんだ、と自分にいい聞かせるのだった。

龍花は写真を眺めて深いため息をついた。

やり切れぬ思いをアルコールで飲み込もうとするかのようにブランデーグラスを呷《あお》った。そしてふと、かつて一緒に暮らしたことのある一人の女のことを思い出した。龍花の母親と同じように穏《おだ》やかな優しさに溢《あふ》れ、そこはかとない悲しみを漂わせていた女。

道子《みちこ》。北の国から来た娘だった。

4

東京の海外審査部との長い電話を終えた今西は「ふーっ」と大きなため息をもらした。受話器を置いた後もしばらく宙の一点を見詰めながら、先ほどまでの島村《しまむら》審査役との激しい応酬を反芻《はんすう》している。

「やっぱり厳しそうですか?」高橋が心配顔で訊いた。

「うん。島村さんは、いつでもノーから始めるけど、今回は特に強硬だね」

島村は今西より十歳近く年長で、海外審査のベテランだ。

「島村さんは、トルコ・トミタ自動車については特に問題があるとは考えていない。トルコという国自体を問題視している。つまりトルコの対外債務が増えすぎていて危ないっていうんだ。この点に関しては僕もすぐには反論できなかった」

今西はやや疲れた表情で続ける。

「でもね、トルコの対外債務が多いのは今に始まったことじゃないだろ。あの国はオザール首相の時代から対外債務で資金を取り入れて国内産業やインフラに投資することで発展してきた国だ。それに経常収支が赤字といっても毎年せいぜい十五億ドルか二十億ドルでたいした金額じゃない。トルコにしょっちゅう行ってる僕自身、状況がそんなに深刻だという実感もない」

高橋は頷《うなず》く。

「何か突破口があるはずなんだがなあ……」

「エコノミストの若林《わかばやし》さんの意見を訊いてみたらどうです？」

若林は今西の二年先輩だ。富国銀行のシンクタンクである富国総研のチーフ・エコノミストとしてロンドンに駐在している。


今西はイランへの出張から帰ると、ただちにトルコ・トミタ自動車向け一億五千万ドルの融資の稟議書《りんぎしょ》作成に取りかかった。融資の形式は国際協調融資（シンジケート・ローン、略称シ・ローン）。

国際協調融資という名前こそいかめしいが、手順はそれほど複雑なものではない。

まず借り手《ボロワー》が複数の銀行に融資条件の提示《プロポーザル》を求め、そのうちの一行を主幹事銀行に指名して融資団組成委任状《マンデート》を与える。次に主幹事銀行は複数の有力銀行からなる幹事銀行団を作る。幹事銀行団は融資条件などを記載した参加招聘状《インビテーション》を世界中の銀行に送り、協調融資団への参加銀行を募る。融資団は主幹事、幹事を含む通常五行から三十行程度の銀行から成る。融資団の組成が終わると、今度は融資契約書作成作業《ドキュメンテーション》が始まる。そして全当事者が融資契約書の一字一句に合意すると晴れの調印式が執り行なわれ、ディールは完了する。この一連の手続きに要する期間は最短で五週間。長いときは一年を超える。

今回トルコ・トミタ自動車は一億五千万ドル全額《フル》引受《アンダーライト》けのプロポーザルを求めている。今西は、富国銀行がいったん全額を引受《アンダーライト》けした上で、一億三千万ドルについては他の参加銀行を募ろうと考えている。従って、富国銀行の最終的な融資参加額は二千万ドルにする予定だ。

借り手《ボロワー》にプロポーザルを出すためには本店に稟議書を提出し、承認を得なくてはならない。添付資料を含めると、稟議書は百ページ以上になった。トミタ自動車イラン工場の設備内容、予想資金繰り《キャッシュフロー》、資金調達計画から始まり、リスク分析、トルコ・トミタ自動車の概要・財務分析・予想資金繰り《キャッシュフロー》、トルコのカントリーリスク分析、最近のトルコ向けシ・ローンの組成状況などが詳細に説明してある。今西と高橋は稟議書を一刻も早く書き上げるために一週間ほど遅くまで残業した。

「毎回毎回百ページ以上の稟議書を書かされるんじゃかなわないね、まったく」

今西がうんざりした顔で高橋にいった。

「ヨーロッパやアメリカの銀行は書いてもせいぜい十五ページくらいらしいですよ」

「日本の銀行はまったくどうかしてるよ。これじゃ稟議の承認を取るだけで疲れ果ててしまって、肝心のマンデート（融資団組成委任）獲りで他行と勝負するどころじゃなくなるよなあ」

富国銀行のシステムでは融資の稟議書はまずロンドン支店内で審査担当者のコメントをもらい、次に副支店長と支店長の印鑑をもらってから本店海外審査部に送付される。本店では海外審査部の副審査役がチェックした後審査役に回付され、最終的に海外審査部長が決裁する。しかし、金額によっては海外審査部担当役員や国際部門担当副頭取まで稟議が回ることになる。

今回のトルコ・トミタ自動車向け案件は海外審査部担当役員が最終決裁者となる。しかし、実際にはベテラン審査役の島村が承認すれば部長も役員もあまりうるさいことはいわない。島村攻略が最大の鍵《かぎ》だ。

（稟議書を送る前に、一応電話で話だけはしておいたほうがいいだろう）

今西は受話器を取り上げた。

腕時計を見ると時刻は午前十一時半。東京は夜の八時半だ。

稟議書が本店に着くと最初にそれを読んでロンドン支店に質問やコメントを送ってくるのは島村審査役の部下の若い副審査役だ。瞬間湯沸かし器の島村にいきなり話を持っていくと最初から議論がこじれ、本来やれるはずの案件まで否決されてしまうことがある。今西はこの若い副審査役を緩衝材《かんしょう》代わりに使っていた。

「はあ、そうですか。なるほど。まあ、稟議が来たらじっくり読ませてもらいます」

今西の説明を聞いた副審査役は無感動な返事をした。

（まあ、初回はこの程度の反応だろう）今西はがっかりすることもなく説明を終えた。

ところが、受話器を置くやいなや、間髪入れずに島村から電話がかかってきた。

「おい、今西君。今、たまたま電話を横で聞かせてもらったけど、何かとんでもない話をしてるじゃないか。ええっ!?」もの凄《すご》い剣幕だ。

「だいたいねえ、トルコみたいにあんなに対外債務の増えている国の案件をねえ、そう次から次へとどんどんやれると思ってんの⁉ とんでもない話だよ、まったく!」

怒りで口調がべらんめえ調になっている。

「しかし、島村審査役。トルコ・トミタ自動車は業績も順調ですし、一般のトルコ案件に比べればリスクはかなり低いとは思うんですが」今西は島村の先制攻撃にたじたじとなりながらも、何とか切り返そうとした。

「あのねえ、僕がいってるのはそんなことじゃないんだよ! トルコのリスクなんだよトルコの! もしトルコが外貨交換を停止したら、いくらトルコ・トミタ自動車が隆々としてたって外貨借入れの返済ができなくなるだろう? それにトルコ経済が混乱すりゃ、国内の自動車需要は当然落ち込んで業績だって傾くじゃないか」

「その点は確かにおっしゃる通りですが」

「だいたいトルコの対外債務は昨年末で八百四十億ドルにもなってるじゃないか。八百四十億ドルなんてアルゼンチン並みだろう? こんなに増えて、いったいどうするつもりなんだよ、ええっ⁉」

(いったいどうするつもりなんだ、といわれても俺のせいじゃないんだがな……)

しかし、対外債務の増加については今西自身も納得がいかないところがある。島村の懸念《けねん》に対して自信をもって申し開きができない。

「しかも、百五十本(一億五千万ドル)もアンダーライトするっていうんだろう? そんなでかい額の引受けなんかさせられるかよ!」

「いえ、でも本件についてはヨーロッパの銀行も前向きですし……」

「ヨーロッパの銀行って、どこ?」

「今声をかけているのはブリティッシュ・チャータード、クレディ・ジェネラル、ガルフ・バンキング・コープなどです」

「ふーん。……まあ、彼らにやってもらうんだな。こんなのはうちがやる案件じゃないよ!」

島村は今西の望みを断ち切ろうとするかのようにいい切った。

「とにかくね、僕はこんな案件を承認する気はないからね。いいたいことがあったら聞くけどさ。……いいたいことがあったらちゃんと調べていってきなよ。いつでも受けて立つから。こないだのトルコ実業銀行の案件は一年の短期だったから仕方なく承認したけど、今回は俺も徹底的にやるからね、徹底的にっ!」

島村はその後もひとしきりぶつぶついい続けたあと、最後に「ああっ、もう気分悪いなあ。俺はもう気分悪いから帰るぞっ!」といって、一方的に電話を切ってしまった。

受話器を置いたあと、今西は頭を抱えた。これほどまで島村が反対するとは予想していなかった。承認が取れない場合、すでに声をかけたブリティッシュ・チャータード銀行他にどうやって言い訳をしようかと考えると気が重い。

翌朝、今西は再び島村と長時間電話で話した。しかし結果は前日とたいして変わらなかった。

島村と電話で二度目の議論をしたその日、今西はエコノミストの若林を誘い「ジョージ&ヴァルチャー」という英国風グリル・レストランに昼食に出かけた。若林は大学で計量経済学を専攻し、富国銀行入行後は調査畑一筋に歩んでいる。ロンドンでは欧州の政治経済の動向を追うのが主な仕事で、富国総研の定期レポートに寄稿したり、銀行の経営陣の求めに応じて「欧州通貨統合」、「欧州における日本企業の動向」といったテーマで調査活動を行なっている。マクロ経済分析に強いので、海外審査部と常にカントリー・リスクに関して議論しなくてはならない国際金融課の今西と高橋にとっては、頼れる相談相手である。

「ジョージ&ヴァルチャー」の古い木の扉には、店名が刻まれたすりガラスがはめ込まれ、扉を押し開けると、肉を焼く香ばしい匂いと煙が漂ってきた。店内は混んでいた。二人はウェイターに案内され、旧国鉄の客席のように高い背もたれがついた四角い木のテーブル席に腰をおろす。

「へーえ、こんなところがあったの」若林は物珍しそうに店内を見回した。

年季を感じさせる木造の壁や天井はでこぼこで、長い間にわたってペンキやニスが塗られた痕《あと》がある。もともとは緋《ひ》色だった織物のカーテンは陽の光で白っぽく変色していた。電気のコードで天井からぶら下げられた、簡単なかさを付けただけの裸電球が店内をオレンジ色に照らしている。客は圧倒的に男性が多い。ダブルカフスのワイシャツに、サイドベンツのダーク・スーツという、一目でロイズの保険ブローカーとわかる男たち。さもなければ、シティのバンカーだ。昼間からワインや黒いギネス・ビールを飲んでいる。

「今西君は、ここにはよく来るの?」エコノミストにしては珍しく眼鏡もかけていないスポーツマン・タイプの若林が訊《き》いた。話し方はさすがにシャープな感じ。

「月に二、三回ですね。雰囲気が珍しいので、日本のお客さんなんかには喜ばれます。……これ見て下さい。創業一一七五年ですよ」今西はメニューを差し出した。

「えーっ、創業一一七五年！」

「壇之浦《だんのうら》の合戦の十年前ですね。メニューの表紙にＡＤ一六〇〇とありますでしょう？　これが今の場所に移ってきた年らしいです。関ヶ原《せきがはら》の戦いの年です。レストランの一部は昔は普通の家で、チャールズ・ディケンズが寝室に使っていたそうです」

「すごいもんだねえ……」若林は唸《うな》った。「シティの中にはこういうとてつもない場所があちこちにあるんだよなあ。この街が持つ不思議な底力を垣間《かいま》見せられたような気持ちがするね」

二人は定番メニューのミックス・グリルを注文した。

「高橋君から聞いたんだけど、トルコの稟議《りんぎ》で苦労してるんだって？」グラスのミネラル・ウォーターを飲みながら若林が訊いた。

「はい。トルコ・トミタ自動車向けの一億五千万ドルの案件なんですが」

「一億五千万ドルか。トルコ向けにしては結構でかいな。トルコはこないだもトルコ実業銀行向け融資をやったばかりだろう？　島村さんも田亀《たがめ》部長には稟議を上げづらいだろうな」

「それはあるでしょうね」

「田亀部長はロンドン支店を目の敵《かたき》にしてるしな」若林は苦笑を浮かべた。

「ええ。……お陰で苦労します」今西は口ごもりながら答えた。

攻撃的な性格の田亀海外審査部長はロンドン支店長の林《はやし》とは同期のライバルだ。しょっちゅう稟議に難癖をつけてはビジネスを妨害してくる。

「まったく、邦銀は行内の利害関係が複雑で仕事がやりづらいよな。こんなことばかりやってるからあっという間に時代の流れから取り残されてしまうんだ」若林は苦々《にがにが》しい顔つきになる。

「それにしても、今西君はよく頑張るよなあ。邦銀の人事は減点主義だから、仕事で実績を上げるよりは、そつなく当たり障《さわ》りなくやる方が利口なんだが。ましてや、君はばりばりのエリート・コースに乗ってるんだ。あまりむきになって仕事する必要もないだろう」からかうような口調でいった。

「エリート・コースだなんてとんでもないですよ」

「まあ、いいや。じゃ、ちょっと資料を見せてもらおうか」

若林は今西からトルコに関する統計資料を受け取り、目を通し始めた。エコノミストの習性か、若林はたちまち数字の列を追い、その意味を解明することに没入していく。

うつむいた若林を見る今西の表情から、先ほどまでの明るさが消えていた。

（エリート・コース、か……）今西は苦い物でも飲み込むように心の中で呟《つぶや》いた。

エリート・コースといわれるたびに蘇《よみがえ》る暗い記憶があった。

それは丸の内支店で融資課の主任をしていた、三十歳を過ぎたばかりの頃のことだった。季節は三月で桜前線が北上していた。

「この会社は受注残がこれだけあります。ですから、今このつなぎ資金さえ出してやれば資金繰りは必ず上手く回って行きます」

決算月の銀行の支店は来客が多く混み合っていた。店頭の喧騒《けんそう》と周囲の電話の話し声を聞きながら、今西は融資課長の席の前に立っていた。目の前には今西が書いた五千万円の融資の稟議書があった。中央区の小さな建設会社に対する短期の融資。技術屋出身の社長はまだ四十歳で、数年前に妻を亡くし、会社経営の傍ら男手一つで一人娘を育てている好人物だった。

「確かにきみのいう通りなんだろうが……」融資課長は眉根《まゆね》に皺《しわ》を寄せた。「だが、この融資は駄目だな」

「ええっ、どうしてですか⁉　確かに無担保の与信ではありますが、受注先は大手の宗教法人や一部上場企業など一流どころばかりです。工事代金回収に懸念はありません」

「問題はそんなことじゃない。……これが、ノーなんだよ」融資課長は右手の親指を立てた。支店長の意味だ。「うちのオヤジ（支店長）はこの六月に役員昇格がかかってる。同期のトップは二年前に役員になってるから今年がラスト・チャンスだ。だから六月以前は絶対にミスできない。従って、新規の融資は担保がガチガチについている案件以外は絶対に判子《はんこ》をつかんよ」

「そ、そんなことで融資をストップするなんて……」今西は愕然《がくぜん》となった。「それに、つなぎ資金がないとこの会社は月末の手形が落とせなくて倒産します」

「つぶれる会社にはつぶれてもらうしかないさ」融資課長は開き直ったようにいった。「もともと綱渡り的な資金繰りをやってる向こうが悪いんだ。……今、貸し出しと保全のバランスはどうなってる？」

「貸し出しが一億五千万、担保が定期預金三千万と社長の自宅に第一順位で一億四千万の根抵当権を設定しています」今西は顔を曇《くも》らせて答えた。

「取りっぱぐれはないな」メタルフレームの奥で融資課長の目が光った。「担保関係に不備がないか今一度念入りにチェックしてくれ。他行にこちらの動きを悟られないうちに素早くな」

「しかし……」

「今西」課長はさめた目で今西を見据《みす》えた。「きみはこの四月に支店長代理の昇格がかかってるんだろう？　支店長のご機嫌を損ねてここで遅れたりすると一生響くぞ」

それを聞いて今西は言葉に詰まった。邦銀の人事制度に敗者復活戦はない。

「それにこないだ支店長が酒の席で、今西君の次の転勤は企画部か人事部あたりだなとおっしゃってたじゃないか。エリート・コースを自分から棒に振るようなことはするもんじゃないぜ」

「…………」

「ま、銀行員をやってりゃこういうことはよくあるよ」課長は諭《さと》すような口調でいった。「ビジネスの世界における一経済現象と割り切ることだ。医者がいちいち患者の気持ちになってたら身がもたんのと同じだよ」

結局、今西はその詭弁《きべん》を受け入れた。すがるような目の社長に引導を渡したのは今西だった。月末が来ると、建設会社は呆気《あっけ》なく倒産した。その報《しら》せを聞いたとき、吐き気を催すほどの激しい自己嫌悪が今西を襲った。

四月に入り、今西は支店長代理に昇格した。

今西の昇格祝いを兼ねた支店の花見が皇居のお堀端で開かれた。ライトアップされた満開の桜が妖気《ようき》を漂わせているような夜だった。今西はいつにない早いピッチで杯を干し、早々と酔った。同僚たちが今晩の今西はどうしたんだと訝《いぶか》る。しかし酔わずにはいられなかった。

夜も更けた頃、今西はふと何気なく近くのゴミ箱の方に目をやった。その瞬間、今西の視線は驚愕《きょうがく》で凍りついた。一〇メートルほど向こうに、倒産した建設会社の社長の横顔があった。

うす汚れたジャンパーを着て背中を丸め、ゴミ箱の残飯を漁《あさ》っていた。その光景は満開の桜の木の下でこの世のものではないように見えた。社長の傍らには十歳になる一人娘が立っていた。娘は死んだ魚の目のように濁った目で今西の方をじっと見ていた。

今西は身体を硬直させ、思わずすわっていたビニールシートを両手で握り締めた。

(俺があの目を濁らせたんだ。俺が……)

酔いが一度に醒《さ》め、身体が震えて止まらない。顔を背けて俯《うつむ》いた。

その時、傍らから声がかかった。

「よお、今西君。ほらもうちょっと飲めよ」

支店の先輩だった。今西は我に還る。

(今のは……?)

今西はゴミ箱の方に視線を凝らす。そこに社長父娘の姿はなかった。

どうやら幻覚を見たようだった。建設会社の社長に見えたのはゴミを捨てに来た花見客で、娘はどこかのグループの子どもだった。

今西は青ざめた顔のまま、先輩から酌を受ける。全身が冷や汗でぐっしょり濡《ぬ》れていた。

その瞬間、この恐ろしい罪悪感は一生自分について回るのだと悟った。

それ以来今西は二度と同じ過《あやま》ちは犯すまいと思って生きてきた。

様々な人々の利害が複雑に錯綜《さくそう》する邦銀という組織の中で、窮地に追い込まれることもあったが、かろうじて自分なりの正義を貫きおおせてきた。しかし、その一件に関する罪悪感だけは身体に彫り付けられた刺青《いれずみ》のように消えることはなく、満開の桜の下で見た夜の光景も記憶にこびり付いている。あの件に関する限り、今西に敗者復活戦はない。思い出すたびに今西の心は後悔と自己嫌悪の泥沼の中に沈んでいくのだった。

「うん？　今西君、どうしたの？」

資料から顔を上げた若林が怪訝《けげん》そうな顔をして今西を見ていた。

「あ、いえ。何でもないです」今西はパッと笑顔に戻る。盛況のレストランのざわめきが両耳に押し寄せてきて、現実が暗い記憶を押しやった。

間もなく注文したミックス・グリルが運ばれて来た。焼いたラム肉、牛肉、レバー、ソーセージなどが載った皿が目の前に置かれる。焼き方は素朴で、ところどころ焦げている。肉の上に目玉焼きが載っているのがこの店独特だ。付け合わせは輪切りにした玉ねぎをカリッと油で揚げたオニオン・リングだ。

「なるほど。確かにトルコの対外債務は増えてるな」

若林は資料に目を落としながら、右手で胡椒《こしょう》の瓶をつまみ肉の上に振りかける。

「はい。しかし、同時に外貨準備も増えています。外貨準備は一九九三年末で六十三億ドルだったのが、昨年末で百八十四億ドルとほぼ三倍です。僕は対外債務の増加と外貨準備の増加に何らかの因果関係があるんじゃないかという気がしています。それが解明できれば対外債務の増加に関してもまっとうな説明がつけられると思うんですが……」

「対外債務は九三年末が短期債務百八十五億ドル、中長期債務四百八十八億ドル。昨年末が短期二百十七億ドル、中長期六百二十八億ドルか」若林はソーセージをフォークで口に入れながら、テーブルの上の資料を左手でめくる。「中長期の資金調達ができなくなって短期債務に頼っているとしたら問題だが、増加率は短期債務の一七パーセントに対して中長期債務は二九パーセント。中長期の調達が圧倒的に増えているわけか……」

「トルコの資金調達は順調です。特に外国のＥＣＡ（公的輸出信用）や外債発行で期間五年から十二年の資金を順調に取り入れています」

「そうだな。……それで、と。経常収支はどうなっていたっけ？」

経常収支が大幅な赤字で、それを補塡《ほてん》するために対外債務を増やしているのなら問題がある。

一九八〇年代初頭に国際的債務危機が発生したが、当時の中南米諸国がそういう状態だった。当時の資料を見ると、経常収支ベースで、メキシコが毎年五十から百六十億ドルの赤字。ブラジルは七十から百六十億ドル、アルゼンチンも二十五から五十億ドルとそれぞれ慢性的な経常赤字だった。

「トルコの経常収支は確かに赤字ではありますが、赤字幅は年間十五から二十五億ドルで大赤字ではありません。九四年は逆に二十六億ドルの黒字を記録しています。それに直接投資が年間六億ドル前後着実に入ってきていますから、経常収支の赤字はこれでかなりカバーできています」

「なるほど。そうすると、対外債務の増加は一部経常収支の赤字補塡のためではあるが、それがすべてじゃないということか。……こりゃ、やっぱり今西君がいうように何らかのちゃんとした理由がありそうだな」

若林の言葉で今西の胸中に小さな希望の灯が点《とも》った。

今西はよく焼けたレバーを口に運びながら若林の言葉を待つ。

若林の目はなおも統計の数字を追って行く。トルコの対外債務における借り手別内訳という項目のところで視線が止まった。その数字はここ数年間でトルコ実業銀行のような商業銀行が対外債務を大幅に増やしている事実を示していた。

「ずいぶん商業銀行の短期債務が増えてるんだね」

「確かに。シ・ローンで出てくる案件もヤピ・クレディ銀行、ガランティ銀行、トプラク銀行といった商業銀行の一年のファイナンスばかりですからね」

「何でトルコの商業銀行はそんなに短期の借入れをするんだい？　その金をいったい何に使ってるのか、今西君は知ってる？」

「ああ、それなら簡単です。トルコ国内の企業が外貨建ての借入れを好むので、その貸付け資金に使ってるんです。トルコではインフレ率が一〇〇パーセント近いですから、トルコリラ建てで金を借りると年間一〇〇パーセント以上の金利を銀行に取られます。これが例えば米ドル建ての借入れだと金利は二〇パーセント以下ですみます。特に売上げがトルコリラ建ての純国内型企業であればトルコリラで借りるインセンティブ（動機）はありますが、輸出業者のように外貨収入が確実にあってトルコリラの交換レートの下落という要因を考慮する必要のない企業は特に外貨で借りたがりますね」

「うーん、なるほどそうか……」若林の目が強い反応を示した。

「何かわかりそうですか？」

「うん。だんだん見えてきたよ。何とか説明がつきそうだ」

「本当ですか!?」

若林はラム肉を口に運びながら、何やら考え込んでいる。自分の仮説を頭の中で検証しているようだ。ときおり統計資料をめくって数字を確かめる。皿の上の肉類をきれいに片づけ、ミネラル・ウォーターを一口ごくりと飲んでからようやく口を開いた。

「今西君、わかったぞ。こういうことだ……」

若林が説明してくれたことはごく自然な経済メカニズムだった。

すなわち、トルコの輸出企業はトルコの銀行から外貨を借りる。その金で輸出するための農産物や繊維製品を国内の生産者から買い付けるが、このときの支払いの多くをトルコリラでする。トルコの国内商売の大部分はトルコリラ建てであるためだ。ここがポイントだ。つまり、トルコの輸出業者は外貨で借入れをするが、必要なのはトルコリラだ。では、どうやってトルコリラを入手するかというと、これは借りた外貨を銀行に持って行ってトルコリラに換えてもらうしかない。その交換した外貨がトルコの中央銀行や商業銀行に蓄積され、それが国全体の外貨準備として計上される。これがここ数年、対外債務が増えると同時に外貨準備が増えるという現象の背後にあるメカニズムだ。

「なるほど、よくわかりました」

今西の表情は暗雲が晴れたように明るくなった。

「わかると何でもない話だが、普段からトルコに行って誰が何をしているかを実際に見聞きしてないと案外気がつかないことかもしれない。島村さんもトルコに行ってるわけじゃないから、対外債務の数字だけを見てショックを受けたんじゃないかな」

「有り難うございます。これで何とか説明ができます」

「そりゃ良かった。ただ、対外債務の一部が経常赤字や財政赤字の補塡に回っているのは事実だ。それに、島村さんのいうように対外債務の絶対額が増加し続けていて銀行としては油断ができないのも事実だ。……それと、ここがちょっと気になるな」

国際収支に関する統計資料の一箇所を若林は指差した。証券投資と短期資本の項目だった。

「トルコは注目されているイマージング・マーケット（新興国市場）の一つでヘッジ・ファンドなんかのホット・マネー（投機的資金）もかなり入ってきているだろう？　その手の金の出入りが激しいと去年のアジア通貨危機みたいな状況にならんとも限らない」

若林がいうとおり、ホット・マネーの動きを示す証券投資と短期資本の合計額は、九三年は七十億ドルという大幅流入超であったのが、翌九四年には逆に四十億ドルが流出し、九五年には再び四十億ドルの流入超と毎年大きくぶれていた。

「これだけホット・マネーが出はいりしていると、ちょっとしたことで株も為替も急激に動く。……まあ、よく注意して見てなきゃいけない国だよね」

昼食を終えた二人は「ジョージ&ヴァルチャー」を出ると、ビルの谷間の聖ミカエル小路を通り、バンク駅とチープサイドに通じるコーンヒルという目抜き通りに出た。

「ベアリング・ブラザーズか……」

一瞬立ち止まった若林が、彼方《かなた》を見上げていった。

若林の視線は、コーンヒルの両側に建ち並ぶ五、六階建てのビル群の向こうに一際《ひときわ》高く聳《そび》える、二十一階建ての黒いビルに注がれていた。

ベアリング・ブラザーズ。

かつて陽が沈むことのない大英帝国に、資金という血液を循環させる心臓部として君臨した栄光のマーチャント・バンク（merchant bank）である。

マーチャント・バンクとは、英国において投資銀行的役割を担《にな》ってきた金融機関だ。

十八世紀に始まった産業革命はイギリスの貿易量を急速に増大させた。それを背景にマーチャント・バンクとよばれる国際金融業務を専門とする一群の金融機関が生まれた。当時の世界貿易の中心地であるロンドンに集まる情報を駆使し、貿易手形の引受け（acceptance、支払い保証）をしたのが初期の業務であった。やがて、欧米諸国の工業化にともなう資金需要に応《こた》えるため、外国証券の引受け・販売業務へと進出していった。一八五〇年までに十七のマーチャント・バンクが設立され、一九〇〇年代初頭、その数は百を超えた。

マーチャント・バンクの双璧《そうへき》がベアリング・ブラザーズとNMロスチャイルドであった。日露戦争の戦費調達のため日本政府が発行した五百十万ポンド（明治三十五年）と六百五十万ポンド（明治三十八年）の外債の引受銀行団にもこの二つの銀行は名前を連ねている。NMロスチャイルドがスペインの銅山開発、南アフリカの金・ダイヤモンド鉱山開発、アゼルバイジャンの油田開発など、宮廷御用達《ごようたし》のユダヤ商人にとって伝統的に関心のある鉱業関係への投融資に力を入れていたのに対し、ベアリング・ブラザーズは、茶、砂糖、コーヒー、藍《あい》、綿、銅、小麦粉、穀類、大麻、皮革、鉄、米、ラム酒、硝石、香料、脂肪、錫《すず》、煙草、羊毛など、ありとあらゆる貿易品目に関する金融を手がけた。

第一次大戦後、マーチャント・バンクの業績は低迷したが、第二次大戦後、ユーロ市場の形成とともにユーロ債の引受け・販売業者として中心的な役割を担うようになった。しかし、一九八四年から一九八八年にかけて行なわれた英国のビッグ・バンが彼らの運命を大きく変える。資本力で優る欧米の金融機関がロンドン市場に参入してきて、競争に敗れたマーチャント・バンクは一つまた一つと姿を消していったのだ。モルガン・グレンフェルはドイツ銀行に、クラインオート・ベンソンはドレスナー銀行に、サミュエル・モンタギューはミッドランド銀行に、SGウォーバーグはスイス銀行に、そしてハンブロスはソシエテ・ジェネラル銀行に吸収された。今日では、わずかにシュローダーやNMロスチャイルドなどがニッチ・プレーヤーとして細々と活動しているだけだ。総資産を比較しても、それぞれモルガン・スタンレー・ディーン・ウィッターの十七分の一と四百三十四分の一に過ぎない。今日、ロンドンの投資銀行業務で圧倒的な力を発揮しているのは米国の投資銀行と欧州勢である。ゲームの場所は英国だが、活躍するのはすべて外国勢という「ウィンブルドン現象」だ。

ベアリング・ブラザーズは伝統の力でビッグ・バンの荒波を何とか乗り切ったかに見えた。しかし、一九九五年二月、シンガポール支店のトレーダー、ニック・リーソンが日経平均先物に対する賭《か》けで十億ドルあまりをすったために倒産。オランダのING銀行に吸収された。二百三十二年間にわたる長い歴史の幕切れは呆気《あっけ》なかった。かつてベアリング・ブラザーズの本店だった二十一階建ての黒いビルは、現在ドイツ銀行が使用している。

ビルを見上げる若林の視線は感慨深げだった。

「ベアリング・ブラザーズか……」

打ち合わせが一段落して、窓際で伸びをしたヒルドレスがいった。

五十階の龍花のオフィスからはシティのビル群が眼下に見下ろせる。

モルガン・ドレクスラーの欧州本部はテームズ川を挟んでシティに対峙《たいじ》するドックランドにある。ロンドンが世界最大の港であった頃の波止場《はとば》は一九八〇年代後半、マーガレット・サッチャー首相の政策で新しい都市に生まれ変わった。

ここは英国に突然現われた異邦人のような土地だ。

既存の建物をなるべく保存する英国流タウン・プランニングから解き放たれた建築家たちは、ことごとく統一性のない革新的なデザインのビル街を造った。投資銀行のモルガン・スタンレー、CS《クレディ・スイス》ファースト・ボストン、ベア・スターンズ、バークレイズ・キャピタル、新聞・メディアのトリニティー・ミラー、インデペンデント、テレグラフ・グループ、石油会社のテキサコなどの近代企業がここを拠点にしている。子どもや老人のいない無機的なビジネス都市である。

「ローグ・トレーダー（ごろつきトレーダー）一人の持ち高で傾くような金融機関なら、いずれ遅かれ早かれってことだったんだろうが……」

ヒルドレスの目は、シティのビル群の中でもひときわ高い、二十一階建ての黒いビルに注がれていた。

「ここからシティを見下ろしていると、第二次大戦中にロンドンを爆撃したジャーマン・ルフトヴァッフェ（ドイツ空軍）の戦闘機乗りになった気分だな。金融街シティに襲いかかる米国の投資銀行には相応《ふさわ》しい場所だ」ヒルドレスはにやりと笑った。

「ベアリングが倒産したとき、ジャックはどう思った？」椅子にすわった龍花が訊《き》いた。

「……クラス（階級）社会の終焉《しゅうえん》だな」

「クラス社会の終焉？」

「そうだ。かつてのイギリスは厳然たるクラス社会だった。労働者階級の子どもは労働者にしかなれない。マーチャント・バンカーになれるのは、家柄が良くて、オックスブリッジを出た連中だけだ。奴らは朝遅い時間にオフィスにやってきて、まだ喉《のど》の辺りでつっかえている朝飯にげっぷをしながら、暖炉と金の額縁入りの立派な絵画のある小宇宙のような部屋で、世界を支配したように錯覚しながら二、三通の書類と小切手にサインをし、午後は一同うち揃ってマホガニーのテーブルを囲んで三時間かけて昼飯を食い、ワインで酔っぱらっていた。週末はカントリーハウス（別荘）で乗馬に雉撃《きじう》ちだ。そいつらがビッグ・バンで大慌てして、米国の投資銀行がやっているデリバティブなんかを見よう見まねで始めた。しかし、三時間かけて昼飯を食う連中と、昼飯どきもマクドナルドのハンバーガー片手に血眼《ちまなこ》で客に電話したりパソコンを叩《たた》きまくっている連中とじゃ勝負は初めからついていた。……その典型例がベアリングの破綻《はたん》だ」

「なるほど」

「今やイギリスは家柄や学歴より、実力を重視する国になりつつある。サーカス芸人の息子も首相になった。ビッグ・バンは金融業界のみならず、社会全体の変革を促したというわけだ。……日本でも、今同じことが起きているようだな。ベンチャー・ビジネスの億万長者になった連中の中には東大出は殆《ほとん》どいないそうじゃないか」

「そうだな」龍花は頷《うなず》いた。「ところで、ジャックはロイ・C・スミスの『国際金融の内幕』

という本を読んだことはあるか？　十年くらい前に出た本だが」

「西暦二〇〇〇年に勝ち残っているのは、シティコープ、野村證券、ドイツ銀行、ソロモン・ブラザーズ、モルガン・ギャランティ、クレディ・スイス・ファースト・ボストン、アメリカの投資銀行各社、スイスの銀行、という本だな。あとはイギリス、欧州の銀行、それに日本勢だったか」

「あの予想はかなり当たっていたな。日本勢を除いては」

龍花の言葉にヒルドレスは、少し考える風に一瞬沈黙した。

「うむ。……しかし、日本勢も全滅というわけじゃないだろう？」

「馬鹿な！　今の邦銀や日本の証券会社を見てみろ！　どこのどいつが我々に対抗できる⁉」

「そうかもしれんが、俺には多少気になる連中がいる」

そういうとヒルドレスは、再びシティのビル群に視線を戻した。

(多少気になるだと？　日本の無能な金融機関に何ができるというんだ？)

龍花は自分のデスク横に貼られている国際金融ビジネスのリーグ・テーブル（順位表）に目をやった。このテーブルがそのまま業界内の序列である。

M&A（mergers and acquisitions、企業買収）部門では、モルガン・スタンレー、ゴールドマン・サックス、メリルリンチの上位三社が昨年一年間で総額七千八百億ドルのディールを取りまとめ、全世界で六二パーセントという圧倒的なシェアを占めた。十位以内に米国の投資銀行が八社。モルガン・ドレクスラーは四位。日本勢の名前はない。債券部門では今年第1四半期でモルガン・スタンレーが九十一件、総額二百三十八億ドルの主幹事をつとめて首位。メリルリンチ、JPモルガン（モルガン・ギャランティ）が続き、上位三位までが米国勢。モルガン・ドレクスラーはドイツ銀行に次いで五位。国際協調融資《シンジケート・ローン》部門の首位はチェース・マンハッタン銀行で、主幹事総額五百二十四億ドル。ネーションズ・バンク、バンク・オブ・アメリカ、シティバンク、JPモルガン、モルガン・ドレクスラーと、実に六位まですべて米国勢だ。邦銀で五十位以内に入っているのは、四十六位の日本興業銀行だけ。主幹事総額八億八千四百万ドルはチェース・マンハッタン銀行の六十分の一。各部門の上位十行までが「大リーガー」と認められるこの世界では比較の対象にもならない。株式部門では、上位からゴールドマン・サックス、ウォーバーグ・ディロン・リード、メリルリンチ。野村證券が五位で、全部門通じて唯一日本の金融機関がトップ・テンに入っている。

龍花がリーグ・テーブルを眺めていると、部屋の外から秘書が呼んだ。

「丈《ジョー》、住之江《すみのえ》銀行のミスター・タガワから電話が入ってるけど」

「オーケー、回してくれ」龍花は受話器を取り上げる。「龍花ですが」

「ああ龍花さん、田川《たがわ》です」

田川は住之江銀行ロンドン支店の国際金融担当次長だ。

「龍花さん、ブリティッシュ・ケミカルのシンジケーションのことでお電話したんですがねえ。おたくのやり方ちょっと乱暴じゃないですか？」

英国のブリティッシュ・ケミカル社向け国際協調融資《シンジケート・ローン》は、モルガン・ドレクスラー主幹事により当初四億ポンド（約八百八十億円）の目標で組成開始《ローンチ》され、マーケットの反応が好評だったため総額五億ポンドに増額された。調印式は来週の予定で、住之江銀行は引受銀行の一つとして参加している。

「プレシピアムはおたくが一人占《じ》め、一億ポンドの増額分に対する引受け手数料も払わないっていうのは目茶苦茶じゃないですか」

　プレシピアム（プール・シェアリング）というのは、借入れ人《ボロワー》が支払う組成手数料《マネジメント・フィー》から、主幹事手数料、引受け手数料、一般参加銀行の参加手数料を差し引いた残余分である。ひとことでいえば、幹事銀行が一般参加銀行の手数料をピンはねした分だ。

「田川さん、うちからおたくに送ったインビテーション（参加招聘状）に、そんなもの払うって書いてありますか？」

　龍花の言葉に田川が一瞬絶句する。

「書いてなくたって、そりゃマーケット・プラクティス（市場慣行）でしょう？　当然もらえるものと思って引受けしますよ！」気色《けしき》ばんだ返事が返ってきた。

　龍花は鼻で嗤《わら》った。

「約束していない物は払うつもりはありません」

「何だって⁉」

「田川さん、このディールを獲るために、ドレクスラーはブリティッシュ・ケミカル社と何年にもわたって関係を作り、本件をオリジネート（発掘）し、先方と何カ月間にもわたって交渉し、その上で住之江銀行さんほかアンダーライター（引受銀行）にお声をかけたんです。我々はそういう努力に対する報酬を受け取ることは正当なことだと思っている」

「しかし、マーケット・プラクティスというものがあるじゃないか！　それを無視するっていうのか⁉」

「我々のやることがマーケット・プラクティスに反するとお考えになるなら、本件から下りて頂いてかまいません。住之江さんの分はうちがテイクアップ（引取り）します」

受話器の向こうで田川が歯嚙《はが》みをしている気配が伝わってくる。

「下りられるんでしたら今週末までにご連絡いただけますか。ドキュメンテーション（契約書作成）の都合がありますんで。それじゃ」

龍花は相手の返事を待たずに受話器を置いた。

「丈《ジョー》、住之江銀行がブリティッシュ・ケミカルの件で何かいってきたのか？」ヒルドレスが訊いた。

「プレシピアムの分け前と総融資額増額分の引受け手数料を寄越せってさ」

「まあ、それがマーケット・プラクティスではあるがな」ヒルドレスは、にやりとした。顔に百戦錬磨の凄《すご》みが漂う。

「で、お前何て返事したんだ？」

「嫌なら下りろ、だ」

龍花の言葉にヒルドレスはますますにやにやした。

「下りると思うか？」

「下りられるわきゃないだろう！　ブリティッシュ・ケミカル社といやあ、格付ダブルAの英国有数のグッド・ネームだ。住之江銀行の引受け手数料だって六万ポンド以上になる。こんなグッド・クレジットでしかも儲《もう》かる案件はめったにない。案件発掘力のない邦銀はごり押しされても泣き寝入りするしかないさ。しかも我々を怒らせると、今後インビテーションが一切来なくなって、商売上がったりになるのは田川もよくわかってる」

「そうだろうな、フフッ。……ところで、うちはあのディールでいくら儲かるんだったかな？」

「手数料で八十万ポンドちょっとだな」

「悪くないな」

ヒルドレスはごつい手で顎《あご》を撫《な》でながら、嬉しそうに笑った。

アメリカの投資銀行では金儲けの話は何よりも楽しい。

第二章　ウォール街の鷲《わし》

1

「き、貴様ら、本気でそんなことをいってるのか⁉」

パオロ・ベネデッティは顔面に怒りの朱を注いで怒鳴った。

野心的なイタリア移民の出身。みずから創設したベネデッティ・モンディーノ・アンド・ヤヌス（ＢＭＪ）投資銀行を世界で最もアグレッシブな金融機関に育て上げ、創設以来会長兼最高経営責任者《CEO》として、その毀誉褒貶《きよほうへん》に満ちた帝国に君臨している。

白髪まじりの頭髪をオールバックにした顔にはビジネスの修羅場を生き抜いてきた苦闘と辛酸が深く刻み込まれている。

「わたしは冗談をいうためにここにいるわけじゃありません」

ゲッティ・ブラザーズのＭ＆Ａ部長ウォーカーが平然と返した。

「この野郎……」

ベネデッティは歯ぎしりする。

「お前らインベストメント・バンカーは後先考えずに、ただディールさえできればいいと思っている血に飢えた狼だ。わしがそんな無謀な買収をする必要がどこにある⁉」凄みが宿った緑の目でウォーカーを睨《にら》みつけた。

しかし目をぎらつかせた三人の男たちはひるむ気配すらない。

ウォーカーが再び口を開いた。

「まず最初に申し上げますが、あなたもその血に飢えたインベストメント・バンカーの一人のはずですがね。……それはさて置き、まず話を聞いて下さい。この提案はわたしどもが数ヵ月の調査と研究の末に練り上げたものです。伊達《だて》や酔狂でいっているわけではありません」

ロシア、中南米などの新興国市場《イマージング・マーケット》で次々と大胆な株式投資を行ない驚異的な利益をたたき出して急成長を遂げているBMJのオフィスはニューヨークのミッドタウンとダウンタウンの中間地点、二四丁目のパーク街とマディソン街にまたがって建っている。ここから目指すウォール街まではあと一息の距離だ。それはあたかも業界におけるBMJの地位を象徴している。

パーク街を挟んだ通りの向かい側にはアラブ人、中国人、アフリカ人、メキシカンたちが働くデリカテッセン、カフェ、ピザ屋、賭《か》け屋、靴の修理屋、ネイルアート屋などが並んでいる。店の壁やシャッターはスプレー式のペンキの悪戯《いたずら》書きで無残な姿を晒《さら》している。ミッドタウンの方に視線をやると、通りの両側に高い商業ビル群が連なり、「MetLife（メトロポリタン生命保険）」という白い文字をつけた五十九階建ての旧パンナム・ビルが巨大な壁となって真っ正面に立ちはだかっている。

BMJの二十八階建てのビルは、灰色の分厚い石造りで壁の装飾も少なく、投資銀行というよりは裁判所に見える。建築計画では高さ百階を超す世界一の高層ビルになるはずだったが、一九二九年十月の株式相場の大暴落で資金が続かなかったという奇妙な歴史を持っている。入り口部分は地中海沿岸都市でよく見られるアーチ型のアーケードになっており、大きな銀色の角灯《ランタン》がぶら下がっている。

「オゥケーイ、レッツ・ゲッ・トゥ・ザ・フェデラルリザーブ！（よおし、連邦準備銀行に行こうじゃないか！）」若い男が同僚にいいながら、スーツの裾《すそ》を威勢良く翻《ひるがえ》して正面のドアを出てくる。「ハウ・アバウト・アザー・ネームズ？　フォー・エグザンプル……（他の客はどうだ？　例えば……）」ドアの横で年配のインベストメント・バンカーが思案顔の部下に尋ねている。傍らの歩道で、神経質そうに眉《まゆ》をひそめた若い女が一人で煙草を吸っている。黒いツーピースに真珠のネックレス。女インベストメント・バンカーたちの服装は判で押したようにこのパターンだ。

受付けのある入り口ホールは三階部分まで惜しげもなく吹き抜けになっている。柱は威圧的に太く、壁と床は白と薄茶色のまだら模様の大理石で仕上げられている。

地下一階には二千のロッカーがずらりと並ぶ社員用のスポーツジム、クリーニング店、靴の修理屋、コンビニエンス・ショップ、託児所があり、ここですべての用が足りる。アメリカのインベストメント・バンカーは朝から晩まで会社で働き、家には寝に帰るだけでよい。

ＢＭＪの心臓部分であるトレーディング・フロアーは二十六階にある。

熱気と興奮が渦巻くこの空間が、ここ数年ＢＭＪに大躍進をもたらしたイマージング・マーケット・ビジネスの舞台だ。

イマージング・マーケットは一九九〇年代に入り突然現われた。米国のブレイディ財務長官が提案した「ブレイディ・プラン」と呼ばれる発展途上国の債務削減策によって様々な債券が作り出されたことがきっかけだ。そこでは、ブラジル、メキシコ、アルゼンチン、ポーランド、フィリピン、ブルガリアなどの債券や株式が活発に取引きされている。中でもここ二、三年注目を集めているのがロシアで、BMJの急成長もロシア・ビジネスへ積極果敢に打って出たことが大きく寄与している。

ロシアは病《や》んだ巨大な怪物だった。

昨年こそプラスの経済成長を記録したが、最近の原油価格の低迷で外貨繰りが悪化、政府の税収も大幅に減少している。資本家やマフィアは金を国外に逃避させ、炭坑労働者のストが頻《ひん》発《ぱつ》し、生産や投資は毎年連続でマイナスだ。健康問題を抱えるエリツィンは指導力を失い、政局も金融市場も混乱している。しかし、世銀・IMFなどの国際機関や西側諸国は怪物が手にしている核の発射ボタンを怖れて、明確なポリシーもないまま毎年百億ドル以上の金を強心剤のように怪物の身体に打ち続けている。

投資銀行も利益を追い求めてロシアに群がっていた。

かれらの活動により、ここのところロシア物債券が世界中に溢《あふ》れている。まず昨年（一九九七年）三月にCSFB（クレディ・スイス・ファースト・ボストン）とドイチェ・モルガン・グレンフェルを主幹事としてロシア政府が二十億ドイツ・マルク、期間七年のユーロ債を発行した。五月にはCSFBと野村證券が主幹事で、モスクワ市が五億ドルのユーロ債を発行。六月、ソロモン・スミス・バーニー主幹事でペテルブルグ市が三億ドル・期間五年のユーロ債を発行。同じく六月、JPモルガンとSBCウォーバーグがロシア政府の二十億ドルの十年債の発行を手がけ、それにゴールドマン・サックス（アルファ銀行三年債、一億七千五百万ドル）、メリルリンチ（ユネクシム銀行三年債、二億ドル）、チェース・マンハッタン銀行（ヴネシュトルク銀行三年債、一億五千万ドル）、INGベアリングス（ニズニィ・ノブゴロド州債、一億ドル)、ドレスナー・クラインオート・ベンソン(タトネフト石油会社五年債、二億ドル)が続いた。

投資銀行にとってこれら新規の債券発行以上に美味《おい》しいのが、ロシア政府が発行するGK《ジー・ケー・》O《オー》と呼ばれるルーブル建ての国債だ。利回りが年率五〇から二五〇パーセントという超高利回り債券である。ルーブルの交換レートは一ドル当たり五、六ルーブルで安定しているから、GKOに投資すれば恐ろしいほどのリターンが得られる。CSFBやBMJは自己勘定でGKOに巨額の投資をして、まさに笑いが止まらぬほどの利益を稼ぎ出している。

通りの一ブロック四方いっぱいに広がるトレーディング・フロアーにはトレーダーたちが寿司詰めだ。青や緑のモニター・スクリーンが絶えず最新のプライスを表示しながら目まぐるしく変化している。電話のタッチ・ボードのランプが赤く点滅し、客やブローカーが呼んでいるのを告げる。「おい、ミンフィン(ロシア大蔵省債)のプライスをくれ!」「ぶつくさいわずにこの債券を買いな」「おい、そこのガキ、早く電話を取れよ!」「ブラボー、シティ・オブ・モスコー四十本売れたぜ!」「セル・イット、セル・イット!(売れ、売れ!)」「ああ、くそっ! こんなに忙しいんじゃ小便にも行けねえ」

フロアーの壁に沿ってMD《エム・ディー》(マネージング・ディレクターの略称)たちの個室や会議室が並んでいる。全面ガラス張りの会議室の長いテーブルの上には会議用のマイクが奇妙な生け花のように二本ずつ点々と伸びている。ダウンタウン側の窓からはマンハッタンのビル群が一望のもとに見渡せる。ビルは地中から生えてきた無数のキノコのようにマンハッタンを埋め尽くし、向こうにいくにしたがって山のスロープのように高くなっている。スロープの頂《いただ》きには百十階建ての世界貿易センター(ワールド・トレード)のツイン・タワーが聳え、手前のビル群は色を識別することができるが、ある地点からは青一色にしか見えない。

会長のベネデッティの部屋はそのトレーディング・フロアーの一つ上の階にある。

廊下は下のトレーディング・フロアーの喧騒《けんそう》が嘘のように、森閑と静まり返っている。

会長室の重厚な扉を開けるとそこはイタリアだ。刷毛《はけ》で撫《な》でた跡が黒ずんで残る漆喰《しっくい》風の壁は、くすんだ赤ワイン色に塗られている。天井には金色のシャンデリア。壁の一方にはキリストを描いたルネッサンス絵画が掛かっている。よくニスがかけられた茶色の机や椅子には、翼を持った獅子《しし》や丸い花びらを象《かたど》った装飾用の金色の金具が打ち込まれている。机や椅子の四つの足の下部は金色の獣の足の形をしており、上部は女性の胸像になっている。ベネデッティの背後の書棚には骨董本《こっとうぼん》がずらりと並び、色褪《いろあ》せ赤茶けた革の背表紙には金色の文字でイタリア語の書名が印字されている。部屋に窓はない。

ベネデッティは大きな机にすわり、机の前の茶色の革張りのソファーに、いかにも傲岸不遜《ごうがんふそん》な様子で足を組んですわった三人の男たちを睨みつけていた。

男の一人は、M&A（企業買収）とジャンク・ボンド（高利回り・高リスクの屑《くず》債券）の引受けを専門にするニューヨークの投資銀行ゲッティ・ブラザーズのM&A部長ダグラス・ウォーカー。もともとは弁護士で、ウォール街の法律事務所で企業買収を担当していたが、頭の切れるところをみこまれてゲッティ・ブラザーズに引き抜かれた。長身の米国人で年齢は四十代半ば。脂の乗り切った働き盛りのディール・メーカーだ。

もう一人は、アクイジション・コープのジョン・マグロウグリン。太ったアイルランド人で、年齢はウォーカーと同じ四十代半ば。ネクタイをゆるめ、ワイシャツの裾《すそ》がズボンからはみ出しているだらしない服装だが、もじゃもじゃに掻《か》きむしった赤毛の下の広い額と、油断なく澄み切った双眸《そうぼう》は人並み外れた知力を示している。

アクイジション・コープは一九八〇年代初頭、中近東のオフショア金融センターであるバーレーンに創設された企業買収専門の投資銀行だ。アメリカの一流投資銀行から引き抜いたM&A専門のインベストメント・バンカーを多数抱え、アラブ産油国の豊富な資金を背景とした大胆な投資活動は「オイルマネーの代理人」と呼ばれている。投資ポートフォリオ（投資案件の全容）の中にはニューヨークの百貨店サックス・フィフスアヴェニューやイタリアのファッション・ブランド、グッチなども含まれている。

最後の一人は痩身《そうしん》にブルックス・ブラザーズのダーク・スーツを隙《すき》なく着こなし、レジメンタル・タイをきりりと締めたマイケル葉《イップ》。三十代半ばの中国系三世の米国人だ。ニューヨークの名門、コロンビア大学のビジネススクールを優等で卒業し、シティバンクと並ぶ米国有数の大手商業銀行であるUSアトランティック銀行に入行した後は、一貫して投資銀行部門を歩んでいる。ローン・セールスで実績をあげたあと、二十代後半の若さで同行のローン・シンジケーション部長に抜擢《ばってき》された。

「あなたの銀行はもはやイタリア移民の小さなストック・ブローカー（証券仲買人）、ベネデッティ・モンディーノ・アンド・ヤヌスではない。BMJはいまや世界に通ずるブランドだ。しかし、今のままでは所詮《しょせん》イマージング・マーケットに強い中堅投資銀行で終わってしまう。

つまり、あなたの銀行はいつまでたっても二流のままだ」

アクイジション・コープのマグロウグリンが挑発するようにいった。

「わしをけしかけるな！」

ベネデッティが吼《ほ》えた。二流という言葉にベスビオ火山は噴火寸前だ。今しがた葉巻をもみ消したばかりの大理石製の灰皿をひっ摑《つか》んでマグロウグリンの顔面に投げつけそうな勢いだ。

「目の前に恰好《かっこう》の標的があるというのに」マグロウグリンは蔑《さげす》むような口調でますますけしかける。

「徐々に『標的』の株を買い集め、時期を見て一気呵成《かせい》に攻撃すれば不可能ではありません」

ゲッティ・ブラザーズのウォーカーがいった。

「そんな金がどこにある⁉ 『標的』のマーケット・キャップ（株式時価総額）は四百億ドルもあるんだぞ。お前ら、わかってるのか⁉ 四百億ドルといえばＢＭＪの六倍の規模なんだぞ」

「四百億ドルの金は用意できます」マイケル葉がいった。

「これをご覧下さい」ラップトップを叩《たた》いて、スクリーンに一つの表を開いた。

ベネデッティの目に驚愕《きょうがく》の色が浮かぶ。

表はドイツ、スイス、フランスなど欧米の大手商業銀行十七行と、各行の引受け額一覧だった。総額三百億ドル！　こんな巨額のシ・ローンはいまだかつて地球上に存在したことがない。過去最大のシ・ローンはＬＢＯ専門の投資会社ＫＫＲ（コールバーグ・クラビス・ロバーツ）がＲＪＲナビスコ社に敵対的買収を仕掛けるために集めた百四十億ドルだ。

「これらの銀行がＢＭＪのＴＯＢ（株式公開買付け）のために、シ・ローンで三百億ドルの金を用意します。もちろん彼らにはまだ『標的』の名前は明かしていません。しかし、彼らの最近の融資傾向、各行の決定者の好みからいっても、このプレ・サウンディング（予備的打診）通りにコミットしてくることはほぼ間違いありません」葉は自信に満ちた口調でいい切った。

「残りは、わたしどもが提供する中東産油国の資金とＢＭＪの増資で調達します」ウォーカーが補足した。

そのデータを見て、ウォール街の金融ジャングルを勝ち抜いてきたベネデッティの野望が頭をもたげた。両目の敵意が引き潮のように消えてゆく。

「しかし、わしが『標的』を呑《の》み込めるとしても、投資家はこんな気違いじみた買収にロジック（道理）を認めると思うか？」

「買収にロジックなど必要ありませんよ」マグロウグリンがせせら嗤《わら》った。

「何だと。じゃあ、何が必要なんだ？」

「グリード（欲望）です」うすら嗤いを浮かべたマグロウグリンの目に狂気がゆらめく。

「……グリード。すなわち、このディールでいくら儲《もう》かるかです。株主も儲けたい、あなたも儲けたい、そしてわたしも儲けたい。もちろんＴＯＢの目論見《もくろみ》書にはそんなことは書きませんがね」

「むうう……」さしものベネデッティもマグロウグリンの異様な迫力に呑まれている。

「そして戦いに勝つには金さえあればいい。……途方もない巨額の金。何トンもの緑のドル札だ。ロジックなどいらん！」

マグロウグリンは舌なめずりをするような目つきでいった。上気した顔にはこの途方もない買収劇で自分が儲けるはずの手数料に早くも陶然としている気配が浮かんでいた。

2

若林と昼食をした翌日、今西はトルコの対外債務に関する補足説明書を書き上げた。

「稟議《りんぎ》、承認になりますかね？」出来上がった説明書を見ながら高橋が訊《き》いた。

「これだけきちっとした説明がつけば、まず大丈夫だろう。島村さんは瞬間湯沸かし器だけど、変なメンツやプライドは持っていない人だ。理屈さえ通れば割とあっさりこちらの主張を認めてくれるよ」

「そうですね。じゃあ、これからファックスしてきます」

補足説明書を持って高橋がファックス機のあるポスト・ルームに行くのを今西が見送っていると電話が鳴った。トルコ・トミタ自動車案件に関して声をかけていたフランスの大手商業銀行クレディ・ジェネラルのシンジケーション・マネージャー、ピエール・フォンタンだった。

フォンタンはまだ三十歳を過ぎたばかりの小柄なフランス人だ。ウェーブのかかった栗色の髪の毛と鳶色《とびいろ》の瞳《ひとみ》を持ち、いつも流行のスーツを小粋《こいき》に着こなしている。今西とは去年ある調印式で知り合った。シンジケーション・マネージャーになって日が浅く、ベテランたちに負けまいと精一杯突っ張っている。今西は時々この世界のしきたりをそれとなく教えてやったりしている。

「ハロー、テツ。調子はどう？」

「やあピエール。今ちょうど東京の海外審査部にトルコ・トミタ自動車に関する補足説明書を出していたところだよ」

「フフッ、そうかい」フォンタンは愉快そうにいった。「こっちは、もうほとんどオーケーになったよ」

「えっ、本当？」

「今、審査の担当者に口頭で了解をもらってきた。……どうだ、僕が一番早いだろう？」

「うん。ピエールは頼りになるなあ。じゃあ、うちや他の銀行が固まったらまた連絡するよ」

「オーケー、楽しみにしてる」

　電話を終え、今西は仕事に戻る。

　じり貧の邦銀が金を稼げる案件は少ないが、雑用だけは山のようにある。

　国際金融課の不良資産に関する本店海外審査部宛報告書の作成。取引先の日系メーカーの財務課長から、最近のポーランド向けシ・ローンの一般的プライスを教えてくれという依頼。不良債権取引に強い米国の投資銀行のトレーダーから、富国銀行は売却処分したい発展途上国向け不良資産を何か持っていないかとの照会。支店内のローン管理課の英国人女性から、二年前に調印したギリシア向けローンの契約書で一点疑問があるので、電話で説明してほしいという依頼。副支店長の曽根《そね》から、先般のアフリカ出張レポートで、気に入らない箇所がいくつかあるので訂正するようにとの指示。

　それらを根気強く一つ一つ片づけていると、秘書のイヴォンヌが「副支店長のミスター・ソネがちょっと来てほしいといっている」とメッセージを伝えてきた。

副支店長の曽根は今西より年次が七年上で、富国銀行ロンドン支店ではナンバー2の地位にある。本店の人事部からロンドン支店に転勤してきた典型的な本店官僚タイプ。銀行を牛耳っている「仲良しグループ」の一員だ。積極的なことは一切やらず、仕事は常にお茶を濁すだけ。いつもにこにこしていて一見愛想が良いが、陰で何をやっているかわからない。

今西が次長に昇格する以前は曽根が国際金融担当の次長だった。顧客や他行との交渉を一切今西に任せてくれたのは良かったが、リスクを取る話になると決まって尻込《しりご》みした。特に曽根は日々のマーケット動向に疎《うと》く、引受けとなると必ず嫌がった。

「曽根次長、引受けをしないでどうやってこの世界でメシを食っていくんですか?」

「でもねえ、この案件本当に売れるのかねえ?」

いつもそんな押し問答が繰り返され、今西はほとほと泣かされた。

今西は以前、曽根と話をしていて、「ああ、この人とはどこまで行っても平行線だ。人生観が根本的に違う」と思い知らされたことがある。それは今西が本店の意識の低さや働く意欲を殺《そ》ぐ硬直的な人事制度を嘆《なげ》いて、ふと漏らしたときのことだ。

「ねえ曽根次長。東京の本店は現場の実情には全然関心を持っていませんね。役員や上の人間にどうやって上手く自己保身のためのプレゼンテーションをやるかしか考えていない。これじゃ、ますます欧米の銀行に差をつけられるばかりだ。おまけに僕ら行員は、苦労していくら稼いでもボーナスが増えるわけでもないし、次の転勤で好きなポストに行かせてもらえるわけでもない。かつての興銀のように自分の仕事が産業界に大きな影響を与えているという気概を持てるわけでもない。……ときどきすごく空しくなりますよ」

今西はずっと富国銀行で仕事をすることの意義づけを探していた。

出世コースには乗っていたが、もともと銀行内で出世すること自体に他人がいうほどの価値があるとは思えなかった。また、富国銀行の役員たちを見ていても尊敬できる人間はごく少数だった。

富国銀行自体はじり貧だが、今西の国際金融課は何とか年間二億円程度の純利益を出している。今西が必死でトルコやギリシアの案件を獲得しているからだ。これが外銀ならボーナスを含めて三、四千万円の年俸をもらえるはずだが、今西の年収は同期入行の人間とほとんど変わらない。同期の人間でも優秀なディーラーなどはすでにシティバンクやソロモン・ブラザーズに転職して新天地で数千万円から一億円を超える年収を得ている。モルガン・ドレクスラーの龍花丈もそのうちの一人だ。

ロンドンと東京の間には夏は八時間、冬は九時間の時差がある。急ぎの案件の承認を取るために、今西はしょっちゅう夜中の一時、二時という時刻に自宅から本店に電話を入れて海外審査部を説得する。自宅にはファックスが備え付けてあり、時には深夜のダイニング・テーブルで補足説明書を書いて東京に送る。時差で苦労させられるのは稟議書に限ったことではない。協調融資団にアメリカの銀行が入っているときなどは夜九時頃から電話会議が始まったりする。ニューヨークにある銀行ならまだしも、さらに五時間の時差の彼方にあるカリフォルニアの銀行とディールをやるときなどは完全に昼夜が逆転する。

たまの休暇にも進行中の案件に関していつ海外審査部が質問してくるかわからないので、関係資料を入れた重い鞄《かばん》を持って行く。休暇だからといってマーケットは待ってくれない。家族を海岸で遊ばせている間、一人ホテルの部屋で説明書を書いて東京にファックスしたこともある。

出張で家を空けることが多いため、家族にかける苦労も並大抵ではない。今西が海外出張しているとき、二人の子どものうちの一人が数日間高熱を出して妻がほとんど寝られなかったことがあった。出張から帰ってきて妻の両目のまわりに大きな隈《くま》が黒々とできているのを見たときは胸が詰まって声が出なかった。幼なじみが縁で結婚した妻は、東京の下町で小さな商店を営んでいる家の娘だ。特に英語ができたわけでも、海外生活に興味があったわけでもない。それでもロンドンに来ると決まった時から英語をこつこつと勉強し、辞令一枚で否応なくほうり込まれた異国の地で愚痴一ついわず、明るく頑張ってくれている。妻の健気《けなげ》に努力する姿に今西はときおり胸が熱くなる。

長男は片足が不自由だ。今西が本店企画部に勤務していた頃、通学途中に交通事故に巻き込まれた。今西が丸の内支店時代に建設会社を見殺しにしたときと同じ桜の季節のことだった。息子の身体を何とか元に戻そうと、それから一年以上もの間、今西は仕事に忙殺されながらも、藁《わら》にもすがる思いで、あちらこちらの病院を訪ね歩いた。今西の頭に急に白髪が増えたのはそのときだ。結局長男は車椅子生活こそ免《まぬが》れたが、一生片足が不自由になった。英国では一九九三年の学校教育法にもとづき、障害児童の両親と学校が話し合い、専門家や教育委員会の検討を経た上で、その児童の教育上の問題点と対応策が定められる。この一連の手続きをアセスメント（assessment、査定）と呼ぶ。しかし、急な出張が入ったり、ディールを獲るためにどうしてもオフィスを離れられないときは、アセスメントの手続きを妻一人に任せなくてはならなかった。「どうしてお父さんは来られないんですか？」仕事より家族優先の英国では、今西の行動は不可解あるいは無責任としか取られない。相手の非難の目にじっと耐えたであろう妻を思うと、胸がつぶれそうな気持ちになる。

富国銀行という名前をマーケットで守るため、私生活は犠牲の連続だった。

そんなとき今西は、なぜ自分はここまでしてディールをやらなくてはいけないのだろうかと思う。別に頑張らなくとも、曽根のようにお茶を濁しているだけでことはすむのだ。しかし、曽根のような生き方はしたくない。では、自分は何のために頑張るのだろうか？　その答えを銀行内での給与やポスト、仕事に対する気概に求められないとすれば、どこに求められるのだろうか？

何度も自問自答を繰り返した末、今西は十分に満足がいくものではなかったが、自分なりの答えを見つけて何とかこれまで自分を納得させていた。

その答えの一つは、自分のやっている仕事は借り手にとって役立っており、さらにはその国の発展にも寄与しているということだ。例えば富国銀行がギリシアの航空会社向けに航空機ファイナンスを組成すればその航空会社は飛行機を購入することができ、ひいてはギリシアの観光産業の振興につながる。トルコの輸出業者にファイナンスをつけてやることでトルコの輸出業者は国内で商品を買い付けて輸出し、それによりトルコは外貨収入を得て国際収支を改善することができる。そんな風に自分がやっていることの意義を見出していた。

それ以外にも今西は、自分が富国銀行にもたらす収益の一部は最終的に税金という形で日本の国庫に還元され、公共の目的のために使われるということをもう一つの心の拠《よ》り所にしていた。仕事を通じて社会に貢献したいという思いは、丸の内支店時代に出世のために建設会社を倒産させ、人の運命を変えてしまったことへの後悔と、せめて何か償《つぐな》いがしたいという祈るような気持ちからも来ていた。しかし、国民が汗水たらした税金で給料が賄《まかな》われている大蔵官僚たちがろくな仕事もせず私腹をこやすことに血道を上げていることや、霞《かすみ》が関《せき》の役人たちが意味のない外郭団体をたくさん作って天下り官僚の給与や巨額な退職金として税金を実質的に横領していることなどが明るみに出るにつれ、今西の心は揺らいでいた。役人たちが「省益」という言葉の下で、組織ぐるみでやっていることは、先進国、発展途上国を問わず明らかな犯罪行為だ。龍花が指摘した通り、日本は税金を払うのが馬鹿馬鹿しい国だという気がする。

曽根に「ときどきすごく空しくなりますよ」といったとき、今西は曽根が、富国銀行で仕事をすることについて何らかの新たな意義づけを与えてくれるのではないかと無意識のうちに期待していた。

しかし、今西の言葉を聞いた曽根は白けた顔になった。

「今西君。いったい何をいってるんだ？　時期が来たら昇格するじゃないか。サラリーマンにとって昇格が一番の喜びだろう？　きみだってもうすぐ次長になるじゃないか。富国銀行の次長といえば世間ではかなりのものだよ。きみはそのことがわかっていないのかね⁉」曽根はあからさまに軽蔑《けいべつ》を表わしていい放った。

今西は愕然《がくぜん》とした。まったく予想外の答えに二の句が継げなかった。

曽根は銀行内で昇格することが人生における唯一絶対的な価値だと信じて疑わない。今西は自分のすぐ傍《そば》にすわっている曽根が異星人か何かのように思え、それ以上会話を続ける気を失った。そのとき今西は、住之江銀行の田川も同じようなことをいっていたのをふと思い出した。あるとき田川は住之江銀行のロンドン支店長に今西と同じ疑問をぶつけたといった。返ってきた答えはやはり「きみもいずれは偉くなるんだから、その日を楽しみに今は我慢しなさい」だったという。

「それできみは何と返事をしたんだ？」今西は訊《き》いた。

「早く偉くしてくださいよー、としかいいようがなかったよ」

田川はうんざりした顔で答えた。

副支店長の曽根の席は今西の国際金融課と同じ階の対角線上にある。曽根の隣りには取締役支店長の林がすわっている。

林の席は広いフロアーの扇のかなめの位置にある。後ろは大きな窓で、彼方《かなた》にテームズ川と対岸のサザーク地区の景色が見える。林は五十代前半。温厚な性格だが毒にも薬にもならないタイプだ。

「ああ、今西君か。呼び出してすまなかったね」今西に気づくと曽根はにこやかな顔でいった。曽根の笑顔が曲者《くせもの》なのは誰もが知っている。

「ちょっと、トルコ・トミタ自動車のシ・ローンのことで教えてもらいたいと思ってね」

「どういったことでしょう？」

今西の問いに曽根は眉《まゆ》をひそめるように切り出した。

「あのローン、本当に売れるのかね？　僕も一応稟議書《りんぎしよ》に判子はついたけど、聞くところによると島村さんが反対しているそうじゃないか？」

またか！　と今西はうんざりする。

「島村審査役には今日出した追加説明書でほぼご納得いただけると思います。販売につきましても、ブリティッシュ・チャータード、クレディ・ジェネラル、ガルフ・バンキング・コープなどと共同で引き受けますから、引受けリスクはミニマイズ（極小化）されています」

「プライスがかなりきついんじゃないの？　四〇〇から四五〇で考えているそうだが、トルコの五年物としては相当タイトだという印象を受けるがねえ」

四〇〇から四五〇というのは、手数料と金利を含めた「オールイン」のプライスで、LIBOR《ライボー》プラス四〇〇から四五〇ベーシス・ポイント（四・〇〜四・五パーセント）を意味する。

「確かにプライスは他のトルコ物に比べて若干低いですが、トルコ・トミタ自動車はマーケットでも優良企業として知られているグッド・ネームです。何とか売り捌《さば》けると思います」

「そうかね。ぎりぎりの綱渡りプライスというわけか」揶揄《やゆ》するように口の端に薄笑いを浮かべた。

今西はムッとした。

「そもそもシ・ローンでは大抵どのディールでもぎりぎりのプライスでマンデートが下りるものじゃないですか!?　絶対に売れるようなプライスだったら誰でも引き受けますよ！」

「そりゃ、ま……そうだが」曽根は今西の剣幕《けんまく》に鼻白んだ。

「まあ、曽根君。シンジケーションでは今までほとんど失敗したことがない今西君がああいってるんだから」横から支店長の林がとりなした。

曽根は林の方を向いて大袈裟《おおげさ》に頷《うなず》いた。

「そうですな。支店長のおっしゃる通りです。今西君が自分のプライドにかけてもやり遂げるといってるわけですから、ここは彼を信じるのが一番でしょうな」

失敗したときはお前が責任を取れ、と言外に匂わせていた。

「有り難うございます」頭を下げて今西は立ち去りかける。

「ああ、それからもう一つ……」曽根が呼び止めた。「最近土屋君のところでトルコリラのディーリングを始めてね。ポジション（持ち高）も結構取ってるから、トルコに関する情報は逐次《ちくじ》彼に流してほしいんだ」

土屋は曽根と同格の副支店長でディーリングを統括している。年次は曽根より三年下だ。今まで特にどこかで実績を上げたわけでもないが、ミスのないことを最重要視する邦銀の人事システムのおかげで順調に昇進し、ロンドン支店のナンバー3というポストに収まった。曽根と同じ人事や企画畑出身の内務官僚で、ロンドン支店の前は茨城県下の小さな支店の支店長を務めていた。ディーリングの経験はおろか、海外勤務の経験すらない。人事部長が頭取の歓心を買おうと思いついた「内外交流」という、スローガンだけで中身のない人事方針にもとづいて今のポストに送り込まれてきていた。

土屋の人事異動が発表されたとき、今西をはじめとする現場の人間たちは驚いた。ディーラーは三十五歳で寿命といわれる特殊な職業だ。「バランス感覚」という実体のない看板だけが売り物で、ディーリングの経験がまったくない人間が、ディーラーという独特な価値観を持った集団を纏《まと》め上げていけるはずがない。ロンドン支店に初めて出勤して来た日、小柄で小太りの土屋は人の好《よ》さそうな笑顔を浮かべ「ディーリングに関してはまったくの素人《しろうと》ですが、これから精一杯勉強して……」と着任の挨拶《あいさつ》をした。それを聞いたディーラーたちは冷ややかな視線を土屋に浴びせた。

今西たちが危惧《きぐ》した通り、まもなくディーリング・ルームの英国人や米国人ディーラー十人ほどが次々と他の銀行に移籍して行った。残ったのは役立たずばかり。以前はロンドン支店の儲《もう》けの三分の一以上を稼ぎ出していたディーリング・ルームの収益は急速に翳《かげ》りを見せた。さすがに温厚な土屋の顔にも最近は笑いが見られない。トルコリラのディーリングに手を出すようになったのも、収益挽回《ばんかい》を狙っての起死回生策と見られる。

曽根の言葉に今西は驚いた。

「えっ!?　トルコリラのディーリングをやってるんですか?　しかし、トルコリラのマーケットは小さいし、ちょっとしたことで値が動きますから、リスクは相当高いですよ」

今西は以前トルコリラの変動率について東京にいる同期入行のディーラーに訊いたことがあった。同期の男は「トルコリラ?　そんなエキゾチックな通貨は二億ドルくらいの取引きが一発出てくりゃ、マーケットはぶっ飛ぶぜ」といった。

しかし曽根は今西の懸念など端《はな》から相手にしていない様子だ。

「値が大きく動くからいいんじゃないか。ハイ・リスク、ハイ・リターンだよ。これからの銀行はどんどんリスクテークもして稼いでいかなくてはね。この三月に注入した公的資金もいずれは返さなきゃならない。収益を上げるのが目下の最大の課題だよ」

どんなリスクにも尻込《しりご》みする曽根の言葉とは思えない。この男の頭の中はどうなっているのか、と今西は思う。

「スポット（直物）だけをやってるんですか？　それともフォワード（先物）のポジション（持ち高）もあるんですか？」

先物は何カ月か先の為替取引を約定するもので、実行されるまでにマーケットは変化する。したがって直物に比べると当然リスクは何倍にもなる。

「先物も少しはやってると聞いているが。もちろん決められた枠の範囲内でだろうけど」

「しかし、先物までは……」今西がいいかけると曽根が甲高《かんだか》い声で遮《さえぎ》った。

「きみ！　きみは国際金融の担当であって、ディーリング・ルームの担当じゃないだろう！　ディーリング・ルームの方針にまでくちばしを突っ込む権限は与えられていないはずだがね」

曽根お得意の組織論だ。こうなると話は完全に嚙《か》み合わない。今西は諦《あきら》めた。

「わかりました。トルコに関する情報は極力土屋副支店長の方にも流すようにします」

答えながらも今西は不安を拭《ぬぐ》い去れない。トルコのような国は公式情報では計り知れないところがある。いくら今西が協力するといっても限界があり、土屋みずから情報を取らなければ話にならない。だが、あの隙だらけの土屋がそんなことをするとはとても思えなかった。

「では、わたしはこれで……」今西が辞去しようとすると曽根が再び呼び止めた。

「今西君。さっきはああいったが、トルコ・トミタ自動車ねえ、あれ本当に大丈夫かね？　僕も判子をついている以上何かあればただではすまないだろうし……」

今西は、いい加減にしろ！　と怒鳴りつけたくなる。

「さきほどご説明した通りです。……それにトミタ自動車は当行の最重点取引深耕先です。先月頭取がトミタの社長に会って取引拡大をお願いしているんですよ」

「ああ、そうだったな。うん。確かにそうだ」頭取という言葉に曽根は敏感に反応した。

「……しかし、シンジケーションが万一失敗すると、逆にとんでもないことをしでかしたと向こうに取られかねないし……」

「曽根副支店長。この案件はトミタ自動車との取引拡大につながるだけでなく、引受け手数料などうちの銀行にとっても収益的なメリットが大きい案件です」

収益という言葉を聞き、曽根はヒステリックに叫んだ。

「きみ、儲かりゃ何でもいいってもんじゃないだろう!?」

3

「儲かりゃ何でもいいのよ！」

ヘレン・キングが爆発した。

モルガン・ドレクスラー東京支店企業金融部長は黒い革張りの椅子にふんぞり返って、妊娠八カ月の腹をさすりながら、猛禽《もうきん》類のような目で部下の小池《こいけ》を睨《にら》みつけた。「いたち」と社内で陰口をたたかれている企業金融部次長の小池は、出っ歯で小狡《こずる》そうな目をした小柄な中年男だ。自分が窮地に立たされるとトカゲの尻尾《しっぽ》切りのように部下を切り捨てながら外資系金融機関を渡り歩いている。鷲《わし》といたちでは所詮《しょせん》勝負にならない。

「しかし、そうおっしゃってもこのようなデリバティブ仕立ての債券の販売には最近監督官庁も目を光らせています。いくらリーガル・オピニオン（弁護士の法律意見書）が合法であると述べても、リスクがありすぎると思うのですが……」小池はハンカチで汗を拭《ふ》き拭き抗弁する。

「ああっ、もう！　あんたは本当にじれったいわね！　弁護士がいいっていいってるんだからいいに決まってるじゃないの！」ヘレン・キングは自分の金髪を掻《か》きむしる。

「ヘレン。ここは日本です。アメリカのようにはいきません。わたくしだけでなく債券部のヘッドもここしばらくは様子見すべきという意見です」

「じゃああんた、どうやって儲けるつもりなのよ、ええっ!?　三月は日本企業の含み損隠しのデリバティブや仕組み債のセールスで何とか収益を上げたけど、それ以降は例によってさっぱりじゃないの？　M&A（企業買収）だって美味《おい》しい案件はゴールドマンやリーマンに横取りされるし。……こうなったらあんた、大手都銀に敵対的買収でも仕掛けたらどうなの!?」

「そ、それは無茶です。大手都銀のマーケット・キャップ（株式時価総額）は四百億ドルくらいあるんです。そんな無謀な買収はT・ブーン・ピケンズだって手を出しません」

T・ブーン・ピケンズは、石油会社のユノカルやガルフ・オイル、日本の小糸《こいと》製作所に敵対的買収を仕掛けた米国の乗っ取り屋である。

「大体ねえ、東京の不動産は高すぎるわよ！　いくら儲けてもオフィスの家賃で持ってかれちまうじゃないの。いったいどうしてくれんのよ!?」

「いったいどうしてくれるといわれましても、わたくしには……」

「それに最近日本企業が次々とシ・ローンのマーケットに出てきてるっていうのにうちはちっともマンデートを獲れてないじゃないの！　あんた、今まで何やってたのよ!?　来月はジョン・ハイネマンが東京に来るのよ。あたし何ていいわけすりゃいいのよ！」

ジョン・ハイネマンはモルガン・ドレクスラーの社長だ。ヘレン・キングはハーバード・ビジネススクールでＭＢＡを取った後、ニューヨーク本社に入りそこの企業金融部でハイネマンの知遇を得た。三十三歳の若さで今のポストに抜擢《ばってき》されたのもハイネマンの推しがあったからだ。

「はあ、何ともどうも……」

「もういい。わかった。下がってよろしい！」

ぷいっと横を向いたヘレン・キングに一礼すると、小池は巣穴に逃げ込むいたちのようにそそくさと退散した。

「ヘレン、日本勧業銀行の国際金融部から電話が入ってます」

ガラス張りの部屋の外から企業金融部の日本人男性が呼んだ。

「何の用事？」

「こないだうちの香港《ホンコン》が組成した台湾の長江航空向けのシ・ローンに関して、実際に長江航空に行って事業計画を聞いたら、うちが作ったインフォ・メモの情報と全然違うといってます」

「その案件、こないだ調印終わってるわね？」

「ええ。日本勧業銀行も調印してます。彼らはもう逃げられません」日本人の男はにやりとした。

「インフォ・メモの冒頭にはいつものディスクレイマー（但《ただ》し書き）を付けてあったんでしょ？」

「ええ、そりゃもう。『このインフォ・メモに書かれた情報はボロワーその他からモルガン・ドレクスラーが与えられたもので、情報の正確さについてモルガン・ドレクスラーは一切責任を負わない。本件に参加する各銀行は、ボロワーその他について独自に情報を収集し、自行の責任においてそれぞれの参加を決定しなくてはならない』と明記してあります」

「じゃあ、うちは知らんといっておきなさい。この世界では騙《だま》される方が馬鹿なんだから」

いい捨てるとヘレン・キングは机上に視線を戻す。途端に憮然《ぶぜん》とした顔になった。

机の上に今日の不機嫌の最大の原因がのっていた。今朝の新聞である。

米国のトラベラーズ・グループと日興證券の全面提携を報じる大きな記事が一面を飾っていた。

日本の金融界全体にとっても衝撃的な出来事だった。

日興證券が同じ三菱グループの東京三菱銀行をあっさり袖《そで》にして、外資との全面提携に踏み切ったのだ。提携の相手は二カ月前にシティコープとの合併を発表して世界最大の総合金融機関となるトラベラーズ・グループ。日興證券の決断は会社を二つに分割するという大胆なものだった。法人部門はトラベラーズ・グループ傘下のソロモン・スミス・バーニー証券東京支店と合併させ、千三百人の陣容で日興ソロモン・スミス・バーニー証券を発足させる。これにより日興證券はソロモン・スミス・バーニーの世界的な販売力や金融技術へのアクセスを得る。個人部門は日興證券として存続。トラベラーズは日興證券に出資し、同社の百二十五の国内店舗を通じて千二百兆円といわれる日本の個人金融資産市場に楔《くさび》を打ち込むのだ。

記事には、六月一日に都内のホテルで開かれた記者会見の写真も掲載されていた。日興證券の金子《かねこ》昌資《まさし》社長と並んで、トラベラーズ・グループ会長サンフォード（愛称、サンディ）・ワイルが大きく写っている。北海のオオカミウオのような獰猛《どうもう》な面魂。射るような視線。記者団の質問に答える姿は獅子《しし》が吼《ほ》えているようだ。日本人とはまったく異質な存在感と威圧感を持つ男。

「ウォール街の風雲児」サンディ・ワイル。

一九三三年、ニューヨークの庶民階級が住むブルックリン地区で、ポーランド移民の家庭に生まれた六十五歳。大学卒業後メッセンジャー・ボーイ（使い走り）として投資銀行ベア・スターンズに就職。二十七歳のとき友人三人と二十万ドルで、小さな証券会社、カーター・バーリンド・ポートマ・アンド・ワイルを創業。その小さな証券会社は小魚が鯨《くじら》を飲み込むように買収を重ね、やがて全米第二位の投資銀行シェアソン・ローブ・ローズとなった。アメックスはシェアソン・ローブ・ローズをアメックスに十億ドル弱で売却。アメックスの社長となる。しかし、同社の会長兼CEO（最高経営責任者）のジェームズ・ロビンソンと対立。四年後にアメックスを去り、一転失業の憂《う》き目を見る。それから一年間チャンスを探し求め、ボルチモアの潰《つぶ》れかけた消費者ローン会社、コマーシャル・クレジットの社長の職にありつく。ワイルは瞬《また》く間に、コマーシャル・クレジットを建て直し、それを足がかりに再び驀進《ばくしん》を開始する。八八年に投資銀行スミス・バーニーを傘下に有する保険会社プライメリカを十七億ドルで買収したのを皮切りに、保険会社トラベラーズ、投資銀行シェアソン、大手保険会社エトナの損害保険部門を次々と買収して行った。ワイルの強みは普通の人間とは違う視点から未来を見据え、市場のタイミングを捉《とら》えて傾いた企業を安値で買収し、経営を建て直す能力である。

九七年九月、ワイルが率いる金融帝国トラベラーズはソロモン・ブラザーズを九十億ドルで買収すると発表。ウォール街の雄、ソロモン・スミス・バーニーが誕生した。その七カ月後、トラベラーズはシティコープとの合併を発表。ワイルは世界最大の総合金融機関の頂点に立った。そして飽くことなくディールを追い求める男はついに日本に姿を現わし、日興證券をパートナーに選んだのだ。

敗北をエネルギーに変える男、サンディ・ワイル。昨年の個人所得は二億三千万ドル（約三百億円）である。

（これでまた出遅れたわ。畜生！）

ヘレン・キングは新聞に載ったサンディ・ワイルの写真を睨《にら》みつけながら唇を嚙《か》んだ。

そのとき机上の電話が鳴った。

「ドレクスラー」

「ハーイ、ヘレン。ハウ・アー・ユー・ドゥーイング？（調子はどう？）」

馴染《なじ》みの国際金融専門誌ＩＦＲ（International Financing Review）の東京駐在の女性記者だった。彼女たち記者はいつもあちらこちらの金融機関に電話しながらマーケットの情報を収集し記事にする。ＩＦＲは週刊で、年間購読料が二千三百九十ポンド（約五十三万円）もする高価な雑誌だ。国際金融関係の雑誌やメディアはＩＦＲ以外にもいくつかあり、特ダネをめぐって熾烈《しれつ》な競争を繰り広げている。

「ああ、バーバラ。……さっぱりよ」

「そう、それは大変ね。ところで早速だけどトミタ自動車のトルコ現法が一億五千万ドルをシ・ローンで調達するっていう噂を小耳に挟んだんだけど、あなた何か聞いてない？」

「何ですって⁉」ヘレン・キングは思わず叫んだ。

「ちょっと、バーバラ。それどこで聞いたのよ⁉」

「富国銀行のストラクチャード・ファイナンス部の日本人からよ」

「ねえ、その話聞かせてよ。それとこれはまだ記事にしないで、お願い。記事になるとみんなが一斉にビッドを始めて美味しくなくなるから。……この埋め合わせは必ずするわ。うちがやる案件は今後かならず真っ先にあんたに知らせるから」


その日、ロンドン時間の正午ごろ、龍花のオフィスにヘレン・キングから電話がかかってきた。東京は夜八時だ。

「ハーイ、丈《ジョー》。お久しぶりね。元気でやってる？」

「やあ」返事をしながら龍花は警戒した。ヘレン・キングが猫撫《ねこな》で声で話しかけてくるときは、必ずろくでもない魂胆を抱いている。

「じつは、折り入ってお願いがあるんだけど」

（やっぱり来たか）

「トルコ・トミタ自動車の件なんだけど……」

ヘレン・キングは龍花に事情を話し始める。

龍花は二十分ほど相づちを打ちながら受話器から流れてくる東海岸訛《なま》りのアメリカン・イングリッシュにじっと耳を澄ませた。

「オーケー、あんたのいいたいことはわかった。ちょっとこちらでも考えさせてくれないか。まず今のマーケット状況からみて引受けできるかどうか、できるとすればどれくらいのプライスになるのか考えたい。今日中にメールで返事を入れておく。……それから審査部門にはそっちで話をつけるという理解で間違いないいな?」

「ええ、その通りよ」

「それからコンペティター(競争相手)はどこなんだ?」

「今のところ富国銀行だけよ」

「なにっ⁉ 富国銀行?」龍花の目がぎらりと光った。

(蹴散《けち》らしてやる!)

受話器を置くと龍花はトレーディング・フロアーのデスクで熱心に英国のゴシップ紙「サン」を読んでいたヒルドレスに声をかけた。

「ジャック。何か面白い記事でも出てるのか?」

「ふん、モニカとクリントンの物語だ。このぶんだといずれ大統領も証言台に引きずり出されるぞ。米国企業に籍を置く人間としては興味津々《しんしん》だな」

「ちょっと相談したいことがあるんだが、一緒に昼飯でも食わないか?」

金曜日のせいかドレクスラーの社員食堂にはリラックスした雰囲気が漂っていた。

部門によっては金曜日を「カジュアル・デー」にしているので、私服姿のスタッフも多い。金をかけて作られた食堂は、肉、パスタ、中華、ベジタリアン、魚料理、果物、デザートなどさまざまなコーナーがあり、ホテルのビュッフェ並みの豪華さだ。

ヒルドレスと龍花はフィッシュ・アンド・チップスのコーナーに並んだ。

英国ではキリストが処刑された金曜日には殺生《せっしょう》を避けるため動物の肉を食べない習慣があり、たいていの会社の社員食堂ではフィッシュ・アンド・チップスがメニューに入る。フィッシュ・アンド・チップスはロースト・ビーフと並ぶ英国の代表的な料理だ。一八三九年にチャールズ・ディケンズが書いた「オリバー・ツイスト」の中にも出てくる。フライにした白身の魚に太目にカットしたフレンチ・フライ（チップス）を添えて出される。材料の魚はプレイス（かれい）、ハリバット（おひょう）、ソール（平目）なども使われるが、最も人気があるのがコッドでそれにハドックが続く。この二つはいずれも北大西洋で獲《と》れるタラの種類である。栄養価が高く、第一次世界大戦時には英国兵士の主食として活躍した。

龍花とヒルドレスが持った皿に、白衣姿の太った英国人のコックがたっぷり油を吸った衣にくるまれた熱々のコッドを載せる。

龍花とヒルドレスは窓際の静かなテーブルを選んですわった。

二人はフィッシュ・アンド・チップスに塩をふり、ビネガー（酢）をじゃぶじゃぶふりかける。香ばしいフライの匂いにビネガーの香りがまじり食欲を刺激する。これが正統英国流の食べかただ。新聞紙に包んで出されるとさらに醍醐味《だいごみ》が増すが、現在は衛生上の理由から法律で禁止されている。

「アヴェスタ・エンジニアリングのデュー・ディリジェンス（関係書類の精査）は週明けだったな？」

フライの香りを嗅《か》ぎながら、ヒルドレスが訊《き》いた。

「うむ。たぶん一日ですむだろう。……ところでさっき、ヘレン・キングから電話があった」

フライの魚をナイフとフォークで切りながら龍花がいった。白身の間からうっすらと湯気が立ちのぼる。

「またろくでもない話だろう？」ヒルドレスはフレンチ・フライをごつい右手でつまんで口にほうり込む。

「トルコ・トミタ自動車が一億五千万ドルで五年の資金調達を考えているらしい」

「トルコ・トミタ自動車……グッド・ネームだな」ヒルドレスは眼をぱちくりさせた。「しかし、トルコの五年は長いな」

「フルアンダーライト（全額引受け）できると思うか？」

「そりゃプライス次第だろ。トルコ政府のユーロ債のセカンダリー（流通市場）並みのプライスを払ってくれるんなら行けるだろうが」

「今、四五〇くらいか？」

ここのところトルコのユーロ債の利回りは、米国債の利回りプラス四五〇ベーシス（四・五パーセント）程度で推移している。

「そんなもんだろう。……しかし、そうは問屋が卸《おろ》さないんだろ？　コンペティター（競争相手）はどこだ？　チェースやドイツ銀行なんかが出てきたら血で血を洗う戦いになるぞ」

「いまのところ富国銀行だけらしい。東京でこの案件の噂が出ているからもしかすると日本の銀行があと一つ二つビッドしてくるかもしれん」

「富国銀行？　そりゃ、与《くみ》しやすいな」ヒルドレスはにんまりした。「しかし早く決着をつけなきゃ、いずれマーケットじゅうに話が広まるのは時間の問題だ」

「ヘレンもそれはわかっている。俺にトルコに行って交渉してほしいそうだ」

「何だと!?　欧州ローン・シンジケーション部の共同部長に交渉に行けとはあいつも随分な面《つら》の皮だな。そんなもの自分で行きゃいいだろうが」

「ヘレンは今妊娠八カ月で飛行機に乗れんそうだ」

「チッ、そうだったな。肝心なときに……」

「ヘレン・キングが無理難題をふっかけてくるのは毎度のことだろ。これが普通の相手なら俺もあっさりターンダウンする（断わる）が、あいつはジョン・ハイネマンに近いからな」

龍花の言葉にヒルドレスは苦々しい顔つきで視線を遠くにやった。

二つ三つ向こうのテーブルでアメリカ人スタッフがフィッシュ・アンド・チップスにトマトケチャップをかけて食べていた。ヒルドレスの顔が一層苦々しくなる。

「一億五千万ドルか……」ヒルドレスは頭を切り替え、マーケットの読みに入る。「トルコ向けシ・ローンでマーケットに出てきているのはここのところ短期の案件ばかりだな？」

「そうだ。四月にフィナンス銀行が五千万ドル、ケルフェズ銀行が五千万ドル、五月にディシュ銀行が四千万ドル。みんな一年の案件だ」

龍花の頭の中にはいつどんな案件がどういう条件でマーケットに出てきて、どんな組成状況だったか正確に記憶されている。これこそシンジケーション・マネージャーに求められる最重要の資質だ。

「すると中長期案件に関してはマーケットは比較的クリアーか……」

「中長期案件はＪＰモルガンやバンカース・トラストが今やってる携帯電話会社のトルコセルくらいだろう。あの案件はそろそろシンジケーション終了だからトミタ自動車とは衝突しない」

「マーケットのアピタイト（食欲）はどうだ？」

「トルコはどこの銀行も融資枠が常にタイトな国だが、ドイツ、イタリア、オランダの銀行はまだ結構いけるだろう。あとはハイ・イールド（高利回り）志向の中近東の銀行が狙い目だ。それからオーストリア勢も金額は小さいが結構食いついてくる」

「それから日本の銀行だな」

「うむ。連中は公的資金注入で多少息を吹き返している。それに金融監督庁が貸し渋り対策で、日本企業に金を貸すようプレッシャーをかけている。この手の日系企業案件なら審査も通りやすいはずだ」

「トルコ・トミタ自動車は滅多《めった》にマーケットに出てこないボロワーだな？」

「いいネームだが、深窓の令嬢だからな。これだけ大きな額で出てくるのは今後少なくとも五年間はないだろう」

「今回マンデートを獲れば他行をトミタの取引きから追い落とす効果もあるということか……」

「トルコの中長期案件で一億五千万ドルというのは相当な金額だ。これを一回やればマーケットは一年間くらいペンペン草も生えない状態になる。やるなら早い者勝ちだ」

「プライスはどうだ？」

「サウンディング（予備的打診）をしてみないと正確なところはわからないが、おそらくL《エル》（LIBORの略）プラス三七五から四二五くらいで勝負になるんじゃないか」

「そうだな。とにかく早急にサウンディングをやろう。ところで……」ヒルドレスはふと思い出したようにいった。「トルコ・トミタ自動車は一億五千万ドルもの金を何に使うんだ？」

「うん。それなんだが……」龍花は口ごもった。「イランでイラン政府と合弁で自動車工場を新設するための資金らしい」

「何、イランだと⁉」ヒルドレスが目を剝《む》いた。「そりゃアメリカの制裁法に引っかかるじゃないか！」

「ヘレンがニューヨークの審査を説得するそうだ。トルコ・トミタ自動車は今後輸出に力を入れ外貨収入が増える見込みなので、収入とファイナンスの通貨をマッチングさせるため、国内の銀行から借りているトルコリラ建て借入れを本件でドル建て借入れに切り替える、とか何とかいってな。それにクリントン政権もイランに対しては態度を和らげてきているからいずれ制裁解除になる可能性もある」

「うーん。しかし、話が変な方向に転ぶと俺たちゃヘレンと一緒に刑務所行きだぞ」

「ジャック」龍花はヒルドレスの目を見据えていった。「投資銀行で働いてりゃ、こういうきわどい状況に陥るのはしょっちゅうだろ？　うまく行きゃ大金持ち、下手すりゃ犯罪者というのがこの世界じゃないか？　強気で行こうぜ」

「ジョー。じつはな……」ヒルドレスが声をひそめていった。「俺は今年一杯でリタイア（引退）しようと思うんだ」

「えっ!?」

ヒルドレスは問わず語りのように話し始める。

「ジョーも知っての通り、俺ももう五十一歳だ。シティで仕事をして二十五年以上になる。さすがにもうくたびれたぜ。特にアメリカのインベストメント・バンクはな。うちの会社もアーリー・リタイアメント（早期退職）制度があって、今辞めるとかなりの一時金をもらえる。俺が十年前にデボンにファームハウス（農家）を買ったのは知ってるだろ？　そこで女房と二人で静かな生活に入ろうと思うんだ」

デボンはイングランド西部の深い森と渓谷に恵まれたカントリーサイドだ。英国人の間では休暇地として人気がある。ヒルドレスはそこに築三百年以上の茅葺《かやぶ》き屋根の古い農家を買い、週末はそこで本を読んだり庭仕事をしたりして過ごしている。

「そうか……。寂しくなるな」

「引退といっても、完全に仕事を止《や》めてしまうわけじゃない。金融のコンサルタントとして週に二、三日は仕事を続けるつもりだ。デボンをベースにな。できれば英国にいるのは夏の気候のいい時期だけにして、あとは年に数カ月間南スペインやオーストラリアに滞在しようと思っている。再来年くらいには、日本にも女房と二人で二、三カ月のんびり行ってみるつもりだ」

「ジャックはロンドン以外で働いたことはあるんだったかな？」

「いや。ロンドンを拠点にたくさんの国には行ったが、駐在したことはない。……学生時代にアメリカにいたことはあるが、アメリカで働く気にはならなかった。あんな競争の激しい所は息が詰まる。アメリカのコーポレート・カルチャー（企業文化）はまともじゃないぜ。……ところでジョーは日本には帰らないのか？」

「馬鹿らしくて日本でなんか働く気はしないさ」

「それは日本の古い企業文化や社会のヒエラルキーなんかでストレスが溜《た》まるからか？」

「簡単にいえばそういうことだな」

ヒルドレスは同感だという顔をした。

「昔にくらべて良くはなったが、ヨーロッパの組織にもまだそういうところがある。ヒエラルキーがあるし、組織によってはどこの家の出身かとかそういったことも人を評価する材料になる。責任ある地位にたどり着くまでにずいぶんと時間もかかる。……そこへいくとアメリカの組織は公平で合理的だ。どこの国の出身だとか、人種とか、黒人か白人かとか、年齢とか、男か女かとか、そういったことは一切関係ない。自分のポジションがあって、そこで成果を出すか出さないか。それだけだ。ザッツ・オール・ホワット・カウンツ（それがすべてだ）」

「しかし、アメリカの企業で働くのは確かにストレスは多いよな。常に金儲《もう》けに駆り立てられるから」

「本当にな。毎年毎年、前年比二五パーセント増の儲けをあげろと要求される。それが達成できなけりゃ、部門の人数を減らされるか部門ごと潰《つぶ》されるかのどっちかだ。経営委員会は数字しか見ていない。すべて、フィギュア（数字）、フィギュア、フィギュアだ！　各部門の個別の事情は一切勘案しない。いったいこれが経営か⁉」ヒルドレスは興奮気味にまくしたてた。

「まったくそうだな」

「たとえば、九四年はうちのM&A部門が不振でシ・ローン案件も減ったから、ローン・シンジケーション部は人数をがばっと減らされただろう？　ところが九五年になるとM&Aビジネスが急回復してローン案件も続々と出てきた。今度はそれを捌《さば》いていける人数がいない。土日も出社して夜遅くまで働いても追いつかない。手を伸ばせば簡単につかめるディールがむざむざ目の前を通り過ぎていく。まったくうちの経営委員会はストラテジーも糞《くそ》も……」いいかけてヒルドレスはふと思い直す。「いや、グローバル（全世界的）ストラテジーはある。それは確かにある。しかし、個別の部門の扱いときたら、とにかく大雑把《おおざっぱ》だ」

「まったくアメリカンだよな」

「そうさ、まったくアメリカンさ。……俺もアメリカの企業文化が嫌いだといいながら、よく二十五年以上も働いたもんだよ」

　ヒルドレスはふと遠くを眺める目つきになった。

「さっきの話だが、もうすぐゴールだと思うと危ない橋は渡りたくなくなるもんだ」そういってから、自分を励ますようにことさら明るい表情を作った。「でも、何とかやろうじゃないか。俺もドレクスラーから給料をもらってる間はインベストメント・バンカーの端くれだ」

4

「丈《ジョー》、サウンド・オブ・サイレンスを聞いたことがあるかい？」

ヨルゲンセンが訊《き》いた。

「ああ、そりゃ。有名な歌だから聴いたことくらいはあるさ。サイモンとガーファンクルだろ？」龍花が答えた。

「いや。本当のサウンド・オブ・サイレンス（静寂《しじま》の音）だ」

「本当のサウンド・オブ・サイレンス？……しかし、音がしないからこそサイレンス（静寂）というんだろ？　静寂に音なんかあるのか？」

「あるとも」

ヨルゲンセンは断言した。傍らのスウェーデン人マネージャーが頷《うなず》く。

食堂に続く書斎風のラウンジは闇と静寂が支配していた。

照明はテーブルの上のろうそくの光だけだ。壁に飾られたムース（ヘラ鹿）の巨大な植物葉のような一対の角と、書棚に並ぶ古い革張りの本が闇の中に浮かび上がっている。ヒルドレスが三人のやり取りを聞きながら静かにスコッチを啜《すす》った。他の三人はコニャックや地元の蒸留酒アクアビットを飲んでいたが、誇り高いイングリッシュマンのヒルドレスは頑固にスコッチにこだわっていた。


スウェーデンの首都ストックホルムから北西へ一五〇キロの自然豊かなアヴェスタ市。

その晩、四人は市の郊外にある鬱蒼《うっそう》とした森に囲まれたホテルにいた。

この日、龍花とヒルドレスはアヴェスタ市に本社があるアヴェスタ・エンジニアリングを訪問した。ジャーマン・テクノロジー社による買収が成功し、シ・ローンで集めた資金の引出しを実行するために必要なデュー・ディリジェンス（関係書類の精査）をおこなうためだ。デュー・ディリジェンスは、ふつうバイス・プレジデント一人にアソシエイト一人くらいですませる。しかし今回は、Ｍ＆Ａを扱う企業金融部や債券部にも関わってくる大型案件だ。また、被買収企業の資産が担保となるＬＢＯ（レバレッジド・バイアウト）方式なので、資産とそれに付いている権利関係も精査しなくてはならない。龍花とヒルドレスは念を入れることにした。

　昼間訪れたアヴェスタ・エンジニアリング社のオフィスは北欧企業らしく、一人一人の社員が個室を持っていた。コストのかからぬ質素な白木で作られた個室は広く、ふんだんに自然の光が入るよう設計されていた。個室や廊下に置かれたさまざまな観葉植物がオフィスの空気に潤《うるお》いを与える。社員は自分の個室に絵や家族の写真、旅行先で買った民芸品などを飾っていた。

「北欧の連中はどうしてこうも居住空間の設計に関しては天才的なんだろうな」ヒルドレスが嫉妬《しっと》まじりでいった。「イギリスのオフィスも悪くはないが、こいつらのセンスにはとてもかなわねえ」

　龍花は、かつて仕事をした富国銀行の国内支店を思い出した。フロアーには狭い机が寿司詰めで、大の男たちが肩をせばめて仕事をし、電話は一分ごとに鳴り、支店長はうだつの上がらない課長を怒鳴りつけ、窓口の女子行員たちは泣きたいのを必死でこらえ早くしてよと怒る客に作り笑顔で応対していた。この北欧の国のオフィスを見ていると、世界第二位の経済大国とは一体何なのかと思う。

　まる一日かかってようやく作業を終え、二人はモルガン・ドレクスラーのストックホルム事務所長ラーゲ・ヨルゲンセンと部下のマネージャーの案内で夕食にでかけた。ウェーブのかかった金髪のヨルゲンセンはまだ三十六歳の精気に溢《あふ》れた男で、今回の買収劇でも大きな役割を果たした。マネージャーの方は黒縁の瓶底眼鏡をかけたひょろりと背の高い、うどの大木風の五十男だ。

午後七時にテーブルを予約してあったが、車を運転するうどの大木が道に迷ってしまった。車は丘を越え、森の中を抜け、山道を登り下りし、大自然の景観の中を走り続ける。深い森のそばの湿原地帯では、遠くに数頭の野生のムースの姿が見えた。湖が多い地方で、湖畔にコテージが点在している。コテージのそばで水着姿の老人が湖面を眺めながら煙草をふかしたり、若い女性が馬の毛にブラシをかけていた。

「素晴らしい環境だな。英国のカントリーサイド（田舎）なんて全然比じゃない」

ヒルドレスが感に堪えぬようにもらした。

「ラーゲ、この辺でコテージを買うといくらくらいするんだ？」

「建物が六、七十平米、土地が三千平米のやつで、一軒二十万クローナくらいかな」

「二十万クローナというと……」ヒルドレスが計算する。「何だ、たったの一万五千ポンド（約三百万円）じゃないか！」

「それに湖で遊ぶエンジン付きのボートが五万クローナ。雑費をいれても合計二万ポンドにもならない。だから、普通のスウェーデン人でもかなりの数の人たちがコテージを持っている。僕も夏の間は、たいがいの週末は自分のコテージだね」

「日本では考えられない生活だな」龍花が驚きを込めていった。「サラリーマンの給与所得は日本のほうがかなり多いはずなんだが、職場も日常の暮らしもスウェーデンとは雲泥《うんでい》の差がある」

「アメリカやドイツ、フランス、英国なんかがしゃかりきになって世界の覇権争いを繰り広げているのを冷ややかに眺めながら、この国の連中は地球の北の端で静かで満ち足りた暮らしをしている。北欧の連中が一番賢いのかもしれんな」

車はすでに一時間以上も走っていた。

やがて、うどの大木が携帯電話を取り出した。レストランに電話して道順を訊くらしい。スピーカー方式にした電話から、レストランの女主人の声が聞こえ、スウェーデン語で道順を教え始めた。しばらくすると、女主人の声が何かの項目を一つ、一つ説明しているような調子に変わった。ときおりヨルゲンセンとうどの大木が質問する。

「前菜は酢漬けのヘリング（ニシン）とムースの肉のスモーク（薫製《くんせい》）があるけど、どっちがいい？」ヨルゲンセンが後ろを振り返って訊いた。

（やれやれ、車の中でメニューを選ぶ羽目《はめ》になるとは）一日がかりの仕事で疲れた龍花が苦い顔をした。その顔をちらりと見てヒルドレスがいった。

「丈《ジョー》、こんな景色の中でメニューを選べるなんて、これは世界最高の贅沢《ぜいたく》だぜ」

対向車もない大自然の真っ只中《ただなか》を車は走っていた。

スピーカーからメニューを説明するレストランの女主人の声がゆっくりと流れてくる。声の感じから、上品な女性のようだ。窓の外を見ると、青い森と湖を夕日が金色に染めていた。

（世界最高の贅沢か……。そうかもしれんな）

ようやく辿《たど》り着いたレストランは小高い丘の上の深い森に囲まれたホテルだった。以前は貴族の館だったものらしい。案内された食堂のテラスからはなだらかに下って行く林と、その先にある大きな湖面が見えた。

食後のコーヒーとコニャックが出された書斎風のラウンジは物音一つしない。かすかに蠟《ろう》が焦げる匂いが漂ってくる。

「サウンド・オブ・サイレンス（静寂の音）？　そんなものがこの世に本当にあるのか？」

「あるとも」ヨルゲンセンは頷いた。「こういう湖の近くのコテージで夜、じっと横になっていると、一切の物音が消えてサウンド・オブ・サイレンスが聞こえてくるんだ」

「それは一体どんな音なんだ？」

コニャックを啜《すす》りながら龍花が訊いた。

「もし聞いたら、ショックを受けるような音だ」

「そうだ、あの音はショッキングだ」傍らのマネージャーが相づちを打った。

「具体的にはどんな音がするんだ？」

「具体的には……」いいながらヨルゲンセンはゆっくりとコーヒーを啜った。「地の底で巨大な水流が起こっているような、クオオーッという音だな」

「そうだ。そういう音だ」マネージャーが再び相づちを打つ。

「いったい何の音なんだ？」

「たぶんあれは……自分の体の中で血液がめぐっている音が聞こえてくるのだと思う」

傍らのマネージャーが頷く。

「血液の音か……」

言葉の意味を反芻《はんすう》しながら龍花は、コニャックを手にソファーから立ち上がった。

「ちょっと上の展望台で景色でも眺めてくる」

龍花は書斎から展望台に続く狭い木の階段をゆっくりと上り始めた。三人は龍花の言葉に軽く頷き、ソファーにすわったまま話を続ける。

展望台は書斎から三つ上の階にあった。

木造の室内は、電灯のやわらかなオレンジ色の光に満ちていた。

龍花は窓ぎわに歩み寄る。ガラス窓の向こうに鬱蒼《うっそう》とした黒い太古の森と暗い湖面が広がっていた。湖面の彼方に山の稜線《りょうせん》が見え、その背後で日の名残りが紫色に消えつつあった。稜線のすぐ上には青い闇がゆっくりと降りてきている。

アヴェスタ社のデュー・ディリジェンスも順調に終え、引出し手数料五百万ドルも確実になった。商業銀行と投資銀行がもろに激突するシ・ローンの世界は利幅も薄く、手数料が百万ドルを超える案件は多くない。

(これで今年のバジェットにも目鼻がついた……)

龍花は心にぽっかりと穴があいたような空虚感に襲われていた。

ディールをやっている最中や収益目標《バジェット》に追われている間は、戦場の兵士のように緊張感と恐怖感で周りのものは一切見えない。それが解けると、今度は安堵《あんど》感とともに空虚感が急速に押し寄せてくる。

そういうときには決まって、一人の女の白い笑顔が龍花の脳裏に浮かぶのだった。

龍花は、富国銀行ロンドン支店からモルガン・ドレクスラーに移籍する前後の二年ほどのあいだ、一人の娘と一緒に暮らしていた。

「そんなに飲んだら身体に毒だわ」

ある冬の晩、シティのパブで一人浴びるように飲んでいた龍花に、明るい声がいった。それが道子だった。彼女は同い年の女友だちと一緒にパブに遊びにきていた。年齢は二十代半ばだったが、フードの付いたコートを着た小柄な姿は二十歳そこそこにしか見えなかった。髪を日本人形のように短く切り揃えていた。

「日本の銀行にゃ阿呆《あほう》しかいないから、ストレスが溜《た》まって酒でも飲まなきゃいられないんだ」酔った龍花は、自嘲《じちょう》気味に答えた。「きみらは旅行者か？」

「ううん。シティにあるジャパン・クリニックで働いてるの」

ジャパン・クリニックは日本人専用の小さな私立の診療所だ。

「看護婦さんか……」

それが道子との出会いだった。やがて道子は龍花の家で暮らすようになった。

道子には身寄りが一切なかった。不幸で貧しい子ども時代を送ったらしい。そのせいか、明るい笑顔の中にもときおり他人に傷つけられることを怖れるような影が差した。運命に流されるままイギリスという異国の地で自分の居場所を見つけて一人生きていたが、心の底では誰かの支えを求めていたのだろう。そんなときに出会ったのが龍花だった。

道子はどんな物でも大切にした。使い古した龍花の下着や自分の靴下でキッチンの雑巾《ぞうきん》を作った。龍花が持ち帰る機内食の残りの砂糖や塩、胡椒《こしょう》を大切に料理に使った。ちびた石鹸《せっけん》を捨てることなく器用につなぎあわせた。金を使うこともなく、楽しみといえば庭の草花の手入れと、飼っていた一匹の猫の世話をすることとくらいだった。友人は同年代の女友だちが二、三人いるだけだった。泥の中でひっそりと咲く白い花のような娘だった。

道子は龍花の母のような静かな優しさを持っていた。道子と二人でいるとき龍花は、インベストメント・バンカーの鎧《よろい》を脱いでいられた。江東区の支店勤務時代に龍花は、支店次長に戸籍の写しを突きつけられ「お前は雑種だ」といわれたが、道子も同じだった。日本という社会で受け入れられず、英国で自分の居場所を見つけたという点でも仲間だった。道子にとっても龍花は初めて本当の恋をした男であり、初めて出会った頼ることのできる逞《たくま》しい父親であり兄であった。自分の前では鎧を脱ぎ、弱さをさらけ出した素顔の龍花にも惹《ひ》かれていた。

しかし、結婚はしなかった。飛行機による海外出張が多く、運命の神の気まぐれでいつ命を失ってもおかしくない国際金融マンの龍花は、いつも身軽でいたいと考えていた。道子も心の中では龍花との結婚を望んでいたが、口に出すことはなかった。

龍花が富国銀行を辞め、ロンドンの社宅を出なくてはならなくなったのは、春先のことだった。まだ冷たさが残る日差しの中、二人で新しく借りる家を探してロンドンの街を歩いた。テームズ川の南のブラックヒースという静かな街に小さなフラットが見つかり、二人は引っ越した。

しかし、龍花がモルガン・ドレクスラーに移籍して一年後に別れがやってきた。

「お前の顔など見たくもない！　出て行け！」

バジェットを達成しなくてはクビになるという焦りから、龍花の精神は異常な状態が続いていた。ある日、些細《ささい》なことで道子を怒鳴りつけた。道子は目に涙を一杯ためて、あなたは本気でいってるのか、と何度も訊《き》いた。龍花は憑《つ》かれたような目で、ああ、本気だとも、と繰り返した。その日、道子はスーツケースに荷物を詰め、うつむいてフラットを出ていった。道子が大切に世話をしていた猫はその数日前に死んでいた。

それから七年の歳月が流れた。

龍花は、押し潰《つぶ》されそうな闘いの渦の中で、道子の後ろ姿を見送ったときに感じた胸の痛みもいつしか忘れて行った。三年前には一介のバイス・プレジデントからマネージング・ディレクターに昇格。一生食べて行ける資産も貯《た》まり、クビを怖れる気持ちも薄らいだ。しかし、龍花が道子に再会することはなかった。道子は小さなフラットを借り、今もロンドンのクリニックで働いている。毎年クリスマスになると龍花のもとに道子からクリスマス・カードが届く。それは、今でも龍花のことを想い、再び一緒に暮らせる日を待っているという道子のメッセージだった。龍花はまだ一度も返事を出したことはなかった。

「さあ、そろそろ帰りましょうか」

いつの間にか展望台に上がってきたヨルゲンセンが、物思いに沈む龍花の背後から声をかけた。時計の針は午後十時を回っていた。

四人はホテルを出て車に乗り込む。車は月明かりの山道を走り出し、道の両側に森、湿原、湖が次々と現われた。

「ちょっとここで下りて、空気を吸って行きましょう」

車が湖のほとりにさしかかったときヨルゲンセンがいった。「サウンド・オブ・サイレンスも聞こえるかもしれません」

車は道の脇に停車し、四人は降りる。ひんやりとした外気が清々《すがすが》しかった。

目の前に巨大な太古の静寂が広がっていた。

日本では決して見られない、墨を流したような夜の湖。大きな湖面はゆったりと凪《な》いでいた。背後は鬱蒼とした自然の森。湖を取り囲む森の木々の形が夜空に浮かび、それが鏡のような暗い湖面にくっきりと映っている。中天の半月が人里では見られない明るさで輝いていた。遥《はる》か向こう岸の山々の稜線が月明かりの中に黒く浮かび上がっている。人工の物は何一つない。虫の鳴き声がかすかに聞こえる。

人類がすべて死に絶えた終末の日のような光景が目の前に広がっていた。

第三章　敵対的買収宣言

1

眼下に矢尻《やじり》のように鋭く尖《とが》った茶色の高い山々が見渡す限り広がっている。頂きには真夏だというのに白い万年雪が残っている。

ロンドン・ヒースロー空港を朝七時四十五分に飛び立った英国航空五六四便の機内で、浅い眠りから覚めたゲッティ・ブラザーズのM&A部長ダグラス・ウォーカーはその荒々しい光景に一瞬シベリアの上空に迷い込んだのかと錯覚した。昨日の夕方、ニューヨークのJFK（ジョン・F・ケネディ空港）を出発し、ヒースローでこの早朝の便に乗り換えた。疲れのせいか離陸直後にすぐ眠ってしまった。

（アルプス山脈か……）

胸の内で呟《つぶや》きながら腕時計の針を一時間進め、英国時間から欧州大陸時間に合わせる。山々の深い谷底に細長い緑の平地が見え、チロルの村が遥《はる》か彼方《かなた》に小さく霞《かす》んでいる。

同じ便にはゲッティ・ブラザーズのM&Aチームのバイス・プレジデントが二人、若手のアソシエイトが二人、調査部で金融機関株を専門に見ている株式アナリストの合計五人も乗っている。アソシエイト二人は旅の疲れも見せず、座席のテーブルでラップトップを叩《たた》き、TOB（株式公開買付け）の目論見書作成や企業価値算定に必要なキャッシュフロー計算に余念がない。

機がアルプス山脈を通過すると突如眼下に巨大な平野が姿を現わした。

イタリア有数の農業・畜産地帯、肥沃《ひよく》なるロンバルディア大平原。大地が発する蒸気でうっすらと霞み、端の方まで見渡すことができない。ところどころに中世風の古い都市が見える。建物都市の中心には教会の大きな鐘楼《しょうろう》が聳《そび》え、それを建物がぐるりと円形に取り囲んでいる。建物の屋根はことごとく同じ赤煉瓦《れんが》色で、それが都市の色になっている。

深海の青色に塗られたロールスロイスのエンジンは翼の下で順調に回転し、イタリア時間午前十時三十五分、機はミラノ・リナーテ空港に着陸した。強烈な日差し。むっとする暑さ。地中海はすぐそばだ。空港ビル前でタクシーに乗り込む六人のそばを、サングラスをした若いイタリア人女性が背筋を伸ばして堂々と通り過ぎた。ワンピースからはみ出た小麦色の肌と黒い脇毛が強い日差しの中で眩《まぶ》しく輝いた。

「きのう日本の新聞記者が、BMJ（ベネデッティ・モンディーノ・アンド・ヤヌス投資銀行）が大掛かりな金融機関の買収を検討中という噂を聞いたが本当か、といってわしのところにやってきたぞ。仮に買収が成功したとしても、これだけ企業文化が違う相手と果たして上手くやって行けるのかといってな。誰だ！　このディールのことを漏らしたのは!?」

パオロ・ベネデッティが吼《ほ》えた。BMJ会長兼CEOの声はイタリア人らしくドスが利《き》いた凄《すご》みがある。テーブルの中央の席で仁王立ちになり、怒髪天《どはつてん》を衝《つ》く形相《ぎょうそう》だ。

ベネデッティの前で首をすくめているのは総勢二十人。男たちの中に唯《ただ》一人、ぱりっとしたスーツ姿の女性が混じっている。買収に関する広報活動を担当するニューヨークの広告代理店の女性マネージャーだ。

この日、ミラノのピアッツァ・レプブリカ（共和国広場）二〇番地のホテル・パラスの会議室にBMJの敵対的買収のアドバイザーをつとめる五つのチームが一堂に会していた。ゲッティ・ブラザーズの六人。ジョン・マグロウグリン率いるアクイジション・コープから三人。マイケル葉率《イップ》いるUSアトランティック銀行から四人。広告代理店から二人。そして法律顧問としてニューヨークの大手弁護士事務所の企業買収専門弁護士が三人。三人の弁護士はいずれも敵対的買収における攻撃側のアドバイスを専門にしている。彼らをサポートする若手の見習い《アソシ》弁護士《エイト》二人も会議に加わっている。この二人はここ一カ月ほど非人間的なペースで働かされ、疲労困憊《こんぱい》の態《てい》だ。その法律事務所では徹夜仕事をしたスタッフには着替えのワイシャツが一枚支給されるシステムになっているが、二人はすでに三年間はワイシャツを買う必要がなくなっていた。

ベネデッティは再び全員をぎろりと睨《にら》みつけた。

「その記者には全面否定しておいた。しかしとにかく、諸君らには万全の注意を払ってもらわなきゃ困る。噂が立っただけでアービトラージャーどもが動き出し、『標的』の株価が上がって買収も糞《くそ》もなくなるのは専門家のきみらが一番よく知ってるはずだ」

アービトラージャー（裁定取引トレーダー）とは、買収計画発表後の株価上昇を狙って、買収の標的になりそうな企業の株式を買い集める者をいう。八〇年代にはアイバン・ボウスキーという、後にインサイダー取引で逮捕された男がこの分野で活躍した。ウォール街で最も成功したアービトラージャーは「究極のトレーダー」ロバート・ルービンである。ルービンは名門投資銀行ゴールドマン・サックスで十年間にわたって同行のアービトラージ部門を率い、社内では常にM&A部門に次ぐ利益を上げた。その後ゴールドマンの共同会長を経て、一九九五年クリントン政権の財務長官に就任。FRB（Federal Reserve Board、米連邦準備制度理事会）のグリーンスパン議長とのコンビで米国を史上空前の好景気に導いた。

「TOB（株式公開買付け）発表のその瞬間までこのディールは極秘で進めなきゃならん。そのために今日の会議も人目につくニューヨークを避けてミラノで開くことにしたのだ」

ミラノはベネデッティ家の故郷で、パオロ・ベネデッティ自身毎年ここで休暇を取る習慣にしている。

「わかりました。細心の注意を払って準備を進めます」ウォーカーが神妙な顔で答えた。ベネデッティが頷《うなず》く。

「声明文の準備は？」ウォーカーが訊いた。

「できています。BMJが提示した買収額は『標的』の株主にとって有利であり、『標的』の経営陣は株主にBMJの申し入れを受諾する機会を与えるべきだ、という内容になっています。それから従業員に対しては、BMJはこれまでイマージング・マーケットなどハイ・イールド（高利回り）の分野に特化してやってきた投資銀行で『標的』とは重複する業務分野が少なく、リストラは最小限にとどめると発表します」広告代理店の女性が答えた。

「FRB（Federal Reserve Bank、連邦準備銀行）の認可はどうなっている？」

「ニューヨーク州の銀行局とは話をつけました。銀行局がオーケーすればFRBの方はまず大丈夫でしょう。買収提案発表後一カ月間を株式公開買付期間として認可を取る予定です。SEC（証券取引委員会）に提出する十四D１《フォーティイーン・ディー・ワン》（公開買付届出書）は準備できています」弁護士の一人が答えた。

「銀行局がマスコミに喋《しゃべ》ることはないだろうな?」ベネデッティが鋭い視線を弁護士に投げかけた。

「絶対とはいえませんが、まず大丈夫でしょう。公務員の守秘義務について念を押しておきました」

ベネデッティは頷く。厳しい顔つきのまま席を立つと窓際に歩み寄る。外の景色を眺めながら考えをまとめていく。

窓の外には、石畳の通りとその両側に建ち並ぶビル群が見える。石造りのビルが多い。ミラノはかつて西ローマ帝国の首都だった。現在はイタリアのファッションと金融の中心地であり、街には古さと新しさが混ざり合った独特の雰囲気が漂っている。歩道には柿色の公衆電話があり、金を入れた地元の人ががんがん電話を叩《たた》いている。無事繋《つな》がったらお慰《なぐさ》みのイタリア流だ。石畳の通りの両側で埃《ほこり》をかぶった街路樹が強い日差しを浴びている。暑く乾いた気候の中でしぶとく生きている様子はイタリア人の気性によく似ている。

「『標的』の株価はどうだ?」ベネデッティは視線を室内に戻した。

「ここのところ安定的に推移しています。『標的』のマーケット・キャップ(株式時価総額)は今ちょうど四百億ドルです」ゲッティ・ブラザーズの株式アナリストが答えた。

「オーケー、順調だな。突然株価が上がったりすると買収価格が跳ね上がって、資金調達計画が狂うからな」

「大丈夫でしょう。急に株価が上昇する要因はないと思います」

「株価がこのままなら、オファー価格は現在の株価の二、三割増しというところでしょう。もちろんTOB発表直前の相場次第ですが」ウォーカーがいった。

「二、三割増し？　ずいぶんとプレミアム（上乗せ額）を払うんだな。一割増しくらいで買えんのか？」ベネデッティが渋い顔をした。

「ミスター・ベネデッティ。中途半端なオファーでは中途半端な株数しか集まりません。投資家が目の色を変えて勢いづくくらいの株価を最初からオファーしなけりゃ駄目です。『標的』の株価は今が底だと見られています。投資家は、わずかのプレミアムしかもらえないくらいなら、もうちょっと待った方がいいと判断しかねません。皆、欲得で行動を決定しますからね」

「チッ。お前らインベストメント・バンカーはディールさえできりゃ何でもいいと思っている。お前らはディールが完了したらごっそり手数料を取って後は知りませんですむが、わしは借金を返さなきゃならんのだぞ」

「ミスター・ベネデッティ。ベッドに誘いたい女は『ジャンニーノ』で飯を食わせましょう。トラットリアじゃ投資した金が無駄になる」マグロウグリンがいった。

ジャンニーノ（Giannino）は創業一八九九年、トスカーナ地方の料理で世界的に知られるミラノ随一の老舗《しにせ》レストランだ。行儀の良いマイケル葉は一瞬しらけた顔をしたが、ベネデッティはその冗談が気に入った。

「フフ、そりゃジャンニーノだな。……オーケー、買収価格についてはもう少し話し合って決めようじゃないか」

「現在の資金調達計画では、株価がいくらまでならカバーできる？」

「現在の水準の一六〇パーセントまでなら十分カバーできる」マイケル葉が答えた。

「必要ならペルシャ湾岸からもう少し資金を引っ張ってこれる。ロシアの金もあるが、あまりややこしい金は使いたくない」マグロウグリンがいった。

「ロシアの金はやめておこう」ベネデッティがぴしりといった。

「いずれにせよ、TOBの受諾が一〇〇パーセントになることはないから、シ・ローンの二百億ドルで大半の資金需要はカバーできる。我々に必要なのは『五〇パーセント・プラス一株』だからな」

「今のところマーケットで集めたのはどれくらいだ？」ベネデッティが訊《き》いた。

「一六パーセント強です。各種投資ファンドやダミー会社を使って名義を分散して集めていますので、向こうには気づかれていません」

「TOB発表後の手はずは整っているか？」

「『標的』の経営陣が買収を拒否するのは間違いありませんから、こちらの持ち株にもとづき臨時の株主総会の招集を請求します。そこで『標的』の株主たちに買収を決議させるべく提案します。それからBMJの増資計画を発表します。調達額は総額五十億ドルで、半分を変動配当付き優先株、残り半分を固定配当付き優先株の発行でやります」

「新株発行のためには株主総会の決議が必要じゃないのか？」

「臨時株主総会の招集状は印刷ずみです。TOB発表後ただちに発送します。発表のタイミングは今日から八週間後です」

「シ・ローンの引受銀行からの正式なコミットメント・レターは集まっているのか？　商業銀

行の連中は土壇場《どたんば》で尻込《しりご》みする悪い癖があるからな」ベネデッティが訊いた。

「十行全部、耳を揃えて集めてあります。イタリアの銀行がもたもたしていてちょっと手間取りましたが。銀行はもう逃げられません。安心して下さい」葉が答える。イタリアの銀行がもたもたしている、という言葉にベネデッティはちょっと嫌な顔をした。しかし、葉には皮肉をいっている気配はない。

「シンジケーションのローンチ（組成開始）はいつだ？」

「アズ・スーン・アズ・ポッスィブル・アポン・ジ・アナウンスメント・オブ・ザ・TOB（TOB発表後できるだけ速やかに開始します）。インフォ・メモはほぼ完成しています。株式の買付け価格を入れればすぐに発信できます」

「ローンのプライスは？」ベネデッティが訊いた。

「ミニマム参加額十億ドルで、参加手数料は一・五パーセント・フラット、金利はL（ライボー）プラス二パーセントくらいで考えています」

全員の視線がベネデッティの顔に注がれた。ここでベネデッティがプライスが高すぎるといいだすとまた一悶着《ひともんちゃく》起きる。

しかし、ベネデッティは憮然《ぶぜん》とした顔で頷いた。全員がほっと胸をなでおろす。

2

内幸《うちさいわい》町の帝国ホテルのぴかぴかに磨き上げられた正面入り口前で、高級スーツに身を固め、精気に溢《あふ》れた外国人の男女六人の一団がハイヤーを待っていた。彼らの立っている場所だけが東京ではなく、ウォール街の風が吹いているようだった。

身長が一九〇センチはある大男が三人もいる。

一人はでっぷりと太った三十五歳くらいの男。体重は一三〇キロはありそうだ。投資銀行で働くプレッシャーを暴飲暴食で解消しているらしい。頭髪は白に近い金髪で、祖先は北欧かドイツあたりか。もう一人の長身の男は頭髪も眉《まゆ》も漆黒で、見た目はフランス系だ。年齢は四十歳くらい。高利貸しのような銀縁の小さな眼鏡をかけている。ダーク・スーツの肩幅がやたら広く、足の大きさは三〇センチはありそうだ。三人目は白髪をオールバックにした五十歳くらいの白人の男。いかにも場慣れした感じでスーツの上着を脱いで一方の肩の上に引っかけている。青いワイシャツの襟と袖《そで》のところだけが白いクレリック・シャツを着て、つや消しの純金の大きなカフスボタンをしている。胸には白い糸でイニシャルの刺繍《ししゅう》。自信に満ちた不敵な面《つら》構《がま》えはカウボーイハットをかぶせたらそのまま西部劇の保安官になる。

三人の大男と一緒にいるのは浅黒い顔をしたインド系の男。働き盛りのバイス・プレジデントで数字に強く、どんな案件の詳細もマニアックに記憶しているタイプだ。小柄で細身のメキシコ系の女はダーク・スーツに真珠のネックレス。まだ入社して二年くらいのアソシエイトだろう。もう一人のアソシエイト風の女はアイルランド系か。蛾《が》の触角のように形の良い、濃い眉をしている。

彼らを見ていると、まさにアメリカは人種のるつぼだ。見た目は統一性がないこの六人は、二つの共通点でしっかりと結びついている。金儲《もう》けへの執念と強い訛《なま》りのアメリカ英語だ。彼らがあたりかまわず大声で話すアメリカ英語は、ウォール街の価値観は世界の価値観であるという暴力的な無知と傲慢《ごうまん》さに満ち溢《あふ》れている。彼らにとって日本人も中国人もカンボジア人もベトナム人もまったく同じ黄色いアジア人で、金をふんだくって踏みつけるだけの存在でしかない。ウォール街の金と力の論理以外にはけっして妥協しない傍若無人な鷲《わし》の集団。アソシエイトの女たちは一団から離れて一人になるとたちまち東京の道に迷ってしまいそうな寄る辺《べ》ないアメリカ人だが、集団に戻ると目を光らせ、背伸びをして早く一人前の鷲になろうとしている。

この日、モルガン・ドレクスラーのニューヨーク本社から来た六人はいったん東京支店に向かい、そこで同行の香港、ロンドンから来た五人と合流してトミタ自動車東京本社に向かった。トルコ・トミタ自動車の一億五千万ドルの資金調達に関するプレゼンテーションをするためである。

トミタ自動車本社二十階の大会議室。

長テーブルの一方に、熊のケツにでも噛《か》みつきかねない面魂の十一人のインベストメント・バンカーたちがずらりと勢揃いした。テーブルの一方にすわった財務担当常務以下七人のトミタ自動車の幹部たちは最初から雰囲気に呑《の》まれた。

「この一億五千万ドルの案件は、モルガン・ドレクスラーの全額引受けで、非常にアトラクティブ（魅力的）なコストでファイナンスすることが可能でありますっ！」

「おおっ……！」

ヒューレット・パッカードの黒い関数計算専用電卓を手元に置いたインド系のバイス・プレ

ジデントがいきなりガツーンとぶちかましてトミタ自動車側をどよめかせ、プレゼンテーションの幕を切って落とした。

「どうだ、すごいもんだろう？　さすがはモルガン・ドレクスラーだな。三日前の大プレゼンテーション、きみにも見せたかったよ」

東京への出張から戻ってきた野々宮《ののみや》は、豪華なカラー刷りのプレゼンテーションの冊子をディシュリに手渡しながらいった。

アジアとヨーロッパにまたがる国際都市イスタンブール。

そのヨーロッパ側の中心、タクシム広場に近いビルの八階にトルコ・トミタ自動車財務部がある。部屋の窓からは、左右いっぱいに広がるボスポラス海峡が見下ろせる。大きな貨物船やタンカーがゆっくりと行き交い、遥《はる》かな対岸のアジア側の街が、銀色に燦《きら》めく海峡の上に黒いシルエットとなって浮かんでいる。

野々宮は本社では課長だが、出向先のトルコ・トミタ自動車では取締役として経理・財務部門を担当している。ディシュリは四十代後半のトルコ人。USアトランティック銀行のイスタンブール支店に長年勤務したあと、三年前にトルコ・トミタ自動車の財務部長にスカウトされた。中背で小太りの体型。白髪が混じった短い頭髪には天然のウェーブがかかっている。国際金融業務に二十年の経験を持つベテランだ。

ディシュリはパラパラとページをめくって冊子を拾い読みしながら眉をひそめた。

「ミスター野々宮。ここにモルガン・ドレクスラーの自動車関連案件実績一覧というのがありますが……」

　ディシュリが開いたページにはドイツの自動車メーカーによる英国の自動車メーカー買収のアドバイザー、日本の自動車メーカーの米国工場誘致、フランスの自動車メーカーの新株発行、メキシコの自動車会社の地元の証券市場への上場など、ドレクスラーが手掛けたさまざまな案件が一覧表になっていた。

「ああ。たいしたもんだな。この三年間で一億ドル以上の大型案件を二十件近く手掛けているじゃないか」

「しかし、これはほとんど企業買収か株式の引受けです。我々の一億五千万ドルのファイナンスとはまったく関係がない」

　野々宮はしらけた顔になった。

「我々が今必要としているのは、トルコ物のローンや債券の引受け・販売力のはずです」ディシュリはさらにいった。

「…………」

「ドレクスラーは確かに最近トルコ航空の十億ドルという大型案件のマンデートを獲っています。しかしそれ以外では、トルコに関して目立った実績があるわけではない。ドイツやフランスの銀行の方がよっぽど数多くの案件をこなしている」

「しかし、そのプレゼンテーションの最後の方についているドレクスラーの担当者一覧表を見てみろよ。マネージング・ディレクターが三人もこの案件を担当すると書いてあるじゃないか。うちの本社でのプレゼンテーションにもニューヨーク、香港、ロンドンの三拠点から債券やローン・シンジケーション部の幹部たちが来ていた。彼らは相当気合が入ってるぞ」

「我々がマンデートを与えた途端、マネージング・ディレクターなんか二度と姿を現わさないのが彼らのいつものパターンですよ。実際に案件をやるのは下っ端の連中だ。それにこの案件にどうして彼らのニューヨークや香港が関わってくるんですか？　トルコ物のデット（ローンや債券）はロンドン市場で売り捌《さば》くものだ。相手が何も知らないと見て取るや、世界中からチームを送ってきて大袈裟《おおげさ》なプレゼンテーションをやるのは彼らの常套《じようとう》手段です。……それに、このバンク・ミーティングとはいったい何ですか？　しかも費用は十万ドルもかかると書いてある」

「何でもニューヨーク、香港、ロンドンの一流ホテルに銀行や投資家を招いて、トルコ・トミタ自動車に関する大々的な説明会をやるんだそうだ。……ユーロ市場でローンの組成や債券を発行するときは通常こういう説明会をやるもんなんじゃないのか？」

ディシュリは呆《あき》れ顔になった。

「そういうバンク・ミーティングは、ユーロで初めて資金調達をするようなボロワー（借り手）や、大掛かりで複雑なファイナンス、例えば買収案件なんかのときにやるもんです。トルコ・トミタ自動車はすでにユーロではよく知られたネームですから、バンク・ミーティングなんか全然必要ない。最近の業績とイランのプロジェクトに関する情報が入った三十ページくらいのインフォ・メモを用意すれば十分です。要はドレクスラーの連中は我々をダシにして自分たちの宣伝をやりたいんですよ」

「………」憮然《ぶぜん》とした顔つきで野々宮は聞いている。

「それに、ドレクスラーはまだ何のプロポーザルも送ってきていない。先週、東京支店のヘレン・キングとかいう女が電話してきて『今にすごいプロポーザルを送るから楽しみにしておけ。他の銀行にマンデートをやったらろくなことにならないと思え』とはったりと脅しをかけてきただけです。その一方で、書面できちんとプロポーザルを送ってきた銀行はすでに三行ある。特に富国銀行のプロポーザルは一億五千万ドルのうち一億二千万ドルの引受けで、金利水準もまずまずです」

「ふん。不良債権であっぷあっぷしている日本の銀行に頼って、もし資金調達に失敗したら本社にどうやって言い訳するんだ？」

「富国のプロポーザルはブリティッシュ・チャータード、クレディ・ジェネラル、ガルフ・バンキング・コーポレーションの三行と共同で引受けしています。富国一行に頼るわけじゃありません。彼らとは今週、再度交渉しますから、我々に有利な条件をさらに引き出せると思います。この一億五千万ドルのファイナンスについては来週にも本社の決裁をもらわなければなりません。日程的にも……」

「わかった！　もういい！」野々宮が遮《さえぎ》った。

「とにかく、本社の役員からはドレクスラーに色々教えてもらって、よりよいファイナンスをやるようにとの指示が出ているんだ」

「ドレクスラーに色々教えてもらって、ですって⁉」ディシュリは絶句した。「……アメリカの投資銀行に教えてもらうなんて、まるで強盗に家の戸締まりのやり方を教えてもらうようなもんじゃないですか⁉」

「本社の役員の指示を無視するわけにはいかんだろうが！」いらいらした声で野々宮が怒鳴った。二人の間に一瞬気まずい沈黙が流れる。

「きみのいいたいことはわかるが今日のところはこれまでだ」

野々宮はディシュリの返事も聞かずに立ち上がった。

「ああ、それから……」ドアの取っ手に手をかけた野々宮は、ばつが悪そうに口ごもった。

「富国銀行とはしっかり条件交渉しておいてくれ。万が一ということもあるから」


ディシュリと野々宮が議論をした二日後、今西哲夫は早朝のヒースロー空港の英国航空のラウンジできゅうりのピクルス（漬物）をかじっていた。頭は半分眠っている。八月だというのに早朝の空港は肌寒い。イギリスは北の国だ。

膝《ひざ》の上に今回の出張の目的であるトルコの繊維会社の資料を開いていた。

数年前、その会社に対して世銀の民間セクター投融資部門であるIFC（国際金融公社）が一千万ドルの協調融資を組成し、富国銀行本店が二百万ドルの参加をしていた。IFCの投融資は審査が綿密に行なわれるという定評があり、また国が対外債務のリスケジューリング（繰り延べ）をする場合でもリスケ対象から除外されることが多いというメリットがある。ところが最近その繊維会社の業績が予想に反して不振で、ついに債務不履行を引き起こし、慌《あわ》てた本店が今西に至急調査に行ってほしいと要請してきた。トルコ・トミタ自動車との融資交渉が大詰めを迎えている時期の出張は痛かったが、小さな部門を担当する次長としては何でもやりくりして処理していかなくてはならない。トルコ・トミタ自動車とは電話で交渉することにして、エーゲ海沿岸のクシャダスという街にあるその繊維会社を訪ねることにしたのだった。

今西を乗せた英国航空六七六便は、定刻通り朝八時過ぎにヒースロー空港を離陸した。やがてトルコ時間午後一時過ぎにブルガリア東部海岸から黒海上空に抜け出た。豊かな水量の碧《あお》い水が夏の光の中で輝いている。四十分後、ボーイング757型機はイスタンブール・アタチュルク空港に着陸した。空港には、白い機体に鮮やかな赤の尾翼のトルコ航空機にまじって、緑の尾翼のサウジアラビア航空、尾翼で黄金のファルコン（隼《はやぶさ》）が羽ばたいているガルフ・エアー、白い機体に赤い文字で社名を記《しる》したアルジェリア航空などの飛行機が駐機していて、中東の玄関口にやってきたのがわかる。

今西はタクシーですぐ近くの国内線専用空港に移動した。

腕時計を見ると、イズミール行きの便までだいぶ時間があった。

どうやって時間をつぶそうかとあたりを眺め回すと、空港ビル前で鳥打ち帽をかぶった靴磨きの老人が客待ちをしていた。今西は歩み寄り、老人の目の前の小さな椅子に腰掛けた。老人は無言で頷《うなず》き、今西の右の靴から磨き始める。

その時、五メートルほど離れた空港ビルの正面玄関から一人の日本人らしい男が出てきた。右手に黒い書類鞄《かばん》をさげ、スーツをきちんと着込んでいた。興味をひかれて目を凝らすと、住之江銀行の田川だった。今西に気づいた様子はない。田川は空港前に並んでいた黄色いタクシーの一台に窓越しに話しかけた。

「ジュムフリエト通りまでたのむ」

今西ははっとする。トルコ・トミタ自動車の本社がある通りだ。

(奴も狙っているのか。さすがに抜け目がないな)

田川が乗ったタクシーが走り去るのを見送りながら、今西は気持ちを引き締めた。

国内線の空港は夏の観光シーズンだというのにがらんとしていた。

観光客のほとんどが早朝と夜に移動し、日中はもっぱら観光をしているからだ。

トイレに入ると洗面台とそのまわりが水しぶきでびしょ濡《ぬ》れになっていた。

(ああ、またトルコにやってきたんだなあ……)

イスラム教では一日に五回の礼拝が義務づけられている。礼拝前には水で両手、口中、鼻、顔、肘《ひじ》、頭、両足を所定の順序で清めなければならない。この清めのため、トルコの公衆トイレの手洗い場はいつもびしょ濡れなのだ。

トルコ航空のエアバスA310は午後四時過ぎ、イズミールに向け離陸した。

トルコ第三の都市イズミールはエーゲ海沿岸の風光明媚《めいび》な観光地で、イスタンブールからは一時間のフライト。イズミールに着くと今度はタクシーを拾い、ポプラ並木、果樹園、畑などを見ながら田舎道を一時間走って、ようやく目的地のクシャダスに到着した。すでに日は暮れていた。

翌日の午前中、今西は債務不履行を起こした繊維会社を訪問した。

繊維会社の社長は五十歳くらいの太った男だった。金策に走り回って疲れているのか元気がない。英語がまったくできないので、通訳を介して話し合いが始まった。この日は富国銀行に対する現状説明で、明日は債権銀行団を交えたミーティングが予定されている。話し合いが始まって二十分ほどで今西は(こりゃあかん)と思う。社長自身が会社の現状、特に財務関係の情報を全然把握《はあく》していないのだ。これでは債権銀行として必要な話が聞けない。今西は頃合を見計らって、財務データを用意してくれと頼んだ。

財務データは午後一時半に用意できることになり、今西は少し早めの昼食に出かけた。近くのレストランで簡単なトルコ料理を食べ、繊維会社に戻る。時計を見るとまだ十二時半だった。仕方がないので受付けロビーの椅子にすわって時間をつぶす。

「よろしければ絨毯《じゅうたん》織り場でもご案内しましょうか？」

椅子にすわって資料を読んでいると声をかけられた。傍らに午前中通訳をしていた若者が立っていた。白いポロシャツにジーンズという軽装で、飾り気のない笑顔がさわやかだ。

「この近くに大きな絨毯織り場があって、観光客もときどき見学に来るんですよ」

絨毯織り場は繊維会社の近くの風通しの良い、屋内とも屋外ともつかぬ平屋の広々とした建物だった。

十五歳から二十五歳くらいの少女たち五十人ほどが、縦糸を何百本も張った簡素な木製の絨毯織り機の前にすわり、絨毯を織ったり、細かい方眼紙に絨毯のデザインを描いたりしていた。

トルコはペルシャ（イラン）とならぶ美しい絨毯の生産国だ。

絹製だと織り目の細かさにもよるが、畳半分くらいの大きさのもので十五万円から七十万円もする。今西も以前二十万円をはたいて小さな青い絨毯を買ったことがある。その絨毯は今、ロンドンの家のリビング・ルームで場違いなほど美しい色彩を放っている。

「絨毯にはウール製と絹製の二種類があります。ウールで畳二枚くらいの大きさの物だと、織り上げるのに半年くらいかかります」案内の若者がいった。

「じゃあ、あそこにある大きな絨毯だとどれくらい？」十畳くらいの大きさの絨毯を指差して訊いた。

「あれは目が細かい絹製ですからね。……一枚織るのに十年くらいでしょうか」

「十年……」今西は気が遠くなった。

少女たちは一様に柔らかい布でできた色とりどりのモンペをはき、動きやすそうな服装をしていた。絨毯織り機の前にすわり、ときおり目の細かい方眼紙を見てデザインの確認をしながら、黙々と作業をする。そのひたむきな姿には厳しささえ漂っている。まだ頬にふくらみが残っている少女の面影《おもかげ》と、彼女たちが織り上げてゆく絨毯の複雑な幾何学模様の気高さはあまりにも対照的で、今西は何か信じられない光景を目の当たりにしている気持ちになる。目を酷使する仕事なので、目を悪くして眼鏡をかけている娘たちが多い。話もせずに黙々と作業している姿がいじらしい。

（つらくないいんだろうか？　家が貧しくて強制的にやらされているんじゃないだろうか？　自分の私生活はあるんだろうか？）今西は見ていて心配になる。

しかし、しばらくすると休憩時間が始まり、少女たちは桃を食べたり、仲間同士や訪ねてきた幼い妹や弟たちとおしゃべりしたりして、少女らしい屈託のない姿に返り、今西をほっとさせる。

「こんなに根気のいる仕事を一生やらされるのは、可哀相《かわいそう》だね」今西はふと漏らした。

「年をとると指が太くなって、絨毯織りはできなくなるんです」案内の若者がいった。「だから、若いうちだけなんですよ」

そういわれて今西は、以前カッパドキアで見た絨毯織り場でも、織り手はほとんどが二十代半ばまでの若い娘だったのを思い出す。

「彼女たちは、いずれ自分が織った絨毯を嫁入り道具に携《たずさ》えて嫁《とつ》いでいくんです」若者は微笑んだ。

我が家にある絨毯も、こうしてあどけない一人の少女が風薫《かお》るトルコの大地のどこかで長い時間をかけて織り上げ、はるばると海を越えてロンドンまでやってきたのか、と今西はその距離と時間に思いを馳《は》せた。

繊維会社での午後からのミーティングは、思いがけなく時間がかかった。

ミーティングを終えると、今西は慌ててタクシーに飛び乗り、ホテルへと急いだ。埃《ほこり》を巻き上げて田舎道を走る古いタクシーにはクーラーもなく、ホテルへ戻ったときには全身汗びっしょりになっていた。

部屋に入り時計を見ると、ディシュリに電話する約束の時刻を十五分過ぎていた。

今西はシャワーを浴びるのを諦《あきら》め、クーラーを一番強くして着ているものを脱ぎ捨てる。パンツ一枚の姿になると、急いで鞄からトルコ・トミタ自動車のローンに関する書類一式をひっぱり出し、ベッドの上に広げた。すでに稟議書《りんぎしょ》は承認になっていた。但《ただ》し、引受けは最低四行で行ない、ファイナル・テーク（最終参加額）は一千万ドル以内という条件を付けられた。この条件に沿ってマンデートを獲り、協調融資団を組成しなくてはならない。

ディシュリとの交渉に備え、今西は作戦を練り上げていた。

今回の交渉では、引受け額とプライス（金利と手数料の合計）が最も重要なポイントになる。他のローンでは担保・返済方法などの条件やローンチ（組成開始）時期などが重要な場合もあるが、本件については引受け額とプライスのみの勝負といってもよい。

一億五千万ドルの融資団組成に当たっては、全額を富国銀行が貸すわけではない。富国銀行が貸せるのは、承認されたファイナル・テーク一千万ドルまでだ。すでに三つ揃った、ブリティッシュ・チャータード、クレディ・ジェネラル、ガルフ・バンキング・コーポレーションの引受銀行もそれぞれ一千万ドルを融資し、残る一億一千万ドルを全額ユーロ市場で販売しなくてはならない。現在のユーロ市場で、トルコ・トミタ自動車というネームで無担保、期間五年を前提として、どういうプライスをつければどれくらいの金額が販売可能か、市場のキャパシティー（資金供給能力）を見極める必要がある。いわゆる「相場観を持つ」ということだ。

相場観を得るためには、まず実際に参加してくれそうな銀行に電話をして、彼らの参加意欲《アピタイト》を訊《き》く。この作業をサウンディングと呼ぶ。サウンディングでは、ボロワーは誰か、こちらはどれくらいのプライスで考えているかなどの情報は伝えずに、相手のアピタイト（参加意欲）を聞き出さなくてはならない。こちらの作戦が万一ライバル銀行に伝わってしまうとまずいからだ。当然、トルコ・トミタ自動車がオファーを出してほしいと声をかけていそうな銀行には電話しない。

サウンディングのもう一つの難しさは、相手の銀行の営業担当者と審査担当者では反応が違うことだ。同じ銀行でも前者は積極的、後者は消極的な反応を示す。したがって、相手の発言を分析する場合、この点を考慮に入れないと判断を誤る。また、相手が銀行内でどの程度の権限を持っているかも重要なポイントだ。たまに、入行一年目で右も左もわからない人間が出てきて、ぺらぺらしゃべってくることがあるが、こういうのは何の役にも立たない。

今西はこのサウンディングを高橋と手分けしておこなった。

さまざまなコメントが集まった。「オールインでLIBORプラス四七五は欲しい」「四〇〇あればオーケー」「ボロワーがローン以外に、貿易金融などのビジネスをまわしてくれるなら参加を考える」「トルコは枠一杯でこれ以上何もできない」「本店の審査部が日本の先行きに懸念を持っているので、今は日系企業案件を審査に上げる雰囲気ではない」「最近トルコの国枠を増やしてもらったのでできるかもしれない」「セルフ・リクイデート（返済原資がはっきりしている紐《ひも》付き）案件でないと駄目」「シニア・ステータスで参加できるなら、前向きに検討する」「近々本店から検査が入るので融資の稟議書を書く時間がない」

約八十の銀行に一つ一つ電話をするのは骨の折れる作業で、たっぷり三日間かかった。しかし、これでマーケットの感触をしっかり把握することができた。このサウンディングと並行して、過去三年間くらいのトルコ物シンジケーションのプライスやマーケットの反応などをIFR誌をひっくり返してチェックした。

以上の結果をもとに今西は自分の考えをまとめ、メモにしていた。

吹き出す汗で光る右手でメモのページを繰《く》る。

①市場では対外債務の増大を懸念して、トルコ物に対する抵抗感は相当ある。

案件次第では、砂漠で砂を売り歩くような羽目になる。特に頻繁に市場に出てくるトルコ財務庁案件は嫌われている。全般的にいってトルコ物の組成は簡単ではない。

②その一方で、グッド・ネームに対する需要は強い。

この六月にイタリア商業銀行など三行の引受けで組成されたデミール銀行向け五千万ドルのローンも目標額超過（オーバーサブスクリプション）になった。

デミール銀行以上のグッド・ネームであるトルコ・トミタ自動車もこの点期待できる。

③今年マーケットに出てきたトルコ物は短期（期間一年以内）の案件が中心で、中長期案件に関しては市場は比較的クリアーな状態。

今のところ携帯電話会社のトルコセル社の三年物がマーケットに出てきているだけだ。但《ただ》し、シティバンクとチェース・マンハッタン銀行がイズミールとチェシュメを結ぶ高速道路建設資金七千五百万ドルの五年物ローンを密《ひそ》かに組成中という噂がある。これ以外にも突然中長期物が出てこないとも限らないので油断は禁物だ。

④プライスはトルコセル社のＬＩＢＯＲプラス三九〇というのが一つのベンチ・マークになるだろう。

本件は五年物なので、トルコセル社よりは高めにプライス設定できる。五〇〇あれば楽に売れるだろうが、そんなプライスでそう易々とマンデートはもらえない。一方で、下限は四〇〇そこそこだろうか？　三九〇まで下げるのは論外だ。できれば四五〇を超えるところでマンデートが欲しい。もし、やむなく相当低いプライスでマンデートを獲りにゆかざるを得ないときは、金利より手数料を大きくしなくてはならない。参加銀行は毎年もらえる金利よりも、調印直後に一括でもらえる手数料の方を好む傾向がある。

⑤ドイツ、フランス勢は中長期物に対してはそこそこ積極的だ。

その一方で、英国系銀行の大半は期間一年までという方針にこだわっている。かつてトルコ物のかなりの部分を取っていた韓国、香港など日本以外のアジア勢は、昨年夏からのアジア経済危機でほぼ壊滅状態。参加招聘状（インビテーション）を送ってもごみ箱に直行だろう。

⑥イタリア、中近東の金融機関も狙い目だ。トルコのハイ・イールド物に対する需要は強そうだ。

それから、オランダ、ドイツにあるトルコ系の銀行。

また、トミタ自動車ということで、邦銀も当然大きな狙い目だ。

⑦低いプライスでしかマンデートが獲れなかったときは、ローンチ前にあと一、二行引受銀行を入れることも考えなくてはならない。

ディシュリは富国銀行グループの他にあと二つのグループからオファーが来ている、といっている。マンデートを獲ったあと、敗退したグループに引受銀行というハイ・ステータスをちらつかせてアプローチすれば食いついてくる銀行もあるだろう。あくまでマンデートのプライス次第だが。

⑧トルコ・トミタ自動車はこの案件をやったら、今後三年間はマーケットには出てこないだろう。

今回のローンはトルコ・トミタ自動車と強力な関係を築くことができる希有《けう》なチャンスだ。この点は融資団組成の際の一つのセールス・ポイントになる。

⑨プライスを下げすぎて、万が一融資団の組成がうまくできなかったときには、セカンダリー（ローン債権の流通市場）で叩《たた》き売るしかない。

その場合、引受け手数料を全額吐き出すことも必要になるだろうから、やはり金利を犠牲にしてでも手数料は高めにしたい。

⑩ディシュリは、ある銀行からのオファーは一億五千万ドルのフルアンダーライト（全額引受け）で、コストは弁護士費用等の諸費用も含めてオールインでLIBORプラス三七五だと電話でいっていたが、あれは本当だろうか？

交渉はそれが本当かどうか確かめるところから始めよう。

まず様子を窺《うかが》い、翌日の再交渉で勝負するか？　或いは、最初からミニマム・プライスを提示しての一発勝負でトルコ・トミタ自動車にその場で決断させるか？　いずれにせよ、話の成り行きで臨機応変に判断するしかない。

今回トルコに来る直前、今西は他の三つの引受銀行とトルコ・トミタ自動車との交渉の方針について打ち合わせをしていた。

その際、引受銀行が一様に不安を示したのが引受け金額だった。

今西と高橋がやったサウンディングの結果にもとづいて、どれくらいの額なら市場で捌《さば》けるかを四行で綿密に分析したが、結論は固く見積もって五千万ドル、ディールに勢いがつけば七、八千万ドルという感じだった。思っていた通り、トルコ物に対する市場の見方は厳しそうだ。その理由はトルコの対外債務の多さなどもあるが、最近ロシア情勢がきな臭くなっていることも一役買っていた。

　ロシアでは金融市場が昏迷《こんめい》の度を増しつつあった。六月末にかけて株式、債券、通貨のトリプル安が発生。ロシア中央銀行は公定歩合を六〇パーセントから八〇パーセントに引き上げ、為替市場でルーブルを買い支えた。しかし根本には財政赤字と国家債務の問題がある。ムーディーズ、フィッチＩＢＣＡ、スタンダード＆プアーズの国際的信用格付会社三社は最近ロシアの格付をいずれもダブルＢからシングルＢに引き下げた。投資適格とされるのはトリプルＢ以上の債権なので、ロシアはすでにくず債権《ジャンク》の中でもさらに下の方である。国際金融市場で金を借りまくっているロシアの状況がこれ以上悪化すると金融市場全体に悪影響を及ぼし、特にロシアに隣接するトルコへの影響が懸念される。

　今西もロシアに関する懸念は認識しているが、サウンディングの結果と国際金融市場の現状をベースに考えて、七千万ドルまでならマーケットで集められるだろうという気がする。

　富国銀行を含む四つの引受銀行は、自分たちは一千万ドルまでしか出さないといっているが、おそらくその二五パーセント増しの千二百五十万ドルまでなら仕方がないと覚悟しているはずだ。この辺は同じ船に乗っていても、お互いに腹の内をすべて明かすわけではない。一行当たり千二百五十万ドルとすれば、引受銀行四行で五千万ドル。市場からの七千万ドルと合わせると一億二千万ドル。ここまでは大丈夫だろう。しかし、そこから先の一億五千万ドルまでは未知の領域。覗《のぞ》き込んでもよく見えない暗くて深い淵《ふち》だ。できれば飛び込まずに、一億二千万ドルで踏み止まりたい。

結局交渉の方針としては、一億五千万ドルの全額《フル》引受け《アンダーライト》はせず、一億二千万ドルを引き受け、残りはベストエフォート・ベースでマンデートをもらおう、ということになった。すなわち、引受銀行四行は一億二千万ドルまでは金を集めることを約束するが、残りの三千万ドルについてはシンジケーションが上手くいかなかった場合には責任は負わないということだ。

今西は、メモをざっと眺め、記憶をリフレッシュするとベッドの脇の電話の受話器を取り上げた。手帳で番号を確認し、トルコ・トミタ自動車のディシュリの直通番号をプッシュする。

すぐにディシュリが出た。

「ミスター、今西？　ああ、やっと繋《つな》がった！　三十分くらい前からそちらのホテルに何回か電話したけれども、部屋にいないのでどうしたのか随分心配してました」

（おっ、ディシュリはかなり本気だな）

富国銀行グループのプロポーザルは先日ファックスでディシュリに送ってあった。引受け額は一億二千万ドル、プライスはオールインでLIBORプラス四七五ベーシス・ポイント（四・七五パーセント）となっている。

今西はホテルに戻るのが遅れたことを詫《わ》びると、まず、サウンディングの結果を含む、現在のユーロマーケットの状況について述べる。そして、それにもとづいて引受け額とプライスを決めた、と説明した。

今西の説明を聞きおわると、ディシュリが切り出した。

「ミスター今西。実は、フランスのバンク・インターナショナル・ド・パリから引受け一億五千万ドル、オールインでＬ《エル》プラス三七五のオファーをもらっています」

（いきなりバンク・インターナショナル・ド・パリか……）

小さなフランスの銀行だ。大株主の会長はトルコ人の政商で、トルコに深く食い込み、得体の知れない動きをする。

（そんなオファーが本当に来ているのなら太刀打ちできない……）今西は半ば諦《あきら》めの気分になる。

「ミスター・ディシュリ。それは良いオファーだと思います。それが本当にフルアンダーライトのオファーならば、迷わず取るべきです」アドバイスするようにいった。「しかし、わたしには今のマーケット状況で、Ｌプラス三七五というプライスで一億五千万ドルの融資団が組成できるとはとても思えません。したがって、いざ蓋《ふた》を開けたらバンク・インターナショナル・ド・パリが『やっぱりできない』と泣き言をいってくる可能性があります。そのとき彼らが引受け義務から逃れられないように、マンデートを与える時点で彼らにガッチリと引き受けさせておかないといけないでしょうね」

「うーん……」電話の向こうでディシュリが考え込む。

その声を聞いて今西は、バンク・インターナショナル・ド・パリがどの程度真剣なのかディシュリも疑問に思っているのを嗅《か》ぎ取った。そのオファーに何か欠陥があるのかもしれない。あるいは、そんなオファーはもらっていないのかもしれない。

トルコに限らず、ボロワーは交渉に際して、必ずしも本当のことをいってくるわけではない。極端な嘘をつけば当然ばれるが、生まれたときから「何でも交渉」の文化の中で育つトルコ人たちはこの辺は非常に巧みだ。

「ミスター・ディシュリ。バンク・インターナショナル・ド・パリはご存じの通り、小さな銀行です。シンジケーションがうまくいかなかったとき、自分のところだけで融資する資金力があるでしょうか？　一社当たりの融資額に関するフランス当局の規制にもひっかかるんじゃないでしょうか？」

「…………」

「やはり、一億五千万ドルというトルコ物としては巨額のローンを一行だけに引き受けさせるというのはリスキーだと思います。一年の短期案件ならまだしも、組成が難しい中長期案件では特にそうです。先般のトルコセル社のローンもバンカース・トラストなど三行で共同引受けしています。今組成中という噂があるイズミール・チェシュメ間の高速道路案件もシティバンクとチェースの共同引受けと聞いています」

ディシュリはUSアトランティック銀行でシンジケート・ローンの経験もある。この辺の説明は良く理解できるはずだ。

「ミスター今西。確かに、四行共同引受けという点では富国銀行のプロポーザルは魅力的だ。ただ、引受け額が一億二千万ドルというのは少ない。それにプライスもまだ高い」

「トルコ・トミタ自動車さんくらいの実力があれば、シンジケーションとは別にバイラテラルで三千万ドルくらい集めるのはわけもないことなんじゃありませんか？」

バイラテラルとは、融資団を組まずに、個別の銀行と融資契約を結んで資金調達する方法だ。

「それに、ユーロ市場におけるトルコ・トミタ自動車のイメージ作りという面からも、一億五千万ドルでマーケットに出てシンジケーションに失敗し、引受銀行に全部出させるよりは、むしろ一億二千万ドルという確実な線でマーケットに出て、一千万ドルでも二千万ドルでもオーバーサブスクリプション（目標額超過）という形にして『さすがトルコ・トミタ自動車だ』とマーケットに思わせた方が得策です。その方が、御社の将来の資金調達にもプラスになります」

「その点は同意しますが、ミスター今西は本当に今のマーケット状況では一億五千万ドルというのは難しいと思いますか？」

「うーん……」今度は今西が唸《うな》る。「もちろんプライス次第ですが……。例えば御社がL《エル》プラス五〇〇くらい払って下さるんでしたら組成は十分可能でしょうけれど」

「五〇〇というのは我々が考えているレベルより相当高いね」ディシュリが皮肉っぽくいった。

「そうでしょうね。御社のようなグッド・ネームは銀行に楽をさせてくれないのは重々承知しています」冗談めかしていうとディシュリも電話の向こうで笑った。

「引受けはフルアンダーライト、プライスもかなり下げてもらわないと正直いって本社にも諮《はか》れないと思う」

「プライスについてはどれぐらいをご希望ですか？」

「トルコセル社にできるだけ近いところだね」

トルコセルはLプラス三九〇だから、そこまで下げるのは不可能だ。ディシュリもそれはわかっているはずだが、まだお互いの手の内が見えていないので幅の広い答えしか返ってこない。

結局その日、今西はプライスをオールインで四六五まで下げたが、引受け額については一億二千万ドルのまま踏みとどまった。

ディシュリとの電話を終え、受話器を置くと、今西は大きなため息を一つついた。電話をしながらメモを取っていたノートとボールペンをベッドの上に放り出し、バスルームに向かう。ようやくシャワーが浴びられる。

シャワーを終えると今西は普段着に着替え、財布を持って部屋を出た。

外はそろそろ日が落ちはじめていた。今西はタクシーを拾い、クシャダスの海辺のレストランに行く。エーゲ海から風が吹いてくるテラスのテーブルにすわり、地元のエフェス・ビールを注文した。ディシュリとは明日も交渉しなくてはならないが、とりあえず初日の交渉を無事終えることができた。しょっぱなの交渉では、決定的な対立を避け、次回の交渉に繋がる前向きな雰囲気で終わらせることが最も重要だ。ほっとした気分で飲む冷えたビールは格別に美味《うま》い。前菜にはミディエ・ドルマスという炊き込み御飯を詰めたムール貝を取った。メインはアダナ・カバブとトマト・カバブ。アダナ・カバブはミンチにした肉を固めて焼いたもので、肉汁がじゅっとしみ出てくる。トマト・カバブは肉とトマトを交互に串《くし》に刺して焼いたものだ。

食事を終えてホテルに戻ると、今西は繊維会社での面談レポートを書き、翌日のディシュリとの交渉の作戦を考えながら眠りについた。

翌朝、今西は九時にディシュリに電話を入れた。

「グッド・モーニング、ミスター・ディシュリ。ハウ・アー・ユー・ディス・モーニング？」

一通りの挨拶《あいさつ》が終わると、ディシュリがズバリ切り出した。

「ミスター今西。引受け額は一億五千万ドル、コストはLプラス四〇〇。これが我々の希望です」

「フルアンダーライトでLプラス四〇〇ですか……」今西は唸った。

交渉二日目は、お互いに一晩考え、相手に何を要求するか的《まと》が絞り込めてくるものだが、今西はまだそこまで踏み込む心の準備ができていなかった。

「我々引受銀行四行もマーケットについてはかなりリサーチしました。それにもとづいて一億二千万ドルという数字を出しているわけで……」

「いやいや、富国、ブリティッシュ・チャータード、クレディ・ジェネラル、ガルフ・バンキング・コープ、いずれも立派な銀行だ。この四行が揃っていれば必ず売れる」

「いや、マーケットはそんなに容易な状況じゃありません」

「そんなことはない。きみならできる。富国ならできる。必ずできる！」

(何が、きみならできる、だよ）今西は胸の内でぼやく。

今西とディシュリはそれから、ああでもないこうでもないと、しばらく丁々発止《ちょうちょうはっし》のやりとりを繰り広げた。

国際協調融資に関する条件交渉では、ボロワーとの会話という限られた情報源から、他の銀行がどんなオファーを出しているか、そしてボロワーが主幹事銀行を選ぶに当たってどういう点を重視しているか、この二つを可能な限り聞き出し、それに応じてオファーの内容を柔軟に変えていかなくてはならない。今西は、世間話をしたり、議論の角度を変えたり、ときには突拍子もない質問をしたりして、相手の反応を分析しながら、ディシュリの本音がどこにあるのか見定める。ディシュリもまた、富国銀行がどこまで譲歩できるのか、耳と心の感度を最大限に研ぎ澄ましている。

しばらく話すうちに、今西は最初にディシュリがいった「フルアンダーライト、Lプラス四〇〇」というのが、かなり本気であるのがわかってきた。

（フルアンダーライトでLプラス四〇〇……もし本当にこんな条件で引受けしたらどうなるだろう?）

今西が真剣に考え始めたとき、ディシュリがいった。

「引受け額に不安があるのでしたら、あと一行、モルガン・ドレクスラーを加えて五行で引受けするというのはどうでしょうか？　ドレクスラーには我々の方から話してみますが」

突然姿を現わした競合相手《コンペティター》に今西は一瞬愕然《がくぜん》とした。

そして次の瞬間、猛然と反論していた。

「引受銀行グループに短期的利益追求第一主義の米銀を入れると、必ずグループの中で揉《も》め事が起きます。富国銀行だけでなく、他の三つの引受銀行も米銀を入れることは論外と考えています。それに、ミスター・ディシュリもよくご存じのはずですが、モルガン・ドレクスラーはどんなに巨額の融資であっても単独でしか引き受けません」

モルガン・ドレクスラーは引受け手数料をすべて自分のものにでき、かつ、自分たちで好きなようにシンジケーションできない限り、誇り高いその名をどんなディールに与えることもしない。

「いわれてみれば、確かにそうだね」ディシュリはあっさり認めた。「彼らが共同引受けをしたなんて聞いたことがない」

「ミスター・ディシュリ。申し訳ありませんが、わたしはこれからまた例の繊維会社との会議に行かなくてはなりません。この続きは今日の午後させていただくということでいかがでしょう？」

ディシュリは承諾した。

今西は受話器を置きながら、モルガン・ドレクスラーの巨大な影に圧倒されていた。

日中、繊維会社でのミーティングに参加している間も、今西はトルコ・トミタ自動車のことが気にかかって上の空だった。

（もし、本当にオールインLプラス四〇〇でフルアンダーライトしたらどうなるだろう？　成功するだろうか、失敗するだろうか？　失敗したらどうすればよいのか？……サウンディングのときのマーケットの反応は必ずしも悪くなかった。もしかするとスムーズに捌《さば》けるのでは？……しかし、トルコの中長期ローンの貸し手はあまり多くない。プライスをつけ違えると目も当てられない結果になる。……そもそもモルガン・ドレクスラーはいったいどんなオファーを出しているんだ？　自分がここで必死に考えても、結局彼らの強大な引受け能力に吹き飛ばされるだけなんじゃないのか？　勝負は最初から決まっているんじゃないのか？……いや、それならディシュリも真剣にこちらと交渉するはずはない。ここで挫《くじ》けてどうする。……しかし、一億五千万ドルのフルアンダーライトとなると……）

Lプラス四〇〇で一億五千万ドルを引き受けるのはやはり怖い。

シンジケーションに失敗すれば、海外審査部は今後一、二年は引受けをさせてくれないだろう。一度失敗したら、それ見たことかとペナルティーを科してくる。この点、米銀のやり方は対照的だ。シンジケーションに失敗しても、それはマーケット相手のビジネスの常と誰もが理解している。売れ残ったローンはいったん自行で抱え、やがてセカンダリー（流通）市場で捌いたり、損切りしたりしながら何とか残高をゼロに近づけてゆく。そして、その間にも別のローンを次々と引き受け、そこからさらにノウハウを積み上げてゆく。

夕方四時、繊維会社との面談が終わった。

今西はホテルに取って返し、再びディシュリと交渉を始めた。

午前中のようなやり取りを繰り返しながら、頭の中でプライスとシンジケーション・ストラテジーの組み合わせをジグソーパズルのように目まぐるしく組み立てては崩し、崩しては組み立てる。

（どこまで踏み込めるか？　そのときのリスクとリターンはどうなるか？　どうやって売るか？　それで納得できるか？）

電話でディシュリとの駆け引きを続けながら、果てしない自問自答が続く。

表情が見えない相手との駆け引き。会話の中のわずかの合間、息づかい、声の高低、選んだ単語の微妙なニュアンスで相手の心理を推し量《はか》り、相手の持っているカードを読み、自分の手もとのカードと突き合わせ、可能な攻略法を組み立て、タイミングを見てカードを繰り出して行く。今西の頭の中でカードが目まぐるしくフラッシュする。

一時間ほど話したころ、ディシュリがいった。

「ミスター今西。わたしのほうもいつまでも交渉を続けているわけにはいきません。今日中に富国銀行グループのベストの引受け条件を教えて下さい。それにもとづいて、来週本社と話をします」最後通牒《つうちょう》的な響きがあった。

今西はディシュリが本気だと感じ取った。

「わかりました。他の引受銀行と相談したいので、いったん電話を切らせていただいてよろしいでしょうか？」

「結構です。多分、今日はこれでもうお話しすることはないでしょう。改訂したプロポーザルを明日の朝までにこちらにファックスで送っていただけますか？」

「わかりました。……最後に一つだけ教えて下さい」そういって今西はごくりと唾《つば》を飲んだ。

「引受け額とプライスはどちらが重要ですか？」

最後の望みをかけた一擲《いってき》を放った。

息を殺して、ディシュリの反応を待つ。

「いい質問だね」電話の向こうで微笑む気配がした。「それは、引受け額です」ディシュリはきっぱりといった。「フルアンダーライトしてもらうのが大前提です」

その返事は、この世界に長く身を置いてきた者だけにわかる微妙さで、プライスについては妥協する用意がある、と今西に伝えていた。

ディシュリとの電話を終えると、今西は再び受話器を取り上げた。

ブリティッシュ・チャータード銀行のローン・シンジケーション部長マイク・ハーランドの

電話番号をプッシュする。腕時計をちらっと見ると短針が午後五時を通過したところだった。時差二時間のロンドンは午後三時過ぎだ。

「フルアンダーライトか……」今西の話を聞いて、ハーランドは唸《うな》った。国際協調融資の世界で二十年近い経験を持つ男も二の足を踏んでいる。

「プライスについては妥協可能だと思います。おそらく四一〇から二五の線をディシュリは考えています」

「今日中に決断しなきゃならないのかね?」

「ボロワーは、今週末には現場としての結論を出し、来週早々に本社の承認を取るスケジュールでいます」

「そうか。今日は水曜日だから今日が最後といわれても遅くはないな……。頭の中の整理をしたいので、三十分後に折り返し電話させてもらっていいかな?」

「結構です。お返事をお待ちします」

ブリティッシュ・チャータード銀行は、一八五〇年代に大英帝国の植民地との金融取引のため、ときのヴィクトリア女王の勅許《チャーター》により設立された由緒ある銀行だ。南アフリカの金、ボンベイの綿、カルカッタの紅茶、ビルマの米、ジャワの砂糖、スマトラの煙草、マニラの麻、そして日本の絹などの貿易をファイナンスした。一九五〇年代から六〇年代にかけて英国が多くの植民地を失ったため業績が一時低迷したが、その後、アジア、中近東、アフリカに強い銀行として復活を果たした。シティの伝統とプロフェッショナリズムを体現し、広く尊敬を集めている銀行である。

（彼らが前向きでなければ、他の引受銀行もついてこないだろう……）今西はある意味でブリティッシュ・チャータード銀行の出方に賭《か》けていた。

ハーランドの答えを待つ間、今西はパリのクレディ・ジェネラルとバーレーンのガルフ・バンキング・コーポレーションに電話を入れ、意向を確認する。両行とも不安を示しながらも、富国とブリティッシュ・チャータードが引き受けるなら同じ条件で引き受ける、と二行に判断を委《ゆだ》ねた。

きっかり三十分後にハーランドから電話がかかってきた。

「審査部門とも話をしたが、うちはフルアンダーライト、Lプラス四一〇で引受けをさせてもらう用意がある。但《ただ》し、富国銀行がそのレベルに不安を感じないならば、という前提だ」ハーランドは単刀直入にいった。

「もし、四一〇にしたら、売れると思いますか？」今西は訊《き》いた。

「それは、わからない。わからない、という以外に答えようがない。この状況下での我々の判断は、富国がやるなら引き受ける。そうでなければ現在の条件で踏みとどまる、ということだ」ハーランドは生真面目にいってから、親しげな口調に変わった。「ミスター今西。シ・ローンの引受けはいつもこんなものだ。売れるとわかっていれば誰でも引き受ける。土壇場の結論が吉と出るか凶と出るかは、オンリー・ゴッド・ノウズ（神のみぞ知る）だ」

一億二千万ドルから先は神の領域なのだ。

「富国銀行はトルコのシ・ローン組成で実績があるし、トルコ・トミタ自動車とずっと交渉してきたのもミスター今西だ。あなたの判断に我々の運命を委ねるよ」

今西は両肩にずっしりと責任がのしかかってきたのを痛感する。

一億五千万ドルという巨額の金の行方が今、自分の決断一つにかかってきたのだ。

ハーランドとの電話を終えると今西はホテルの部屋のライティング・デスクの前にすわり書類一式を広げた。

(一億五千万ドル、フルアンダーライト、Lプラス四一〇から二五……。果たして売れるだろうか？　四一〇とすると、引受け手数料は……)

ここ二日間考えに考え抜いてきた問題を再び考える。

胃が縮み、夕食を食べる気がしないのでルームサービスでコーヒーを頼んだ。胃に穴があくような濃いコーヒーを飲みながら、これまでの交渉経過やマーケットの読みなどをもう一度思い出し、自問自答を繰り返す。

(モルガン・ドレクスラーを蹴落《けお》とすのに必要なプライスは幾つだ？)

窓の外の空が時間の経過とともに茜色《あかね》、青、群青と変わり、やがて黒になる。窓辺に立って外を見上げると降るような星空だった。

(トルコの地中海沿岸はまだ空がきれいなんだな……)

時計の針が十時に近づいた頃、今西はホテルのファックス用紙を取り出した。

「全額引受け、引受け手数料一四〇（ベーシス・ポイント）、金利Lプラス三七五。その他条件変更なし。正式プロポーザルはロンドンに戻り次第発信しますので以上の条件でご検討下さい。これが我々のファイナル・オファーです」

ローンは五年であるが、融資の二年後から六カ月ごとに均等返済が始まるので実質期間《アベレージ・ライフ》三・

五年、融資残高に対する組成手数料のインパクトは年換算四〇ベーシス。金利と合わせるとオールインでLプラス四一五ベーシス（四・一五パーセント）のオファーだ。

もう一度文章を見直し、最後に意を決してサインした。


翌朝、今西は朝四時に起床した。ロンドンはまだ夜中の二時だ。

体中びっしょりと汗をかいていた。ファックスを流した後も、果たして自分の決断は正しかったのだろうかと一晩じゅう夢うつつで悶々《もんもん》としていたせいだ。

ホテルをチェックアウトし、夜通し客待ちをしていた黄色いタクシーに乗り込む。暗い早朝の田舎道を一時間車に揺られ、イズミールで朝六時発のイスタンブール行きの飛行機に搭乗した。


イスタンブールに到着した頃には夜がすっかり明けていた。

イスタンブール空港は、救国の英雄アタチュルクの名を冠し、アタチュルク空港という。ニューヨークのJFK（ジョン・F・ケネディ空港）なども偉人の名前を付けているが、トルコの人々のアタチュルクに対する思慕はケネディなど比較にならない。

「灰色の狼」ムスタファ・ケマル・アタチュルク。

現在のギリシア・サロニカに生まれた職業軍人。死してなおトルコの精神的支柱である。第一次大戦後、トルコが英、仏、伊、ギリシアなどの西欧諸国によって分割の危機に瀕《ひん》したとき敢然と立ち上がり、天王山《てんのうざん》の戦いとなった「サカリア川の決戦」では敵の半分の兵力でギリシア軍を撃破。国の独立を守った英雄だ。トルコ共和国初代大統領に就任し、政教分離、西欧式法制度の整備、農・工業の振興、アラビア文字の使用廃止、女性の政治参加など劇的な近代化策を推し進めてトルコを近代国家として蘇《よみがえ》らせた。首都アンカラを一望に見下ろす丘にあるアタチュルク廟《びょう》には、この不世出の指導者が逝《い》った一九三八年十一月十日、男も女も子どもも老人も、人という人すべてが涙を流し、通りという通り、家という家に弔旗が掲げられた日の写真が残っている。アタチュルクが亡くなった十一月十日午前九時五分には、今でもあらゆる交通機関が停止し、トルコ全土が二分間の黙とうを捧《ささ》げる。

空港の出発ロビーの一方の壁の高い位置にはイスラムの三日月とアタチュルクの巨大な黄金のマスク。そしてアタチュルクが生前唱えていた「YURTTA SULH, CIHANDA SULH（内に平和、外に平和）」の文字。いかつい顔のアタチュルクは口元をきりりと結び、様々な人種でごった返すロビーの喧騒を鋭い視線で見下ろしている。

大荷物のロシア人、カラフルなベールを被った中央アジアの民族衣装の女性、半ズボン姿の北欧の若者、白いゆったりとした民族衣装のサウジアラビア人、イギリス人ビジネスマン、真っ黒な衣装のイラン人女性、リュックを背負った日本人旅行者。ここは東と西が出会うクロスロードだ。

今西は、定刻八時五分イスタンブール発英国航空六七五便のシートにすわると、睡眠不足を取り返そうとするかのように間もなく眠りに落ちた。

3

暗いボスポラス海峡の水面に対岸の銀色の街灯が映り、燦《きら》めきながら揺れている。揺れ具合から海峡が思った以上の速さで流れているのがわかる。

陽はほとんど沈み、対岸の空にモスクの丸屋根やミナレット（尖塔《せんとう》）が黒いシルエットとなって浮かび上がっている。上空には星が瞬き始めている。

目の前の金角湾は一四五三年四月二十二日、前夜山を越えて運ばれてきたオスマン・トルコの七十隻を越す軍船が帆を一杯に張って朝日の中に突如出現した場所だ。この驚天動地の出来事に東ローマ帝国の防御陣は動転し、帝都コンスタンチノープルは陥落した。

龍花は暗い金角湾を眺めながら、煙草に火をつけた。

パリからオリエント急行でやってくるヨーロッパの王侯貴族、上流階級のために、このペラ・パラス・ホテルが建設されたのは一世紀以上も前の一八九一年五月のことだ。それ以来ホテルは、イランのシャー（皇帝）、英国王エドワード八世、ユーゴのチトー、ケマル・アタチュルクをはじめとする世界各国の国家元首の他、ジャクリーン・ケネディ、女優グレタ・ガルボ、ドイツの女スパイ・マタ・ハリ、天才バイオリニスト・メニューインなどあまたの賓客をもてなしてきた。アガサ・クリスティが「オリエント急行殺人事件」を執筆したのはここの四一一号室である。中央ホールの壁は、茶色、黒、オレンジ色の大理石を組み合わせた南部スペイン・イスラム様式であり、その上にエジプト風の細工が施された木の窓がある。すり減った大理石の床、長い年月踏みしめられてきた絹織りのトルコ絨毯《じゅうたん》、天井のオスマン・トルコ様式のシャンデリア、ぎしぎしいう木製のエレベーター。古色蒼然《こしょくそうぜん》とした内装は往時の面影を色濃くとどめている。

部屋のライティング・デスクの上には、明日トルコ・トミタ自動車に提出するモルガン・ドレクスラーのプロポーザルが開かれていた。

その日龍花は、朝八時過ぎにイスタンブールに向けて英国航空六七六便でロンドンを発った。機は、今西が乗った英国航空六七五便とドイツの上空ですれ違っていた。

ビジネス・クラスのシートでシャンペンを飲みながら、龍花はヘレン・キングが送ってきたトルコ・トミタ自動車宛プロポーザルに目を通し始めた。ローンではなく、資産担保《アセット・バック》型証券、略称ＡＢＳ（asset-backed securities）で一億五千万ドルを調達するという提案書だった。

本店の承認がなければ一ドルの引受けもできない邦銀の非効率なシステムと違い、米国の投資銀行ではボロワーが二大格付会社Ｓ＆Ｐ（スタンダード・アンド・プアーズ）とムーディーズのいずれかから投資適格、すなわちトリプルＢ以上の格付を得ている場合は現場の判断で実質無制限に引受けができる。投資不適格のボロワーについては、ボロワーを管轄する拠点の引受けコミッティ（委員会）が判断する。コミッティのメンバーは、企業金融部でボロワーとの取引きを担当している人間の他、実際に引受け・販売をするシンジケーション部とセールス部、経理部、財務部、法務部、マーケット・リスク管理部、審査部などの代表者からなり、その場で引受けの可否が決定される。

トルコ・トミタ自動車はトルコ法人であるため、格付会社のカントリー・シーリング、すなわちいかなる企業もその国の政府の格付を上回ることはない、というルールにより、トルコ政府の格付、すなわちシングルＢを上回ることはない。したがって、普通にやれば投資不適格で、ロンドンのコミッティにかけなければならない。そうなると審査部や法務部の担当者から資金調達の目的に関して突っ込まれ、イランへの投資を目的とすることがバレた場合は否決確実だった。

それを回避するためにヘレン・キングはABSを持ち出してきた。

トルコ・トミタ自動車は生産した車を欧州や中近東に輸出しており、相当な額の輸出代金が恒常的に入ってくる。それを担保にすることで、カントリー・シーリングを上回る格付を取得し、コミッティにかかるのを回避しようというのだ。トリプルBの格付が取得できれば、資金調達コストもLIBOR《ライボー》プラス二〇〇ベーシス程度となり、ローンとは段違いに安くなる。ABSに関しては、モルガン・ドレクスラーをはじめとする欧米の投資銀行の独壇場だ。邦銀は自行のローン債権の証券化以外にはほとんど実績がない。ヘレン・キングの話が本当に可能ならば、モルガン・ドレクスラーの勝利は間違いなかった。

（しかし、そう簡単に行くのか……？）

提案書のページを繰りながら、龍花は数日前の電話会議《カンファレンス・コール》で自分のアイデアを得々と話していたヘレン・キングを思い出す。

「トルコ・トミタ自動車のディシュリとかいう財務部長と話していてこのアイデアが閃《ひらめ》いたのよ。これならコストも安いし、コミッティも回避できる。一石二鳥だわ。ほっほっほっ」ヘレン・キングは完全に自分に酔っていた。

「トルコ・トミタ自動車にこの提案の概要は話したのか？」ヒルドレスがマイクロフォンに向かって訊《き》いた。

「まだよ。マンデートを決める直前に相手に突きつけて一気に仕留めるのよ。きっと狂喜して高いプライスでマンデートをくれるに違いないわ」

「おい、ディシュリは以前USアトランティック銀行に勤務していた国際金融のベテランだぞ」

「ふん。所詮《しょせん》トルコの支店でしょ？　ABSなんて聞いたこともないんじゃないの。しのごのいってないで、とにかくこれをトルコ・トミタ自動車に持って行ってよ。あんたたちの部が担当なんでしょ？」

固定金利（fixed income）のABSの引受け・販売は債券部の担当だが、LIBORベースの調達を希望しているトルコ・トミタ自動車に対するABSはFRN（floating-rate note、変動利付債）であり、こちらはローン・シンジケーション部の担当である。変動利付債の買い手の大半が、ローンの出し手と同様、銀行であるからだ。

龍花とヒルドレスは釈然としなかったが、社内ではトミタ自動車グループとの取引き推進は東京支店の責任である。東京支店の方針に従わざるをえない。

「ABSで本当に大丈夫なのか？　しかもこんなぎりぎりのタイミングで」カンファレンス・コール用の電話機のスイッチを切りながら龍花は呟《つぶや》いた。

「おい丈《ジョー》、行くのはいいが気をつけろよ。ヘレン・キングは東京に赴任する前はニューヨークでしか働いたことがない『大いなるアメリカの田舎者』だ。世界の中心はウォール街で、残りはすべて野蛮人の国だと思っている。あいつのいうことをうっかり信じるとろくでもない羽目に陥るぞ」電話機を置いたテーブルから立ち上がったヒルドレスがいった。

「わかってる。だが、このディールの引受け手数料は少なくとも二百万ドル。うまくいけば三百万ドル以上になる。多少のトラブルは覚悟の上だ」

（それに富国銀行を徹底的に叩《たた》き潰《つぶ》すチャンスだしな）龍花は獲物を前にした獣のような目つきになった。

龍花の乗った英国航空機がハンガリーの上空にさしかかったとき、強風で機体が大きく揺れた。女性の乗客が悲鳴を上げ、トルコの老人がイスラム教の数珠《じゅず》を手に一心にお祈りを唱え始める。

（ふん、これぐらいの揺れでびくびくするな。機体は最新型のボーイング757。しかも事故が極めて少ない英国航空。その上お前らは、運の強い俺と一緒に乗ってるんだ。落ちるはずがなかろう）

龍花はシートベルトを締め直す。ロンドンで国際金融マンとなって十二年。この間、一九八八年にスコットランドのロッカビーで起きたパンナム機の墜落事故でシティバンクの知り合いが亡くなったほか、オランダのＩＮＧ銀行のベトナム駐在員など数多くの国際金融マンが航空機事故で命を落としている。龍花が国際線のフライトに搭乗した回数は一千回を超える。ひやりとさせられたことは一度や二度ではない。緊急着陸も二度経験した。四年前にはアフリカで乗った小型機が着陸に失敗したが、幸い高度が低かったのと、墜落した場所が滑走路手前の沼地だったため、かすり傷さえ負わなかった。

（さすがにあの時は生きた心地がしなかったな。ああいう古くて小さい飛行機には二度と乗りたくないもんだ）

シャンペン・グラスをゆっくり傾けながら苦笑いした。

約一時間後、飛行機は無事イスタンブール・アタチュルク空港に着陸した。

龍花は書類鞄《かばん》とスーツ・キャリアーを両手に提げ、入国審査カウンターに向かった。

トルコ入国に際して日本人はビザを免除されている。

龍花が胸のポケットから取り出したのは一角獣《ユニコーン》とライオンが英国王室ウィンザー家の紋章を両側から支えている図柄が金色で描かれた、くすんだ紅色の英国パスポートだった。英国人は十ポンドを払ってビザをもらわなくてはならない。十年ほど前にトルコ人が英国の入国審査で不当な扱いを受けた報復措置らしい。

(中東諸国ならこれが逆で、日本人はビザが必要、英国人はフリーパスなんだが)

龍花は舌打ちをした。紺色や赤のパスポートを持った日本人観光客たちが無邪気に入国審査の列に並ぶのを横目で見ながら、ビザ申請カウンターに向かった。


「ミスター龍花」

プロポーザルを一瞥《いちべつ》したトルコ・トミタ自動車財務部長のディシュリは顔を曇らせた。

「何でしょう?」龍花は不安を感じながら返事した。

「これでは話になりません」

「何ですって⁉」

「トルコ・トミタ自動車はABSを発行できません」

「なぜですか⁉」龍花は愕然《がくぜん》として訊いた。

「我が社は、トルコや外国の銀行からローンを借りています」

「それは、承知していますが……」そういって、はっと気づいた。

（しまった！）

龍花の顔に表われた変化を見てディシュリがいった。

「お気づきのようだね。既存のローン契約書にはすべてネガティブ・プレッジ条項が入っています」

ネガティブ・プレッジ条項とはローンの貸し手の承諾なしに、ボロワーが自己の資産を担保に差し入れることを禁ずる条項だ。輸出債権も資産の一部であり、ABSの担保として差し出すことはその条項に抵触する。

「我々も過去、ABSを検討したことがあります。しかしネガティブ・プレッジ条項にひっかかるということで結局取りやめになりました」

（これはまずい、これはまずい、これはまずい！）

龍花はパニックになりそうなのを必死でこらえる。

「しかし、例えばABSを発行し、それで既存のローンを返済すればよいではありませんか？」

懸命に冷静を装っていった。

「それも検討しました。しかし、我々は多くの銀行と良好な関係を維持しています。銀行の方でも単に融資だけでなく、輸出や外国為替など様々な付随取引があるトルコ・トミタ自動車を優良顧客とみなしています。既存のバイラテラル・ローンのコストはABSよりも低いのですよ」ディシュリの顔に微笑が漂う。

予想もしていなかった答えに龍花は愕然とする。

「ミスター龍花。今日はもう金曜日です。来週早々には一億五千万ドルの資金調達をどこの銀行にお願いするか本社の承認をとらなくてはなりません。残念ながらドレクスラーさんは時間切れですね」

「ちょっと待って下さい！」龍花は必死だった。「今はまだ午前十時を過ぎたばかりです。夕方まで時間はあります。それまで待って下さい！　何とかしますから！」

「夕方までねえ……」

「とにかく待って下さい！　必ずローンのプロポーザルをお持ちします！」

巨大投資銀行のマネージング・ディレクターのプライドをかなぐり捨てて必死でディシュリに頼み込むと、龍花はタクシーに飛び乗った。

タクシーはイスタンブールの目抜き通りの一つであるジュムフリエト通りを急ぐ。バスや乗用車が切れ目なく流れる広い通りだ。分離帯では緑の木々が埃《ほこり》をかぶっている。しかし、龍花には車外の景色など目に入らない。

いらいらしながら携帯電話の数字を思いきり叩《たた》き、東京のヘレン・キングを呼び出した。

「ああ、丈《ジョー》。どうだった？　ディシュリはさぞかし……」

「ばか野郎！」龍花の怒声が飛んだ。ヘレン・キングは一瞬にして沈黙した。

「何がABSだ！　既存のローンのネガティブ・プレッジのことも訊かないでよくもあんな間抜けな提案書を作ったもんだな！　企業金融部長が聞いて呆《あき》れるぜ！」

「いや、わたしが話したときにはディシュリは確かに……」ヘレン・キングはパニックに陥り、べらべらと目茶苦茶な嘘八百の言い訳をまくしたて始める。

「止《や》めろ！」

ヘレン・キングは再び沈黙する。

「とにかくABSでは話にならん！　こうなったらローンで行くしかないだろう」

「ローンで行くったって、これから間に合うの？　今日がデッド・ラインでしょ？」

「そうだ。今日がデッド・ラインなんだよ！」

（この馬鹿女！　お前がろくでもないことを考えるからこういう羽目に陥るんだ！）

「とにかく、ローンの引受けにはロンドンのコミッティの承諾が必要だ」

「一億五千万ドルくらいの額、あんた一人の判断で引受けできないの？　共同部長なんでしょ？　欧州ローン・シンジケーション部はときどき無許可で引き受けて、市場で強引に売り捌《さば》いてるって社内で評判よ」ヘレン・キングはしれっといった。

「ばか野郎！　金額の問題じゃない。この資金が本当は……」いいかけて龍花は会話が録音されているのを咄嗟《とっさ》に思い出した。投資銀行の電話はすべて録音されるシステムになっているのだ。

「ヘレン、悪いがどうもこっちの電話の調子が悪い。すまないがあんたの携帯電話の番号を教えてくれないか。すぐにかけ直す」

携帯電話なら録音される惧《おそ》れはない。ヘレン・キングはすぐに携帯電話にでてきた。龍花は受話器に向かって怒鳴る。

「ヘレン、いったい何の恨みがあって、俺にこんなファッキング・ディールの引受けを無許可でやれっていうんだ⁉　金はイランの工場の建設に使われるんだぞ！　もし何かあってばれたら俺の首がぶっ飛ぶじゃないか！」

「…………」

「とにかく至急コミッティ宛申請書を書いて電子メールでメンバー全員に配信してくれ。間に合わなくなるぞ」

「でもロンドンの企業金融部長は母親の葬式で、昨日からボストンに帰ってるのよ」

「何っ⁉」

「ああーっ、どうしよう！　これじゃコミッティが開けないわ！」

「待て！　ドント・パニック！……いいか、よく聞け。何でもいいからそいつを捕まえろ。母親の葬式だろうが、ひいじいさんの離婚訴訟だろうがそんなものは関係ない。ロンドンの秘書が行き先を知っているはずだ。とにかく捕まえてコミッティを開くんだ。二百万ドルからの手数料がかかってるんだぞ。捕まえろ。何でもいいから捕まえるんだ」

龍花は呻《うめ》くようにいった。


ヘレン・キングから電話連絡を受けたロンドンの企業金融部は蜂の巣をつついたような騒ぎに陥った。

コミッティはロンドン時間の午後二時に開かれることになった。

それまでにメンバー全員を揃えなくてはならない。企業金融部の秘書たちが必死にメンバーの行方を追う。

社外でミーティング中のメンバーは急遽《きゅうきょ》ミーティングをキャンセルするよう要請され、カリブ海の別荘で休暇中の者はクルーズを中止してロンドン時間午後一時半には電話の傍で待機しているよう命じられ、西アフリカで顧客と会議中の者は常に携帯電話をオンにしておくよう指示された。企業金融部長はボストン郊外の墓地に向かう霊柩車《れいきゅうしゃ》の中でコミッティに参加することになった。誰一人文句をいう者はいない。アメリカの投資銀行ではディールをやること、金を儲《もう》けることが人生の最優先課題だ。一億円を優に超える年収には、人知れず漏らすため息や家族の涙の値段も入っている。投資銀行では値段が付けられないものはないのだ。

ロンドン時間正午すぎ。ヘレン・キングが東京支店の企業金融部スタッフに全員集合をかけて作成した引受け申請書が電子メールでメンバー全員に配信された。

ロンドン時間午後一時半。ロンドンの企業金融部の秘書が、ブリティッシュ・テレコム社製のブーメランのような三角形をしたカンファレンス・コール（電話会議）機に世界各地に散らばったメンバー一人一人の番号を入力し始める。この電話機を使えば、全員があたかも一つのテーブルを囲んでいるように会話することができる。イスタンブールは午後三時半、アメリカ東海岸は午前十時半、そして東京は夜九時半だ。東京では企業金融部スタッフの大半がオフィスで待機している。

「そのままホールド（待機）していて下さい」一人繋《つな》がるたびに秘書が告げる。

ロンドン時間午後二時過ぎ、最後の一人が「ハーイ、ディス・イズ・ポール・フロム・トレジャリー。アイム・オン・ザ・ライン（財務部のポールです。回線に繋がれました）」と挨拶《あいさつ》して、メンバー全員が揃った。

最初に東京にいるヘレン・キングが案件概要を説明する。

すでに落ち着きを取り戻し、立て板に水で明快に説明して行く。但《ただ》し、資金使途については既存のトルコリラ建てローンが高コストなため、米ドル建てのシ・ローンに乗り換えるのだと誤魔化《ごまか》した。

次にイスタンブールにいる龍花とロンドンのヒルドレスがシ・ローン市場の状況についてコメントし、プライスについては欧州ローン・シンジケーション部一任でフルアンダーライトさせてもらいたいと提案した。

その次の発言者はロンドンの審査部長だった。いつも、ああでもないこうでもないと難癖をつけてくる陰気で細かいアメリカ人の男だ。

「トルコについては懸念なしとはしませんが……」龍花はペラ・パラス・ホテルの部屋で受話器を耳に押しつけ固唾《かたず》を飲む。「一億五千万ドルはトルコ物としては通常の引受け額であり、問題ないでしょう」それを聞いて龍花はほっと胸をなで下ろす。「但し、セルダウン（販売）はしっかりお願いします。半年以内に当社のポジション（融資額）を一千万ドル以下にして下さい」

「オーケー、わかった。売れるプライスで引受けするさ」ヒルドレスが答えた。

そのとき、電話の向こうで磁器が触れ合うカチャカチャという音が龍花の耳に聞こえてきた。耳を澄ませると「コフィー？　オア・ティー？（コーヒーにしますか？　それとも紅茶？）」と女性秘書が訊《き》いている。どうやらロンドンでは電話会議の出席者に飲み物を出しているようだ。

「ギブミー・ティー・プリーズ！（俺には紅茶をくれ！）」

霊柩車でボストン郊外を走っている企業金融部長がジョークを飛ばし、一同どっと沸く。

その後いくつか質問が出たが、トルコ・トミタ自動車という優良企業がボロワーであったため、議論はトルコの政府《ソブリン》リスクの一点に集中した。資金使途を詮索《せんさく》する者はいなかった。皆急に呼び出され、早く終わらせたいという雰囲気が強かったことが幸いした。

三十分後、コミッティは全額引受けを承認した。


電話を切った龍花は、大急ぎでラップトップを叩き、プロポーザルを作る。

ラップトップには雛形《ひながた》が入っており、ものの二十分で新しいプロポーザルが出来上がった。

龍花はラップトップに携帯電話を繋ぎ、プロポーザルをディシュリのファックス番号に宛てて送信する。

「ミスター・ディシュリ、今そちらに我々のローンのプロポーザルをお送りしました。これからそちらにお伺いします」電話でディシュリに告げると相手の返事も待たずにホテルの部屋を飛び出した。

（何て忙しい一日なんだ、糞《くそ》ったれ！）ホテルの階段を駆け下りながら龍花は悪態をついた。

トルコ時間午後四時半、龍花はトルコ・トミタ自動車のオフィスで野々宮、ディシュリと向き合った。トミタ自動車本社の課長で、トルコ・トミタ自動車の経理・財務担当取締役である野々宮には東京のヘレン・キングが、是非ともミーティングに参加してほしいと頼み込んだものだ。二人の手元には龍花が送った新しいプロポーザルがプリントアウトされていた。

「金曜日の遅い時間に恐縮です。先ほどお送りしたプロポーザルの通り、モルガン・ドレクスラーは一億五千万ドル全額をオールインＬＩＢＯＲプラス四二五ベーシスで引受けさせていただきます」

「ミスター龍花。このプライスですが金利のＬプラス三二五というのはわかりますが、引受け手数料が三五〇というのは異常に高い」ディシュリがいった。

シンジケーション・パワーのある米銀は、参加銀行に全額渡す金利はなるべく低く、自分たちが鞘《さや》抜《ぬ》きできる引受け手数料はなるべく高くする。ＵＳアトランティック銀行出身のディシュリは、ドレクスラーが少なくとも二〇〇ベーシス（二パーセント）は手数料の鞘を抜くつもりなのを見て取った。一億五千万ドルの二パーセントは実に三百万ドルだ。

「参加銀行は金利よりも、調印後すぐに入ってくる手数料を重視します。手数料を大きくして融資団の組成を確実にしようというのが我々のストラテジーです」

（さすがアメリカの投資銀行。厚顔無恥《こうがんむち》の極みだな）ディシュリは軽蔑《けいべつ》の表情を浮かべた。

「龍花さん、プロポーザルをいただいて有り難いんですが、正直まだプライスが他の銀行よりちょっと高いんですわ」野々宮が日本語でいった。日本語のわからないディシュリは突然話し合いの輪から外されて顔を曇らせる。

「ほう……」龍花も日本語で答えた。「他の銀行よりも高いと？……いったい他の銀行はどれくらいのプライスなんですか？　教えていただければ、それよりも安くさせていただけるかもしれませんが」臆面《おくめん》もなくいった。

「そうですか。ええーっと、富国銀行のプライスは……」野々宮は指を舐《な》め、自分のノートのページを繰り始める。二人の日本語の会話の中の断片的な英語と野々宮の様子を見て、ディシュリが慌てた。

「ミスター野々宮、富国銀行のプライスを教えようとしてるんですか⁉」

「そうだけど」

「ちょっと待ってください！　こういう交渉で他行のプライスを教えるのはルール違反だ」

「なぜ？　そういう決まりでもあるのか？　教えてくれたらプライスをもっと安くするとミスター龍花がいってるんだから、我々にとっても有利な話じゃないか」

「違う！　有利とか不利とかの問題ではない！　そういうことはこの世界ではしてはいけないことなんだ！」必死で説明するが、野々宮には理解できない。

「だから、それはなぜかって訊いてるんだよ！」野々宮もいらいらし始めた。

　二人の様子を見て龍花はほくそえんだ。

（この野々宮という男、国際金融のことは何も知らないらしい。ここに来る前はおおかた日本のどこかの工場で労務管理でもやってたんだろう。こいつは面白い）

「そういうことをするのは富国銀行にとってアンフェアです」ディシュリがいった。

「これはビジネスだ。ビジネスでは互いを出し抜き、自分に少しでも有利になるようにするのもルールの一つだろう？」

「やっていいことと悪いことがある。我々がある銀行からもらったプロポーザルの内容を別の銀行に教えて、それで少しでも有利なプロポーザルをもらおうとするボロワーだという悪評が立ったら、もうどこの銀行も相手にしてくれなくなります」

「ふん。このことを知っているのはモルガン・ドレクスラーだけだ。それをモルガン・ドレクスラーが他の銀行に漏らすはずはないだろう。ねえ、ミスター龍花?」

「当然です」龍花はしれっと答えた。ディシュリが苦虫を嚙《か》み潰《つぶ》した表情になる。

「龍花さん、富国銀行のプライスですが……」野々宮がいいかける。

ディシュリは諦《あきら》めの表情。ローカル社員が本社からきている日本人に反対するにも限界があった。

「引受け手数料一四〇ベーシス・ポイント、金利Lプラス三七五ベーシス・ポイント、です」

「なるほど、オールインでLプラス四一五ですか」龍花は舌なめずりするような目つきでいった。その目はついに獲物の背中を視界に捕らえた獣の喜びに溢《あふ》れていた。そして次の瞬間、マーケットの見通し、融資団組成ストラテジー、ドレクスラーが手にする利益について瞬時に思考を巡らせた。

「わかりました。それでは我々のプロポーザルを引受け手数料三六七・五、金利Lプラス三〇〇にしましょう。これでオールイン四〇五です」

「ああ、それは有り難い。それで行きましょう。本社にも説明がしやすい」野々宮は本社の常務の意向に沿うことができ、満足な表情を見せた。

ディシュリは、引受け手数料の大きいドレクスラーのプロポーザルは現在価値《ネット・プレゼント・バリュー》を用いてきちんと分析すれば、なお富国銀行のプロポーザルよりもプライスが高いのではないかと思ったが、野々宮と議論する気はすでに失せていた。

「じゃあ、野々宮さん、のちほど新しいプライスのプロポーザルをファックスさせていただきますので、よろしくお願い致します」

「わかりました。マンデートは来週前半にはお渡しします」

龍花は立ち上がると野々宮に深々と頭を下げ、ディシュリに「よろしくお願いします」と笑顔で右手を差し出した。ディシュリはこわばった表情で龍花の手を握り返した。


ホテルの部屋に帰り、龍花はラップトップを開く。

「引受け手数料三六七・五、金利Lプラス三〇〇でトルコ・トミタ自動車と決着。正式マンデート取得は来週前半。ボロワーへの正式オファーとローンチ（組成開始）準備頼む」ヒルドレスとヘレン・キングにあてた短い電子メールを、ラップトップに繋《つな》げた携帯電話で発信した。

送信が終わると、龍花はラップトップを閉じる。携帯電話のスイッチを切り、ラップトップの電源プラグも引き抜く。ドアの外にドント・ディスターブの札を掛ける。

疲れていた。もうこれ以上誰とも話したくなかった。

鞄の中からジンのボトルを取り出し、部屋に備え付けのグラスになみなみと注いだ。

一気に半分ほど呷《あお》るように飲み、ようやく人心地がつく。いくら慣れたとはいえ、言葉のやりとり一つ一つにディールの命運が懸かっている交渉は息詰まる緊張を強いられる。手数料が二、三百万ドルにもなる案件となればなおさらだ。宿痾《しゅくあ》のような異常なプレッシャー。モルガン・ドレクスラーで働き始めてから龍花の酒量は急激に増え、酒に異常に強くなっていた。酒が徐々に体を蝕《むしば》んでいるのはわかっていたがやめられない。

ジンのついた唇を左手の甲でぬぐい、再びグラスを傾ける。

目の前のボスポラス海峡が夕闇に沈み始めていた。対岸のモスクや家並みが黒いシルエットに変わってゆく。空が下から紫、赤、橙《だいだい》、黄、薄緑、青のグラデーションを見せ、一番上は深い海のような紺色に染まっている。

夕暮れの景色を見ているうちにいつしか孤独感がひたひたと押し寄せてくる。極度の緊張感のあとはいつもそうだ。渇いた心が救いを求めている。それを酒で麻痺《まひ》させる以外に龍花はすべを知らない。

ジンのグラスを傾けながら、何気なく手帳をもてあそんでいると、ハラリと小さな白い紙片が落ちた。

(何だこの紙切れは?)

拾い上げ、酔いが回ってきた目を凝らして見る。

龍花の全財産を記《しる》した手書きのメモだった。海外出張の多い自分の身にいつ何が起きても良いようにと、ずいぶん昔に道子のために書いてやったものだ。

脳裏に道子と暮らしていた頃の日々が蘇《よみがえ》る。

飼っていた猫が死んだとき、庭の片隅に埋め、青い花を捧《ささ》げていつまでも風の中で手を合わせていた姿。

「今日はとってもいいことがあったわ」嬉々《きき》として家に帰ってきた道子の顔。「ロッタリー(宝くじ)にでも当たったのか?」龍花は訊《き》いた。「そんなことじゃないわ。もっともっといいことよ。……友達の赤ちゃんを見て来たのよ。男の子でね。ほんとに可愛らしかったわ」

「丈。あなたはいつも強がっているけれど、本当は優しくて脆《もろ》い人だわ」

しばらくして龍花は、ぼんやりと物思いに耽《ふけ》っている自分に気づきハッとする。

（いったい俺はどうなっているんだ、畜生！　何だこんな紙切れ！　俺は運が強いんだ！）

道子の面影を振り払おうとするかのように紙切れを破り捨て、ジンをあおった。

気分を変えようと、鞄の中から葉巻を取り出す。匂いを嗅《か》いでから火をつけ、大きく煙を吐いた。酒と葉巻で意識がぼんやりしてくる。再びジンをグラスに注ぎ、あおる。身体が酒を欲しているというより、頭が酒を欲していた。

龍花は、全身がアルコールで痺《しび》れ、意識がなくなるまで浴びるように飲み続けた。


翌朝、六時に起床したときには、喉《のど》がからからに渇いていた。テーブルの上には空になったジンの瓶が転がり、葉巻の吸い殻の小山ができていた。

龍花は軽い頭痛をこらえながらホテルをチェックアウトし、タクシーで空港に向かう。

朝八時五分発の英国航空六七五便のビジネス・クラスのシートにすわり、スチュワーデスから新聞を受け取る。

新聞を開いた瞬間、龍花の頭痛が一瞬にして吹き飛んだ。

「BMJ announces TOB for Morgan Drexler（ＢＭＪがモルガン・ドレクスラーに対する敵対的買収を宣言）」

黒い蠅の死骸《しがい》のような不吉な文字が龍花の目に映っていた。

4

飛行機がロンドン・ヒースロー空港に到着し、龍花が携帯電話のスイッチをオンにすると同時に呼び出し音が鳴った。龍花は到着ゲートまでの狭い通路を歩きながら携帯電話を耳にあてる。

「丈《ジョー》」ヒルドレスだった。

「大変なことになったぞ。もう新聞は読んだか？」

「ああ。今どこにいるんだ？」

「ヒースローの四番ターミナルだ。これからニューヨークで緊急対策会議がある。十時半発のBA○○一便のコンコルドにお前の席を予約してあるから至急それに乗ってくれ」

「わかった」

電話を切って視線を上げると、目の前に「BA675, Mr. Tatsuhana」と書いたプラカードを持った男の地上職員が立っていた。名前を告げると、スマートな動作で龍花の荷物を受け取り、先に立って四番ターミナルのコンコルド出発ゲートに案内する。

狭いコンコルドの機内に乗り込むと、ヒルドレスがすでに灰色の革張りのシートに座っていた。龍花の姿にほっとした表情を見せる。

「間にあったな。乗り継ぎ時間が短かったから心配してたぞ」

「この便は何時にニューヨークに着くんだ？」

「朝九時二十分、ＪＦＫ《ジエイ・エフ・ケイ》着だ」

時計を見るとロンドン時間で午前十時半だった。ニューヨークはロンドンと五時間の時差があるが、大西洋を三時間で突っ切るコンコルドは出発したときよりも早い時刻に到着してしまう。

「時計の針が逆戻りか……。アメリカの会社は、給料や待遇は世界一だが、社員を徹底的に働かせる技術も世界一だな。それにこのコンコルド。それから電子メール、携帯電話にボイスメール……近代テクノロジーが発達したおかげで、徹底的に酷使されるな。自分の身体が自分のものだという感覚が麻痺してくるぜ」

「チャップリンが『モダン・タイムス』で予言した、機械が人間を使う時代がついに六十年遅れでやって来たのさ。俺がこんなファッキング・マシーンズの一切合切をぶち捨ててデボンの田舎に引っ込みたくなる気持ちがわかるだろう？」

ヒルドレスの言葉に龍花は苦笑した。

「しかし、ベネデッティの野郎、とんでもない買収を仕掛けてきたもんだな。メジャー・リーガーのドレクスラーを弱小ＢＭＪが買収しようなんて、道理も糞《くそ》もないじゃないか？」

「今日びのＭ＆Ａは道理なんかじゃない。ただの金融ゲームだ。投資家や商業銀行は金さえ儲《もう》けられれば、企業の将来なんかどうでもいいんだ。だから奴らの目の前に、ごついニンジンをぶら下げた方が勝つ。ベネデッティのオファーはまさにごついニンジンだ」

「うまく太刀打ちしなきゃ、首を刎《は》ねられるってことか」

コンコルドは間もなく離陸した。

速度を出すために ダーツの矢のような流線形をした機体の中は狭い。定員は百人で、ジャンボ機の四分の一だ。通路の両側に二席ずつ配置されたシートはジャンボ機のビジネス・クラスのシートよりも狭い。機内前方の壁にデジタルの速度計があり、ぐんぐんスピードが上がっていくのがわかる。かなりの角度とスピードで上昇しているのだが、機内では特に何も感じない。間もなく時速一〇六〇キロに達し、音速の壁をあっさり突き破った。速度計の数字はなおも増え続け、時速二〇〇〇キロに近づいていく。

「人間が音の二倍の速さで地上二〇〇〇〇メートルの高さを飛ぶ。……こいつは神をも畏《おそ》れぬ所業だな」ヒルドレスが冗談ともつかぬ口調でいった。

豪華な機内食が始まる。スチュワーデスから手渡されたワイン・リストには高級フランス・ワインがずらりと並んでいた。食事が終わると、こぎれいな箱に入った搭乗記念の革製のネームタグが乗客一人一人に配られる。見学を希望する乗客が入れ替わり立ち代わりコックピットに入り、搭乗記念の色紙に機長のサインをもらう。早起きをしてきた龍花とヒルドレスは軽い眠りに落ちた。

「ウォール街までやってくれ」

定刻通りニューヨークJFK（ジョン・エフ・ケネディ空港）にタッチダウンしたコンコルドを降り、入国手続きをすませた龍花とヒルドレスは空港ビルを出るとタクシーの運転手に告げた。

うす汚れた巨大な黄色い弁当箱のようなフォードの大型車のタクシー。

黒いビニール張りのシートの上には苦情や忘れ物をしたときのための車輛《しゃりょう》番号を記入したカ

ードが投げ入れられていた。手垢《てあか》やシールを剝《は》がした痕《あと》で曇ったぶ厚い強化プラスチックの壁が運転席と客席を遮断している。運転手はアラブ人で、濃い口髭《くちひげ》を生《は》やしたテロリスト風だ。

日本やヨーロッパでは見慣れぬ大型車の流れに乗り、両側に黒ずんだ煉瓦《れんが》の建物や打ち捨てられ窓ガラスが破れ放題の工場跡などを見ながら、広くて傷《いた》んだ道を二十分ほど走る。やがてマンハッタンの摩天楼が現われた。まず目に付くのがハリウッド映画の中でキング・コングがよじ登ったミッド・タウンの三三丁目に聳《そび》える百二階建てのエンパイア・ステート・ビルだ。左手には世界貿易《ワールド・トレード》センターの四角いツイン・タワーが見える。タクシーは一八八三年建築の吊り橋式のブルックリン橋を渡り、マンハッタン島に入った。

ウォール街はマンハッタン島の南端に位置している。

東の端はアッパー・ニューヨーク湾に流れ込むイースト川に接する。茶色に濁った川は夏の朝日の中で輝き、餌を探す白いカモメの群れが舞っていた。桟橋《さんばし》付近には帆船、哨戒艇《しょうかいてい》、はしけ、フェリーなどさまざまな船が停泊している。近くのフルトン通りには魚市場があり、辺りに生臭い臭いをぷんぷん漂わせている。投資銀行の名門ゴールドマン・サックスの伝説的シニア・パートナー（社長）、シドニー・ワインバーグが十歳の頃新聞の売り子をしていたマンハッタン島とブルックリンを往復するフェリー乗り場も近くにある。

イースト川を背に振り返ると、現代資本主義の牙城《がじょう》がそそり立っている。

ウォール街は長さ三〇〇メートルほどの狭い通りだ。灰色の巨大なビルがのしかかるような重量感で両側から迫ってくる。シティバンク、チャールズ・シュワブを始めとする巨大金融機関が左右に軒を連ね、ナッソー通りと交わる角にニューヨーク証券取引所がある。鷲《わし》のマークのバークレイズ銀行、しみで黒く変色したバンク・オブ・ニューヨークの石のビル、パートナーシップの神秘のベールに包まれた老舗《しにせ》投資銀行ブラウン・ブラザーズの古色蒼然《こしょくそうぜん》とした煉瓦のビル。普段は通りのあちらこちらに大きな星条旗が翻り、街に鮮やかな赤と青の彩りを添えているが、土曜日のウォール街は殺伐《さつばつ》としている。人通りも少なく、白い髭を生やしたホームレスがごみ箱をあさっている。

それ以外に通りを歩いているのは休日出勤してくるインベストメント・バンカーたちだ。年齢は三十代前半までの若者が多い。マネージング・ディレクターを目指し、休日もしのぎを削っている。スラックスや短パン、ポロシャツといったカジュアルな格好をしているが、銀縁の眼鏡やきれいに撫《な》でつけた髪から一目で業界の人間とわかる。顔には一様に緊張感、不安、焦燥感が漂っている。インベストメント・バンカーがこれらの呪縛《じゅばく》から解放されるのは調印式の瞬間、あるいは大きなディールを完了したときとそれに続く数時間だけだ。やがて恍惚《こうこつ》感は跡形もなく消え去り、再び不安と焦燥感の中に投げ込まれる。そしてそれは引退する日まで続く。

モルガン・ドレクスラーのニューヨーク本社はウォール街の中心部、六六番地に周囲を睥睨《へいげい》するかのように聳え立つ五十階建てのビルだ。地上から五階部分まではギリシアのパルテノン神殿のような大理石の列柱が並ぶ威圧的な建物だが、その上に窓が多い超近代的なビルが載っている。それはあたかも近代テクノロジーで神に挑戦するバベルの塔のようにも見える。

龍花とヒルドレスは正面の金色の回転ドアを入り、横に長い大理石の大きな受付けで身分証明証を見せる。紺の背広を着た黒人の大男の受付けが頷《うなず》き、二人は受付け左側の高層階用のエレベーターへと急ぐ。

四十六階の役員専用会議室にはすでにCEOのジョン・ハイネマン以下八人のマネジメント・コミッティ（経営委員会）のメンバー全員と、TOB対策の中心となる企業金融部、法務部をはじめとする約二十人の幹部が着席していた。皆、驚き、不安、闘志が入り混じった落ち着かない表情をしている。海外出張から急ぎ戻ってきた幹部がときおりドアを開けて入ってくる。


龍花とヒルドレスが着いて間もなく、会議が始まった。

最初に株式部の金融機関担当アナリストが立ち上がった。まだ三十歳そこそこの若さだが、シカゴ大学で経営学と経済学の両方の博士号を取っている切れ者だ。

「ベネデッティは三歳のときイタリア移民の両親に連れられ、アメリカにやって来ました。彼の行動パターンは成り上がり者特有の、エスタブリッシュメントに対する強烈な劣等感がベースになっています。これはBMJの経営手法にも現われており、例えば……」

アナリストはベネデッティの生い立ちから説きおこし、ベネデッティとBMJについて解説を始める。闘う前に相手の強みと弱みを徹底的に分析し、最も効果的な闘い方をするのがモルガン・ドレクスラーの手法だ。明快で無駄のない説明は詳細で、三十分以上にわたった。

アナリストの説明が終わると、社長のジョン・ハイネマンが発言した。

「買収対抗策の中心は、ニューヨークの企業金融部のゴールドバーグにやってもらう」

その言葉に全員が頷いた。

デービッド・ゴールドバーグは最近別の投資銀行からM&A部門のヘッドとしてドレクスラ

いる。

ーに移籍してきたユダヤ系アメリカ人だ。M&Aの風雲児としてウォール街でその名が轟《とどろ》いて

「ゴールドバーグは今どこにいるんだ？」誰かが訊《き》いた。

「スカッツ・アンド・シーゲルで、今やってるディールのドキュメンテーション（契約書作成作業）の最中だ。そのうちやって来るよ」ハイネマンが答えた。

スカッツ・アンド・シーゲルは企業買収を専門とするウォール街の法律事務所だ。

「何だって⁉　自分の会社が買収攻撃に晒《さら》されているのにまだディールをやろうとしているのか？　そんな場合じゃないだろう」

「いっても無駄さ」ハイネマンは苦笑した。「あいつのことだから、ドキュメンテーションをやりながらBMJ対策を考えてるさ。マージャー・マニア（買収狂）だからな。……さあ、ゴールドバーグが来るまでに他の部門からやるべきことを説明してもらおうか」

その言葉で、法務部の男が立ち上がった。

普段は陽気でスマートな若いアメリカ人だが、さすがに今日は緊張した面持ちだ。

「まず、BMJのオファーを拒否するには取締役会開催が必要です。そのために明後日の月曜日、ニューヨークで緊急取締役会を開催します」

テーブルの周囲から緊迫した視線が発言者に注がれている。

「次に、なるべく早急に臨時株主総会を開きます。そこでドレクスラーの定款を一部改正し、ストック・オプション（株式買取り権）を行使できるのは現役員に限定し、BMJが立てている新役員候補にはストック・オプションを持てなくします」

「それから法的対抗策として、ニューヨーク州最高裁判所に、二種類の告訴をします。第一は、ドレクスラーが提案に対しコメントを出す前にニューヨーク州銀行局が買収の認可に動き出したという訴え。第二は、BMJの買収提案は会長のベネデッティが実質的に支配する役員会で決めたことであり、BMJの株主総会の決議を経ていないことを告訴します」

「さらにTOBの差し止め請求を行ないます。根拠は、BMJの自己資本の小ささです。すなわち、買収に成功したとしても新銀行を運営して行くに十分な自己資本を持っていないことを指摘し、FRB（連邦準備銀行）のTOB認可は誤りであったと主張します」

「なお、FRBに対する働きかけには、ドレクスラーのアドバイザリー・カウンシル（経営評議会）のメンバーである前ニューヨークFRB総裁の……」

法務部の男の説明が終わったとき、時刻は正午を回っていた。

会議室のドアがノックされ、秘書たちが昼食にハンバーガー、フレンチ・フライ、飲み物などを運びこむ。湯気を立てたベーグルが皿に山盛りにされていた。ベーグルはイースト菌を使わないユダヤ人のパンで、餅《もち》のようにむっちりとして腹持ちがする。ニューヨークのインベストメント・バンカーたちは朝、ベーグルを一つ二つ食べ、コーヒーをがぶ飲みしてガンガン仕事を始める。

全員が昼食にとりかかったとき、誰かが訊いた。

「ホワイト・ナイトはどうなってるんだ？」

「ホワイト・ナイトについては、今英国のロンバード銀行の会長と話をしている」

経営委員会のメンバーの一人が答えた。ホワイト・ナイト（white knight、白馬の騎士）

とは、敵対的買収を仕掛けた企業に対抗し、現経営陣を残すなど友好的な方法で買収する別の企業を指す。ロンバード銀行はバークレイズ銀行などと並ぶ英国四大商業銀行の一つだ。

「ロンバードはここ七、八年、個人・中小企業金融に特化して業績好調だが、新しい会長のケン・ワトキンスは、元々インベストメント・バンカーだ。再び投資銀行業務に色気を見せている。ただ買収額が巨大なので、さすがのワトキンスも躊躇《ちゅうちょ》している」

「ロンバードは何らかの声明を出してくれるのか？　そうなると株主の動揺もかなり抑えられると思うが」フレンチ・フライの塩を紙タオルで拭《ふ》きながら龍花が訊いた。

「まだ正式な表明はできないが、少なくともBBCのインタビューで前向きのコメントをしてもらえることになっている。正式表明は役員会に諮る必要がある。また、イングランド銀行の意向も確認しなくてはならない」ジョン・ハイネマンが答えた。

「ワトキンスには買収後もドレクスラーの経営陣を変えないという前提で話しているんだな？」コカ・コーラを飲みながらニューヨークの株式部長が訊いた。

「当然だ。我々をすげ替えるんではホワイト・ナイトを探してくる意味がない」

その答えに株式部長は頷く。

「向こうには投資銀行経営のノウハウはない。我々に任せるしかないさ」

「ところで、ワトキンスにはいつ話したんだ？　ずいぶん早いな。昨日ニューヨークでBMJが買収を発表したのはロンドン時間で午後十時過ぎだぞ」

「ロンドン時間の午前二時過ぎに電話した。ワトキンスはもともと我々と同じインベストメント・バンカーだ。真夜中にたたき起こされるのには慣れてるさ」ハイネマンは苦笑しながらいった。日ごろしょっちゅう夜中にたたき起こされている一同に笑いが広がる。

「新聞広告の方ですが……」広報部の男が立ち上がった。

「FT（ファイナンシャル・タイムズ）とWSJ（ウォール・ストリート・ジャーナル）に、全面広告を打つ予定です。BMJのTOBは無謀な計画であり、マネジメントの経験からいって新銀行を経営することは不可能。買収資金を巨額な借入れに頼っているために金利支払いが経営を圧迫し、株価下落につながる。これは一九八〇年代のLBOブームで多くの米国企業が経験したことである。ベネデッティの経営手法を嫌って、優秀なスタッフの大量移籍が起こる可能性がある。ドレクスラーの株主はBMJの株式買い取りオファーを拒否し、BMJの株主は無謀な計画をベネデッティに中止させるべきだ。以上のような内容です」

そのときドアをバターンと乱暴に開けて一人の太った男が会議室に入ってきた。

全員の目が男に注がれる。じゃが芋のような丸顔。もじゃもじゃの髪の毛。

服装が異様だった。青いワイシャツ、真っ赤なネクタイ、紺のスーツ、黄色のポケット・チーフ、緑色の靴。

（何だこの色彩感覚ゼロの男は？）

龍花が訝《いぶか》ったときヒルドレスがいった。「あいつがゴールドバーグだ」

「ああどうもみなさん遅れてすみません。どうぞ続けて下さい」

ゴールドバーグは大声でいうと、ずかずかと歩いてヒルドレスの横にどっかりすわった。

「あっ、これ美味《うま》そうだな」早速ハンバーガーに手を伸ばす。

ゴールドバーグがハンバーガーにかぶりついたのを機に、広報部長が説明を再開した。

口の中でハンバーガーをもぐもぐさせながら、ゴールドバーグがヒルドレスと龍花に会議の経過を訊き始める。話し始めてすぐに龍花は、このユダヤ人がただ者ではないことに気づいた。頭の回転が異様に速く、しかもどんな話題でも力ずくで掘り進んでゆく。（ウォール街には恐ろしい奴がいるもんだな……）龍花は心の中で唸《うな》った。

（まるで金を追い求める殺人マシーンだ。こんな奴と戦うと、どんな節操のない手を繰り出してくるかわからない）

ゴールドバーグは龍花の心中には無頓着《むとんちゃく》な様子で、目をぎらつかせながら矢継ぎ早に質問を浴びせ続ける。

間もなく、秘書たちが昼食を片づけ始めた。ヒルドレスの目の前にあった皿が持って行かれようとするや否や、ゴールドバーグの手が伸びてきて残っていたハンバーガーやフレンチ・フライをわしづかみにした。そして獲物を巣に持ち帰った獣のようにバリバリと凄《すご》い勢いで食べはじめた。ヒルドレスがその様子を見て、呆《あき》れたぜという顔をした。ゴールドバーグはそれを食べ終わるとコカ・コーラに手を伸ばし、ストローも使わずにがぶ飲みした。

間もなく広報部長の説明が終わり、ゴールドバーグの番になった。

「まずは、ジューイッシュ・デンティスト（jewish dentist、ユダヤ人の歯医者）から行きましょうか」

先ほどまでの獣じみた食事ぶりからは想像もできない精悍《せいかん》な目つきでゴールドバーグがいった。企業金融部の幹部たちが一斉に頷《うなず》く。

「何だ、ユダヤ人の歯医者って？」M&A用語に馴染《なじ》みのないヒルドレスが小声で龍花に訊いた。

「マスコミ宣伝を中心にした防衛戦術です」ヒルドレスの質問が聞こえたゴールドバーグがいった。「買収者の社会的弱点をあげつらって相手のイメージダウンを図り、株主が買付けに応じないようにするのです。言葉の由来は、アラブ資本が入った会社が歯科器具メーカーの乗っ取りを図ったときに使われた防衛策からきています」

「なるほど。アメリカの歯科医はユダヤ人が多いから、そりゃうまくいかんだろうな」

ヒルドレスの言葉にゴールドバーグは頷く。

「それから、シャーク・レペラント。定款を変更してモルガン・ドレクスラーの取締役十五人を三人ずつ五つのグループに分け、毎年一グループだけの再任しかできないようにします。こうすればＢＭＪがたとえ我々の買収に成功しても、取締役会の過半数を制するまでに最低三年間かかります」

シャーク・レペラント（shark repellent）とは「鮫《さめ》よけ」を意味する。敵対的買収者を鮫に見たてた防衛戦術で、定款かその付則を変更して鮫を追い払おうとするものだ。

「次に、ポイズン・ピル（poison pill、毒薬条項）。すなわち、発行済みの株式一株につき別の一株の株式購入権を特別配当として分配します。この株式購入権は、今後十年以内にドレクスラーの株の二〇パーセント以上を単一の投資家が取得した場合、ドレクスラーの株式を超割安価格で購入できるという権利です。これが発効されると株式数が倍に増え、ＢＭＪが支払うべき買収コストも倍に跳ね上がります」

「それから、これは法律的手段ではないが、ドレクスラーの主要幹部にＢＭＪが買収に成功した場合、チームごと他の投資銀行へ移籍するつもりだ、との声明を出してもらいましょうか。昔から『投資銀行の資産は人と電話だけ、経費は給料と電話代と交際費だけ』といわれています。人が辞めれば企業としての資産価値はゼロです。投資銀行が買収ターゲットの場合、これが相手に一番こたえる防衛策だ」

「もう一つ。BMJのオファー・プライスは百十ドル近辺になるでしょうから、株価をなるべく吊《つ》り上げて、彼らの資金負担を大きくしましょう。株価を上げられるようなニュースはありますか？」

「うむ。この第3四半期は米国株式取引やアヴェスタ・エンジニアリングの買収で相当な利益が出るはずだ」ハイネマンがいった。

「それはグッド・ニュースだ。それを月曜日の朝一番で発表してもらいましょうか。それから自社株買いも月曜日から始めて下さい。これは、株価押し上げとBMJの買い占め対抗策の一石二鳥になる」

「オーケー、わかった」株式部長が頷いた。

「そして最後はパックマン・ディフェンスとシ・ローン市場のリクイディティー・ドライアップ（資金量枯渇）の組み合わせで正面から勝負しましょう」

パックマン・ディフェンスとはいわゆる「逆買収」のことだ。買収をしかけられた方も相手に買収を宣言し、ビデオ・ゲームのパックマンのように相手を呑《の》み込んでしまう攻撃的な防衛戦術だ。

「BMJの主要な資金調達源は三百億ドルのシ・ローンです。我々は別の大型のシ・ローンをローンチして市場の資金量を枯渇させ、奴らの融資団組成を阻《はば》む。当然のことですが、我々のシ・ローンの資金使途はパックマン・ディフェンスのための資金調達です。手数料や金利はBMJのローンより分厚く。BMJよりごついニンジンを商業銀行員どもの鼻先にぶら下げてやりましょう」

「一斉射撃だな」誰かがいった。

「そうです。ドレクスラーの総力を挙げての一斉射撃の恐怖を、BMJにじっくりと味わわせてやろうじゃないですか」

ゴールドバーグは愉快そうにいった。買収攻撃に晒《さら》されている深刻さは微塵《みじん》もなく、これから始まる攻防戦が楽しみでしょうがないという笑顔だ。

間もなく全体会議は終了した。

ヒルドレスと龍花は階下の企業金融部のフロアーに移動する。シ・ローン市場の資金量《リクイディティー》枯渇《ドライアップ》作戦について早速行動を開始するためだ。

土曜日だったが、出勤しているスタッフがかなりいた。

買収攻撃に晒されていても、投資銀行のエンジンは止まらない。それどころか、もし買収が現実となった場合、リストラの波を乗り切るために今のうちに少しでも実績を積み上げておきたいところだ。

龍花とヒルドレスは無人のマネージング・ディレクターの個室を拝借した。

「BMJと同じ三百億ドルで行くなら、単独引受けは難しいな」龍花がいった。

「うむ。どこかに共同引受けさせた方がいい」

「これぐらいの巨額の引受けをパッとできるのは、シティ、チェース……」

「米銀はやめておこう」ヒルドレスが遮った。「あいつら足元を見て何をいってくるかわかったもんじゃない。サソリがサソリに刺されたんじゃ、洒落《しゃれ》にもならん」

「そうすると、ABNアムロ、HSBC（香港上海銀行）、ドイツ銀行あたりか。……そうだ、ユーロ・フレンチはどうだ？」

ユーロ・フレンチ銀行はフランスの大手銀行二行が最近合併してできた大型銀行だ。

「うむ。ユーロ・フレンチなら申し分ない」

「ローン・シンジケーション部の連中は合併後の組織変えを生き残るためにも実績を残しておきたいはずだ。すぐ食いついてくるだろう」

「よし。今から電話しよう」

ユーロ・フレンチ銀行のローン・シンジケーション部はロンドンにあり、部長は英国人のスミスだ。休日だが今は相手の事情になどかまってはいられない。ヒルドレスは熊のケツに嚙み付く形相《ぎょうそう》で電話のボタンをプッシュした。

スミスはロンドンの自宅にいた。

「三百億ドルか……」ヒルドレスの話を聞いてスミスは唸《うな》った。「馬鹿でかいな。しかし……」

電話の向こうで頭の中を整理している様子。「ドレクスラーの信用格付はインベストメント・グレード（投資適格）だったよな？」

「当たり前だ！　馬鹿なことを訊《き》くなよ。ユーロ・フレンチと同じダブルAだろうが」

「そうだったな、すまん。あまりの金額で一瞬頭がぼーっとしていた。……オーケー、それならやれると思う。うちはコマーシャル・バンク（商業銀行）だからおたくらのようにその場で正式承認が出るわけじゃないが、一両日中に審査の了解は取るよ」

「当てにしていいんだな？」

「まず、大丈夫だ」

「恩に着るぜ。じゃあよろしく頼む」ヒルドレスが電話を切ろうとする。

「あっ、ちょっと待ってくれ！」スミスが声を上げた。

「どうせやるなら一刻も早くローンチするか、さもなければIFRやその他のメディアにドレクスラーが近々シ・ローンでマーケットに出てくるとアナウンスしておいた方がいいな。そうしないと銀行が皆BMJのローンにコミットしてしまう」

「わかった」

ヒルドレスは受話器を置くと、すぐさまIFRとファイナンシャル・タイムズの馴染みの記者に電話を入れた。なるべく大きな記事にしてくれと頼むことも忘れなかった。

それから龍花とヒルドレスは電話に齧《かじ》りつき、融資団に参加してくれそうな有力銀行のシンジケーション・マネージャーたちに電話をかけ始めた。参加見込み銀行がBMJのローンにコミットする前に押さえ込んでしまうのだ。こういうときに備え、龍花のコンタクト・リストには彼らの自宅や携帯電話の番号が載っている。リストはニューヨーク本社の端末からロンドンのサーバーにアクセスして引っ張り出してあった。二人は次々と各行のシンジケーション・マネージャーたちを電話で呼び出し、五十近い銀行に融資団参加を要請して行った。同時にロンドンのローン・シンジケーション部員たちに、ただちに出勤してローンチとインフォ・メモの準備を始めるよう指示を飛ばす。二人が電話を終え、ロンドンから届いたインビテーションとインフォ・メモのドラフトに目を通し終えたとき、時刻は午後十時を回っていた。窓の外はもう真っ暗だ。

「ジャック、そろそろ帰るか？」龍花がいった。長時間の電話で声がかすれていた。

「そうだな」ヒルドレスもさすがに疲れた表情だ。「明日の飛行機は何時だったかな？」

「朝八時四十五分発のコンコルドだ」

「ちょっと一杯やって行くか？　朝大西洋の向こう岸から飛んできて、こんなに遅くまで働かされた日にゃ、酒でも飲まなきゃ収まりがつかねえ」

二人はオフィスを出るとウォール街でイエロー・キャブを拾った。

キャブはマンハッタンを北上し、間もなくブロードウェイにさしかかる。好景気に沸くニューヨークはまるで東京二十三区じゅうに銀座と歌舞伎町が広がったような大不夜城だ。車はミッド・タウンを走り抜け、アッパー・イーストサイドに入る。ここまで来ると住宅が多く、付近は落ち着いた雰囲気が漂っている。

キャブは六三丁目の石造りの一棟のマンション・ビルの前で停まった。

ビルの一階がシガー・バーになっていた。がっしりした木製のドアを開けると、葉巻のつんと香ばしい匂いが鼻をつく。三十歳くらいの黒いスーツ姿の女が龍花とヒルドレスを迎えた。女の背後のガラス棚の中にはさまざまな種類の葉巻が陳列してあった。二人は煙がうっすらと漂うバーの奥へと案内される。通された部屋は天井が高いラウンジ風だった。壁も革張りのソファーも黄色がかった茶色。煙草の葉の色だ。ソファーでは男たちが口を丸くすぼめ、目を細めて葉巻をふかしている。ニューヨークではオフィスもレストランもすべて禁煙なので、この手のシガー・バーがスモーカーたちの社交場だ。

龍花とヒルドレスはソファーに深々《ふかぶか》とすわり、メニューから葉巻とコニャックを選んだ。ほどなく注文の品が運ばれ、二人は葉巻に火をつけ、コニャックのグラスを掲げた。コニャックの甘い香りと葉巻の煙が脳髄に染み込み、意識がぼやける。

(これはまるで現代の阿片窟《あへんくつ》だな)龍花は苦笑いし、しばし陶然となった。

そのとき龍花のポケットの携帯電話が鳴った。

(いったい誰だ、こんな時間に?)

訝《いぶか》りながら龍花は携帯電話を耳にあてた。

「タツハナ、スピーキング(龍花だが)」

電話の向こうに一瞬の沈黙があった。

「もしもし……」龍花の訛《なま》りのない英語に戸惑ったような日本人の男の声。「兄さん?」

「隆《たかし》か!?」龍花は予期せぬ弟の声に驚いた。

「どうしたんだ、こんな時間に!?　今、日本は何時だ?」龍花はニューヨークとロンドンは五時間、ロンドンと日本は八時間で計十三時間向こうが先か、と素早く計算する。「正午か!?」

「兄さん。たった今、母さんが亡くなったよ」

「何っ!?……ちょっと待て」龍花は携帯電話を耳から離した。

「ジャック、すまん。急ぎの電話だ」龍花はヒルドレスに断わってソファーから立ち上がった。大股《おおまた》でバーの中を横切り、ドアを押して外に出た。龍花の母親は一年ほど前から病の床に臥せっており、地元の役場に勤める五歳下の弟の隆が面倒を見ていた。

バーの外に出ると頭上で街路樹の豊かな葉が夜風にざわめいていた。

龍花は暗い歩道に立ち、再び携帯電話を耳にあてた。真夏だというのに歩道のコンクリートの冷たさが身体に這《は》い登ってくるようだった。

「隆、母さんが亡くなったというのは本当か⁉」

「うん。兄さん、今どこにいるんだ？」

「ニューヨークだ」

「ニューヨーク……。相変わらずだね」弟の声に皮肉の気配があった。「母さん、静かな最期《さいご》だったよ。苦しまずに逝ってくれたのが、せめてもの救いだった」

「そうか」龍花は運命を甘受するようにいった。

「葬式はあさってだよ。兄さん、帰って来るんだろ？」

「駄目だ。今が勝負どころなんだ。お前も知ってるだろ？　モルガン・ドレクスラーがＢＭＪに敵対的買収を仕掛けられたのを」

「そんな遠い世界のこと、田舎のテレビや新聞には出ないよ」弟は吐き捨てるようにいった。

「ねえ、帰ってこれないのかい？　たった一人の母さんの葬式なんだよ」

「駄目だ。とても無理だ。今が戦いの天王山なんだ。それに俺が帰ったって、母さんが生き返るわけじゃないだろ？　今度日本に帰ったとき、ゆっくり墓参りさせてもらう」

「兄さんはいつだって天王山じゃないか！　父さんが亡くなったときだって何かのディールの勝負だとかいって帰ってこなかった。いまだに墓参りもしてないじゃないか！」

弟の言葉に龍花は沈黙した。

(隆、この八年間俺はくる日もくる日も天王山の戦いをしてきたんだ)龍花は胸の内で呟《つぶや》いた。(インベストメント・バンカーの暮らしとはそうしたものだ。……俺たちは、常にコーナーに追いつめられたボクサーだ。流れる血で両目がふさがれ、倒されるかもしれないという恐怖感の中で、やみくもにパンチを繰り出さなくてはならない。ディールをやり続けなければ、俺は居場所を失い、死ぬんだ)

しかし、それを口にしても弟が理解してくれないことはわかっていた。

「兄さんは、どこまでやれば気がすむんだ？　もう一生暮らすに困らない金だって手にしたんだろ？　どうして、そこまでしなけりゃいけないんだよ!?」

「……わからん！」龍花は胸に溜《た》まった苦い思いを吐き出すようにいった。「ただ、父さんや母さんのような人生を送りたくないことだけは確かだ。そのためには金が要る」

「葬式には親戚《しんせき》の人たちだって来るんだよ」

「親戚が何だ！」龍花は叫んだ。「奴らの顔など見たくもない！　俺が大学を出て東京の銀行に就職したとき、あいつらが俺のことを何といったかお前は忘れたのか！　親を捨てた犬畜生だといいやがった！　俺に田舎へ帰って教員をやりながら畑仕事をやれっていうのか！　ふざけるな！　田舎者は永遠に田舎者で終われというのか！」

「…………」

「隆。すまんが葬式はお前が取り仕切ってくれ。明日、お前の銀行口座に一千万円振り込んでおく。その金で親戚どもが魂消《たまげ》るような立派な葬式をして、母さんにでかい墓を建ててやってくれ」

「兄さ……!」弟の言葉を終わりまで聞かず、龍花は携帯電話のスイッチを切った。

大きくため息をついて、バーの中に戻る。沈んだ顔でソファーにどさりとすわった。

「ジョー、何かあったのか?」ヒルドレスが訊いた。

「いや、何でもない」龍花は冷静を装った。そして、ことさらに大きな声を出した。「さあ、明日からBMJのベネデッティを後ろから羽交《はが》い締めだ!」

龍花はグラスに残っていたコニャックを呷《あお》るように飲み干した。


週が明けた月曜日、ドレクスラーは第3四半期の収益見通しが史上最高の九億ドルに達すると発表。ロンドン市場が開くと同時に自社株買いを始めた。株価は先週末の終値の八十三ドルから徐々に上昇し、ニューヨーク市場が開く頃には百ドルを突破した。

「よし、順調だ」

株式部のトレーダーたちは手応えを感じ取る。

「アービトラージャーたちも動き出しているんだろう。マーケットの反応が早いな」株式部長が背後からスクリーンを覗《のぞ》き込んで満足そうにいった。

その日の午前中、ドレクスラーの株式部はマーケットに出てくるオファーを次々とヒットして、自社株を買い続けた。

正午前には株価は百十ドルを突破。うなぎのぼりだ。株式部に安堵《あんど》の空気が流れる。それまで緊張した顔で電話にかじりついていたトレーダーたちも伸びをしたり、席から立ち上がって雑談を始めたりする。

「おい、誰か昼飯を買ってこいよ」

トレーダーの一人がアソシエイトたちにいった。

すぐに二人の若いアソシエイトが立ち上がり、先輩たちの注文を取って出かけてゆく。二人の若者は、モルガン・ドレクスラーの巨大なビルを出ると、ウォール街をイースト川の方に下って行った。

ウォール街がイースト川に接する最初の一ブロックは、百軒近くの露店が立ち並ぶ青空市になっている。騒々しい音楽が渦巻き、人でごったがえし、ソーセージと玉ねぎを焼く匂いと青い煙が立ち込めている。海賊版の音楽CDを売るメキシコ人、木彫りの民芸品を売る刺青《いれずみ》をしたアフリカの黒人女性、香辛料を売るアラブ人、バンコクの屋台と同じ焼きそばや焼き飯を売るタイ人、厚い手編みのセーターを売るインディオ、シシカバブを売るトルコ人、シーフードやパスタを売るギリシア人。灰色の高層ビルの谷間のこの奇妙な青空市は、アメリカの縮図のような人種のるつぼだ。二人は露店を回り、先輩たちに注文された食料を買い込む。

前方が見えないほど大量のホットドッグや焼きトウモロコシ、シシカバブなどを抱えて二人の若者がオフィスにもどったとき、トレーディング・フロアーの雰囲気は一変していた。

全員緊迫した様子でスクリーンを凝視している。

「えーと、ご注文はシュラスコ（ブラジル風焼き肉）でしたよね」

若いアソシエイトがトレーダーの一人に話しかけた瞬間、罵声《ばせい》が飛んだ。

「うるさい、今メシどころじゃない！　お前が食っておけ！」

激しい剣幕の一撃にアソシエイトは顔を引きつらせて後ずさりした。

モルガン・ドレクスラーの株価の上昇が止まり、逆にじりじりと下がり始めていた。すでに株価は九十ドル近辺まで落ち込んでいる。

「おい、いったいどうなってるんだ？」

「わからん。まったく奇妙だ」

何人かのトレーダーが、他の投資銀行や機関投資家に探りの電話を入れ始める。

「おい、どうも誰かがうちの株を大量に売ってるらしいぞ！」

「本当か⁉　いったい誰なんだ？」

そのとき、株式部長のデスクの電話がけたたましく鳴った。

「おい、株価が下がり始めたじゃないか！　もうすぐ九十ドルを割るぞ。いったい何が起きてるんだ？　誰が売ってるんだ？」CEOのジョン・ハイネマンだった。

株式部は騒然たる情況に突入して行った。


その頃BMJ会長のベネデッティはミッドタウンの高層ビルにある自分のイタリア調のオフィスでモニター・スクリーンを見つめていた。

「株価が落ちてきたな、フフフ」満足そうに葉巻をくゆらせた。

「ドレクスラーの奴ら、さぞかし慌てていることでしょう」

ゲッティ・ブラザーズのウォーカーが不敵な笑みを浮かべて相づちを打つ。

「今日はどれくらいの株をダンプ（処分）したんだ？」

「今まで集めた分の四割ほどです」

「よし。株価が九十ドルを割ったら買い戻そう。九十ドルを割れば個人客や機関投資家の狼狽《ろうばい》売りが出るだろう。ヘッジファンドの連中も便乗して空売りを仕掛けてくる。もう株価は上がりようがない」

「わかりました」

「ついでに、ドレクスラーがデリバティブ取引で大損を出したという噂をマーケットに流しておけ。これで完璧《かんぺき》だ」

ベネデッティは野望の光を湛《たた》えた目で満足そうにスクリーンを見つめた。

第四章　ロシアの汚染

1

八月に入るとロンドンの地下鉄の乗客数は普段の半分になる。

今西が通勤に利用しているノーザン・ラインは、シティ・ライン、ベーカールー・ラインと並んで英国で最も古い路線の一つだ。運行開始は一世紀近く前の一九〇四年。英国人は骨董品《こっとう》を大切にするが、この電車はその面目躍如《めんもくやくじょ》たるものがある。車内の床は板張り。青と緑色の格子《こうし》縞《じま》の布のシート・カバーは黒っぽく色褪《いろあ》せて擦り切れ、ところどころ破れている。煤煙《ばいえん》で黒く煤《すす》けた狭いトンネルの中を、電車は車体を左右に大きく揺すりながら、一定しない速度で走って行く。

クーラーもない蒸し暑い車輛《しゃりょう》の中で、通勤客は薄オレンジ色のFT《ファイナンシャル・タイムズ》などを読んでいる。FTの厚さも普段の三分の二で、いつもならどうでもいいような記事が大きく扱われている。

金融街シティも通りを行く人の流れがいくぶん緩やかになり、店のショー・ウィンドウは婦人用の夏服で満開の花壇のように色とりどりに華やいでいる。トーマス・クックなどの旅行代理店のウィンドーには「アテネ七日間・百六十九ポンド（約四万円）」、「マヨルカ島十四日間・百八十九ポンド」など、ギリシア、トルコ、スペイン、マルタなど地中海沿岸の休暇地のレイト・ディール（売れ残りパッケージ・ツアー）の張り紙がところ狭しと貼り出され、眩《まぶ》しい日差しを浴びている。ヨーロッパはのんびりとしたバカンス・シーズンだ。

しかし、今西はディールの真っ只中《ただなか》にいた。

「うちの偉い人がエージェント（事務幹事）もやらせてもらえないかっていってるんだけど……」

電話の向こうで、クレディ・ジェネラルのピエール・フォンタンが、今西の機嫌を窺《うかが》うようにいった。

「ピエール、それは駄目だ。エージェントはうちがやらせてもらう」

今西はぴしゃりと撥《は》ねつけた。

フォンタンは駄目もとだったらしく、あっさり引き下がった。

今西は電話を切ると、左手を受話器の上に置いたまま、右手で名刺ボックスの「B」の箇所を探る。

（次は、ブリティッシュ・チャータードか。……ここは当然、ブックランだな）

ブリティッシュ・チャータード銀行のローン・シンジケーション部長、マイク・ハーランドの名刺を探り当てたとき、電話が鳴った。

「いやー、今西さん。トルコ・トミタ自動車おめでとうございます。今回はやられちゃいましたねえ」住之江銀行の田川だった。富国銀行がマンデートを獲ったことをどこからか聞きつけたらしい。相変わらずの地獄耳だ。

「有り難うございます」

「うちも何とかやりたかったんですけど引受けグループを作る時間がなくて……。それにしても、ブリティッシュ・チャータード、クレディ・ジェネラル、ガルフ・バンキング・コープと、いい名前を見事に揃えたもんですねえ。さすがですよ」

「いや、実は結構大変だったんです。モルガン・ドレクスラーがいましたからね。BMJのTOBがなかったら、きっと彼らがマンデートを獲っていたでしょう」

「そんなことありませんよ。今西さんの実力ですよ」

田川はいつになく今西を持ち上げる。

「ところで、今西さん……」一呼吸置いて田川がいった。「トルコ・トミタ自動車の引受けグループはエクスパンド（拡大）しないんですか？　うちは一応本店の承認も取ってあるので、すぐ引受けできますすけど」

（そうか。田川は何とか引受けグループにもぐり込もうと思って電話をしてきたのか。さすがは転んでもただでは起きない住之江銀行だな）

「申し訳ありません。今回は引受け四行でマーケットに出ることになっていますんで」


モルガン・ドレクスラーとBMJの死闘の火蓋《ひぶた》が切って落とされた週の水曜日、富国銀行が率いる引受けグループはトルコ・トミタ自動車から一億五千万ドルのシ・ローン組成のマンデートを獲得した。トルコ・トミタ自動車が、BMJとの泥沼の闘いを開始したドレクスラーの業務遂行能力に懸念を抱いたためだ。

今西からマンデート獲得の報告を受けると、副支店長の曽根は「これはわたしから支店長に報告しておくから」といった。相変わらずの「いいとこどり」だ。あとで高橋に聞いたところでは、曽根はご丁寧にも本店の海外審査部や、果ては人事部にまで電話をかけて「このたびは色々と有り難うございました。お陰さまで、最重点取引深耕先のトミタ自動車関連のマンデートが獲れました。モルガン・ドレクスラーが相手で相当の苦戦を強いられましたが、引受銀行を他に三行ほど募《つの》り……」と、まるで自分が交渉してマンデートを獲ったかのように報告していたという。

「呆《あき》れましたよ！　あれだけ尻込《しりご》みしていた人間が、マンデートが獲れた途端に豹変《ひょうへん》して、徹底的に自分の売り込み材料に骨のずいまでしゃぶり尽くすんですから」

「いつものことさ。気にするなよ」今西は憤慨する高橋をなだめた。

シンジケート・ローンにおいては引受銀行が融資団《シンジケーション》組成の幹事銀行となる。引受けグループ、イコール、幹事銀行団である。

マンデートを獲得した翌日には、幹事銀行団の話し合いで、融資団組成における各行の役割《ロール》と手数料の配分が決まった。

ロールの中で重要なのは、ブックランナー（販売幹事）とエージェント（事務幹事）である。ブックランナーは世界中の参加見込み銀行にコンタクトしてローンを販売、すなわち融資団を組成して行くのが役割で、実力と経験が必要だ。このブックランナーを数多くこなさないとユーロ市場では一人前のプレーヤーと認めてもらえない。

今回の四つの引受銀行のうち、ブックランナーを数多く務めてきた実績があるのは、ブリティッシュ・チャータード銀行だ。ただ、トルコ物に関しては今西がここ二、三年頑張ってきたので富国銀行も実績がある。さらに、クレディ・ジェネラルのフォンタンも行内で面子《メンツ》があるらしく「どうしてもやりたい」と固執した。結局ブックランナーは三行が分担して行なうことになった。

ディールの象徴的存在であるエージェントは、引受けグループを取りまとめてきた富国銀行が当然のこととして務めることになった。

ガルフ・バンキング・コーポレーションは中近東地区コーディネーターとなった。

それ以外に、インフォメーション・メモランダムの作成はクレディ・ジェネラル、融資契約書《ドキュメンテーション》作成は富国銀行、調印式はブリティッシュ・チャータードが担当することになった。

手数料の配分は次のように決まった。

まず、トルコ・トミタ自動車が半年ごとに支払うLIBOR《ライボー》プラス三七五ベーシス・ポイント（三・七五パーセント）という金利は、四つの引受銀行を含む全参加銀行に対し一律に支払われる。参加ステータスによる区別はない。

これに対して、融資契約書調印直後に支払われる手数料は、参加ステータスが高ければ高いほど多く受け取れる仕組みになっている。

今回のディールでは、トルコ・トミタ自動車が支払う一四〇ベーシス・ポイント（一・四パーセント）のうち、富国銀行に主幹事手数料として一〇（〇・一パーセント）、各引受銀行に四〇（〇・四パーセント）、そして一般参加銀行に九〇（〇・九パーセント）が配分されることになった。したがって富国銀行が受け取る手数料は主幹事手数料十五万ドル（一億五千万ドル×〇・一パーセント）、引受け手数料十五万ドル（三千七百五十万ドル×〇・四パーセント）、参加手数料九万ドル（一千万ドル×〇・九パーセント）の合計三十九万ドルとなる。ブリティッシュ・チャータードなど富国銀行以外の引受銀行三行はそれぞれ、引受け手数料十五万ドル、参加手数料九万ドルの合計二十四万ドルを受け取る。シンジケーションがローンチ（組成開始）されてから一般参加で入ってくる銀行は、たとえ富国銀行やブリティッシュ・チャータードと同じ一千万ドルの参加、すなわち融資をしたとしても、貰《もら》えるのは参加手数料の九万ドルだけにすぎない。ディールに果たす役割次第で、三十九万ドル、二十四万ドル、九万ドルと大きな差がつくのだ。

以上に加え、幹事銀行四行は「プール・シェアリング」（または、プレシピアム）とよばれる手数料も手にする。これは次のように生じる。すなわち、一般参加の銀行には一律に九〇ベーシスが支払われるわけでなく、参加額の大小に応じて九〇ベーシスを上限として参加手数料に差がつけられるのだ。今回のディールでは次の通りとされた。

参加額一千万ドル以上　九〇ベーシス
七百五十万ドル以上、一千万ドル未満　八〇ベーシス
五百万ドル以上、七百五十万ドル未満　六五ベーシス
三百万ドル以上、五百万ドル未満　五〇ベーシス
百万ドル以上、三百万ドル未満　三五ベーシス

全部の一般参加銀行が一千万ドル以上の参加をするわけではないから、当然いくらかの手数料が余ることになる。これは「プール」（残余手数料）とよばれ、四つの幹事銀行の間で均等に分配《シェアリング》される。

今西はこの手数料配分方法に顕著に現われるシンジケート・ローン・ビジネスの性質を二つの意味で極めてアングロサクソン的だと思っている。すなわち、一つはノウハウやサービスといった目にみえぬ経済的価値に対してきちんと正当な対価が支払われるという点で。そして、もう一つは強者が弱者を徹底的に搾取する弱肉強食という点で。

アングロサクソンの雄、モルガン・ドレクスラーに至ってはどんなディールでも単独でしか引き受けない。そして主幹事手数料、引受け手数料、プール・シェアリングのすべてを独占する。しかも、手数料のレベルが非常に高い。もしＢＭＪの敵対的買収攻撃がなく、トルコ・トミタ自動車のマンデートがモルガン・ドレクスラーに行っていたら、手数料で二パーセント、すなわち最低三百万ドルはぶち抜いていたはずだ。富国銀行の三十九万ドルなど可愛らしいものだ。マーケットを読む力、強大な販売部隊、そして金に対する飽くなき貪欲《どんよく》さ。これらが引受けリスクを大きく張って高額の手数料を稼ぐという強烈なビジネス・スタイルを支えている。

マンデートを獲得したら一刻も早くユーロ市場に出て、シンジケーションをローンチしなくてはならない。もたもたしていて類似の案件が出てくると、市場のキャパシティ（資金供給力）の取り合いになる。資金の出し手の数が限られているトルコの中長期案件ではなおさらだ。

幹事銀行四行は、突貫工事で作業を進めて行った。

ブリティッシュ・チャータード銀行がまたたく間に参加招聘状《インビテーション》のドラフトを作成し、他の幹事銀行に回覧する。

インビテーションはローンチと同時に世界中の銀行に発信される案内状だ。Ａ４判の英文で六枚。ローンの総額、融資通貨、資金使途、引出し期間、最低引出し額、金利、金利計算期間、返済方法、期限前返済方法、参加手数料、融資契約書、準拠法、費用負担などの諸条件の他に、ボロワーの概要《プロファイル》、参加受諾の回答期限、ブックランナーの連絡先などが記載されている。

インビテーションを受け取り、興味を持った銀行はブックランナーにインフォメーション・メモランダム（略称、インフォ・メモ）を請求してくる。

インフォ・メモは通常数十ページで、融資条件、ボロワーの事業・財務内容、資金使途などが詳細に記載されている。資金使途が特定のプロジェクトである場合は、プロジェクトの概要、リスク評価、予想キャッシュフローなども盛り込まれる。これにトルコ・トミタ自動車の過去三年分の決算書を加え、参加見込み銀行に発送する。

インフォ・メモの作成はクレディ・ジェネラルのフォンタンが担当した。慣れない作業で四苦八苦しているが、ブリティッシュ・チャータード銀行のシンジケーション・チームがうまくフォンタンをサポートし、何とか遅れずに進んでいる。

大雑把《おおざっぱ》にいって、シンジケーションの成否を左右するのは、七割がプライス、二割がシンジケーション・ストラテジーだが、残り一割は参加見込み銀行にどれだけ的確でプロフェッショナルな情報を提供できるかによる。

幹事銀行四行は水も漏らさぬ体制で準備を進めて行った。

「ミスター今西、ちょっと厄介《やっかい》な問題が生じてるんだが……」

週が明け、ローンチ準備が佳境にさしかかった頃、今西にトルコ・トミタ自動車のディシュりから電話が入った。沈んだ声を聞いて、今西は嫌な予感がした。

「……実は、トルコのトレジャリーが、うちのシンジケーションに待ったをかけてきたんだ」

「何ですって⁉」思わず大声を上げた。

トレジャリーとは、アンダーセクレタリアート・オブ・トレジャリー（財務庁）の略称である。日本の大蔵省に似た役所で、その機能の一つに対外債務の管理がある。高度な金融知識を有する手強《てごわ》い交渉相手として、世界中のバンカーから尊敬と警戒を集めている。

「いったい何が問題だっていうんです⁉　民間セクターの対外借入れは届け出をすればトレジャリーは自動的に承認することになっているんじゃないんですか⁉」

「それが、今回はそうもいかないらしい。トレジャリーは近々、発電プロジェクト資金としてシ・ローンで二億ドルの借入れをする予定だ。それで今、ドイツの銀行と融資条件の交渉中なんだが、我々のＬＩＢＯＲプラス四一五というのを銀行側の交渉材料にされたくないらしい」

「そんなことをいってきてるんですか⁉……それで我々にどうしろというんです⁉」

「オールインでＬＩＢＯＲプラス三五〇まで落とせというんだ」

「そんな無茶な！」

「わたしも無茶だと思う。そりゃ安く借りられれば、うちとしては有り難い。しかし、そんなプライスでは融資団は組成できないだろう」

「おっしゃる通りです。……トレジャリーとはよく話されたんですか？」

「ここ二、三日何度も話したが埒《らち》が明かないんだよ」

「すいませんが、今までのやり取りのあらましを教えていただけますか」

「わかった。こちらはあくまでも民間企業だから……」

ディシュリの説明を聞き終えて受話器を置いたとき、腕時計の長針が一回りしていた。最初にディシュリがいった通り、埒の明かない状況だった。

（いったい、どうしたものか……）今西は大きなため息をついた。

「こうなったらもう、ハルークに相談するしかないかな」

傍らで心配そうに見ている高橋の方を向いていった。

「トレジャリーがそんなことといってきたの⁉」

このディールを今西に紹介したトルコ人金融ブローカー、ハルークは今西から電話で事情を説明されて驚いた声を上げたが、とにかくやってみるよ、といった。

翌日、ハルークから電話が入った。

「ボスにも相談して、色々動いてみたよ」声に自信がある。

ハルークのボスというのは、ハルークの父親が国務大臣だった頃のトルコ政府の高官で、政界に隠然とした人脈を持っている。今はある国営企業の会長を務める傍ら、次回の国会議員選挙出馬の準備をしている。

「それで何とかなりそうかい？」

「うん。これからいうことをしっかり聞いてくれるか。……まず、トレジャリーのライフ・セルベスト対外経済関係局長宛に至急ファックスを出してくれ。内容はまず、トルコ・トミタ自動車は民間企業で、同社の借入れはトルコ政府の借入れのベンチ・マークとすべきものではないと説明する。それから、現在のユーロ市場の状況を解説して、ＬＩＢＯＲプラス四一五というのは市場の実勢であると書いてほしい」

「わかった。すぐやるよ」

「それから明後日、ミスター・ディシュリと一緒にアンカラに行ってセルベストに会ってくれ。手はずは整えておくからさ」

今西は半信半疑ながら承諾した。今はハルークに頼る以外手はない。


英仏伊ギリシアを撃破して祖国を護《まも》った救国の英雄、ケマル・アタチュルクが一九二三年十月二十九日に新生トルコ共和国の樹立を宣言したアンカラは、トルコのほぼ中央、アナトリア高原の西部に位置する新しい首都である。

ここに来ると、急にロシア、イラン、そして中央アジアの影が濃くなる。

スカーフを被った女性の数が多い。

真夏だというのに手首まである長袖《そで》のシャツにズボンという、完全武装の女性も少なくない。眉間《みけん》でくっつきそうなゲジゲジ眉毛《まゆげ》の人間が男女を問わず結構いて、イラン人もまさに「顔負け」だ。すらりとした枝がみな空を向いたポプラの木が多く、遥《はる》かなシルクロードの香りが漂っている。銀色のドームと高い二本の尖塔《せんとう》を持ったモスクが街のあちらこちらに建っている。

トレジャリーの建物はアンカラ市街の中心部にある。

今西とディシュリを乗せた黄色いタクシーは、ケマル・アタチュルクの右腕として救国戦争を闘ったトルコ共和国第二代大統領、イスメット・イノニュの名を冠した通りに向かう。まだ午前中の早い時刻だが、狭いタクシーの車内に灼《や》けつくような日差しが差し込んでくる。埃《ほこり》っぽい通りの両側に楓《かえで》の木が植えられ、豊かに緑の葉を繁らせている。付近は陸軍、海軍、空軍の各本部やトルコ電力庁など政府関係の建物が多く、日本でいえば霞が関の官庁街にあたる。ほとんどの建物の前に白ヘルメット、白手袋姿で自動小銃をかまえた警備の兵士が立っている。

トレジャリーの建物は一際《ひときわ》高く聳《そび》えるクリーム色の高層ビルだった。

「ミスター・ライーフ・セルベストと午前十時にアポイントがあります」

受付けで告げると、今西とディシュリは十五階の会議室に案内された。

クーラーのない会議室は蒸し暑かった。

間もなく、セルベストがアシスタントの女性を伴《ともな》って入ってきた。

トルコのトレジャリーには対外借入れを扱う部署が二つある。資本市場課とプロジェクト・ファイナンス課である。前者はシ・ローンや債券発行による資金調達を担当し、後者は発電や高速道路など特定プロジェクトに関するプロジェクト金融を担当している。この二つの課を統括しているのが局長のセルベストである。

セルベストはどこか外国の血が混じっているらしく、両目が青みがかった灰色をしていた。その目の色に今西は、ヒッタイト、マケドニア、ローマ、オスマン・トルコ、ロシア、タタールなど、小アジアに興亡した民族の歴史を垣間《かいま》見たような気持ちになる。セルベストの年齢は今西とほぼ同年輩。ハルークの情報によると七、八年前はまだ係長にもなっていなかったという。三年前に資本市場課長になり、あっという間に今や局長である。彼の上には、長官と副長官の二人がいるだけだ。トルコの人事制度はアメリカ流で、年齢と地位はあまり関係がない。トルコを代表する民間銀行であるトルコ実業銀行の副頭取アーシン・オジンジェも今西と同年輩だが、来年は頭取に就任すると見られている。重苦しくのしかかる年功序列制度の下で呻吟《しんぎん》している今西にとって、彼らが実績に応じてぐんぐん昇進して行くのを見るのは痛快であり、また寂しくもあった。

挨拶《あいさつ》が終わると、ハルークに指示された通り、まず今西がユーロ市場のトルコ向けローンに関する状況とトルコ・トミタ自動車向けローンのプライスの根拠を説明した。

「今度は私が話す番でしょうか？」

セルベストが微笑を浮かべて訊《き》いた。今西は頷《うなず》く。

「では、まず二つお訊きしたいと思います」

今西とディシュリは緊張してセルベストの次の言葉を待つ。

「……上着を脱がせていただいてよろしいでしょうか？　それと、何かお飲み物はいかがですか？」

今西とディシュリは思わず微笑んだ。会議室の緊張がほぐれる。

(上手いもんだ。さすが交渉巧者のトレジャリーだな)

イランと同じ小さなガラスのコップに入った紅茶には、やはり砂糖がたっぷり入っていた。それを半分ほど飲んで金属製の茶托《ちゃたく》の上に戻すと、セルベストはトレジャリー側の言い分を説明し始めた。曰《いわ》く、トレジャリーは対外借入れのベンチ・マークというものを非常に重視している。トルコ・トミタ自動車の借入れがたとえ民間企業の借入れであっても、貸し手の金融機関にとってはトルコ向け与信枠を使うことに変わりがない。したがってトルコ・トミタ自動車の借入れコストをなるべく低くしておくことは、トルコ政府にとって意味のあることだ。

それに対して今西は、現状のマーケットから見て、トルコ・トミタ自動車のLIBORプラス四一五というのはボロワーにとって相当に優遇されたレベルであり、例えばトルコ政府が発行しているユーロ債の利回りのスプレッド（鞘《さや》）は四五〇くらいではないか、と反論する。

セルベストは、トレジャリーは過去それよりも遥《はる》かに低い水準のコストでプロジェクト用の資金を調達してきた、と切り返す。

今西は、トルコ政府のプロジェクト金融では表面的な借入れコストは低くなっているが、実際にはプロジェクトを請け負うコントラクター（建設業者）が金融機関に追加の手数料を支払ってマーケット水準比遜色《そんしょく》ないリターンが得られるよう補塡《ほてん》し、そのための資金は予《あらかじ》め工事代金に含まれているのはあなたもご存じのはずだ、と反論する。

議論は予想通り、堂々巡りのやり取りになった。

セルベストの背後の壁にはパステル・ブルーの背景に描かれた凜《りん》としたタキシード姿のケマル・アタチュルクの肖像画が掛かっていた。窓の向こうには、白い雲が湧き上がる高い空の下にアンカラの街の煉瓦《れんが》色の屋根が遥か地平線まで広がっている。通りの喧騒と風の音が遠くから潮騒《しおさい》のように聞こえてくる。

結局折り合いがつかないまま、ミーティングは一時間ほどで終わった。

「あれでよかったのかな？」

エレベーターで一階に降りる途中、ディシュリがいった。

「ハルークにいわれた通りですからね。……とにかく会うことに意味がある。セルベストを納得させる必要はない。怒らせないようにだけ気をつけろ」

「そういうことだったね。……そういえば、セルベストの方も、いつもの気迫が全然なかったなあ」

エレベーターが一階に着くと、ディシュリが手洗いに行くというので、今西はエレベーター脇の柱のところで待つことにした。

その時ビルの正面玄関が開いて、誰かが入ってきた。

今西が柱の陰から視線を向けると、日本人ビジネスマン四人のグループだった。一様にぱりっとしたスーツを着て、知性に溢《あふ》れた油断のない眼差《まなざ》しをしている。全員相当な国際ビジネス経験がありそうだ。

グループの中に見覚えのある顔があった。

(どこかで見た顔だが……) 今西は一瞬考える。(そうだ。トミタ自動車のテヘラン事務所で会った男だ。確か、名前は伊吹とかいう)

四人のグループは柱の陰にいる今西に気づかないまま、エレベーターの方へ歩いて行く。今西は聞くともなく彼らの会話に耳を澄ませた。

「今日の交渉は形だけなんだろう?」グループの一人がいった。

「ええ。この時期にトルコ政府に期間十年という長期のファイナンスを付けてやるなんてのは、我々くらいのもんですからね。彼らもその辺は十分わかってますよ」伊吹という男が答えた。

「伊吹君は国際融資交渉のベテランだからな。ところで調印式は……」

(期間十年のファイナンス? 国際融資交渉のベテラン?……すると伊吹は金融機関の人間なのか? それにしては、イランで会ったとき『うちのエンジニアリング子会社』などといっていた。……いったい何者なんだ？）

今西は訝《いぶか》りながら、エレベーターに乗り込む男たちの後ろ姿を見送った。


今西とディシュリは午後早い時刻のトルコ航空機でイスタンブールに向かった。野々宮をまじえて善後策を協議するためだ。

「トレジャリーからファックスが届いてます」

二人がトルコ・トミタ自動車のオフィスに着くと、ディシュリの秘書がいった。

手渡されたファックスのページの上部には「Republic of Turkey, Prime Ministry, Under-secretariat of Treasury（トルコ共和国首相府財務庁）」という文字があった。

「財務庁は今般、富国銀行が主幹事で組成するトルコ・トミタ自動車の借入れ条件につき承認する。但《ただ》し、融資団組成開始は二週間後とされたい」

今西とディシュリは顔を見合わせた。

「さっき物別れに終わったばかりだというのに……。まるで最初から話が決まっていたみたいだね」ディシュリがいった。

「ハルークはいったいどんな手を使ったんだろう？」

「ローンチは二週間待てるかね？」

「ええ。今のところ他に似たような案件は出てきそうもないですから、二週間は問題ないと思います。一応他の幹事銀行には話してみますが」

「ところで二週間というのは、トレジャリーにとってどういう意味があるのかな？」

「その間にドイツの銀行との融資条件交渉を決着させるつもりでしょう。我々がシ・ローンの組成を始めて、こちらの融資条件が公《おおやけ》に知られる前に」

「なるほど。……まあ、とにかくこれで一件落着だ。今晩は前祝いに、ミスター今西を夕食にご招待しますよ」


その晩、ディシュリは今西をイスティクラール通りにあるレストランに案内した。

イスティクラール通りはイスタンブールのヨーロッパ側、ベイオール地区にある古い通りだ。付近はビザンティン後期、ジェノヴァ人の居留地だった。現在はファッション関係の瀟洒《しょうしゃ》な商店が軒を連ねる市内随一の繁華街になっている。夜八時近くだというのに新宿か渋谷の雑踏並みの人出だ。通りの両側に並ぶ商店は明るい照明で輝いている。一段と垢抜《あかぬ》けして見えるのはベネトン、リーバイス、ラコステなど外国ブランドの店だ。マクドナルドやドネル・ケバブなど、ファースト・フードの店も多い。映画館、ミュージック・ショップ、インターネット・カフェ。西欧並みのモダンな商店街が昔ながらの石畳の道と、通りの三階部分から上を占める一九〇〇年前後の地中海様式のビル群とあいまってエキゾチックな雰囲気を醸《かも》し出している。三十年振りに復活した小さな赤い路面電車がときおりチンチンと鐘を鳴らして通り過ぎる。

レストランはイスティクラール通りの先の奥まった路地の一角にあった。外壁のコンクリートが剝《は》がれ落ち、壁を這《は》っている蔦《つた》のつるは枯れていた。「レジャンス（Rejans）」という名のロシア料理店。今西とディシュリは入り口を入ってすぐの、右奥のテーブル席にすわった。

「お疲れさま」

ディシュリがウォッカの小さなグラスをかかげた。

「とりあえず、ほっとしましたね」笑顔で今西もグラスをかかげる。

一口飲むと、冷えた透明なウォッカが疲れた頭にじーんと染みた。

「あれからハルークとは話した？」ディシュリが訊いた。

「ええ。今日の交渉はセレモニーだったといってました」

「セレモニーね」

「トレジャリーのセルベストも官僚機構の歯車の一つにすぎないから、上からの命令には絶対に逆らえない。ハルークは彼のボスのコネを使って、トレジャリーの上層部に働きかけたみたいです。ただ、現場レベルでもあとで説明がつくようにしておかなくてはならないからマーケット状況やプライスに関する富国銀行のファックスや、実際に会って交渉したという記録が必要だったということです。その辺のお膳立《ぜんだ》てをハルークが裏で取り仕切ったようです」

「なるほどね。確か、彼の父親はかつて国務大臣だったんだよね。わたしも名前だけは記憶にある」

「それにしても、いくらコネがあるとはいえ、天下のトレジャリーの上層部がそう簡単に動くものなんでしょうか？」

「さあ。その辺はあまり詮索《せんさく》しないほうがいいかもしれないね」

そういうとディシュリは運ばれてきたピロシキにナイフを入れた。きつね色に揚げられ湯気を立てているピロシキは、パンというより春巻きのような形をしていた。ナイフで切ると、中にみっしりと詰められたひつじの肉の匂いが漂った。

「このレストランは随分古そうですね」

ピロシキをフォークで口に運びながら今西がいった。

「開店は一九三二年五月だから、もう六十六年の歴史がある。一九一七年に帝政ロシアが倒れたとき、イスタンブールに多くのロシア人たちが亡命して来た。そのいわば歴史の狭間《はざま》に生きたロシア人たちが開いたレストランだ。ここにはアタチュルクもよく来ていた」

「ケマル・アタチュルクがこの店に……」

今西は店内を見回した。木造の内装はシンプルなベージュと茶色の二色。壁や天井のランプも質素なアンティークだ。テーブルには真っ白なテーブルクロス。いくつかのテーブル席の横の壁に、常連客の名前を黒く彫った真鍮《しんちゅう》の小さなプレートが釘《くぎ》で打ちつけてあるが、錆《さ》びて名前が読みにくいプレートもある。ロシア人と結婚し、今は未亡人となった白髪の女主人が店の奥でフランス語の新聞を読んでいた。

「ところで、モルガン・ドレクスラーはどうなったのかね？　ロンドンでは何か動きがあるのかい？」ディシュリが訊いた。

「闘いが始まったところです。今週にも、ＢＭＪの三百億ドル（約四兆三千億円）のシ・ローンを潰《つぶ》すために、ドレクスラーも同じ額でマーケットに出てくるようです」

「三百億ドルと三百億ドルの激突か……。ハルマゲドンの戦いだね。最近の国際金融は常軌《じょうき》を逸《いっ》して、マネーゲーム化している」

「そうですね。でもおかげさまでうちは御社のシ・ローンのマンデートを頂けました。ＢＭＪのＴＯＢがなかったら、ドレクスラーがやっていたんでしょう？　正直言って、我々とは格も実力も段違いですからね」

「ミスター今西」ディシュリは口調を改めた。「アメリカの金融機関なんて、本当はたいしたことはないんだ。わたしはUSアトランティック銀行にいたからよくわかる。彼らだって似たような失敗を何度も繰り返している。トレーディングで大損を出すのはしょっちゅうだし、石油、不動産、中南米、LBOと彼らの一九八〇年代は失敗の連続だ。最近ではデリバティブ（金融派生商品）でも物議を醸しているだろう？　顧客に対しては、何か神秘的な能力があるように見せかけてはいるが、一皮むけばごく普通の人間がやっているんだ。金のために血まなこでね」

「ええ。それはわたしも感じています。もし日本の銀行がトリプルAだった一九八〇年代から真面目に国際業務や投資銀行業務に取り組んでいたら、今ごろ彼らと肩を並べていたはずなんだがと思います」

「アメリカの投資銀行のやり方は、弱い者を見つけたら徹底的に搾り取る。法律に触れさえしなければ何をやってもいいというのが彼らの流儀で、日本人と違って道徳観という歯止めがない。事情を知らない奴は徹底的にカモる。それがアングロサクソン流だ。アメリカの企業や投資家だって、彼らにはずいぶん酷《ひど》い目に遭わされている。南カリフォルニアのオレンジ郡がいい例だ」

「あの事件を引き起こしたのはメリルリンチのセールスマンでしたっけ？」

「オレンジ郡の財務官が、インバース・フローターという商品をメリルリンチのセールスマンから買って十七億ドルの損失を出した事件だ。インバース・フローターはロケット・サイエンティストが非常に高度なコンピューター・モデルを使って設計した商品で、偏微分方程式を使わないと値段が決められない。その財務官は、自分は米国最大の投資家の一人だと豪語していたそうだけど、パソコンもろくに触ったことがない高卒の六十九歳の老人がそんな代物を理解できるはずがない」

「客の方も間抜けだったというわけですか」

「間抜けを見つけて思いっきりカモる。インベストメント・バンカーなんて卑《いや》しい連中だよ。……連中と話していると時々人間の皮をかぶった悪魔と話しているような気分になる。今にも奴らの口の奥から毛むくじゃらの手が出て来そうで、思わずぞっとするよ」

ディシュリは吐き捨てるようにいった。

メイン・ディッシュのビーフ・ストロガノフが運ばれてきて、二人はたっぷりのクリームで煮込まれた牛肉に取りかかる。味は甘めだった。

「話は変わるけれど、今の日本の状況はトルコに良く似ているようだね」

「と、いわれますと？」

「小党乱立で政権を獲った党は何とか国民の人気を取ろうと、公共事業をばら撒《ま》く。今の日本には景気回復という錦《にしき》の御旗《みはた》もある。その資金づくりのため政府は国債を乱発し、公的債務がどんどん膨らむ。政治家はその場凌《しの》ぎと自分の選挙のことしか考えていない。結局、大きな借金を背負わされるのは国民だ」

「おっしゃる通りです。まったく解決の兆《きざ》しが見えない閉塞《へいそく》状態です」

「トルコもかつてそういう時代があった。いや、今でもその傾向がある。しかし、失礼ながらトルコと日本は一つだけ大きな違いがある」

（大きな違い……。いったい何だろう？）今西は興味を引かれた。

「ケマル・アタチュルクです」ディシュリは胸を張っていった。

「我々の心の中にあるアタチュルクの建国精神という神聖な炎は永遠に消えることがない。その後ろ盾となっているのがトルコ軍だ。軍は普段は政治の表舞台には出てこない。しかし、政治家が腐敗して国がにっちもさっちも行かなくなったときには必ず立ち上がる。メフメット六世を倒したアタチュルクのようにね。一九六〇年五月と一九八〇年九月の軍事クーデターがその好例だ。そして国の再建が成ると、速《すみ》やかに民政に移管し、政治の表舞台から消えて行く。なぜ彼らはこれができるか？　それは、トルコの軍人がアタチュルクの精神を脈々と受け継ぎ、トルコという国を護るため、身を正しくし、高い志を維持しているからにほかならない。……日本にも明治時代には志の高い政治家がいたようだが、今はそうでもないようだね」

アタチュルク、というたびにディシュリの目は輝いた。今西にはその輝きが羨《うらや》ましかった。

「ところで、ミスター今西。一ついいことを教えてあげよう」

「何ですか、いいことって？」

「ふふふ」ディシュリは悪戯っぽく笑った。「……実はこのテーブルが、アタチュルクがよくすわっていたテーブルなんだ」

「えっ、このテーブルが!?　本当ですか!?」

「本当だとも」ディシュリは大きく頷《うなず》いた。「当時はこのテーブルの横の窓が通りに向かって開け放たれていてね。窓のそばを通る人々は、食事をしているアタチュルクに挨拶《あいさつ》したり、手を振ったり、花を贈ったりしたそうだよ」

何の変哲もない、四人掛けの質素な木製のテーブルだった。

2

「POLICIJA」というサインを屋根の上に載せたラトビア警察の白いパトカーが赤と青のランプを点滅させ、今西の乗った二階建ての大型バスを先導する。

バスはラトビアとリトアニアの国境を通過するところだ。

道の両側に国境をまたいで緑の畑がどこまでも広がっている。畑の所有者はどちらの国の人なのか、所有権登記はどうなっているのだろうか。今西は不思議に思う。

やがてリトアニアの首都ビリニュスまであと二〇〇キロという標識が現われた。先導のパトカーはラトビア警察のパトカーのままである。

バスに乗っているのは今西を含めて十五人。民間人は今西ただ一人。東洋人も今西だけだ。ストックホルムにあるギリシア大使館の太った参事官とフィンランドの輸出保険局の若い職員が、スウェーデンの年配の外交官を交えて話をしている。EU（欧州連合）事務局職員の初老のオランダ人男性が背中を丸めて煙草に火をつけた。やれやれという感じで一服すると、煙草を持ったまま話し相手を探してバスの後ろの方に歩いて行く。背筋を伸ばして座っていた盲目のドイツ大蔵省の役人の隣りの席にすわると「あんたはどっから来なすったのかね？……そうか、ドイツかね」と英語で話しかける。そのうちに、ブリュッセルのEU事務局に共通の知り合いが勤務していることがわかり「彼女はベルリンに行きたがってるらしいねえ」などといっている。さすがにEUの職員だけあって、途中からドイツ語で話し始めた。フランス語もできるようだ。ラトビアの道路はがたがただったが、リトアニアに入ると新しいハイウェーでバスは快調に走って行く。

夕方、バスはビリニュスに到着した。

バルト三国の一つリトアニアの首都ビリニュスは国の南東部、ポーランドとベラルーシの国境近くに位置している。ドイツ騎士団によって一二世紀に拓かれた街は、一国の首都というよりは北欧の田舎街のようだ。深い森に囲まれ、中心部を大きなニャリス川がゆったりと流れている。町並みや人々の表情にもどこかのんびりした雰囲気がある。

今西は、ニャリス川沿いのリェトヴァ・ホテルにチェックインした。

かつて旧ソ連の国営旅行会社インツーリストが経営していたホテルだ。建物自体は二十一階建てと高いが、がらんとした部屋にはほとんど何もない。今西は部屋に入るとスーツケースは壁ぎわに、書類鞄《かばん》は鍵《かぎ》をかけてライティング・デスクの下に置いた。そして部屋の鍵だけを持って一階の食堂に降りて行った。

夕食を終えた今西が部屋に戻ったのは三十分後だった。

書類を取り出そうと思って書類鞄に手を伸ばし「あっ！」と驚いた。鞄の鍵が壊され、慌てて中身をチェックすると財布が消えていた。

バルト諸国投資支援会議は翌朝、ビリニュス郊外のヴィロン・ホテルで開催された。

独立間もない国らしく誰でも参加して手を差し伸べて欲しいということか、富国銀行ロンドン支店にもリトアニア大蔵省から招待状が送られて来た。トルコ・トミタ自動車のシ・ローンのローンチが二週間遅れることになったので、今西にはちょうど都合がよかった。

三百人収容の会議場の広い窓からは林と湖が見える。

正面の壇上にはリトアニア政府の閣僚、世銀・EBRD（欧州復興開発銀行）など国際機関の幹部、ゲスト・スピーカーが並んで座っている。司会者は昨日バスで一緒だったEUのくたびれたオランダ人男性職員だ。この手の国際会議が八月に開かれることはあまりないが、出席者が順調に集まって開催に漕《こ》ぎつけることができ、ほっとした表情を見せている。会議場の後方には金魚鉢のような細長いガラス部屋があり、ヘッドフォーンをつけた通訳者たちが着席している。参加者の席には三百五十ページからなるリトアニア政府の投資計画書が配られていた。計画書にはエネルギー、運輸、環境、通信、保健衛生などの分野における今後三年間の政府プロジェクトの詳細が記されている。

リトアニアの首相の演説で会議が始まった。

首相の言葉はリトアニア語なので、今西はヘッドフォーンを頭にかける。プラスチック製の簡素な物だったが、流暢《りゅうちょう》な英語が流れてきた。

「それ、どこでもらえるの？」

隣りに座ったストックホルムのオランダ大使館の一等書記官の男が慌てた様子で今西に訊《き》いた。

「後ろのコーヒー・テーブルの横にたくさん積んでありますよ」今西はテーブルを指差す。

首相が大幅な時間超過で開会演説を終えると、大蔵大臣が立ち上がり、リトアニアの公共投資の資金調達計画について話し始めた。

午前十時過ぎに大蔵大臣の説明が終わり、十五分のコーヒー・ブレイクになる。

「今朝方はどうも有り難う。……リトアニアは初めてですか？」

先ほどのオランダ人外交官が今西に話しかけてきた。

「はい。旧ソ連の国というイメージを持っていたんですが、人も風景もここは北欧ですね。ちょっと驚きでした」

「この国は軍事的圧力をかけられ、やむなく一九四〇年にソ連邦に加入しましたが、元々はバルト系民族を祖先に持つリトアニア人の国です。それがソ連の崩壊で一九九一年に再び主権を取り戻したわけです」

「ところで、この国は治安はどうなんです？……実は昨晩ホテルで三十分ほど部屋を空けていた隙に泥棒に入られました。財布を盗《と》られ、警察やクレジット・カード会社に連絡したりで夜中近くまで一騒動でした」

オランダ人は、それはお気の毒という顔をした。

「この国は見かけとは裏腹で治安は悪いです。ロシアのマフィアがいますからね」

「ロシアのマフィア!?」

「ええ。わたしも前回来たとき、スーツケースを丸ごと盗られて閉口しました。昨晩あなたの部屋に忍び込んだのも、たぶんその手の一味でしょう。各階の廊下の突き当たりの小部屋にフロアー・レディというお婆さんがいるでしょう？　旧ソ連時代は宿泊客を見張るのが役目でした。おそらくそのお婆さんが手引きをしたんでしょう」

オランダ人は困ったことだという顔をして、コーヒーを啜《すす》った。

今西もコーヒーを啜る。ふと視線を上げると、見慣れた顔が目の前を通り過ぎて行くところだった。

「龍花じゃないか⁉」

今西の声に龍花が振り返った。

「なんだ、お前か」無感動な声。

かつての同僚になんだお前か、はないだろうと今西は一瞬むっとしたが、すぐに気を取り直した。

「今朝から来ていたのか？」

「いや、今着いたばかりだ。これからスピーチをしなきゃならん」

「えっ、そうなのか？」会議のアジェンダに目を落とすと、確かに龍花の名前があった。

「よく来られたな。今、ＢＭＪとの攻防戦で大変なんじゃないのか？」

「スピーチが終わったら午後の飛行機でロンドンに帰るさ。このスピーチはリトアニアの大蔵省に前々から頼まれていたものだからな。国際金融の世界で生きて行く人間は一度約束したことは変えない。お前もそれくらいは知ってるだろ？」

今西は頷《うなず》く。

「トルコ・トミタ自動車のシンジケーションはどうだ？　まだローンチしてないみたいだな。何か問題でもあるのか？」龍花が訊いた。

「いや。トルコのトレジャリーが二週間待ってくれといってきた。今、発電プロジェクトの融資条件交渉をドイツの銀行とやっていて、そっちへの影響を懸念してるらしい」

「なるほど。トレジャリーがいってきたのなら仕方がないな。まあ、成功を祈ってるよ。富国銀行のマンデートというのも最近のマーケットでは珍しいしな、ふふっ」

龍花は嘲《あざけ》るような口調でいった。

「有り難う」今西は冷静に応じた。「BMJのTOBがなかったら、お前がやっていたディールなんだろうけど」

その言葉に、龍花はにやりと不気味に嗤《わら》った。

「今西、まだ勝負は終わっていないんだ。そのことをよく憶《おぼ》えておけ」

「勝負は終わっていない？……どういう意味だ？」

龍花は今西の問いには答えず、薄ら嗤いを浮かべたままだった。

(何を考えているんだ、この男は？　もう正式なマンデートも下りて、あと二週間足らずでシンジケーションも始まるというのに。これから逆転するなんてことは絶対に不可能だ。単なるはったりか？　それとも……)

今西は龍花の粘着質な薄ら嗤いを見て嫌な気分になった。

やがてコーヒー・ブレイクが終わり、会議が再開された。

龍花は午前中最後のスピーカーとして壇上に上がった。

「公共投資と欧州資本市場」というテーマで話を始める。

龍花の英語を聞いて今西は唸《うな》った。

富国銀行丸の内支店時代からは想像もできない完璧《かんぺき》なネイティブの英語。帰国子女でもない人間が自然に身につけられる水準をはるかに超えていた。

（陰で相当な努力をしたんだろう。おそらく英語だけでなく、様々な葛藤《かっとう》や辛酸を乗り越えてきたに違いない。そこまでして日本を捨てたかったのか……）

富国銀行と日本を捨てた男は、ときおり鋭い視線を出席者たちに投げかけながら堂々としたスピーチを続ける。その姿を見ながら今西は何ともいえない寂しさにとらわれた。

やがて龍花のスピーチが終わり、午前の部は閉会となった。今西は立ち上がり、昼食に行くため会場出口へ向かう。龍花が会場から出て行くところだった。

「龍花。なかなかいいスピーチだったよ。それにしても英語が上手くなったなあ」今西は後ろから声をかける。

「そりゃどうも」龍花は肩越しに今西を振り返る。

「ところで……」今西は龍花に追いついたとき、ふと思い出した。「トルコ航空の十億ドルのシンジケーションはもう終わったのか？　ジャンボ機を七機ファイナンスするマンデートを獲ったのは確かこの春先だったよなあ」歩きながら訊いた。

「ああ、あれか」龍花の目になぜか一瞬動揺が走った。「あの案件は順調だ。シンジケーションもだいたい目処《めど》がついた。来月あたりからドキュメンテーション（融資契約書作成作業）だ。……航空機ファイナンスは時間がかかる」

「こないだ噂でちらっと聞いたんだが、あれは当初米ドル建てでファイナンスする予定だったのを、つい最近トルコリラ建てに切り換えたんだって？　トルコ航空の運賃収入のかなりの部分がトルコリラ建てである上に、モルガン・ドレクスラーも今後トルコリラが米ドルに対してかなり弱くなるという見通しを示したので、トルコ航空側もトルコリラで借りた方が最終的に安くつくと判断したとか」

「お前、それを誰に聞いた⁉」龍花が突然大声を出した。

今西はその剣幕に一瞬たじろいだ。

「えっ、いや、イスタンブールの金融ブローカーから聞いたんだけど。……それがどうかしたのか？」

「そうか……」龍花は装ったような冷静さに戻る。顔がうっすらと紅潮していた。「悪いが俺はこれから急いで空港に行かなきゃならん。じゃあな」

今西の方を見もしないでいうと、ホテルの正面玄関前のタクシーに向かって歩いて行く。高級スーツの背中をぴんと伸ばして足早に遠ざかる龍花の後ろ姿を、今西は怪訝《けげん》な気持ちで見送った。


今西がリトアニアからロンドンに戻った翌日、トルコ・トミタ自動車向けローンの販売幹事《ブックランナー》三行の間でシンジケーション・リストが交換された。

シンジケーション・リストには、案件への参加を招聘する銀行が国別・アルファベット順にリストアップされている。今西が使う富国銀行のリストは、アメリカン・エクスプレス銀行、あさひ銀行、アジア・パシフィック銀行（台湾）から始まり、ユナイテッド・オーバーシーズ銀行（シンガポール）、ウェルズ・ファーゴ銀行（米国）で終わる長いリストである。ユーロ市場でシンジケート・ローンに参加している銀行は二、三千。そのうちトルコ向けをやっている銀行は約八百行。ブックランナー三行は、販売に万全を期すため、この八百行にしらみつぶしにアプローチするという方針で合意した。

方針にもとづいて、まずシンジケーション・リストの調整が行なわれた。

これは、どのブックランナーがどの銀行を招聘するかの調整で、今回はクレディ・ジェネラルがフランス、ベルギー、ルクセンブルク、イタリア、スペイン、ポルトガルの他、中近東の銀行を、ブリティッシュ・チャータードが英国、ドイツ、オーストリア、オランダ、スウェーデン、デンマークなどの銀行を、そして富国銀行が日本、アジア、アメリカの銀行を担当することになった。この段階で、例えばフランスの銀行の英国内の支店はクレディ・ジェネラルがアプローチするのか、それともブリティッシュ・チャータードがアプローチするのか、といった細かく具体的な取り決めがなされる。

次に、調整されたシンジケーション・リストを引受銀行全行とボロワーに回覧してコメントを求める。これは、ボロワーが何らかの理由でローンに参加してほしくないと思っている銀行がある場合その銀行をリストからはずしたり、逆に参加してくれそうな銀行がリストからもれていないかを関係者全員でチェックするためである。今回は、送られてきたシンジケーション・リストに応えて、ガルフ・バンキング・コーポレーションのシンジケーション部長サイード・アッ・ディフラーウィーが「これらの銀行も招聘してくれ」と、ドバイやアブダビの新興銀行を中心に二十行ほどの銀行名と連絡先のリストを送ってきた。

「ディフラーウィーさんも今回はかなり気合が入ってますね」

送られて来たリストを見て高橋がいった。

「うん。今回はプライスがタイトで、相当頑張らないといけないからね」

追加銀行の連絡先を富国銀行のシンジケーション・リストに入力している秘書のイヴォンヌを見ながら今西が答えた。


（移動遊園地か……）

仕事を終えて自宅へ向かうタクシーのシートに、龍花は疲れた身体をあずけていた。

沈みかけた夏の夕日が、車外の景色を茜色《あかね》に染めている。ＢＭＪとの攻防戦は龍花がリトアニアから戻って以来、日ごとに激しさを増している。

その日、何気なく車の窓の外に目をやった龍花は、ハムステッドの自宅近くの広場に移動遊園地がやって来ているのに気がついた。移動遊園地は暮れなずむ風景の中で色とりどりのランプを点滅させ、子どもたちを呼んでいた。

（道子とコリンデール駅近くの移動遊園地に行ったのは、あれは何年前のことだったか……）

龍花の脳裏に昔の記憶が映画のように蘇《よみがえ》った。

移動遊園地はいつも忽然《こつぜん》と姿を現わす。

夜のうちに何十台ものトレーラーで運ばれて来て組み立てられる。

道子と暮らしていた頃、二人で行った移動遊園地もある日忽然と姿を現わした。場所は、ロンドンの中心部から二十分ほど北に行った地下鉄駅の近く。日曜日の午後だった。

代々木《よよぎ》公園の半分ほどもある芝生の広場の真ん中に、五十ほどの大小さまざまなパビリオンが一つの村を作っていた。バイキングの船をかたどった大きなゴンドラ船。ピンク、赤、青などの派手な色に塗られた安っぽいシンデレラのおとぎの国。黒衣を着た骸骨《がいこつ》の死神が大きな鎌を振りかざしているお化け屋敷《ハウス・オブ・テラー》。射的《しゃてき》ゲーム。象の形をした乗り物がゆっくりと空中を遊泳し、乗り場では裸の胸にペンダントを下げたジーパン姿の若者が、母娘が乗った席の安全レバーを下ろしている。電気で走る機関車に野球帽をかぶった幼い兄弟が仲良く並んで乗っている。空気で膨らませた高さ七、八メートルの大きなビニール製の滑り台。ゲームセンターではたくさんのゲーム機がヒュンヒュン、ピーピーと賑《にぎ》やかな音を発していた。

移動遊園地の周囲には数十台のトレーラーとキャンピング・カーが駐車されていた。キャンピング・カーのそばには調理用のガスボンベが置かれ、あちらこちらに洗濯物が干されていた。移動遊園地で働く人々はこうして一年中旅をしている。

移動遊園地を見て道子は歓声を上げた。

「ねえ、あれ見て。わたしの子どものころにもあんなのがあったわ。ああいうのは、変わらないのね」

指差す方を見ると、赤、黄、オレンジに塗装されたティーカップの乗り物がくるくる回転しながら丸い床の上を滑るように動いていた。

乗り物はみな一回一ポンドだった。

道子は財布を握りしめ、次々と色々な乗り物に乗った。その笑顔は、遊園地に行きたくても貧しくて行けなかった子ども時代の無念を晴らしているように見えた。

道子が一番気に入ったのは回転木馬だった。

東京ディズニーランドには比ぶべくもない、ペンキがところどころ剝《は》げた安っぽい回転木馬。木馬館の屋根の上ではたくさんの英　国　旗《ユニオン・ジャック》が風にはためいていた。道子は色とりどりに塗られた木馬にまたがり、銀色の軸棒につかまってゆるやかに上下しながら回転する。龍花の前に来ると必ず手を振った。そのこぼれんばかりの笑顔を、こんなものが嬉《うれ》しいのか、と龍花は不思議な気持ちで眺めた。

道子を眺めながら龍花は、父母がなけなしの金をはたいて汽車で二時間かかる大きな街の遊園地に、小学校にあがる前の龍花を連れて行ってくれた夏の日のことを思い出していた。もう記憶の遥《はる》か彼方《かなた》の日ではあったが、あのとき流れていた静かな幸福の感情は今も温かく胸に蘇ってくる。

ときおりホットドッグの焼ける匂いが風で漂ってきた。屋台の方を見ると、星条旗のデザインのエプロンをした黒人の若い娘が鉄板の上の焼けたソーセージを裏返していた。屋台には、ビニール袋に入った日本とまったく同じ白とピンクの綿菓子がキャンディー・フロスという名前で売られていた。

移動遊園地の機械たちは赤や青や黄色の毒々しい原色のランプを点滅させ、賑やかな音楽を奏でて子どもたちを誘惑する。

道子はいつまでも飽きることなく回転木馬に乗っていた。

やがて日が傾き、木馬にまたがった道子の影が長く伸びる。夕日の中ですべての物がオレンジ色に染まり、生命《いのち》の賛歌を唄《うた》っていた。周囲の林を吹き抜け、移動遊園地まで渡ってくる風が涼しさを増す。巣に帰る鳥の群れが木馬館の屋根の上を飛び去り、林の向こうに消える。

道子の乗った回転木馬はいつまでも回っていた。

3

「ロシアは、一艘《そう》の小船に乗った七人の男たちが小船に積み込んだ黄金をめぐって争っているようなものだ。彼らは黄金にばかり気を取られているので、自分たちの小船が滝に向かって流されているのに気づいていない」(ジョージ・ソロス、一九九七年)

一九九八年八月十七日月曜日、ロシアという小船が滝壺《たきつぼ》にまっ逆さまに転落し、悪夢の幕が開いた。

「何だと⁉　キリエンコがモラトリアム(債務支払い停止)を発表しただと⁉　冗談だろう、お前!　エリツィンが三日前に、ルーブルは切り下げない、政府の債務は必ず払うといったばかりじゃないか⁉」血相を変えたトレーダーが受話器に怒鳴りつけた。

トレーディング・ルーム全体が騒然としている。

トレーダーの目の前の電話のタッチ・ボードがほとんど全部赤く点灯している。客やブローカーがプライスを欲しがっているのだ。

「スティーブ、テレビを見てみろ。今キリエンコの発表がもう一度流れるから。……キリエンコも三月に首相になったばかりだというのにお気の毒なこった。これで確実に首が飛ぶな」電話の向こうのロシア担当エコノミストがいった。

「くそっ！」トレーダーは返事もせずにいきなり電話を切って、受話器を投げつけた。長い銀色のコードに繋《つな》がった黒い受話器が空を切ってガツンと床にぶつかる。乱暴なトレーダー用に頑丈な素材で作ってあるのか、受話器は壊れなかった。

「おい、スティーブ！　AIS保険がGKO《ジーケーオー》（ロシアのルーブル建て短期国債）を二十本売りたいっていってるぞ。プライスをくれ！」

トレーディング・デスクの向こうのセールスの男が叫ぶ。

「こっちは、GMキャピタルが三十本だ！」別の男が叫ぶ。

「待ってくれよ！」スティーブという名のトレーダーが悲鳴を上げた。「ロシアのモラトリアムの内容がわからないのにどうやって値段を付けるんだよ、ええっ⁉」

「スティーブ！　泣き言いってる場合じゃないだろ。うちがマーケット・メークしなきゃ誰がやるんだよ⁉　何でもいいから値段を出せよ！」

「スティーブ！　こっちもオハイオ年金基金が三十本売りたいって！　早く値段を出して！」

女性のセールスから甲高い声が飛ぶ。

「オーダーを置いてもらってくれよ！　今、値段を出すから」

「駄目よ！　大事なお客なんだからすぐ出してよ！」

トレーディング・フロアーのモニター・スクリーンがレバーを引いたばかりのスロット・マシーンのように激しく債券の値段を示す数字を変化させている。青や緑の折れ線グラフのスクリーンは、十数分前からジャンプ台のように右下に急降下している。

「馬鹿野郎！　その値段は五分前の値段だろう！　相場がこういう時は一秒単位で値段が変わるんだ！　五分前の値段でトレードできるかよ！」

受話器を両手に持った中南米債券のトレーダーが真っ赤な顔で怒鳴った。

「でも、さっきは四九だったじゃないですか！　どうして五分で三ポイントも下がるんですか⁉」セールスの若いアソシエイトも必死の形相《ぎょうそう》だ。

「ロシアの衝撃波がイマージング・マーケット全体に押し寄せて来てるんだ！　考えてもみろ。ロシアのペーパー（証券）に投資しているような客は中南米のペーパーにも投資してるんだ。ロスをミニマイズするため、みんな一斉に売りに走ってるんだ！　このスクリーンを見ろ、小僧！」

トレーダーの目の前のスクリーンはロシアだけでなく、メキシコ、ブラジル、アルゼンチン、ベネズエラ、フィリピン、ブルガリアなどすべてのイマージング物が急落していることを示していた。小僧と呼ばれた若者は唇を噛《か》んで、セールス・デスクに値段を伝えに行く。

「おい、坊やの相手が終わったら、ブラジルのCボンド十本、買いの値段をくれ！」セールスの男が怒鳴る。「ヘッジ・ファンドのデラウェア・キャピタルの売りだ！」

「オーケー、オーケー。ちょっと待ちなって、この野郎！」中南米債券のトレーダーが、ブローカー・スクリーンのキーボードをやけ気味に叩《たた》いて値段を探す。

「ついでに、アルゼンチンのグローバル債百本もだ！」別のセールスの男が叫ぶ。「クウォンタム・ファンドの売りだ！」

周囲の騒音がうるさくて電話がよく聴き取れないため、トレーダーの何人かは二つの受話器を両耳にあてたまま机の下にもぐり込み、ハンバーガーの食べかすと読みふるしのヌード雑誌の上にしゃがんで取引きをしている。トレーディング・フロアーの柱に設置された大きなテレビの画面では、CNNの女性キャスターがロシア金融危機のニュースを伝えている。

「ヤ・スプラーシバユ・バム・グジェー・スィチャース・ポポフ！（だから、ポポフはどこに行ったかと訊《き》いてるんだ！）」

レポ・デスクのロシア人トレーダーが、頭から湯気を立てて受話器に向かってロシア語で怒鳴っている。電話の相手はモスクワにあるロシアの民間銀行だ。レポは、売り戻し条件付きで二週間から一カ月の間、相手が持っている債券を一時的に買い取って資金を提供してやる商売だ。この男はロシアの銀行とレポ取引をして大儲《もう》けしていたが、ロシアのモラトリアム宣言で買い取ったロシア債券の価格が急落した。マージン・コールをかけて追加担保の要求をしているが、担当者がいなくなったとか、連絡が取れないというケースが続出している。たとえ首尾よく追加担保の提供があっても、それらの大半がブラジルのブレイディ債やアルゼンチンのブレイディ債なのですぐに価格が下落して、またマージン・コールをかけなくてはならない。市場がスパイラル的に下がっているときはすべてが悪い方向に向かって行く。

「ああー、もうクビだあ！」

トレーダーの一人が天を仰いで叫んだ。その男は五千万ドル以上の金をロシアのGKO（短期ルーブル建て国債）につぎ込んでいた。それが今や紙屑《かみくず》になろうとしている。

「……まさか、国債まで返さないとは思わなかった……」男は呻《うめ》くようにいった。

「おい、ディックス！　悲嘆に暮れてる暇があったら、少しでもロスを減らせ！」後ろから、債券部のマネージング・ディレクターが怒鳴った。

「客は売りたがるし、自分も売りたい。客が売る分は自分が引き取らなきゃならん。いったいどうすりゃいいんだ……」ディックスと呼ばれた男はうつむいて頭を掻《か》きむしる。

「ぶつくさいってないで、マーケット・メークしろ！」再び怒声が飛んだ。「ポジション（持ち高）でロスが出た分を、トレーディング（仲介）で少しでも取り返すんだ！　俺は、USのハイ・イールド（高利回り債券）の方へ行ってくるからな。あっちも総崩れなんだ、畜生！」

マネージング・ディレクターは巨体を揺すって足早にフロアーを横切って行く。

「おい、俺のポジションを計算してくれ！」トレーダーの一人が怒鳴って、自分がつけていた売買のメモの束を部下に投げつける。「やってる暇がない！」悲痛に叫ぶと、赤く点灯するタッチ・ボードに挑んでいく。電話が八つも保留になっていた。

「誰かあ、ロシアのリスケ（返済繰り延べ）の内容知らなーい⁉　債券の値洗いができないのよー！」パニックに陥った女性トレーダーが立ち上がって周囲に叫んでいる。

トレーディング・フロアー全体が阿鼻叫喚《あびきょうかん》に包まれ、ウワアーンと唸《うな》りを上げている。トレーダーたちは顧客から売り注文があると断われない。今や売り注文の連打で完全にサンドバッグ状態だ。全員が極度にぴりぴりしながら必死で値段を出し、ポジションを確認し、売買を続ける。

突然、トレーディング・フロアーのドアがバーンと開いた。

別のフロアーにいる投資銀行部のバイス・プレジデントが飛び込んできた。ハイ・イールド債券発行担当デスクに青ざめた顔で駆け寄る。

「おい！　今やってるイギリスのレスター・コミュニケーションズのＭＢＯ（マネジメント・バイ・アウト）は大丈夫なのか⁉　客がえらく心配してるぞ」

「欧州のハイ・イールドも全滅だよ」ハイ・イールド債券担当者が諦《あきら》め顔でいった。「まあ、あの案件はもうコミットしちまってるからな。我々は逃げられんよ。七千万ポンド丸々帳簿に抱え込むしかない」

「何とか売れないのか？」

「ハイ・イールド債はリクイディティー（流動性）がないからな。こういう状況になると投資家が一斉に逃げ出して売りようがない」

「期末には評価損がでるということか……」投資銀行部員は暗澹《あんたん》とした表情だ。

「まあ、この案件は四千万ポンド（約九十四億円）くらいはロスが出るだろうよ」ハイ・イールド債券担当者は自虐的にいった。

ロンドン、ニューヨーク、香港、東京、シンガポール……世界中の投資銀行のトレーディング・フロアーを恐慌状態が襲っていた。

「とんでもないことになりましたね……」

今西と一緒にロイター・スクリーンを見つめていた高橋がため息まじりでいった。

スクリーンのニュースのページが世界中から集まる市場混乱のニュースを刻々と打ち出している。一分間に二、三十件のニュースが入ってきていた。新しい見出し《ヘッドライン》が一番上に現われるたびに真っ黒い文字で覆われた画面全体が一段ずつ下にずれる様子は、地表を覆いつくした無数の蟻が行進しているような不気味さだ。

「ルーブルの交換レートの目標相場圏の下限を一ドル当たり九・五ルーブルまで引き下げ。今年の年末までに満期が来るGKOなど短期国債は返済せずに新たな国債に切り替え。レポや外為取引を含む民間債務の九十日間のモラトリアム（支払い停止）か……」

スクリーンから顔を上げた今西がいった。

「さっきディーリング・ルームで聞いたんですけど、ルーブルが大暴落してるそうです。ロシア政府が必死で介入してますが、二、三週間のうちには目標相場圏は完全撤廃されて、一ドル三十ルーブル近くまで行くのはまず間違いないみたいですよ」

「もしかするとルーブルのデバリュエーション（切り下げ）はするかもしれないと思っていたけど、まさか国債まで払わないとは思いもよらなかった……」今西の声は深刻だ。

「株式市場まで影響が出て、全欧州下げ一色ですよ」

「しかしまた、キリエンコも恐ろしい選択をしたもんだ。世界中が大混乱じゃないか。他にやりようがなかったのかな……」

今西は首をかしげる。

「オリガルヒたちが動いたのさ」横から声がした。

「あっ、若林さん」エコノミストの若林が立っていた。「オリガルヒっていうのはロシアの新興資本家のことでしたっけ？」

「そうだ。クレムリンや裏の世界とも深く結びついた政商どもだ。航空会社のアエロ・フロートやシブネフト石油を支配しているボリス・ベレゾフスキー、シダンコ石油や世界最大の非鉄金属会社ノリリスク・ニッケルを支配するウラジミール・ポターニン、ロシア最大の石油会社ルークオイル会長のワギット・アレクペロフ、モスト銀行会長のウラジミール・グシンスキー、ロシア最大のガス会社ガスプロム会長のレム・ヴャヒレフ。こういう連中だ。九六年の大統領選挙では奴らが結託し、資金力とメディア力を総動員してエリツィンを再選させた。今やロシアを完全に掌中に収めて思うさま国家資産を略奪している」

「彼らが動いたっていいますと……？」

「ここのところＩＭＦや世銀の融資条件に従ってロシア企業に対する課税や腐敗摘発が強化され、オリガルヒたちは危機感を募らせていた。そこで奴らはルーブルに目をつけた。ルーブルが切り下げられれば外貨収入がある石油、ガス、航空会社など奴らの支配下にある企業は大きな恩恵を受ける。それに加えてモラトリアムが実施されれば、対外債務についても政府の命令だから払えないといえばすむ。……八日前に奴らが南仏のニースに集まって今回のシナリオを書き上げ、エリツィンに突きつけたらしい」

「八日前にニースで？……若林さん、そんな情報をいったいどこで手に入れたんです？」高橋が目を丸くした。

「こないだ今西君に紹介してもらった、ハルークというトルコ人のブローカーに教えてもらった。トルコはロシアと国境を接しているし、ロシアに進出しているトルコの会社も多い。彼なら何か知ってるかもしれないと思って電話してみたんだ」

「そうですか……。ハルークは大丈夫そうでしたか？　イスタンブールの株式市場もロシア危機の影響で暴落しているみたいですが」

「いや、ハルークはその情報で株を空売りして大儲けしたらしい」

「ううーん……そうなんですか……」今西と高橋は唸《うな》る。

「しかし、ここまで状況が悪化するとオリガルヒたち自身も相当なダメージを被《こうむ》るだろう。……ところで、トルコ・トミタ自動車のシンジケーションはどうするの？　こうなるとシ・ローンのマーケットも目茶苦茶だろう？」

「おっしゃる通りです。特にロシアに近い東欧やトルコ物に対する影響は深刻です。トルコ・トミタ自動車も他の引受銀行次第ですが、多分しばらく様子見でしょう」

三人が深刻な顔を突き合わせていると秘書のイヴォンヌがファックスを持ってきた。

「今西さん、早速来ましたよ」ファックスを一瞥《いちべつ》した高橋がいった。

「島村審査役だろ？……今回のロシア危機のトルコに対する影響につき至急報告せよ。場合によっては、トルコ・トミタ自動車向けシ・ローンの引受け承認は取り消しとする」

高橋が頷《うなず》く。

「オーケー、じゃあ作業を始めようか」今西はため息まじりだ。「でも、こんなことは本来海外審査部が把握《はあく》してなきゃならない話だよね。そうじゃなきゃ審査のしようがないじゃない。……日本の銀行員って本当にプロ意識がないんだよなあ」

「トルコの日本大使館からいきましょうか？」高橋がとりなすように訊いた。

「うん。あそこにはトルコに詳しい領事がいる。その次はシティバンクのイスタンブール支店の為替のディーラーでカラカシュというマクロ経済もよく見ている人がいるから電話してみてくれ。高橋君にはあと……」

今西がいいかけたとき、クレディ・ジェネラルのフォンタンから電話が入った。

「トルコ・トミタ自動車の件だけど」フォンタンは単刀直入に切り出した。「三千七百五十万ドルの引受けをさせてもらっているけど、今後シ・ローン市場でトルコ物に対する悪影響が出ないことを条件にさせてもらうよ」

(審査から何かいわれたな……。ピエール、逃げるなよ)

「わかった。僕としても無理なシンジケーションをやるつもりはない。その条件をつけてもらって結構だ」

今西は即答して電話を切った。

すぐに、ブリティッシュ・チャータード銀行のマイク・ハーランドに電話を入れる。

「ある程度予想はしていたよ」ハーランドは落ち着いていた。「その分のリスクも考えてプライスを決めたつもりだ」

「二、三週間はローンチを見合わせた方がいいと思いますが、どうでしょう?」

「そうだね。せっかくのマンデートだから何とかやりたいが、市場があまりにも流動的だ。ミスター・ディシュリは国際金融に詳しいから理解してくれるだろう」

「これ以上市場が悪化して、マンデート返上ということにならなければいいんですが」

「わたしもそう願ってる。ただ、これぱっかりは神の手に委ねるしかない」

「トルコ・トミタ自動車の方にも工事代金の支払いスケジュールがありますから、いつまでも引っ張るわけにはいきません。我々としても、早晩決断しなくてはならなくなるとは思いますが」

ハーランドとの電話を終えると、今西はディシュリとガルフ・バンキング・コーポレーションのディフラーウィーに電話して、ローンチ延期の了解を取りつけた。

「ところで……」電話を終えた今西が高橋の方を振り返った。「ディーリング・ルームの土屋副支店長は大丈夫だったのかな？　トルコリラのポジションをかなり積み上げていたみたいだけど」

「さっきわたしの同期のディーラーと話したとき、多少ロスが出たといってました。ただトルコリラの為替相場が予想以上に安定していたので最小限の額ですんだそうです」

「そうか。そりゃ不幸中の幸いだったな」今西は安堵《あんど》の表情を見せる。「しかし、ディーリング・ルームは今期もかなり苦しいみたいだな。土屋さんも何とか損を取り戻そうと焦ってるらしい」

「ええ。最近ディーリング・ルームに行くとみんなぴりぴりしてますよ」

「うちは、どれくらいロスが出そうだ？」

メタルフレームの眼鏡の奥の知性に澄み切った目で、机上の二つのモニター・スクリーンを見くらべながら、モルガン・ドレクスラーのCEO（社長）ジョン・ハイネマンは受話器に向かって訊《き》いた。ウォール街の中心地、六六番地に聳《そび》えるモルガン・ドレクスラー本社。四十八階の社長室の床は柔らかなカーペットが敷きつめられ、マホガニー材の机や壁が豪華な茶色の光沢を放っている。ハイネマンの大きな執務机の背後には、旧式の機関車の大きな模型。南北戦争後の米国の鉄道事業への投融資で、飛躍的発展を遂げたモルガン・ドレクスラーの栄光の歴史の象徴だ。書棚には、釣り上げた巨大なカジキマグロと一緒に写っているハイネマンの息子など、家族の写真が飾られていた。一方の壁には溢《あふ》れんばかりのツームストーン。トップ・レフトはすべてモルガン・ドレクスラーである。

「ちょっと待ってください」電話の向こうのリスク・マネジメント部長はパソコンのスクリーンを開いているようだ。「……だいたい、四億ドル前後でしょう」

「四億ドルか。第3四半期の収益見通しが九億ドルだったから、それで十分吸収できるな。……ロスの原因はやはりUSハイ・イールドか?」

「そうです。LBO、MBO関連の引受けが中心です。我が社はロシアにはほとんど手を出していなかったのが幸いしています。中南米債券もここ一カ月くらいポジションを大幅にショート(売り持ち)にしていましたから、無傷どころか逆に利益が出ます」

「そうか、それは良かった」ハイネマンは債券部長の先見の明に満足した。

電話を終えるとハイネマンは、株式部の金融機関担当アナリストを内線電話で呼び出した。

「やはり、ロシア関係のロスが大きいのはBMJ(ベネデッティ・モンディーノ・アンド・ヤヌス投資銀行)で、その次がCSFB(クレディ・スイス・ファースト・ボストン)です」アナリストはいった。

「BMJのロスの額はどれくらいだ?」

「ふふっ。これはちょっと凄《すご》いですよ」若いアナリストは嬉《うれ》しそうだ。「まだ、GKOがどうなるかわからないので確たることはいえませんが、少なく見積もっても十五億ドルのロスじゃすまないでしょう」

「試算の根拠は？」

「今のところGKOに投資した資金のうち、まともに返ってくるのは額面の一、二割といわれています。それにルーブルの切り下げが相乗効果でダメージを与えますから、彼らのGKO投資の九五パーセントは紙屑《かみくず》になるという前提で試算しています。それに彼らのロシアや中南米債券・株式のポジションを銘柄毎《ごと》に残高を推測して、現在のマーケット・バリュー（市場価格）で引き直しています。デリバティブについては第2四半期の決算をベースにしました」

「わかった。有り難う」穏やかにいってハイネマンは電話を切った。

「ジョン、フィリップから電話が入ってます」秘書がいった。

フィリップ・フリードマンは投資銀行部長だ。

「オーケー、つないでくれ」

「フィリップです。……BMJはどうしてくれましょうか？」投資銀行部長は余裕しゃくしゃくで訊いた。モルガン・ドレクスラーとBMJの闘いは、モルガン・ドレクスラーがBMJに対する逆買収を宣言、一週間前にそれぞれ三百億ドルのシンジケーションを市場でローンチし、互いに一歩も引かぬ激突が始まったところだ。「ベネデッティのおやじ、このロシア危機で我々と戦うどころか下手すりゃ倒産ですよ。一連の買収対抗作戦は取りあえず中止しても大丈夫だと思いますが」

「僕もそのことを今ちょっと考えていた。結論からいくと、対抗策は継続しよう」

「継続、ですか？」投資銀行部長は意外だという口ぶり。

「敵の息の根が止まるまで銃口は突きつけておいた方がいい。相手は百戦錬磨のパオロ・ベネデッティだからな。それに……」

「それに？」

「うん。ロシア危機で一時的に駄目になったとしても、二年、三年という長い目で見ればイマージング・マーケットはいずれ回復するときが来るはずだ。しかし、うちはこの部門が昔から弱い。そのときを見据えてBMJを本当に買い取ろうかと思う。底値で買って立て直す……サンディ・ワイル流だな」

「うーん、なるほど」投資銀行部長は唸った。「わかりました。関係部署にその旨指示しておきます」

投資銀行部長との電話を終えるとハイネマンは机上のモニター・スクリーンのキーボードを叩《たた》いて米国株式のページを開く。金融機関株がかなり下げていた。そのスクリーンを見詰めながらハイネマンはしばらく考え込み、再び金融機関担当アナリストに内線電話を入れた。

「金融機関株が相当下げてるな」

「はい。今回の騒ぎで、BMJだけでなく各行とも相当なロスが予想されます」

「どれくらいのロスが出そうかな？」

「まだ推測の域を越えませんが、CSFBは十億ドル強のロスがでるでしょう。それ以外では、JPモルガンが五億ドルと十億ドルのあいだ、シティバンク二億ドル、メリルリンチ三億ドル、バンカース・トラスト三億五千万ドル、バンカメ（バンクアメリカ）二億二千万ドル、ソロモン・ブラザーズ六千万ドル、リーマン・ブラザーズ六千万ドル、野村證券三億五千万ドル、ソシエテ・ジェネラル四億三千万ドル、ドイツ銀行五億ドル、ドレスナー五億七千万ドル、バークレイズ五億五千万ドルといったところです。それからヘッジ・ファンドも相当なロスを出しています。最大はおそらくジョージ・ソロスの二十億ドルです」

「二十億ドルか……。ソロスは相変わらず派手だな」

「彼のグループのファンドの規模は二百十六億ドルですから、この程度のロスでぐらつくことはないでしょう。年初来の収支は今回のロスを差し引いてもプラスのはずです。怖いのは他のヘッジ・ファンドです」

「どの辺りだ？」

「ロシア投資中心のハイ・リスク・オポチュニティーズ・ハブ・ファンド、エルミタージュ・ファンド、ブランズウィック・キャピタル・マネージメントなどは軒並み清算でしょう。モルガン・スタンレー・イマージング・マーケット・ファンド、パトナム・イマージング・マーケッツ・ファンドなどイマージング・マーケット全体を投資の対象にしているファンドも相当なダメージを被っています」

「おそらくそれだけじゃすまないだろうな」

「はい。ラッシャン・コンテイジョン（Russian contagion、ロシアからの汚染）は、イマージング・マーケットやハイ・イールド市場を越えて、世界の金融システム全体に広がって行く可能性があります。この点が今後最も懸念されるところです」アナリストの声には不安がにじんでいた。

アナリストとの電話を終えると、ハイネマンは立ち上がって窓際に歩み寄った。

「ラッシャン・コンテイジョンか……」

社長室の大きな窓には、夏の強い日差しをはね返して銀色に輝くアッパー・ニューヨーク湾が一面に広がり、トーチを掲げた自由の女神が彼方《かなた》にぽつりと見えた。

「ミスター伊吹、建設工事の方は大丈夫なのか？」

フランスの大手石油会社の男が不安気な面持ちで訊いた。「現場付近でも相当混乱しているらしいが」

「ノープロブラム・ホワッツソーエバー（全く問題ない）」

伊吹と呼ばれた男の答えは自信に満ちていた。仕立ての良いスーツの胸元でポケット・チーフが鮮やかな緑色を放ち、微笑を漂わせた顔は余裕すら感じさせる。

金融街シティのリバプール・ストリート駅近く。堂々と聳える茶色の十三階建てのビルは欧州復興開発銀行（European Bank for Reconstruction & Development、略称ＥＢＲＤ）ロンドン本部だ。この国際金融機関はフランスの天才ジャック・アタリがミッテラン前大統領に進言し、ヨーロッパと旧ソ連圏を結び付ける目的で一九九一年に設立された。昨年（一九九七年）末の加盟国数は六十カ国。職員数八百四名。最大の出資国は米国で、日本は英、独、仏と並ぶ第二位の出資国として十七億三百五十万ＥＣＵ《エキュー》（約二千五百億円）を出資応募している。イタリア産の大理石で造ったエントランス・ホール。長いエレベーターに沿って人類の英知を描いた壁画。ガラスをふんだんに使った近代的なオフィス。

そのＥＢＲＤの会議室に様々な国籍の男たち三十人ほどが集まっていた。ロシアで総額二十億ドル（約二千八百七十億円）という巨大石油開発プロジェクトに着手した日、米、英、仏の企業の代表者と、プロジェクトのために設立された四カ国の合弁企業のモスクワ本社のスタッフ。それに銀行家と弁護士たち。ロシアのモラトリアム発表から二日。夕刻から始まった会議の目的は、金融危機の影響を見極め、プロジェクトへの被害を最小限度に抑えることだ。

「工事用の電力確保に問題はないのか？」フランスの石油会社の男が再び訊《き》いた。

「うちのモスクワ事務所の所員がロシア最大の電力会社にかけ合って、万一の際は別の水力発電所から電力を供給してもらう手はずをつけた」間髪を入れず伊吹が答える。「発電能力が二千三百メガワットあるから工事には十分だ」

「二千三百メガワット！……そりゃ十分だろうさ」フランス人は目を丸くした。「それにしても随分動きが早いじゃないか。あんな官僚的な国で」

「トップに渡りさえつければ、この頃のロシアは何でも早いさ」伊吹はにやりとした。「デシジョン・メーク（意思決定）はいつもこれだからな」といって、右手の人差し指と親指をパチンと弾いた。

テーブルを囲んだ一同に笑いが広がる。

「ところで、アレックス。EBRDローンのディスバースメント（引出し）が最近遅れているみたいだが、どうなってるんだ？」プロジェクトのファイナンシャル・アドバイザーを務めているアメリカの投資銀行家が、モスクワの合弁会社の財務部長をしているイギリス人に訊いた。

返事がない。

全員の視線が訝《いぶか》るようにテーブルの一端に集中する。財務部長は居眠りをしていた。伊吹は腕時計をちらりと見る。ロンドン時間で午後十時。モスクワは夜中の一時だ。出張の疲れもあるのだろう。眠くなるのも無理はない。

「おい、アレックス、起きろよ！」投資銀行家が怒鳴った。

テーブルの周囲に失笑が起きる。

「うん？　あ、ああ……どうも失礼」財務部長は、バツが悪そうに目をこすった。「EBRDローンのディスバースメントはローン契約書に従って工事の進捗《しんちょく》状況に合わせて引き出し通知を出しているんですが、最近ロシア情勢がどうとか、必要書類がどうとかEBRDが色々いってきてなかなかすぐ引出しができない状況です」

そういってから視線をEBRDの天然資源《ナチュラル・リソーシズ》チームのオランダ人バンカーに向けた。オランダ人の顔に戸惑いが浮かんだ。

「実はうちの審査部門が今回の金融危機もあり、ロシアには相当ナーバスになっていまして……」

「ナーバスも糞《くそ》もないだろう！」アメリカ訛《なま》りの怒声が飛んだ。腕も首も太い、いかにも荒くれオイルマンといった風貌《ふうぼう》のテキサスの石油会社の男だ。「工事代金の支払いが滞《とどこお》れば、来年末までに完成させる予定の開発設備の工事が遅れて再来年からの石油生産の予定が狂うんだぞ。そうすりゃ金利だけでも大損害だ！　いったいEBRDはこのプロジェクトにコミットしてるのか、してないのか？　どうなんだ、ええっ!?」剣幕《けんまく》の凄《すご》さにオランダ人バンカーは首をすくめた。

「今、まともに審査に行っても駄目だろう」伊吹が横から助け船を出すようにいった。「EBRDも今回のロシア危機で相当な痛手を被る。審査の連中は自分たちの首が心配だ。……押すなら、EBRD筆頭副総裁のアメリカ人、ピーター・マクマーンだ」テーブルを囲んだ全員の視線が伊吹に集まった。「知っての通りマクマーンはGFキャピタル出身のバリバリのビジネスマンだ。彼の気に入るように、うちが請け負っているEPC（Engineering, Procurement and Construction、設計・調達・建設契約）の一部に、サブ・コントラクターとしてアメリカの建設会社を加える」

「なるほど。その上で、筆頭副総裁のトップ・ダウンでディスバースメントをスムーズにやってもらうのか。いいアイデアだ」

「筆頭副総裁に対してはEBRDの日本理事室からも働きかけてもらう。うちの本社の役員が今週ロンドンで日本代表理事に会う手はずになっている。米国と近い日本政府の代表者が頼み込めば、筆頭副総裁も無視できないはずだ」伊吹が付け加えた。

「さすがは、ミスター伊吹。手回しがいい」イギリスの石油会社の男が感心したようにいった。

「それから、前回の会議で問題になったコスト・オーバーラン（費用超過）八千万ドルの資金だが」伊吹がいった。建設工事に予期せぬコスト・オーバーランが発生していたが、その資金調達の目処《めど》が立たず、プロジェクト参加各社の頭痛の種となっていた。「日本の通産省が貿易保険を付け、日本輸出入銀行の融資が出る目処がついた」

「おおっ……！」テーブルの周囲がどよめいた。

「しかし、日本政府もこんな状況でよくロシアに金を出す気になったもんだな。信じられん」

誰かが呟《つぶや》くようにいった。

「この四月に日本の橋本《はしもと》前首相が静岡県の川奈《かわな》でエリツィンと会談して、北方領土問題を話し合ったのはご存じの通りだ」伊吹が一同を見回す。「その際、日本は国境線の画定方式を提案している。これに対するロシア側の回答が、十一月に小渕《おぶち》首相がロシアを公式訪問する際になされる。ロシアからより良い回答を引き出すべく、日本政府は小渕首相の訪露の際に何らかの手土産を用意する予定だ」

「それがこのプロジェクトに対する保険ということか」アメリカ人投資銀行家がいった。

伊吹が頷《うなず》く。

「このプロジェクトで生産される原油は大部分が日本に輸出される。通産省にとっても資源確保という大義名分が立つ。かつ、純粋ロシア・リスクではなく、ロシアにおけるプロジェクト遂行リスクを取ったと説明できるので省内でも通りがいい。通産の保険があれば輸銀も文句はいわない。ロシア政府にとっても、輸出が始まれば多額のロイヤリティ（配当）が入ってくるというメリットがある。……通産、大蔵、輸銀、外務省への根回しにはずいぶん手間と時間をかけたがね」

「エクセレント！（素晴らしい！）」

アメリカ人オイルマンが、ヒューッと口笛を吹いた。

「まったく恐ろしいもんだな……」アメリカ人投資銀行家が隣りの席のフランスの商業銀行マンに囁《ささや》いた。「ああいう伊吹みたいな連中がいるから、日本では投資銀行が発達しなかったんだ。本来投資銀行がやるべきことは、みんな連中がお膳立《ぜんだ》てしている」

「ああ」洒落《しゃれ》たジャケットを着たフランス人銀行家は頷いた。「まったく、連中の政治力といい資金力といい、得体が知れない。この巨大プロジェクトにしても、実態は伊吹と奴の会社だけでやってるようなもんだ」

二人はテーブルの中央に主役然としてすわっている日本人を、感嘆とも畏怖《いふ》ともつかぬ思いで眺める。

「本プロジェクトの当面の資金調達に問題はなくなった」伊吹が宣言するようにいった。「ただ、おととい発生したロシアの金融危機に端を発するラッシャン・コンテイジョン（ロシアからの汚染）が、世界の金融システム全体に波及する懼《おそ》れがある。従って、状況は引き続き予断を許さない」

テーブルの周囲が一斉に頷いた。


一カ月後、その懸念が現実のものとなった。

危機に瀕《ひん》した有力ヘッジ・ファンドの天文学的な金額のデリバティブ取引ポジションが世界の金融システムを崩壊の瀬戸際へと追いやり、ウォール街に戦慄《せんりつ》を走らせた。

ロング・ターム・キャピタル・マネジメント（LTCM）。

債券取引の王者ソロモン・ブラザーズで「マスター・オブ・ユニバース（Master of Universe、万物の支配者）」とまで称えられた伝説的トレーダー、ジョン・メリウェザーが一九九〇年代初頭に設立し、二人のノーベル経済学賞受賞者やソロモン・ブラザーズのスター・プレーヤーたちをトレーディング・チームに戴《いただ》くヘッジ・ファンド界のエリート集団だ。コンピューターで計算された複雑な金融モデルを駆使して毎年高い収益を稼ぎ出してきた。特に一九九五と九六年は、それぞれ四二・八パーセント、四〇・八パーセントという驚異的なリターーンを残した。最低投資額一千万ドル以上、投資後三年間は解約禁止という厳しい参加条件にもかかわらず、外国政府、投資銀行、機関投資家などがこの「ドリーム・チーム」の手にこぞって資金を委ねていた。

しかし、「ロシア汚染」が広まるにつれ、LTCMは窮地に追い込まれて行った。

原因は「クレジット・スプレッド取引」である。LTCMはこれに大きなポジションを張っていた。格付の高いドイツ国債や米国債を売り、それよりも格付の低いイタリアやギリシアの国債や米国の住宅抵当債券を買う取引きである。ドイツ国債や米国債の値段に対してイタリア、ギリシアの国債や米国の住宅抵当債券の値段が接近すれば、すなわちクレジット・スプレッドが縮まればLTCMは収益を上げ、逆の場合は損失をこうむる。当初賭《か》けは上手く行っていた。ロシア危機直前まで債券相場は上げ相場で、格付の低い債券も積極的に買われていた。さらに一九九九年一月に予定されている欧州通貨統合を前にイタリア、ギリシアの国債価格はドイツ国債の値段に近づいていた。ところが、八月十七日に発生したロシア危機で、投資家が一斉に格付の低い債券を売って、資金を格付の高い債券にシフトした。そのためクレジット・スプレッドが劇的に拡大し、LTCMのロスは雪だるま式に膨らんでいった。

九月二日、メリウェザーは投資家たちに手紙を書き、投資家が預けた四十億ドルが八月一カ月間で二十三億ドルにまで減少したと通知した。

事態はさらに悪化する。

LTCMは投資家から集めた四十億ドルをてこに、借入れやデリバティブ取引で資産規模を千二百五十億ドル（約十七兆五千億円）にまで膨らませ、クレジット・スプレッド取引をはじめとする賭けにつぎ込んでいた。デリバティブ取引には投資していた債券類を担保として差し入れていたが、債券価格が下がると追加担保要請《マージン・コール》がかかる。それに応じるためには、ポジションを損切りするしかない。損切りするとそれが売り圧力となってさらに債券の価格が下落し、再びマージン・コールがかかる。ＬＴＣＭはこの悪循環の泥沼に陥った。

事態を打開するためＬＴＣＭは、ＪＰモルガンとゴールドマン・サックスに新たな投資家探しを依頼した。当初、ウォール街の多くの投資家がＬＴＣＭへの新規投資に興味を示した。しかし、日を追って金融市場がますます悪化し、多くの金融機関が損失を公表するという状況の中で、最終的に投資を決断する者はいなかった。

その一方、ＬＴＣＭの金融取引の決済《クリアリング》銀行であるベア・スターンズは五億ドルの追加担保を求めていた。

ＬＴＣＭは次第に資金を渇望して喘《あえ》ぎ始める。

ウォール街全体の関心がＬＴＣＭの命運に集中する。ニューヨーク州の中央銀行であるニューヨーク連邦準備銀行が、事態が容易ならざる方向に向かっていることを嗅《か》ぎ取る。

九月二十日、日曜日。

ニューヨーク連邦準備銀行の執行副総裁（Executive Vice President）ピーター・フィッシャーは連邦準備銀行のスタッフ、ＪＰモルガン、ゴールドマン・サックスの関係者と共にニューヨークの北、コネチカット州グリニッジにあるＬＴＣＭの本部を訪問した。財務内容を精査するためだ。

ＬＴＣＭの取引記録を見て、フィッシャーはたじろいだ。

全世界の金融システムを吹き飛ばしかねない恐るべき時限爆弾がそこにあった。

エクイティ・デリバティブ、トータル・リターン・スワップ、インデックス・オプション、企業買収に関するデリバティブなど様々なデリバティブ取引の総額が一兆ドル（約百三十七兆円）という天文学的数字に達していたのだ。もしＬＴＣＭがこれらデリバティブ取引の履行不能に陥ると、それが電撃的に世界の金融システムに波及し、あらゆる市場と金融秩序を破壊し尽くすことになる。

関係者全員が、今まさに自分たちの頭上に巨大な隕石《いんせき》が迫りつつあることを知った。

翌九月二十一日はユダヤ教の祝日で休日だったが、連邦準備銀行、ＪＰモルガン、ゴールドマン・サックス、メリルリンチは解決策を求め協議を続けた。その晩、スイス最大の銀行ＵＢＳのチームがＬＴＣＭの財務内容を精査するためグリニッジ入りした。同行はＬＴＣＭに九億五千万スイス・フラン（約九百二十億円）という巨額の投資をしていた。

時間は刻々と失われて行く。

九月二十二日、火曜日。

その日の朝、ＪＰモルガン、ゴールドマン・サックス、メリルリンチ、ＵＢＳの幹部が、ウォール街の目と鼻の先、リバティー通り三三番地にあるニューヨーク連邦準備銀行を訪れた。

事態の解決に向け、作業が開始された。

資金不足に喘ぐＬＴＣＭは、手をつけないと約束していた五億ドルのクレジット・ラインに手をつけ、協調融資銀行であるチェース・マンハッタン銀行などから資金を引き出した。この時点で八月末には二十三億ドルあったＬＴＣＭの資産は限りなくゼロに近づいていた。引き出した金も焼け石に水。LTCMはもはやマージン・コールに耐えられない。

市場はLTCMに不安を感じ、金融機関株の多くが売られ、特に投資銀行株が値を下げ始める。ベア・スターンズは「リスクがありすぎて、もうLTCMの決済業務はできない」と金切り声を上げる。

「タイム・イズ・ランニング・アウト（時間がないぞ）」誰もが心の中で呻《うめ》く。

投資銀行の作業チームは危機感の中で救済策の条件書《ターム・シート》を練り上げて行く。作業と並行してゴールドマン・サックスの投資銀行部は、LTCMを救済できる大物投資家探しに奔走する。AIG保険のモーリス・グリーンバーグ、スイスのチューリッヒ・グループ、ジョージ・ソロスらとの交渉が続く。

午後七時。ニューヨーク連銀のフィッシャーはメリルリンチ社長ハーバート・アリソンが中心となって作成した救済策のターム・シートの検討に入る。

午後八時半。チェース・マンハッタン銀行など十三の金融機関が連銀に招かれた。

ターム・シートが提示される。

激しい議論が始まった。自分の銀行の利益を守ろうというエゴと、救済策が合意できなければ金融システムが崩壊するという危機感のジレンマ。

議論は深夜まで続いた。

翌、一九九八年九月二十三日水曜日、午前九時三十分。

事態はクライマックスを迎える。

ロシアの汚染と邪悪なデリバティブに呪《のろ》われた地球を崩壊の淵《ふち》から救い出すために、ウォール街の司祭たちがニューヨーク連邦準備銀行十階役員室で一堂に会した。トラベラーズ・グループ会長サンフォード・ワイル、メリルリンチ会長デービッド・コマンスキー、ゴールドマン・サックス共同社長ジョン・コーザイン、モルガン・スタンレー会長フィリップ・パーセル、JPモルガン会長ダグラス・ウォーナー、CSFB社長アレン・ウィート、バンカース・トラスト会長フランク・ニューマン、ソロモン・スミス・バーニー共同社長デリック・モーン、ベア・スターンズ社長ジミー・ケイン。巨星の勢揃いだ。

午前中、昨日のターム・シートはいったん棚上げされた。大物投資家が現われたのだ。

「オマハの賢人」ウォーレン・バフェット。

年齢・六十八歳、職業・投資家。一九五六年、故郷のネブラスカ州オマハで友人や家族から資金を集めて独立したバフェットは十五年後、経営不振に喘いでいた繊維会社バークシャー・ハサウェイの経営権を握り、投資会社へと変貌《へんぼう》させて行く。その投資方針は、財務、経営基盤、経営者の能力などを客観的に分析して企業の本質を見極め、長期的観点から株式を保有するという正攻法である。ウォルト・ディズニー、ゼネラル・フーズ、コカ・コーラ、ジレット、ワシントン・ポストなどへの投資で輝かしい実績を上げ、バークシャー・ハサウェイの株価はこの三十年間、年率二七パーセントもの驚異的な上昇を続けてきた。一九九一年の米国債入札スキャンダルでメリウェザーらが去り、ソロモン・ブラザーズが経営危機に陥った際に筆頭株主の立場から暫定会長に就任して再建の労を取ったのがバフェットであり、同社を一九九七年にサンフォード・ワイル率いるトラベラーズ・グループに引き渡したのもバフェットである。個人資産二百九十四億ドル（約四兆一千二百億円）。ビル・ゲイツに次ぐ全米第二位の富豪である。

午前十一時。

バフェットはバークシャー・ハサウェイが三十億ドル、AIG保険が七億ドル、ゴールドマン・サックスが三億ドルの追加投資を行なうという前提で、LTCMを買い取りたいと提案した。買収価格は二億五千万ドル。

提案の有効期限は九十分。テイク・オア・リーブ(受けるか断わるか、二つに一つ)。

会議は一旦《いったん》延期され、メリウェザーは買収提案の検討を始める。

午後一時。

会議が再開された。メリウェザーはバフェットの提案を退けた。

LTCMの売却はメリウェザーの一存では決められず、投資家の合意を取り付ける必要があったのだ。九十分という有効期限はあまりにも短すぎた。

危機感はさらにつのる。

いよいよターム・シートの議論が始まった。合意に至らなければ世界は崩壊だ。

焦燥感が室内を支配する。

時限爆弾が刻々と時をきざむ中、金融帝国の支配者たちは議論を続ける。各銀行の負担額は？　事態を引き起こしたメリウェザーら経営幹部はLTCMにとどまるべきか？

あっという間に五時間が経過した。

午後六時。

星条旗はためくニューヨーク連銀ビルの灰色の石の壁に夕闇がひたひたと押し寄せる。彼方《かなた》のワールド・トレード・センターのツイン・タワーの背後の空が、カクテルのように茜《あかね》色と青灰色に分離し、マンハッタンのビル街に明かりが灯《とも》り始める。

ザ・ディール・イズ・ダン！（取引きは成立した！）

十五の銀行が総額三十七億五千万ドルをＬＴＣＭに投入することに同意したのだ。

世界市場は暴風雨に巻き込まれる寸前で救われた。

「市場の安全をもたらす賢明な行動だった」翌日、サンディ・ワイルは大手ケーブル・メディアＣＮＢＣのインタビューで述べた。

その八日後、スイス最大の銀行ＵＢＳのマティス・カビアラベッタ会長の首が飛んだ。

イタリアでは、ＬＴＣＭに二億五千万ドルの投融資をしていた中央銀行の総裁アントニオ・ファジオの辞任を求める声が高まった。

メリルリンチは素早くリストラに着手。債券部門を中心に三千四百人の従業員削減を発表。他の投資銀行各行もこれに追随した。

第五章　マイワード・イズ・マイボンド

1

ロンドンの古い住宅街がシティの東からテームズ川まで眼下に広がっている。

暦は十月に入り、街路樹が黄色や赤に色づいている。第一次大戦前からほとんど姿を変えていない、黒ずんだ煉瓦《れんが》造りの労働者階級の住宅群。煤《すす》で汚れた煙突が林立し、徐々に冷たさを増す風が吹き抜けている。大女優オードリー・ヘップバーンが、花売り娘イライザを演じた映画「マイ・フェア・レディ」の舞台となったコベント・ガーデンの市場はここから遠くない場所で、今も庶民の活気に溢《あふ》れている。

視線を上げると、巨大な蜃気楼《しんきろう》のような影が彼方《かなた》に聳《そび》えている。

テームズ川の先の新興開発地ドックランドに建つ巨大商業ビル、カナダ・スクエア・タワー。ここにベア・スターンズ、そしてモルガン・ドレクスラーが入居し、CSファースト・ボストンの欧州本部とモルガン・スタンレーがその隣りのキャボット・スクエアの高層ビルにオフィスを構えている。アメリカの投資銀行勢はドックランドの超高層ビルから、銃口の照準を定めるかのようにシティを見下ろしているのだ。

十五階の会議室には疲労と焦燥感が重く垂れ込めていた。

大きな楕円《だえん》形のテーブルをとり囲んだ人々の姿が今西の疲れた網膜ににじんでいる。

向かいにすわっているのはクレディ・ジェネラルのピエール・フォンタン。何とか引受け義務から逃れようと、フランス人弁護士と一緒に躍起になってテレックス交信録をひっくり返している。その隣りにはガルフ・バンキング・コーポレーションのムハンマド・アル・ハサネイン。同僚とアラビア語でひそひそと話し合っている。

今西はすでに考えることに疲れ果て、もはや諦《あきら》めの心境だった。

「ジェントルメン（皆さん）……」

それまで腕組みをし、宙の一点を見据えたまま沈黙していたマイク・ハーランドがいった。ブリティッシュ・チャータード銀行のローン・シンジケーション部長。

会議室の視線が一斉に注がれる。

国際金融のベテランは静かに立ち上がった。


ロンドンの国際法律事務所アレン＆マッケンジーの会議室。

トルコ・トミタ自動車に対して引受け約束《コミット》されている一億五千万ドルのシンジケート・ローンをどうするか、富国銀行、ブリティッシュ・チャータード銀行、クレディ・ジェネラル、ガルフ・バンキング・コーポレーションの幹事銀行四行の代表者は既に長時間の議論を続けていた。

ロシアの汚染に端を発する国際金融危機で、ユーロ市場は暴風雨に呑《の》み込まれている。

最も深刻な影響を受けているのが格付の低いボロワーだ。とりわけロシアに地理的に近い東欧・トルコ物は市場で徹底的に敬遠されている。シティバンクなど三行が主幹事ですでにローンチされていたトルコ穀物公団向け一億ドルのローンは九月中旬にあっさりマーケットから組成中止《ルアウト》された。ＬＢＯなどハイ・イールド物も八月後半以降ぱたりと組成が途絶えている。中近東のカタール国営石油開発会社向け八億五千万ドルのローンも市場から引きあげられ、主幹事のバークレイズ銀行とボロワーの間でプライスの再交渉中だ。「汚染」の被害は高格付のボロワーにまで及び、ノルウェーのBN銀行向け一億五千万ドルのローンは組成に失敗した。市場に参加している多くの銀行が「今年一杯はウェイト・アンド・スィー（様子見）」と、年が明けるまで新規の案件には一切参加しないと宣言している。

　今トルコ・トミタ自動車向けローンの組成を開始することは、怒《ど》濤《とう》逆《さか》巻《ま》く暗い海に船出して行くようなものだ。組成に失敗すれば、一億五千万ドルに足りない分はすべて引受銀行四行で融資しなくてはならない。今後さらに状況が悪化してトルコが外貨支払いを停止するような事態になれば、巨額の融資が焦げ付くことになる。

「今、トルコ向けローンをローンチするのは自殺行為である！」

　富国銀行ロンドン支店では、本店官僚出身で自己保身の固まりである副支店長の曽根が金切り声を張り上げていた。海外審査部の田亀部長とロンドン支店との間で板挟みになった島村審査役からは、トルコに関して情報収集し毎日レポートせよと今西と高橋に矢の催促だ。その一方で、トミタ自動車との取引きの主管店である東京営業第三部からは「トミタ自動車のメインバンクの地位獲得のため、何としてでも本件組成されたい」と、市場実勢無視の要請がきている。トミタ自動車の欧州拠点と為替取引があるディーリング・ルームの土屋も何とかならないのかと訊《き》いてくる。今西としても何とかしたいのは山々だが、現在のマーケット状況では尻込《しりご》みせざるをえない。他の幹事銀行でも状況は似たり寄ったりだ。

　その一方、イラン工場の建設が着々と進んでいるトルコ・トミタ自動車は、年内に融資契約なくてはならない。

書に調印したいという。スケジュールを逆算すると、遅くとも十月の前半にはローンチしてい

すでにタイミングはぎりぎりだ。

「やはりこれはマーケット・チェンジだ!」

テレックス交信録から顔を上げたクレディ・ジェネラルのシンジケーション・マネージャー、ピエール・フォンタンがいった。両目が吊《つ》り上がっていた。普段は小粋に見えるウェーブのかかった栗色の髪の毛は疲れで生気を失っている。

シンジケート・ローンの提案書の末尾には通常「This proposal is subject to there being no unforeseen circumstances which will adversely affect the international financial markets prior to the signing date.（本提案は、調印式以前に国際金融市場に悪影響を及ぼすような予見不可能な状況が発生しないことが前提である）」という但《ただ》し書きがつけられる。そして、そのような状況が発生した場合は「マーケット・チェンジ（市場の変化）」と呼ばれ、引受銀行は引受け義務から解放される。

「今の状況は確かにマーケット・チェンジだと思う」

重苦しい声で今西が答えた。「しかし、マンデートというものはそう簡単に返上できるものじゃないだろう?　トルコ・トミタ自動車の資金調達計画を狂わせることにもなる」

「ルールはルールじゃないか!」フォンタンが声を荒らげる。

「しかし、マンデート返上などということになったら、トミタ自動車グループとの取引きにも悪影響が出る。場合によっては出入り禁止になりかねない」

富国銀行はトミタ自動車と密接な関係にある一方、関係が希薄なクレディ・ジェネラルは個別の案件の損得だけで態度を決めようとする。こういう状況に陥ると、ボロワーに対する温度差がたちどころに幹事銀行団内部の利害対立を引き起こす。

「じゃあ、富国銀行は融資団組成の自信があるのか⁉　こういう状況で成功する自信があるというのか⁉」

「それは……」今西は答えに窮する。

「ミスター・ハサネイン。ガルフ・バンキング・コープの考えは？」フォンタンが矛先をハサネインに向けた。

「こういう状況でも、最終的に一千万ドルですむなら我々は融資できる」額の中央に黒ずんだ祈りダコを持つ敬虔《けいけん》なイスラム教徒、ガルフ・バンキング・コーポレーションのロンドン支店企業金融部長ムハンマド・アル・ハサネインの目には苦悩の色が浮かんでいた。「しかし、それ以上抱えるのは勘弁してもらいたい。ある程度売れる確信が持てない限り、ローンチには尻込みせざるをえない」

「こんな状況で売れる確信なんか誰が持てるっていうんだ！」フォンタンが顎《あご》をしゃくり、挑むような目で今西を睨《にら》みつけた。「トルコ穀物公団だって、マーケットからあっさりプルアウトされたんだ！」

数時間の堂々巡りの議論の末、会議の雰囲気は案件中止の方向に傾き始めている。

ときどきため息がもれる会議室は、重苦しい沈黙とあきらめの気配に包まれていた。

そのときであった。

「ジェントルメン（皆さん）」

ブリティッシュ・チャータード銀行のローン・シンジケーション部長、マイク・ハーランドは立ち上がると、再び静かに呼びかけた。高い鼻、やや縦長の四角い顔、きちんと分けた髪の毛。その顔つきは、バンカーとして、社会人として堂々とした道を歩んできた生真面目さと誠実さを感じさせる。引き締まった顎の辺りには、いかなる困難にも不撓《ふとう》不屈の精神で粘り強く立ち向かう、英国の「ジョン・ブル魂」が漂っている。

ハーランドは、澄んだ瞳《ひとみ》でテーブルを囲んだバンカーたちを見回した。何かを決意した凛《りん》とした気迫が全身に漲《みなぎ》り、緊張感が会議室の全員に伝わる。

室内は水を打ったように静まり返った。

「マイワード・イズ・マイボンドという言葉を覚えておられますか？」

その瞬間、全員がはっと身体を硬直させた。

ロンドンの金融街シティで国際金融の世界に足を踏み入れることを許された者の誰もが最初に聞く言葉だ。

マイワード・イズ・マイボンド（my word is my bond、私の言葉が私の保証）。

一度口に出した約束は命を懸けても果たす。

口約束だけでディールがどんどん進行して行く国際金融ビジネスのプロフェッショナリズムを表わす言葉だ。シティの中枢であるロンドン証券取引所の紋章には、この言葉が「DICTUM MEUM PACTUM」というラテン語で刻み込まれている。

「確かに、ロシアの汚染はトルコにまで及ぶかもしれません。そして融資した金が焦げ付くかもしれません。しかし、ブリティッシュ・チャータード銀行はこの融資から撤退する気は一切ありません！」ハーランドは決然といい切った。「我々が今直面している最大の問題は、単にシンジケーションが上手く行くかとか、融資が焦げ付くとかいうことではありません。我々が今守らなければならないもの」ハーランドは問いかけるように間を置いた。「……それは、レピュテーション（名声）です」

テーブルを囲んだ全員が目を大きく見開き、ハーランドを見つめる。

「ブリティッシュ・チャータード銀行が女王陛下の金融機関として一世紀半にわたって営々と積み上げてきたレピュテーション。そして、世界最高の金融街シティのレピュテーション。わたしはそれを守ることが自分に課せられた第一の使命だと信じて今日までこの街で働いてきました。皆さんにとっても同じはずです」何人かが思わず頷《うなず》く。「ここは金の亡者が彷徨《ほうこう》するウォール街ではありません。誇り高い国際金融街シティです。この街では一度口にした言葉は地球よりも重い。それがシティで生きる者たちとして我々が守らなくてはならない最後の一線のはずです」

ハーランドは一呼吸置いて全員を見渡す。

「私は、将来ブリティッシュ・チャータード銀行が巨額の損失を出すことになろうと、その責任をマネジメント（経営者）やシェアホルダー（株主）から問われて個人的に全てを失うことになろうと、本件から撤退する気はありません。なぜなら……」

全員が固唾《かたず》を飲んで、次の言葉を待った。

「マイワード・イズ・マイボンド！」

ハーランドの全身から炎が立ちのぼっていた。

賽《さい》は投げられた。

会議の三日後、トルコ・トミタ自動車向け一億五千万ドルのシ・ローンが荒れるユーロ・マーケットの海へと進水した。ロンドン時間午前九時、欧州大陸時間午前十時を期して、富国、ブリティッシュ・チャータード、クレディ・ジェネラルの三つのブックランナーはそれぞれ二百五十から三百本の参加招聘状《インビテーション》の発信を開始した。

「ついにローンチしましたね」

一瞬の休みもなく参加招聘状《インビテーション》を力強く打ち出してゆく国際金融課のパソコンの画面を見つめながら、興奮した面持ちで高橋がいった。

「うん。何回やってもローンチのときは興奮するなあ。今回は本当に苦しい闘いになると思うけれど、それでもこの瞬間だけは掛け値なしに嬉《うれ》しい。国際金融マンになれて本当に良かったと思える瞬間だよね」

今西も上気した顔で答える。

富国銀行では外部と電子メール交信ができないため、参加招聘状《インビテーション》はファックスで送る。以前は一枚一枚手作業で送信していたが、コンピューターに強い高橋がパソコンから直接自動送信できるプログラムを作ったので、作業は随分楽になった。

一時間後には、早くもロイター・スクリーンにニュースが流れた。「トルコ・トミタ自動車向け一億五千万ドルのシンジケート・ローン、本日ローンチ。エージェント・富国銀行、引受け・富国銀行、ブリティッシュ・チャータード、クレディ・ジェネラル、ガルフ・バンキング・コーポレーション。融資条件は……」様々な苦労を重ね、手塩にかけた案件がニュースとなって全世界に発信されるという初体験に、スクリーンを見つめる高橋の目が輝いている。

(高橋、きみもこれで国際金融マンの仲間入りだ)

今西は、高橋の様子に目を細める。その目は、ローンチ準備の睡眠不足で赤味を帯びていた。

「さあ、これからが勝負だぞ。インフォ・メモの請求が入ってくるから、午前中には発送の準備を終わらせよう。まずは、イヴォンヌと手分けしてトルコのカントリー・リスク・レポートを取りあえず三十部製本してくれるか」

今回のシンジケーションでは、国際金融危機後のトルコ・リスクをどう評価するかが最大の焦点だ。幹事団は、一行でも多くの参加銀行と一ドルでも多くの参加額をかき集めるべく、通常のインフォ・メモの他にトルコに関する特別レポートを用意した。レポートはガルフ・バンキング・コーポレーションのエコノミストが中心になって取りまとめたもので、トルコの政治・経済情勢の分析と最新の統計数字が入っている。

「トルコとロシアは同じか?」特別レポートは冒頭のサマリーで問いかける。

「トルコとロシアには確かに多くの共通点が存在する。二国とも欧州のイマージング・マーケットでは有数の経済規模を持つ。似たような信用格付を有し、債券流通市場におけるユーロ債の利回りも大きくは違わない。不安定な政治と財政赤字は両国共通の問題点である。銀行システムが為替の変動に影響を受けやすい点も類似している」続いてレポートは二つの国の違いを明確に説明する。

「しかしながら、トルコとロシアを同一視すべきではない。それは、次の理由による。①ロシアの輸出の半分は石油とガスであるため、現在の石油価格の下落により、同国はすでに約三十五億ドルの輸出収入を失っている。逆にトルコは石油の純輸入国。石油価格下落はトルコにとってプラスに作用し、年間で九億から十億ドルの外貨節約が見込まれる。②ロシアのルーブルはドルと連動（リンク）する形で交換レートが決められていたため、昨年のアジア通貨危機におけるアジア各国通貨と同様、海外投機筋に狙い撃ちされた。一方、トルコリラは完全な変動相場（フロート）制であり、投機の対象とはならない。③ロシア国債の保有者の三分の一は外国人であり、また全債務の二割が対外借入れである。これに対してトルコ国債の外人保有比率は約一〇パーセント。また対外債務は、中長期債務の比率が七五パーセントという安定度の高い調達構造になっている。④ロシアは恒常的に対外債務の繰り延べを要請しているが、トルコは一九八〇年を最後に対外債務の繰り延べは行なっていない。⑤ロシアの税収はGNPの一〇パーセントに満たないが、トルコでは財政改善努力がなされており、本年上半期にはGNPの約二〇パーセントに相当する税収があった。⑥ロシアの銀行システムにおける外貨建て預金額はルーブル建て預金額の二倍で、銀行システムは安定性を欠く。トルコでは外貨建て預金とトルコリラ建て預金はほぼ同額。また外貨準備高はロシアの百三十五億ドルに対し、トルコは二百六十億ドル」

レポートはさらに進んで、今般の世界的金融危機がトルコに与える影響を数量的に予測した上で、トルコの経済構造はロシアと異なり、今般の金融危機に十分対処することが可能であると結論づけていた。

（さすがにトルコを長年見ているだけあって説得力があるな。トルコを多少でも知っている人間が読めば、納得いくレポートだが。……果たしてマーケットはそう見てくれるだろうか？）

今西は祈るような気持ちでレポートを読み返した。

「やあ、高橋君。久しぶりにちょっと飲んで行こうか」

その日の帰りがけ、高橋はエレベーターで偶々《たまたま》一緒になった富国総研の若林に声をかけられた。

二人は連れ立ってチープサイド通りを東の方角に向かう。

バンク駅の手前を左に折れ、オールド・ジュアリィ（Old Jewry）の小路に入る。小路の角に立つビルの一角に、人目を避けるような小さな入り口があり、正面奥に獅子《しし》と馬が左右から盾を支えている紋章が掲《かか》げられていた。紋章の背景に、青地に白の斜め十字のスコットランドの国旗、聖アンドリュー・クロスが翻《ひるがえ》っている。入り口横の煉瓦《れんが》の壁に楕円形の飾り板が嵌《は》め込まれ、銀行名が記《しる》されている。ザ・ブリティッシュ・リネン銀行（The British Linen Bank）。一七四六年に設立された由緒あるマーチャント・バンクだ。その名が示す通り、産業革命以降スコットランドで生産されたリンネル製品の輸出金融に大きな役割を果たした。今はその使命を終え、金融街シティの片隅で長い歴史に幕を閉じる日をひっそりと待っている。

オレンジ色の街灯に照らされたオールド・ジュアリィの暗い小路はかつてのユダヤ人街だ。二人はそこを通り過ぎ、要塞《ようさい》のようなイングランド銀行の建物を右手にちらりと見て、コールマン通り（Coleman Street）に入った。ここは十九世紀に羊毛取引所が置かれたところだ。

今では外国金融機関が軒を連ねている。ヨルダンの首都アンマンに本拠を置く多国籍銀行でアラブ金融の守護者、アラブ・バンク。先月の合併で、ドレスナー銀行を抜いてドイツ第二位に躍り出たバイエリッシェ・ヒポ・フェラインス銀行。革新的なルチオ・ロンデリ会長とマッキンゼー出身のアレッサンドロ・プロフューモ社長の下、躍進を続けるイタリアのクレディト・イタリアノ。シンガポール四大銀行の一角で華僑《かきょう》系のオーバーシーズ・ユニオン銀行。

クレディト・イタリアノの手前を左に曲がり、幅三メートルほどの路地に入ると一軒のパブの看板がビルとビルの谷間の空間に下がっていた。「ジ・オールド・ドクター・バトラーズ・ヘッド（バトラー老博士の頭）」という名のパブ。看板にはカラフルな帽子を被《かぶ》り黒い外套《がいとう》を羽織《はお》った白髭《しろひげ》の老人が描かれている。

木のドアを開けると中のざわめきがどっと押し寄せてきた。

イギリスのパブでは立ち飲みが普通だ。スーツ姿の仕事帰りのイギリス人たちが、たばこの煙の中でビールのグラスを片手に大声で談笑している。若林と高橋はイギリス人の林の間をかき分けてカウンターに辿《たど》り着くと、それぞれ二ポンドを払って大きなグラスに注がれた一パイント（五六八ｃｃ）のビールを受け取る。外国人が「馬の小便」と揶揄《やゆ》する生ぬるいビタービールだ。

右手にビールのグラス、左手に書類鞄《かばん》を提げた二人は、再びイギリス人たちの林の間をかき分けてフロアーの隅の話しやすい場所に移動した。

「まずは、トルコ・トミタ自動車のローンチおめでとう」

若林がグラスを掲げた。

「有り難うございます。若林さんのお陰です」

高橋は留学時代を含めて二年半、若林は二年イギリスで暮らしていて「馬の小便」の味には慣れている。今では親しみさえ感じるほどだ。

「あー、美味《うま》いですねえ。イギリスの味ですね」

「たまに日本に帰ったりすると何故かこの茶色いビターが飲みたくなるんだよな。人間って、ないものねだりするようにできているのかね」

満足顔の二人はさらにごくごくとグラスを半分ほど空にした。

「相変わらずここは客が入ってますね」高橋が周りを見まわしていった。パブは満員だった。

「イギリス人は古いものは何でも好きだからな」若林がいたずらっぽい目で答える。

パブは木造で、黒っぽい壁や柱は何十回もニスを重ね塗りした痕《あと》がある。木製の床は歩くとぎしぎし音を立てた。入り口の上の方の黒い壁に白ペンキで、このパブは一六一〇年に開店され、一六六六年にロンドンを焼き尽くした大火のあと改装された、と説明書きがあった。木枠の窓に嵌《は》め込まれた色ガラスの汚れにも星霜《せいそう》が感じられる。スロット・マシーンすらパブの長い歴史と雰囲気に圧倒されるのか、壁際の暗闇の中で色とりどりのランプを控えめに点滅させている。

「ところで」若林は真顔に戻っていった。「今回のシンジケーションはかなり大変なことになるんじゃないか？　日本勢の参加はあまり期待できないだろう？」

「邦銀は新規の融資どころか、年末の資金繰りが不安で、各行ともばか高いジャパン・プレミアムを払って今から年末資金の確保に走ってる状態ですからね」

邦銀の不安感はピークに達していた。

金融再生法にもとづいて今月中に日本長期信用銀行が破綻《はたん》認定され、国有化される見通しだ。すでに住友信託銀行との合併交渉は打ち切られている。大手銀行は格付対策も兼ねた生き残り策として外資との提携に躍起《やっき》だ。去る九月末には第一勧銀がＪＰモルガンと資産運用分野で提携すると発表した。大和銀行は近々全海外支店を閉鎖し、自己資本規制のゆるい国内業務に特化すると見られている。ほとんどの邦銀が新規の国際融資案件に参加する以前の問題を抱えている。

「しかし、やると決めてローンチした以上、あとには引けません。不安に怯《おび》える暇があったら、一行でも多くの銀行に電話して売っていくだけです」

「うん。その意気だ。……それにしても、こんな時期によくトルコ向け融資の稟議《りんぎ》が通ったもんだよなあ」若林があらためて感心したようにいった。

「トルコ・リスクについてかなり詳しく説明したので島村審査役も最後はご納得されました。ただ、海外審査部では田亀部長のところを通すのに相当苦労したみたいです」

若林は頷《うなず》く。

「今西君も高橋君も大変な時期にロンドン支店にいるんだよな」ぽつりといった。

「大変な時期？　そうなんですか？」

「バブルがはじけて不良債権が山積みだろう？　そんな大変なときなのに、うちの会長、頭取以下経営陣は責任を取るどころかでんと居座って、今やってるのは自分たちに代わるスケープゴート探しだ」苦い顔で若林はビールを啜《すす》った。「海外審査部長になった田亀さんが最初に考えたのもスケープゴート探し。そうしないと、田亀はちゃんと厳しくやってないんじゃないか、って上からいわれるからね。それで彼は同期のライバル、林支店長がいるロンドン支店に目を付けた。ニューヨーク支店長は常務で自分より上だし、香港支店長は年次は下だが頭取の秘蔵っ子だ。どちらも相手が悪い。結局、ロンドン支店をがんがん叩《たた》くことで上からのウケを狙うことにした。彼には『資産圧縮』という錦《にしき》の御旗《みはた》もあるしね」

不良債権の償却負担にあえぐ邦銀は、ＢＩＳ《ビス》（Bank for International Settlements、国際決済銀行）の自己資本規制をクリアするため資産圧縮に狂奔している。国内ではそれが「貸し渋り」現象となって中小企業を直撃している。

「おかげでロンドン支店は英国企業課もプロジェクト金融課もがたがたで、新規の案件なんかほとんどやれなくなった。田亀部長があんまり激しくやるもんだから林支店長も最近はうんざりしてる感じだろう？」

「ええ、確かに。もうどうでもいい、という顔をされるときがありますね」

「その一方で田亀部長は目論見《もくろみ》通り役員に昇進した。僕はこないだ出張で日本に帰ったとき田亀さんに会ったんだけど、そのとき『若林君。富国銀行で出世する秘訣《ひけつ》は何か知ってるかね？』って得意満面で訊《き》いてきたよ」

「出世の秘訣？　何なんですか秘訣って？」高橋は興味をそそられる。

「前任者否定、だそうだ」

「前任者否定？　はあー……」高橋は口をぽかんと開けた。「それで、若林さんは何と答えたんです？」

「はあ、そうですか、わたしにはできません、と返事したよ。田亀さんはしらけた顔になったけどね」若林は苦笑した。「田亀さんどころか、うちは会長と頭取が経営そっちのけで派閥抗争だからね。まったく次元が低い。ジョン・リードとサンディ・ワイルの爪の垢《あか》でも煎《せん》じて飲んでほしいよ」

シティコープとトラベラーズ・グループの合併で誕生した世界最大の総合金融機関「シティグループ」は、去る十月八日に正式に発足していた。「静」のリードと「動」のワイル。対照的な個性の二人の経営者は見事に権力を分担し、世界最強の金融帝国をスムーズに始動させた。

「それにしても、最近、本店は目茶苦茶ですよ。資産を落とせ、しかし収益は上げろ、ですから。そんなことできるわけないじゃないですか。その上、この四月からカンパニー制ができましたでしょう。あれで話がますますややこしくなって現場は大混乱です」

富国銀行ではこの四月から市場・国際カンパニー、ホールセール・カンパニー、ミドル・リテール・カンパニーの三本部制を採用した。それぞれのカンパニーに資本を割り当て、カンパニーごとに独立した損益計算、ＲＯＥ（資本利益率）を弾いて、資本市場・国際部門、大企業取引、中小企業・個人取引を効率的に経営することを目標にしている。

「カンパニー制のお陰でトルコ・トミタ自動車の件でも一悶着《ひともんちゃく》どころじゃなくて、三悶着くらいありましたからね」高橋はうんざりした顔でいった。

「えっ、そりゃ初耳だな」

「この五月に若林さんに助けていただいて、トルコ・トミタ自動車向けローンの稟議を何とか通したじゃないですか。そのあと、トミタ自動車担当の東京営業第三部に報告したんですよ。

ロンドン支店の国際金融課は市場・国際カンパニーであちらはホールセール・カンパニーですから。そしたら、そんな話は聞いていないと、いきなりクレームです」

「へーえ、驚いたねえ」若林は開いた口がふさがらぬという顔をした。「じゃあ、あんたがたは東京でいったい何をしてたんだよ、といいたいね。いやしくもトミタ自動車の取引主管部なら、当然子会社の資金ニーズも把握してなきゃいけないじゃないか。自分たちがやるべきことをやらずに他部署にクレームだけつけて平然としているのは、まさに規制金利時代の銀行員の行動パターンだな」

「ロシア危機でシンジケーションが難しくなったら今度は途端に、何としてでもやってもらわなきゃ困る、ですからね」

「支離滅裂だね、まったく」

「それでも国際金融課なんかまだ被害は少ないんです。日系企業課なんて、完全にカンパニー制に振り回されてますからね」

「へえ、そっちのほうでも何かあるの？」

「海外支店の日系企業課は市場・国際カンパニーに属してるじゃないですか。ところが海外に拠点を出している日本企業なんてほとんど国内では大手企業だから、取引主管部はホールセール・カンパニーに属してるんです。そのため新規の案件はすべてホールセール・カンパニーにお伺いを立てなけりゃならない。ところがホールセール・カンパニーは貸出し資産圧縮の一本槍《やり》ですから、よほどいい案件じゃないとやらせてくれない。市場・国際カンパニーが何とか取引きを拡大しようとしても、別会社であるホールセール・カンパニーにほとんど叩き落とされてしまうんです」

「市場・国際カンパニーとホールセール・カンパニーの間で方針のすり合わせはしてないの？」

「それが、驚くべきことに何もしてないんです。器だけ作って中身は空なんです」

「そうなの？……あきれたねぇ」若林は天を仰いだ。

「海外支店の日系企業課の行員はみんなキレてますよ」

高橋は憮然《ぶぜん》とした顔でグラスに残っていた「馬の小便」を飲み干す。

「もう一杯飲もうか？」若林がとりなすようにいった。

二人はカウンターに行き、並んで二杯目のビールを注文する。バーテンダーがヨーロッパの酒場独特の大きな柄のついたポンプでビールをグラスに注ぐ。

「今や『デジタル金融』の時代だな」

グラスに注がれる茶色いビターを見ながら、若林がぽつりといった。

「デジタル金融……いい得て妙ですね」高橋は納得顔だ。「紙幣やコインに代えて、0と1の数字の配列であるデジタル信号がお金として流通する時代が到来したというわけですね」

「高橋君はエッグって知ってるかい？」

「卵のことじゃないですよね。……プルデンシャル保険が始めたネット・バンキングのことでしょう？」

「そうだ。よく勉強してるね」

英国最大の生命保険会社プルデンシャルは、この十月十一日から「エッグ（Egg）」というブランド名でインターネットを通じた個人金融サービスを開始していた。提供するサービスは預金、住宅ローン、消費者ローンの三種類。ターゲットは、金融機関に対する忠誠度《ロイヤリティ》が低く、金利水準に敏感に反応し、インターネットを使い慣れた若い年齢層だ。店舗の代わりにインターネットを利用することでコストを抑え、高い預金金利、低いローン金利を提供する。その目論見は見事に的中した。受付け開始後、ホーム・ページへのアクセス件数は一日二十五万件にも上り、奔流のように預金が流れ込んでいる。一年後には預金量が五十億ポンド（約一兆円）に達すると見られている。

「英国ではプルデンシャル以外でも、テスコやセインズベリーといった大手スーパーが厚い顧客基盤、ブランド力、既存店舗を利用して、銀行の二倍前後という高い金利を武器に金融業界に参入して来ている」

「確かに、うちの近くのセインズベリーでも入り口のところに預金やローンに関するパンフレットがずらりと並んでます」

「そのネット・バンキングが今、日本でも始まろうとしている。この二月に伊藤忠商事が千三百五十億円という巨費を投じてファミリーマートを買収したけど、あれはなぜだと思う？ ……彼らはコンビニの店舗を使って個人向け情報販売や金融サービスをやろうとしてるんだ。ファミリーマートの店舗数はいくつあると思う？ 五千店舗以上だぞ。都銀一行の店舗数はせいぜい四百前後だから桁《けた》が違う。しかもそれが二十四時間営業している。そんなところでエッグみたいなネット・バンキングをやられてみろ。銀行にとってとんでもない競争相手が出現する」

「ううーん……確かにそうですね」高橋は、迫り来る脅威に初めて気づき、絶句した。

「伊藤忠だけじゃない。イトーヨーカ堂、ソニーなんかもネット・バンキングに向けて着々と準備を進めている。セブン－イレブンやデニーズも合わせたイトーヨーカ堂グループの店舗数は九千店以上だ。ソニーには個人に圧倒的に浸透している世界的なブランド名と、会員が百万人以上いる『so-net』というインターネット・サービス基盤がある。しかも既存の銀行と違って、彼らの不良資産はゼロだ」若林は一呼吸いれるように、ビールを飲んだ。「ネット・バンキングに限らず、ここ四、五年の情報通信技術の発達は劇的だ。外資系の金融機関や日本の商社の連中は出張に必ずラップトップのパソコンを携行して、関係当事者が世界中のどこに散らばっていてもディールを同時進行させる時代だ。IT（情報通信技術）革命が目の前で起きている」

「そういう意味でもまさに『デジタル金融』の時代ですね」

「ネット証券業も始まったしね」

若林の言葉に高橋は頷く。

去る五月に松井証券が日本初のインターネットによる本格的な証券取引を開始していた。また、ソフトバンクも六月に米国のインターネット証券業のパイオニア、E＊TRADE社と合弁でネット証券会社を設立した。

「ところがうちの銀行はいまだに外部と電子メールのやりとりすらできない。うちだけじゃなくて、大半の邦銀がそうだ。……電子メールに限らず日本の銀行にいると、自分たちの目の前で外銀や商社、ノンバンクが新しい分野に果敢に進出して行くのを指をくわえて眺めているしかない」若林の顔に悔しさがにじむ。「僕もこれまで、相当危機感を抱かされてネット・バンキングや総合的トレジャリー・サービスをやらないと駄目だと何度も提案してきた。そのたびに曽根副支店長や本店の連中に何ていわれたと思う？」

「だいたい想像はつきますけど……」

「そんなものは外資にやらせておけばいい。うちはシステム的に対応できない。やってどれだけメリットがあるかわからない……。彼らはただ、やれない理由を並べたてるだけだ」若林はため息をついた。「まあ、運良く彼らのところを突破できても、そこから先、本店の次長、副部長、部長、平取、常務、専務、副頭取、頭取という気が遠くなるようなヒエラルキーの階段を登っていかなきゃならない。その過程で握り潰《つぶ》されるか、徹底的に骨抜きにされるかのどちらかだ」苦々しい顔でいった。

「若林さん、ビールが入りましたよ」

今度は高橋がとりなすようにいって、カウンターで二つのグラスを受け取った。グラスの表面から、まだ流れ落ちていない洗剤の匂いがかすかに漂ってくる。若林はグラスの一つを受け取ると、ぐっと呷《あお》った。

「連中は、自分たちが今のポジションでバッテンがつかないことが唯一絶対の行動原則として頭に染みついている。デジタル金融の時代が到来したというのに、銀行の経営者や本店官僚はいまだにアナログ金融の時代を生きている。アナログというよりはアナクロ（時代錯誤）か。……洒落《しゃれ》にもならない」

「ところで若林さん。話は変わるんですが」高橋がいった。「BIS《ビス》規制はアメリカの陰謀だったとかいうコメントを最近よく耳にしますけど、どう思われます？」

だ。ＢＩＳ規制は、銀行経営の健全性確保のため一九九〇年十月から始まった自己資本比率規制だ。国際業務をやる銀行はＢＩＳが定める算定基準にもとづき、八パーセントの自己資本比率を確保しなければならない。邦銀はもともと自己資本比率が低い上にバブル崩壊で不良資産が急増していたから、この規制に苦しむことになった。今日の邦銀の凋落《ちょうらく》を招いた大きな原因の一つはこのＢＩＳ規制であるといわれる。

「高橋君はアメリカの陰謀だと思うかい？」

「いやー、正直いって僕にはそんな実感がないんです。マスコミや経済評論家は陰謀、陰謀っていってますけど。……間違ってますか？」高橋は探るような目で若林を見た。

「アメリカの陰謀、ユダヤ金融資本の陰謀、ワスプ（アングロサクソン系白人プロテスタント）の陰謀。色々いわれてるよね」若林は苦笑いした。「そういう議論はまったくの出鱈目《でたらめ》だと思うよ」ズバリといった。

「やっぱり、そうですか」

「うん。そりゃあ、ＢＩＳ規制の議論が始まった八六、七年は日本のバブル真っ最中で、金融技術はさておき、邦銀のパワーは世界を席巻していた。アメリカの企業や不動産も邦銀の融資をバックに日本企業がものすごい勢いで買い漁《あさ》っていた。欧米の目から見て、あいつら自分たちと全然違うルール、すなわち低い自己資本のままで無茶苦茶やってきてるじゃないか、何とかしろ、程度のものは当然あっただろう。しかし、それ以上のものがあったとは思えない」

「そうですよね。ましてやユダヤ金融資本の陰謀なんて、あまりにも荒唐無稽《こうとうむけい》で聞いてる方まで恥ずかしくなります」

「敗因の本質は日本の大蔵省や銀行経営者が馬鹿だったということに尽きる。彼らの自己保身とその場しのぎに終始する官僚的行動パターンが、アングロサクソンの長期的かつ世界的な戦略を立て実行するという攻撃的行動パターンに敗れたということ。ただそれだけさ」

高橋は頷《うなず》いてビールを啜《すす》る。

「しかし、アメリカっていう国は本当に攻撃的な資本主義の国なんだよなあ」若林が改めて感に堪えぬという口調でいった。

「そういえば、若林さんはロンドンに来られる前はニューヨークに駐在されてたんですよね」

「うん。当時十歳だった娘を地元の公立小学校に通わせてたんだけど、あるとき『なぜ周りの友達のことを先に考えてあげなかった』と注意したら『お父さんのいうことは先生と違う。先生は人のことよりまず自分のことを考えろと教えてくれた』と反論されたことがあるよ。あのときは本当に愕然《がくぜん》としたなあ」

「へえーっ、そんな風に教えるんですか!?」高橋は目を丸くした。

「それにあの国の小学生は学校で株式投資のやり方を習うんだよな」

「ええっ!? 小学校でそんなことやるんですか？」

「うん。さすが資本主義のメッカ、アメリカだと思ったよ。もちろんシミュレーション（模擬売買）だけどね。最初に手持ちの資金を決めるんだ。それで架空の売買をして最終的にいくら儲《もう》かったか計算する。当然、金融機関に払う手数料がいくら、税金がいくら、なんてことも収支計算に入れる。そういえば『空売り』なんかもやってたなあ」

「か、空売り……小学生がですか？」高橋は愕然とする。「ちなみにお嬢さんは儲けたんですか?」

「それがさ……」若林は笑みをこらえる。「ものすごく儲かったんだよ！　最初にＩＢＭを買ってね。値上がりした時点で見事に売り抜いた。売った金で今度は何を買ったと思う?」

「さあー……」

「何と今度は英国株に目をつけて、ジャービスを買ったんだよ」

「ジャービス……し、渋いですね」高橋はごくりと唾《つば》を飲んだ。

ジャービスは一般の個人には馴染《なじ》みは薄いが、鉄道路線のメンテナンスを専門とする英国の会社だ。英国の老朽化した鉄道路線は早急に近代化する必要があり、ジャービスはその需要の波に乗って急成長。株価はこの二年間で三十倍になった。

「あの頃、家に帰ると娘が居間のソファーでＩＢＭやらモルガン・スタンレーなんかのアニュアル・レポート（年次業務報告書）を熱心に読んでるんだ。でも、さすがに十歳の小学生だからね。貸借対照表なんかわかるはずもないと思って、お前そんなの読んでわかるのかと訊《き》いたら『財務資料なんかはよくわからないけれど、少なくとも自分が投資した会社が何をやってるかくらいは知っておかないといけないと思うから読んでる』と、こういうんだ」

「うわー、こりゃ参った！」

「ほんと、恐れ入ったよ。娘のノートをこっそり見て実際に投資してたら、今ごろ大金持ちになれてたな、ハハハハ」

二人は顔を見合わせて大笑いした。

「ところで」若林は真顔に戻る。「最近今西君の様子はどうなんだい?」

「ええっ！……そ、そんな話があるんですか⁉」

「うん……。彼、銀行を辞めるんじゃないかと思ってね」若林は声をひそめていった。「こないだ、ちらっとそんなことを漏らしていた。まだ具体的な転職先があるという風じゃなかったが。少なくとも、富国銀行で働き続けるべきか悩んでいることは確かだな」

「今西さんは順調に昇格もしているし、まさかそこまで考えているとは……」

「銀行がこんなわけのわからない状態になってきたら誰しも考えるだろう」

若林の言葉に、高橋は重苦しい顔つきになる。

「ええ、確かに。正直にいいますと、僕もしょっちゅう辞めようかなあって思います」

「邦銀は今西君やきみのように現場で苦労しているプレーヤーに対する扱いがひどすぎる。曽根副支店長のような馬鹿な上司に振り回されながら必死で頑張って何億円儲けたってボーナスが精々十万円増えるくらいだろう？　そんな馬鹿な話がどこにある？　これじゃ、優秀なプレーヤーに是非辞めて下さいっていってるも同然だ」

「別に金でなくても、例えば産業界をリードして日本の国造りに貢献しているといった気概が持てればやって行けると思うんですけど」

「その通りだ」若林は大きく頷いた。「しかし、うちの行員を見てみなよ。会長、頭取以下ほとんど全員が、何とか上手く立ち回って自分のポケットに入れる金を少しでも多くすることしか考えていない。しかも、外の世界がどんどん進歩しているというのに内側ばかり向いて、上から下まで一緒になってチャンチキおけさを踊っている」若林はグラスに残ったビールに視線

「様子、っていいますと？」

を落とす。「今西君はよくやってるよ、こんな銀行で。彼が、空しくて辞めたくなりますよ、と漏らした気持ちはよくわかる。何の見返りも張り合いもない富国銀行の国際金融部門で、あそこまでやる人間は初めてだろう」そういってから若林は一瞬考え込んだ。「いや、一人だけいたな。今西君が足元にも及ばない、燃え盛る炎のようなディール・メーカーが」

「誰ですか、それ？　そんな人がうちの銀行にいたんですか？」

若林は一瞬遠くを見るようなまなざしになった。

「龍花丈、という男だ」

2

「エイブラハム・アロンを頼む」

受話器に向かって龍花丈はいった。

相手が出るのを待つあいだ、ガラスの向こうのトレーディング・フロアーを眺める。

日曜日にもかかわらず、休日出勤してきているスタッフがあちらこちらにいた。

龍花のオフィスの近くにあるＣＰ（コマーシャル・ペーパー、短期の社債）部のガラス張りのオフィスにはマネージング・ディレクターの米国人の男が出勤してきていた。普段の隙のないスーツ姿とは打って変わって、アウトドア用のウールの長袖《そで》シャツにジーンズというカジュアルな服装だ。セーター姿でコンピューターにデータを打ち込んでいるのは債券部の若いアナリストの男。向かいの席では、旦那《だんな》の仕事が終わるのを待っている若妻がのんびりと婦人雑誌を読んでいる。派手な赤いカーディガンを羽織ったセールスの女性が、ブルームバーグの画面を見ながら休日だというのに電話で誰かと熱心に話している。

「ハロウ。アロン、スピーキング」イスラエル人の巻き舌の英語が受話器から聞こえてきた。

「ロンドンのローン・シンジケーション部の龍花丈だ」

「やあ、丈《ジョー》。相変わらず仕事熱心だな。こっちは日曜日は通常の営業日だが、海外から電話をかけてくるのはあんたぐらいだよ」

「サンキュー・フォー・ユア・コンプリメンツ（お褒めを頂いてどうも）。……例のインビテーションは来ているか？」

「来た」

「来たか！　そうか、よし」受話器を握る龍花の手に思わず力が入る。「じゃあ、打ち合わせ通りに頼む」

「わかった。ただ、どこまでやれるかはわからんが」

「その点は承知している。目的はあくまで、可愛い子ヒツジどもを我々の射程圏内に引っ張り込むことだ。……お楽しみはそのあとさ」龍花は不敵に笑った。

間もなくイスラエル人との電話を終え、龍花は再び電話のボタンをプッシュする。

すぐに国際回線に接続し、ザザーッという雑音に続いて呼び出し音が聞こえてきた。数回の呼び出しで相手が出る。

「ロンドンの龍花だ。休みのところをすまないな」

「丈《ジョー》か。気にするな。こっちもアイデアを練っていたところさ」落ち着いたネイティブ・イングリッシュ。モルガン・ドレクスラーのイスタンブール現法に駐在しているアメリカ人バイス・プレジデントだ。

「おとといそっちから質問があった追加資金投入の件はオーケーだ。プロップ・グループが五百本（五億ドル）まで資金を用意する」

プロップとは、プロプリエタリィ・トレーディングの略で、投資銀行の自己勘定による証券投資を意味する。

「五百本か。それは心強い。イスタンブール現法だけじゃ資金量は限られてるからな」

「それに少額だが、今回は俺の個人資金も投資して一勝負するつもりだ」と龍花。

「ふふっ。かなり自信が出てきたということだな」男は満足そうにいった。「じゃあ、俺も自分の金を張ってみるか」

「イスタンブールの株式市場の様子はどうだ？」


一時間後、龍花は仕事にけりをつけ、オフィスを後にした。

帰りがけに、スタッフ用の軽食堂《カンティーン》に立ち寄った。

紙コップで出てきた自動販売機のコーヒーを飲みながら何気なくスタッフ用の掲示板を見上げた。

様々な通知や連絡が貼ってあった。

今月の新入社員と退職者のリスト。七十人を超える新入社員と百人近い退職者の氏名、部署、タイトルがずらりと並んでいた。投資銀行は人の出入りが激しい。弱い者は瞬く間にはじき出され、強い者だけが生き延びる。

退職者からの手紙が何通か貼ってあった。「みんな、お別れのプレゼント有り難う。いただいたお金は車のラジオを買うのに使わせてもらいます」先月クビになった債券部のアソシエイトの男からの手紙だった。「送別会有り難う。仕事は好きじゃなかったけれど、みんなとドレクスラーで働いた日々はとてもいい想い出になりました。みんなの幸せを祈っています」今月クビになったバック・オフィスの中年女性。

（ふん。何が有り難うだ。何がみんなの幸せを祈っていますだ。……お前らはしょせん負け犬だ）

龍花はコーヒーの紙コップをめりめりと握りつぶし、ごみ箱に投げつけた。

エレベーターで地上に降りる。

巨大なガラスのオベリスクのようなカナダ・スクエア・タワーのドアを出ると、よく磨き上げられて黒光りする最新型のベンツが待っていた。運転手がドアをさっと開ける。龍花は革張りの座席にどさりとすわった。

「ル・ポン・ドゥ・ラ・トゥールへ行ってくれ」

運転手にロンドン・ブリッジの近く、バトラーズ・ワーフにあるレストラン名を告げた。ロンドン屈指《くっし》のフランス料理店だ。かつてトニー・ブレア首相が訪英中のクリントン大統領夫妻を招いたこともある。龍花はそこを行きつけにしており、食事のときは必ず一本三百ポンド（約六万円）以上するフランス産の高級ワインをあける。

最新型のベンツはドックランドの近代的なビル群の谷間を滑るように走り出した。

付近のあちらこちらに高いクレーンが立ち、巨大商業ビルがいくつも建設中だ。二〇〇〇年の五月にはシティバンクの欧州本部が完成し三千人が、そして二〇〇二年にはHSBC（香港上海銀行）の本店が完成し八千人が、新たにこの異邦人のような街に移って来る。

（そのころ、俺はここにいるのだろうか……）

建設中のビル群を見ているうちに一抹《いちまつ》の不安が胸をよぎった。

龍花は胸ポケットから艶《つや》やかな黒革の札入れを取り出した。五十ポンド札の束を引き抜いてゆっくりと手で触れる。ざらついた紙の充実した手ざわり。指の先から紙幣の持つ価値が身体ににじんわりと伝わってくる気がする。

（この札で色々な物が買える。……金は有り難い）

安堵《あんど》感が温かく胸を満たしていった。

「やはり厳しいな」

シンジケーション・ブックを見ながら今西がいった。

「そうですか……」高橋の声が嗄《しゃが》れている。ここのところ連日、インフォ・メモの請求をしてきた参加見込み銀行にフォロー・アップの電話をしているためだ。

トルコ・トミタ自動車向け一億五千万ドルのシ・ローンをローンチして十日間が過ぎた。まだ参加申し込み《コミットメント》は五件で二千八百万ドルしか集まっていない。四つの幹事銀行がそれぞれ一千万ドルずつ参加する用意があるので、市場で販売しなくてはならないのは一億一千万ドルだ。まだ八千二百万ドルも不足している。

シンジケーション・ブックは表計算ソフトのエクセルで作ったスプレッド・シートにローンの販売状況を記録したものだ。三つの販売幹事《ブックランナー》は何らかの反応があった銀行名とその後の状況を毎日連絡し合う。それを富国銀行が取りまとめ、数日おきに幹事銀行四行に回覧する。

この時点で、シンジケーション・ブックには四十あまりの参加見込み銀行が残っていた。縦の欄に銀行名と担当者の連絡先、横の欄にコンタクトした日付、コンタクトの内容、最終結果が記《しる》されている。

アブダビ工業銀行　（十月十四日）インフォ・メモ送付、（十月十六日）興味あるが参加手数料をもう少し欲しい、（結果）検討中

バンク・ミース&ホープ　（十月十二日）インフォ・メモ送付、（十月十四日）参加は多分駄目・トルコのリスク取れない、（結果）検討中

バンク・オブ・モナコ　（十月十三日）インフォ・メモ送付、（結果）デクライン・日系企業案件は原則三年まで

ベルリナー銀行　十月十四日……

クレディ・スイス　十月十三日……

（ほとんどが検討中かデクライン［参加辞退］だ。検討中のところも、反応は芳《かんば》しくない。おそらく大半がデクラインしてくるだろう。苦しいな……）

シンジケーション・ブックを見ながら今西は唇を嚙《か》んだ。

(どうやって事態を打開すればいいのか……)

組成の不振はブックランナー間の仲たがいまで引き起こしていた。

「ブリティッシュ・チャータードには頭に来た！　僕には僕のブックランの仕方があるんだ！もうあいつらとは二度とディールはやらん！」

今朝がた、クレディ・ジェネラルのピエール・フォンタンがもの凄《すご》い剣幕で今西に電話してきた。ブックランの仕方が手ぬるいといわれ、憤懣《ふんまん》やるかたない様子だった。ブリティッシュ・チャータード銀行のシンジケーション部は、参加見込み銀行を徹底的にフォローすることで名高い。その組織立った徹底ぶりは、文字どおり「しらみつぶし」である。「まあピエール。そういうなよ。彼らも悪気があってのことじゃない。ここは我慢してとにかく少しでも多く売らなきゃ」今西はぶつぶついうフォンタンをなだめた。

それから十分もしないうちに、今度はブリティッシュ・チャータードのシンジケーション部次長の英国人の男が電話をかけてきた。「クレディ・ジェネラルには二度とブックランはやらせん！」といきまく。「クレディ・ジェネラルの連中はインフォ・メモを請求してきた銀行すらきちんとフォロー・アップしていない。こういう状況であれば、インフォ・メモを請求してきた銀行に限らず、一行でも多くの銀行にコンタクトして少しでも多くの参加額をかき集める努力をするのが当然だろう？」

その言葉に今西は、内心ぎくりとした。

(富国銀行のことも暗に指しているのかな……)

高橋が懸命に電話をかけてはいたが、実は富国銀行も参加見込み銀行のフォローは十分できていなかった。原因は金融監督庁である。

近々日本の金融監督庁の検査が入る予定なので、今西と高橋はシンジケーションの傍ら、検査の準備をしていた。

この六月に、金融行政の効率化という名目で金融監督庁が大蔵省から分離独立したが、少なくとも検査に関する限り進歩どころか大幅後退していた。従来の大蔵省や日銀の検査では、提出する資料は英文のままでよかったが、金融監督庁の職員はほとんどが金融の素人なので資料は全部日本語に訳して提出しなくてはならない。しかも、その準備資料というのも、金融監督庁からまだ何もいってきていないにもかかわらず、本店が作れと指示してきたものだ。以前から、企画部のMOF《大蔵省》担や日銀担当が役人を接待漬けにして検査の事前情報をもたらすたびに、全行あげて何カ月も前から準備作業に入り、その間現場ではビジネスの大幅停滞を余儀なくされていた。これが金融監督庁の出現でますますひどくなった。

今西と高橋は大事なシンジケーションを十分フォローできていない後ろめたさを感じながら、日本では聞きなれない外国のボロワー名を四苦八苦しつつ日本語に訳し、準備資料の用紙を埋めていた。営業部門がビジネスそっちのけで報告書を作るなど邦銀以外ではあり得ず、とても他のブックランナーにいえる話ではなかった。

「高橋君。このままだと大変なことになるぞ」

シンジケーション・ブックを手にした今西が沈痛な表情でいった。

「まだ二千八百万ドルですからね」高橋の顔色も冴《さ》えない。

「検討中の銀行がまだ三十近くあるけど、おそらく大半がデクラインだろう。この分だと最終的に集まるのは四千五百から五千万ドル。そうすると引受銀行一行あたり二千五百万ドル以上抱え込まなきゃならなくなる」

「稟議《りんぎ》承認条件の一千万ドルを大幅超過ですね」

「海外審査部はたとえ五十万ドルでもオーバーすると、承認条件違反だと大騒ぎする。千五百万ドルオーバーなんてことになったら目もあてられないぞ」

今西は暗澹《あんたん》とした顔で考え込む。そして今度は、ことさらに明るい調子でいった。

「そうはいっても、マーケットが相手なんだから仕方ないさ。駄目なときは駄目なんだ。そのときは、煮るなり焼くなりどうにでもしてもらおうじゃないか。……だが、やれるだけのことはやろう。どんなときでも最善をつくそう。これからセカンド・ウェーブの準備だ」そういって高橋の肩を叩《たた》いた。

インビテーションの一かたまりを波《ウェーブ》と呼ぶ。

ファースト・ウェーブはすでに発信した八百本だ。これから出す第二陣はセカンド・ウェーブ。シンジケーションが上手く行かないときはさらにサード・ウェーブ、フォース・ウェーブと追加して行くこともあるが、サード・ウェーブ以降はたいがい断末魔のあがきだ。

今西は他の幹事銀行三行に連絡して、至急セカンド・ウェーブを発信することにした。

「高橋君。バンカーズ・アルマナックを持ってきてくれるか」

オレンジ色のバンカーズ・アルマナックは全三千八百ページ。広辞苑のような分厚い冊子二冊からなり、全世界にある約五千の銀行の連絡先、支店網、財務内容などが記載されている。

すでにファースト・ウェーブでトルコ向け融資の実績がある銀行はしらみつぶしにした。セカンド・ウェーブでは、総資産ベースで世界千位以内の銀行を手当たり次第にピックアップする。

その日、今西と高橋は深夜までオフィスで作業を続けた。

他の部署はすでに電気を消して真っ暗だ。国際金融課の明かりだけがぽつんと灯《とも》る。その寒々とした明かりの下、今西と高橋は背中を丸め、眠い目をこすりながらバンカーズ・アルマナックのページを繰り、銀行名、担当者名、ファックス番号を黙々と拾ってゆく。何杯も飲んだコーヒーで腹の中はじゃぶじゃぶだ。

二人が追加の百八十行のリストを作り終えたとき、時計の針は午前二時を回っていた。

翌日、ブックランナー三行はセカンド・ウェーブのインビテーション五百本を発信した。

午前中一杯かかって秘書のイヴォンヌが追加の宛先を入力し、ファックスの送信作業を終えたとき、今西が高橋を呼んだ。

「高橋君。今晩の飛行機で日本に出張してくれるか？」睡眠不足の顔の今西がいった。

「えっ、今晩ですか？」

「うん。七時すぎにヒースローを発つＪＡＬの便を予約してある。東京でトルコ・トミタ自動車向けローンを売ってきてほしい。……今日セカンド・ウェーブを全部で五百本出したが、そのうち入ってくれるのは精々一、二行だろう」

「たったの一、二行ですか？」高橋はがっかりする。

「売れない案件のセカンド・ウェーブなんてそんなもんだよ」今西は淡々といった。

「…………」

「本当は僕が行かなきゃならないところだが、こっちで幹事銀行間の調整がある。急で悪いが、こういう事態になれば打てる手は一刻も早く打ったほうがいい。本店のストラクチャード・ファイナンス部にも協力を依頼してある」

「ターゲットは邦銀ですか？」

「最大の狙いは、うちとトミタ自動車のメインバンク争いをしている西海銀行と五井銀行だ。彼らが対抗心を出して一千万ドルずつ取ってくれればインパクトは大きい。……だけど、無理する必要はないからね」今西は高橋の目を覗《のぞ》き込む。「東京に行って会ってお願いしたからといって、大きく状況が変わるとは僕も思っていない。ただ、やらないよりはマシだ。討死にするならするで仕方ないが、やれるだけのことはやっておきたい」

「わかりました」

「それから念のため、邦銀だけじゃなく、外銀の東京支店も回ってほしい」

その日、高橋はインフォ・メモやシンジケーション・リストを鞄《かばん》に詰め込み、あわただしく東京へ発った。

高橋が乗ったJAL四〇二便が成田空港に到着するのは翌日の午後三時半過ぎだ。

到着後、高橋は本店のストラクチャード・ファイナンス部に挨拶《あいさつ》と打ち合わせに立ち寄り、それから八重洲《やえす》のホテルにチェックインすることになっている。

翌日、今西は時間を見計らって八重洲のホテルに何度か電話を入れた。しかし、いつまでたっても高橋はチェックインしていなかった。

（どうしたんだろう？　何か事故でもあったのか？）

不審に思って本店のストラクチャード・ファイナンス部に電話すると、残業中の女性行員が出た。高橋は確かにやって来て、午後七時頃まで打ち合わせをしていたという。今西が腕時計を見ると、日本時間ですでに午後十時近くになっていた。

（いったいどこへ行ったんだ、こんな遅くに……）

今西は日本時間の午前一時すぎにもホテルに電話したが高橋は依然としてチェックインしていなかった。

その晩十一時、今西はロンドンの自宅から再び八重洲のホテルに電話を入れた。日本は午前七時になっている。

高橋はチェックインしていた。

「おはようございます……」寝ぼけた声で高橋が電話に出た。

「高橋君！　いったい昨日はどうしてたんだ？　遅くまでホテルにチェックインしていないし。随分心配したんだぞ。いったいどこに行ってたの？」

「はあ……。実は、ストラクチャード・ファイナンス部の人たちが歓迎会をしてくれるっていうことになって、みんなで赤坂の焼き肉屋に行きました。それから渋谷で二次会をして、そのあと新宿のカラオケ屋で……」カラオケで相当唄《うた》ったせいか高橋の声はがらがらだ。酒で鼻もつまっているようだ。

（この大事なときに、深夜までカラオケだなんて。まったく……）今西は泣きたくなったが、ぐっとこらえる。

「とにかく、今日からしっかり銀行を回ってくれ」高橋を励まして電話を切った。

（あの調子じゃ、多くは期待できないだろうな……）

受話器を置いてため息をついた。


翌日、イスタンブールの金融ブローカー、ハルークから今西に電話が入った。

「テツ。トルコ・トミタ自動車のシンジケーションに何か問題があるのか？」

「えっ⁉　どうして？」

「昨日あたりから株価が下がってきてるんだ。ユーロ市場でシンジケート・ローンの組成が上手くいってないという噂がマーケットで流れている」

「何だって⁉　誰がそんなことを……」

「もしかすると、モルガン・ドレクスラーのイスタンブール現法かもしれない」

「何⁉　モルガン・ドレクスラー⁉」

「昨日と今日でトルコ・トミタ自動車株を相当売ってきている」

「ドレクスラーが……」八月にリトアニアで龍花が、まだ勝負は終わっていないと意味ありげにいったことをハッと思い出し、今西は慄然《りつぜん》とする。

「でもまあ、たいしたことはないよ」ハルークはいつもの陽気な声に戻った。「さすがに、日本を代表する自動車メーカーとトルコ屈指のカラオズ財閥の合弁企業だからな。この程度の材料で株価が下げたとしても一時的なものさ。ドレクスラーもちょっと小遣い稼ぎがしたかったからさ」

「とにかく、テツ。シンジケーション、頑張ってくれよ。僕のコミッションもかかってるんだんだろう」

「そうであればいいんだが……」


高橋が日本に行ってから数日後の朝。

本店宛の急ぎの報告書をファックスするため、今西は普段より早めに出勤した。書き上げた報告書を持って無人のポスト・ルームに行くと、ファックス・マシーンから数枚のファックスが吐き出されていた。今西はそれを手にとって何気なく読んだ。

一枚目のファックスはフランスの大手商業銀行、マルセイユ銀行東京支店のレター・ヘッドだった。宛先は今西になっていた。

「Dear Mr. Imanishi, Thank you for your invitation for the US$150 million syndicated facility for Turk Tomita Motor Co., Ltd. We are pleased to confirm our participation of US$5 million.....（今西様。トルコ・トミタ自動車向け一億五千万ドルの協調融資の参加招聘状をいただき、有り難うございました。弊行は五百万ドルの参加をお約束させていただきます……）」

（五百万ドルの参加コミット！　高橋、やったじゃないか！）

今西はファックスを握り締め、飛び上がらんばかりに喜んだ。

興奮冷めやらぬまま二枚目のファックスを見ると、バイエリッシェ・コメルツ銀行東京支店のレター・ヘッドだった。ドイツの大手地方銀行だ。

「Dear Sir/Madam, RE: US$150 million syndicated loan for Turk Tomita Motor, We are writing to advise you that we wish to join the captioned facility with the participation of US$7.5 million……（拝啓。トルコ・トミタ自動車向け一億五千万ドルのシンジケート・ローンに関して。弊行は表題案件に七百五十万ドルの参加を致したくご通知申し上げます……）」

（こっちは七百五十万ドル！）

三枚目のファックスは、パシフィック・オーストラリア銀行東京支店。

「We are please to commit US$4 million...（私どもは四百万ドルの参加を致したく……）」

奇跡が起きた！

東京の外資系銀行が、トミタ自動車との取引拡大を狙って、大挙して参加してきたのだ。

今西は安堵《あんど》のあまり、その場にへなへなとしゃがみこんだ。

3

十月二十四日土曜日の夜、欧州では夏時間が終わった。

日本とロンドンの時差は九時間になる。長く暗い冬が近づき、すでに通りや庭の木の葉は半分くらい寒風のなかで散ってしまっている。

今西は休日の朝、家の前庭に吹き寄せられてきた街路樹の黄色い落ち葉を箒《ほうき》で掃き寄せ、地区の自治体から支給された大きな黒いプラスチック製のごみ箱に捨てる。乾いた枯れ葉は簡単に掃くことができるが、湿ったものは庭の敷石にくっついてなかなかはがれてこない。ロンドンの初冬の朝の透明な日差しは明るいが、気温は五度前後しかない。吐く息は白く、空はどこまでも青く透き通っている。

今西が社宅扱いで借りている家は、ロンドンの中心部から北の方角に地下鉄で三十分ほど行った住宅地にある。「セミ・デタッチト」と呼ばれるタイプで、一軒の家屋の左右に別々の家族が住んでいる。一階はキッチンと居間が二室。二階は寝室が三室ある。キッチンの先の三畳ほどのスペースはガラス張りのサンルームだ。休日の朝ここの日だまりの中で、妻が淹れてくれたコーヒーを飲みながら新聞や雑誌に目を通したり、ラップトップで友人からの電子メールを読むのが今西の安らぎのひとときだ。透明なガラスの向こうにはささやかな緑の庭。

妻は幼なじみで、実家は小さな商店を営んでいる。店はおそらく父親の代で終わりだろう。自分でも平凡な結婚をしたものだと思う。片足が不自由な長男は中学生になり、障害にも負けず元気に学校生活を送っている。小学生の娘もとりたてて成績優秀ではないが、大きな問題もなく素直に育っている。

「お父さん、来週のアニュアル・レヴューは出られるんでしょ？」

傍らの妻が話しかけた。子どもの前では今西を「お父さん」と呼ぶ。

「うん。来週は大丈夫だ。ミスター・クライアンもいらっしゃるんだろ？」

「ええ」妻は頷《うなず》いた。

ミスター・クライアンは地元の公認会計士で長男のネームド・パーソンを引き受けてくれている。ネームド・パーソンとは一九九三年の英国学校教育法で創設された制度で、法律知識や手続きに不案内な障害児の親を助け、精神的な支えとなるボランティアだ。英国では障害児に対する教育が適切に行なわれているか、年に一度アニュアル・レヴューが行なわれ、親、学校の校長をはじめ、実際に教育に関わる教師や専門家、ネームド・パーソンなどが出席する。

「ミスター・クライアンにはお世話になるばかりだね。いつかお礼をしなきゃなあ」

今西はそういってコーヒーを一口啜《すす》り、読んでいた経済雑誌を閉じた。

日本のニュースは相変わらず暗い話ばかりだった。一週間ほど前には格付機関ムーディーズが日商岩井の長期格付をシングルBに引き下げた。ここまで格付が下がると、重大な経営危機に直面しているとみなされて資金調達コストが急上昇する。戦後の日本経済の牽引車《けんいんしゃ》であった総合商社にとっても日本の長期不況は深刻なボディー・ブローだ。業界第六位の日商岩井以下は借入れ金利負担を減らすため、資産を投げ売りしている。その上の丸紅と伊藤忠は投資適格の最低線であるトリプルBを維持するのに必死の態で、両社の合併説が繰り返し浮上している。一方で、三井物産など旧財閥系上位陣はシングルAの格付を維持し、世界を舞台に引き続き多彩な商社活動を行なっている。商取引に伴う資金負担に耐えられなくなった中・下位商社から上位商社へ商権が流れ出しており、弱肉強食の「二極化現象」が起きている。

邦銀にいたっては、業績がいい銀行など一つもない。今西の給料もここ数年減るばかりで、たいした貯《たくわ》えもない。ましてや高級レストランで一本何万円もするワインをあけて食事をするような身分ではない。それでも三度三度食べるものがあり、雨露をしのぐ家もあり、家族四人が仲良く暮らしている。こういう生活が幸せというものなのかと思う。正直いって富国銀行にはとうの昔に失望し、できることならもっと力を発揮できる会社に移りたい。しかし、家族のことを考えると躊躇《ちゅうちょ》する。ましてや足の悪い長男がいればなおさらだ。トルコ人のハルークは自分よりも四、五歳若いが、証券会社の経営と金融ブローカーの仕事で月収二、三百万はあるらしい。トルコの二、三百万円は日本の五、六百万円の価値がある。羨《うらや》ましいとは思うが、そんなに金を稼いでどうするのだろうという気もする。

ときどき、人の幸せとはいったい何なのだろうかと思う。

（富国銀行と日本を捨てたあの男……。資産は数億円どころではないだろう。国際金融での輝かしい実績。いつも何かに取り憑《つ》かれ、何かに追い立てられているように、血眼《ちまなこ》でディールをやっている。あれで幸せなのだろうか……）

人の幸せについて想いを巡らせるとき、決まって丸の内支店時代に倒産させた建設会社の社長父娘のことを思い出す。あれから消息は聞かないが、せめて今は幸せになっていてくれと淡い希望を抱いている。思い出すたびに自責の思いが胸を締めつけ、後悔で泣きたくなる。しかし泣いてもやり直しのきかない、生涯の十字架であった。

（二度と同じ過ちは犯すまい。そして、せめてもの償いに、仕事を通じて社会に貢献していかなくては……）

今西は後悔で泡立つ胸のうちで呟《つぶや》いた。その思いは祈りにも似ていた。

ふさふさのしっぽをゆらりと立てたリスが庭にやって来て、芝生を掘り返して餌を探し始めた。

「やっぱり、十本まで落とすのは無理ですね」

シンジケーション・ブックを見ながら高橋がいった。

「うん。高橋君には随分頑張ってもらったけど、マーケットがマーケットだからな」

トルコ・トミタ自動車のシンジケーションをローンチしてから三週間あまりが過ぎた。

高橋の大奮闘で、在日外銀が大挙して参加して来たが、それでも世界的金融危機の影響を免れるには至らなかった。現在まで集まったコミットメントの総額は八千七百万ドル。目標の一億一千万ドルになお二千三百万ドル不足している。幹事銀行四行は協議の上、シンジケーションの終了《クローズ》を一週間延長した。しかし、延長したからといって、市場に参加している銀行の態度が変わるわけではない。あと数日でクローズするまでに集まるのは精々数百万ドルだ。引受銀行各行は、ターゲットの一千万ドルを超過した分をどうするか、それぞれ独自に思惑《おもわく》をめぐらせ始めていた。

「この分ですと」高橋が電卓を叩《たた》く。「アンダーライター一行当たり千五百万ドル前後のファイナル・テークになりますね」

海外審査部に承認された最終参加額《ファイナル・テーク》は一千万ドルだ。故意に承認違反を犯すわけではないから、人事上の処罰を受けることはない。しかし、営業面で様々なペナルティーを科される。代表的なペナルティーは、そのローンが承認された額を超えている間は引受け業務を一切やらせてもらえないというものだ。これは営業推進上大きな痛手になる。そのローンから上がった収益の二倍の額を支店の収益から差し引くというやり方もある。さらに、売れ残ったローンがその後焦げ付いたりすると、支店長から担当者まで責任を厳しく追及され、場合によっては人事上の処罰も受ける。

「もう、打てる手はすべて打った。これ以上はどうしようもない」今西は淡々といった。「とりあえず、支店長に現状を報告しておこう。一緒に来てくれるかい?」シンジケーション・リストを手に、立ち上がった。

(普段の今西さんならもうちょっと粘って何とかしようとするはずなんだが。さすがに疲れているんだろうか?)高橋は物足りない気分で今西に従った。

支店長席の前の会議用の丸テーブルでは、支店長の林に副支店長の曽根と総務担当次長の三人が額を突き合わせ、何やら熱心に打ち合わせをしていた。

「何やってるんだろうね?」今西が小声で訊《き》いた。

「来年三月に頭取がロンドンに来るじゃないですか。その準備ですよ」高橋も小声で答える。

会長や頭取が来るたびに、林と曽根は半年前から準備を始める。

彼らは慣例に従って、頭取のスケジュールをA3判の大きな紙を使って練り上げていた。滞在一日につき紙一枚を使用する。横軸には左から朝六時から夜十二時までの時刻を十分刻みに記《しる》し、縦軸には上から一次案、二次案、三次案の欄。夕食であれば、まず事前に調査した頭取の好みの食事を一次案として記《しる》す。もし頭取がその日になって「今日は違うものが食べたい」といい出した場合に提案する食事を二次案とする。それでもお気に召さなかった場合に備え、三次案も用意しておく。当然レストランは三つとも予約しておく。頭取が宿泊する予定のホテルに万一不都合があった場合に備え、料金を払って別のホテルを押さえておく。ホテルの部屋の冷蔵庫には頭取の好みの飲食物を入れる。枕元には、ハウス・キーピングに渡す小銭と、切手を貼った絵葉書を用意する。頭取のスケジュールとは別に、ロンドン支店の日本人行員のスケジュール表も作られる。やはり一日につきA3判の紙一枚を使用し、横軸には十分刻みの時刻、縦軸には林以下日本人行員全員の氏名。誰がいつどこで何をすべきかを常に把握し、頭取のロンドン滞在中粗相のないよう万全を期すためだ。頭取が麻雀《マージャン》をしたいといい出した場合に備え、接待麻雀を得意とする行員四人が選抜され、毎晩支店で待機しているよう命じられる。毎朝総務課の若い日本人行員がホテルに行き、レストランの窓際の一番眺めの良い席にすわって確保し、頭取のお目覚めを待つ。これが、アメリカの銀行が世界的な視野で戦略を立て、金融技術を磨き、国際金融市場の覇権を目指して着々と布石を打っている間、邦銀がやってきたことである。

「まだ五カ月もあるのに、もう始めてるのか」今西は呆《あき》れた。

「僕、曽根副支店長にいわれて先週サビル・ロウの洋服屋に採寸に行きましたよ」

「えっ、何のために？」

「頭取がオペラをご覧になるときに着る、黒のフォーマル・スーツを作るんだそうです。それで頭取と背恰好《かっこう》が似ている僕に白羽《しらは》の矢が立ちました。……確かに僕は頭取並みに背は低いですが、あんなに腹は出てないはずなんですけどねえ」

高橋のふくれっ面を見て今西は吹き出しそうになった。

二人に気づいた曽根が顔を上げた。

「今西君と高橋君か。何か用事かね？」

「はい。トルコ・トミタ自動車向けシ・ローンの組成状況をご報告したいと思いまして」

途端に曽根は不機嫌な顔になった。

「ふん。きみのいうことを信じて敢えてローンチを許可したが、あまり売れてないみたいだな。いくらまで行ったんだ?」顎《あご》をしゃくって訊く。

「八千七百万ドルです。これが今現在の状況です」今西は林と曽根の目の前にシンジケーション・リストを差し出した。

「八千七百万ドル? 目標の一億一千万ドルにずいぶん遠いじゃないか。十本まで落とせなかったらいったいどうするつもりなのかね、ええっ!?」曽根は声を荒らげた。高橋は思わず首を竦《すく》めそうになったが、今西は平然としている。

「シンジケーションはマーケットが相手ですから、どうしても水物みたいな部分があります」

今西は悪びれずに答えた。

「き、きみ! 水物ですからで済むと思ってるのかね!?」

「あと数日あるので、何とかなるような気もします。……それとも、曽根副支店長に何か特別なお考えでも?」

「と、特別なお考えといわれても……」曽根は一瞬鼻白む。しかし、すぐに体勢を立て直した。

「それは国際金融担当次長のきみが考えることだろうがっ!」

「いずれにせよ、あと数日あります。もう少し様子を見ていて下さい」

そういうと今西は、まだ何かいいたげな曽根に一礼して背を向けた。

(あーあ、あんなこといっちゃっていいのかなあ)

高橋はますます不安になった。

数日後。シンジケーションをクローズする日がやって来た。

参加を受諾した銀行は二十三行で、コミットメント総額は九千二百万ドル。一億五千万ドルから差し引くと、五千八百万ドルの売れ残りだ。これを四つの引受銀行で融資しなくてはならない。一行あたり千四百五十万ドル。一千万ドルの目標を大きく超過した。

「やっぱり駄目でしたねえ。四百万ドル以上もファイナル・テークの目標をオーバーしちゃいますよ。曽根副支店長と島村審査役に何て説明しましょうか？」高橋が泣きそうな声を出した。

「ふふふ」今西が、にやりと笑った。「もうみんな売れたよ」

高橋は一瞬自分の耳を疑った。

「えっ、今何とおっしゃいました？」

今西はにやにやしている。

「もう、みんな売れた、っていったんだよ」

「みんな売れた？……でもまだ、アンダーライター一行当たり四百五十万ドルも目標をオーバーしてるじゃないですか」高橋は狐につままれたような気分だ。今西は頭がおかしくなったのかと思う。

「いや。うちの分は売っちゃったんだ」

「売っちゃった……って、どこに売ったとおっしゃるんですか？」

「パシフィック・リースと東亜生命に三百万ドルずつ引き取ってもらった。主幹事手数料を少しだけ吐き出して『一般参加の銀行より手数料にイロをつけさせてもらいます』といったら、喜んで買ってくれた。これでうちのファイナル・テークは八百五十万ドルだ」

高橋は呆気《あっけ》にとられた。

今西はシンジケーション・リストを作成するとき、あらかじめ日本のノンバンクや生保を外して、万一の際の隠し球《だま》にしていたのだ。そして、シンジケーションをやる傍ら、富国銀行が引き受けた額の一部を彼らに「相対取引」で密《ひそ》かに売却していた。

相対取引というのは、シンジケーションとは別のローンの販売方法である。

これには主としてアサインメント（assignment、債権譲渡）とサブ・パーティシペーション（sub-participation、裏参加）の二種類がある。前者の場合、ローンが販売されたことはボロワーに通知され、ローンの買い手（アサイニー）はボロワーに対して権利を直接行使できる。これに対して後者の場合、ローンが販売された事実は誰にも知らされず、ローンの買い手（サブ・パーティシパント）は債権者としての権利の行使をローンの売り手に代行してもらう。

今西が今回使ったのは後者のサブ・パーティシペーションだった。

トルコ・トミタ自動車の融資契約書には、富国銀行の参加額はあくまで千四百五十万ドルと記載される。そしてそのうち六百万ドルが、ボロワーや他の参加銀行に知られることなくパシフィック・リースと東亜生命に売却されるのだ。

「そ、それって、ブックランナーとしてルール違反じゃないんですか？」

「ブックランナーをつとめるくらいの銀行ならどこもやってるよ」今西はあっさりいった。

「今ごろブリティッシュ・チャータードも、スイスにあるドイツ系のファイナンス会社あたりに打診してるはずだ。まあ、クレディ・ジェネラルのピエールは、こういう手があることはまだ知らないだろうけど」

「ガルフ・バンキング・コープはどうです？　ファイナル・テークの目標をオーバーすることに文句をいいませんか？」

「あの人たちは、少しでも手数料がほしいクチだから。ファイナル・テークが増えて、その分余計に参加手数料がもらえればむしろ御《おん》の字だ。我々ブックランナーには『必ず十本まで落とせるようにして下さいよ』とプレッシャーをかけながら、行内の承認はちゃっかり十五本くらいで取っている。……アンダーライティング・グループを作るときは、その手の銀行も入れておくものなんだ」

「じゃあ、馬鹿を見るのはクレディ・ジェネラルのフォンタンだけってことですか？」

「そうだ。知らない奴だけが馬鹿を見る。これが市場の掟《おきて》だよ」

今西はこともなげにいった。

今西から、販売目標達成の報告を受けると、支店長の林は人の好さそうな安堵《あんど》の表情を見せた。副支店長の曽根は、内心ほっとしながらも憮然《ぶぜん》とした表情で「ああ、そうかね。ご苦労さん」とぶっきらぼうにいった。

報告を終えて席に戻ると、今西は今後のスケジュールについてきぱきと指示を始める。

「シンジケーションのクローズが今日で、ドキュメンテーション（融資契約書作成作業）に三、四週間かかるから、調印式は十二月上旬だろう。ブリティッシュ・チャータードにそろそろ調印式会場を押さえるように頼んでくれるかな。それと、ドローダウン（引き出し）は、ボロワーの希望通り年明け早々にできるから、その旨ディシュリさんに連絡してほしい」

「はい」

「それから調印式の引き出物なんだけど」今西は悪戯《いたずら》っぽい目をした。「ブリティッシュ・チャータードにペンだけはやめてくれって頼んでくれるかな。調印式のたびにペンをもらって、ペン屋が開けるほどあるから」

「わかりました」高橋は笑って受話器を取り上げる。

今西と高橋の表情にみるみる明るさが広がっていた。

シンジケーションが完了すると、次のステップとして融資契約書作成作業《ドキュメンテーション》が開始される。その過程でボロワーと参加銀行の間で一応の攻防はあるが、今回のトルコ・トミタ自動車向けローンのように、複雑な仕組み《ストラクチャー》や担保を伴わない案件では交渉が紛糾することはほとんどない。従って、ここまで来ればディールは終わったも同然だ。あとは、大きな間違いだけはしないようにして、晴れの調印式を目指すだけだ。

「ああ、それから……」今西が思い出したようにいった。「ディーリング・ルームの土屋副支店長にドローダウンの時期を一応伝えておいてくれるかな。トルコリラの為替が動くかもしれないから」

それを聞いて高橋はきょとんとした顔をした。

「トルコ・トミタ自動車のドローダウンで為替相場が動くんですか？」

「知らなかったかい？」

「はあ……」高橋は頭を掻《か》く。

（そうか、まだここまでは考えが及ばないか。そういえば、自分も昔はこんなもんだった……）今西は、無我夢中で仕事をしていた駆け出し国際金融マン時代を思い出して懐かしい気持ちになる。

「トミタ自動車イラン工場の建設工事を請け負っているのはドウシュというトルコの大手建設会社だ」今西はじっくり教え諭すようにいった。「トルコの建設会社は中東では実績もあるし、コスト面でも競争力があるからね。トルコ・トミタ自動車の今回の借入れの大半はドウシュへの支払いに使われる。建設契約はトルコリラ建てだ。そのため、トルコ・トミタ自動車は一億五千万ドルのローンを引き出したあと、そのドルをトルコの銀行に持って行ってトルコリラに換えてもらう。銀行の方では、そのドルをトルコのインターバンク（銀行間）市場で売却してトルコリラを受け取り、トルコ・トミタ自動車に渡してやる。ところがトルコのインターバンク市場は規模がすごく小さいから、一億五千万ドル程度のトランズアクション（取引き）でも十分相場を動かす要因になる」

いいながら今西は「トルコリラ？　そんなエキゾチックな通貨は二億ドルくらいの取引きが一発出てくりゃ、マーケットはぶっ飛ぶぜ」という同期入行のディーラーの言葉を思い出す。

「つまり、トルコリラがドルに対して強くなる方向にマーケットを動かすかもしれないってことだ」

「あっ、なーるほど」高橋の表情がぱっと明るくなった。

「土屋副支店長はトルコリラが強くなると踏んで、先物買いのポジションを持ってるらしいから、彼のポジションにはフェイバー（有利）に働く。……ただ、相当ポジションを積み上げているらしいから、その点はちょっと心配だけど」

「それは若林さんもおっしゃってました。『あれだけインフレ率が高くて財政赤字が大きい国だから、ひとたび何かあればトルコリラは瞬時に暴落する。ロシア危機が発生したときに為替が動かなかったからといって、今後もそうとは限らない』と、何度も土屋副支店長に説明したそうです」

「若林さんの力説ぶりが目に見えるようだね。ほんとにあの人は情報や分析をビジネスに結びつけようとする欧米型エコノミストだ」今西は微笑んだ。「それで、土屋副支店長の反応はどうだったって?」

「馬耳東風だそうです」

「あーあ……」今西は天を仰ぐ。「やっぱり、いっても駄目か。もともと為替には素人だし、あれで結構プライドが高い人だからなあ。……とはいえ、こちらとしては知らないふりをするわけにもいかない。曽根副支店長からも、トルコに関する情報は逐次土屋副支店長に流すようにいわれてるし」

「曽根副支店長は、人事部ご推奨銘柄の土屋副支店長に傷がついたりしたら自分に跳ね返ってくると恐れてるんですかね?」

「そんなところだろう。土屋副支店長は『内外交流人事』の目玉だから」

「ところで、トルコ・トミタ自動車は何回くらいに分けてドローダウンする予定なんですか?」

「ドローダウンは一回でやってもらう。……本当は三回に分けてやる予定だったらしいけど、ディシュリさんに一回でやって下さいとお願いした。そうすればマーケットへのインパクトが大きくなって、土屋副支店長にも有利だからね」

その言葉を聞いて高橋は、今西はそこまで考えていたのかと感心する。

話を終えると、高橋は土屋がいる一つ下の階のディーリング・ルームに出かけていった。


「どうだった？」

十分ほどで国際金融課に戻ってきた高橋に今西が尋ねた。

「一応話はしてきましたが……。でも、トルコ・トミタ自動車のドローダウンのことは気にも留めてませんでした。きみ、わざわざ何いいに来たの、って感じで」

「そうか。しょうがないね。……先物買いのポジションはまだかなり持ってるみたいだったかい？」

「また増やしたみたいです」

「えっ、また増やした⁉」

「今年の年末から年明け実行の先物買いをかなり積み上げてます」

「うーん……」今西は考え込む。「ところで、先物取引のカウンターパート（相手）はどこなんだ？　トルコリラの先物市場はそんなに厚いマーケットじゃないから、そう簡単にポジションを積み上げられるほどカウンターパートが数多くいるとも思えないんだけど」

マーケットが厚くないというのは、その市場に参加している銀行の数や取引量が少ないという意味である。

「ちらっと聞いたんですが、モルガン・ドレクスラーらしいですよ」

「何っ⁉　モルガン・ドレクスラー⁉」

咄嗟《とっさ》に龍花の不気味な嗤《わら》いが脳裏をよぎった。嫌な予感がした。

「それから土屋副支店長にいわれたんですが……」無言で考え込んでいる今西に高橋が、やり切れなさそうな顔でいった。「色々情報をくれるのは有り難いけれど、こういうことは主任のきみじゃなくて次長の今西君から僕に報告するのが筋だろう、といわれました。組織としては、国際金融課の責任者がディーリング・ルームの責任者の土屋副支店長に報告すべきであり、一主任が直接副支店長に話をするのはおかしいそうです」

それを聞いて今西は、ここは東京の本店じゃないんだがな、とうんざりする。

「高橋君。あんまり気にするな」憤懣《ふんまん》やるかたないといった表情の高橋を慰めるようにいった。「日本の銀行で長く働いてると、世間の常識からかなりずれてくる人がたくさんいる。まあ、土屋副支店長には次回から僕が話をするよ」


翌朝、オフィスに出勤してきた今西はファックス・ルームから回付されてきた一枚のファックスを見て「あっ！」と声を上げた。

クレディ・ジェネラルが招聘《しょうへい》し、参加コミットした銀行名と参加額の一覧表だった。

前日のシンジケーション・クローズの際にフォンタンから電話があったが、そのときたまたま今西は席を外していた。そのためフォンタンは今西の留守番電話に、その日新たな参加銀行があり四百万ドルのコミットをしたとだけメッセージを残した。

そのファックスには昨日コミットした銀行名とコミット額が記されていた。

「ウェスト・エルサレム銀行四百万ドル」

（しまった！　イスラエルの銀行を招聘していたのか！　これは大変なことになる！）

今西は慌ててローンチ前に交換してあったクレディ・ジェネラルのシンジケーション・リストを取り出し、目を皿のようにして見直した。そこにはイスラエル・ディスカウント銀行、バンク・ハポアリム、バンク・レウミなど七つのイスラエルの銀行が載っていた。

今西は直ちにフォンタンに電話を入れた。

「ピエール。今朝のファックスを見たけど、イスラエルのウェスト・エルサレム銀行が四百万ドルコミットしてきてるだろう。これはかなり面倒なことになるぞ」

「えっ、どうして？　イスラエルの銀行だろうと何だろうと、金を貸す方なんだから別に問題はないんじゃないのか？　ボロワーにしてみればレンダー（貸し手）が誰であろうと、ドローダウンさえしてしまえば何のリスクもないじゃない」

「いや。僕は以前トルコのヒサール銀行のシ・ローンをやったとき、ボロワーからイスラエルの銀行から金を借りるのだけは嫌だから参加招聘しないでくれと頼まれたことがある。ご存じの通りトルコはイスラム教国だ。ボロワーによってはユダヤの銀行から金を借りることに相当な抵抗感を持っている」

「そうなのか……。でも今回はボロワーも事前にシンジケーション・リストに目を通しているから大丈夫なんじゃないか」

「そうあってくれればいいけど。しかし、ローンチ前後はみんなバタバタしてるから、うっかり見落としている可能性がある。僕自身そうなんだから」

「しかし、ウェスト・エルサレム銀行からはもうコミットメントが来てるしなあ。こちらから参加招聘しておいて、やっぱりおたくの銀行は入れませんなんていったら、さぞかし怒るだろうな」

「そりゃそうだ。でも彼らが参加してくることで案件自体が成立しなくなったら元も子もない。それに、怖いのはボロワーの反応だけじゃない。今回のシンジケーションにはアラブ系の銀行が何行かコミットしてるだろ?」

「うん。ええと、ユナイテッド・アラブ銀行が五百万ドル、アル・ハリージュ銀行が三百万ドル、ドバイ産業銀行が七百五十万ドルの計千五百五十万ドルだ」

「それにガルフ・バンキング・コープのファイナル・テーク千四百五十万ドルを加えると合計三千万ドル。アラブ系の銀行だけで融資総額の五分の一を占めることになる。彼らが揃って降りるといい出したら、融資団が崩壊するぞ」

「………………」フォンタンは沈黙した。ようやく事の重大さに気づいた様子だ。

「ところで他のイスラエルの銀行の反応はどうなんだい? シンジケーションをクローズした後でも入れてくれと強引にいってくる銀行がたまにあるけど、その惧《おそ》れはないかな?」

「いや。ウェスト・エルサレム銀行以外は皆デクラインだった」

今西はほっと胸をなで下ろした。

「それは不幸中の幸いだ。じゃあ、問題はウェスト・エルサレム銀行だけということになる。……これからボロワーとガルフ・バンキング・コープに意見を聞いてみるよ。その上で対応策を考えよう」

今西が電話を切ると、横で聞いていた高橋が話しかけてきた。

「大変なことになりましたね」

「うん。僕もうっかりしてた。ローンチ前は上手く売れるかどうかばかり心配してて、イスラエルの銀行のことまで気が回らなかった」

「でも、アラブとイスラエルの対立ってそんなにひどいんですか？　確かに昔はお互いに存在すら認めていなかったでしょうけど、湾岸戦争のあと和平交渉が本格化して、九四年からはパレスチナ自治も認められているじゃないですか。ＰＬＯのヤセル・アラファトはノーベル平和賞をもらったし」

「確かに民族間の和平は九〇年代に入って劇的に進展した。しかし、タカ派のネタニヤフがイスラエルの首相になってから和平交渉が停滞している。アラブ側もネタニヤフの強硬姿勢に反発して、サウジ、アラブ首長国連邦、エジプトなどが去年（一九九七年）十一月の第四回中東・北アフリカ経済会議を欠席した。アラブ・ボイコットも、九四年にＧＣＣ（湾岸協力会議）加盟六カ国がいったんは一部撤廃したが、今は逆に強化されつつある」

　アラブ・ボイコットとは、アラブ側がイスラエル製品やイスラエルと取引きしている企業をボイコットすることを意味している。

「たとえば、ガルフ・バンキング・コープの定款か経営方針の中にもアラブ・ボイコット条項が入ってるはずだ」

「そうなんですか」

「まったく、ネタニヤフの対アラブ強硬策が我々のシンジケーションにまで影響を及ぼすとは思いもよらなかった」今西はぼやいた。「高橋君、すまないがウェスト・エルサレム銀行ってどんな銀行か調べてくれないか。おそらく彼らと話し合いをすることになるだろうから、バックグラウンドを理解しておきたい」

そういってから、今西は腕時計を見た。

まずボロワーであるトルコ・トミタ自動車の意向から確かめたいところだが、時差の関係でバーレーンに本拠のあるガルフ・バンキング・コーポレーションと最初に話した方がよいと判断した。ロンドンの朝八時半はペルシャ湾岸では午前十一時半。あちらではそろそろ昼食に出かける時分だ。今つかまえておかないと、ディフラーウィーが昼食と午睡を終えて仕事場に戻ってくる午後四時まで待たなくてはならない。

「それはまずい。絶対にまずい。ウェスト・エルサレム銀行が入ってくるとうちは参加できなくなる」

今西の説明を聞いたディフラーウィーは呻《うめ》くようにいった。

(やはりそうか……)今西は目の前が暗くなる。一縷《いちる》の希望が絶たれ、またトラブル発生かとガックりきた。疲れがどっと出てきて目眩《めまい》までする。今西はそれをぐっとこらえた。

「しかし、ミスター・ディフラーウィー。シンジケーション・リストはローンチ前にお見せしましたよね。いまさらまずいといわれても、もうコミットが入ってきてます。やっぱりおたくの銀行は駄目ですとは、ちょっといえないと思うんですが」

「その点は本当に申し訳ない。うっかり見過ごしていた。しかし、こればっかりはどうしようもない。イスラエルの銀行と一緒のシンジケーションに参加するなどということをうちのボード（役員会）が認めるはずがない」

（困ったことになった。引受銀行が一行でも降りると一般参加銀行が浮き足立って、それだけでシンジケーションが崩壊する可能性が出てくる。どうすればいい……）

「わかりました、ミスター・ディフラーウィー。何とか解決策を見つけるよう努力しましょう」

「うむ」

「以前にこういうケースはありましたか？」

「いや、私の知る限りではない。……イスラエルの銀行が国際協調融資に参加し始めたのはここ数年のことだ。彼らが参加している案件自体まだ少ない。それに、我々が入るシンジケーションは中東のアラブ諸国向けが中心だ。アラブ諸国向け案件のブックランナーにはイスラエルの銀行を参加招聘しようなどという発想ははじめからない」

「なるほど」

「富国銀行でこういうケースに遭遇したことは？」

「我々の方でもありません。どうしたらよいかすぐには思い浮かばない、というのが正直なところです。……いずれにせよ、ボロワーの意向も確認しないといけないと思います。その上で、対応策を相談しましょう」

「よろしくお願いする」

話を終えて受話器を置くと今西は、深いため息をついた。

そのとき高橋が資料を持ってきた。

「今西さん。ウェスト・エルサレム銀行のこと、だいたいわかりました」

「ああそう。ご苦労さん。で、どんな銀行なの？」

「本店はその名の通りイスラエルの西エルサレムにあります」高橋は資料に目を落とす。「従業員千八百五十人。事業内容は通常の商業銀行業務。総資産百二億ドルで、イスラエル第六位。株式の七割をテルアビブの株式市場に上場。残り三割の所有者が同行を実質的に支配しています」

「残り三割は誰が？」

資料を見ている高橋の視線が訝《いぶか》るように揺れた。

「残り三割は、モルガン……ドレクスラーです」

4

「ああ、それは全然問題ないです」

今西から話を聞いたディシュリはあっさりいった。

「そうですか？　わたしは以前、あるトルコのボロワーからイスラエルの銀行だけは参加招聘しないでくれといわれたことがあるんですが」

「まあ、それはその人の好き嫌いでいったんじゃないの」

「はあ……」

「それに昔と違って、イスラエルに対する国民感情もだいぶ変わってきている。トルコ・トミタ自動車はイスラエルの銀行とも親しくお付き合いしてますよ」

「そうなんですか。……よくわかりました。では、ボロワー・サイドはまったく問題ないということで、幹事銀行団に諮ります」

「結構です」

「ただアラブ系の銀行が難色を示しているので、何らかの手を打たなくてはなりません。なるべく双方にしこりを残さないようにやるつもりですが」

「わかりました。ミスター今西の手腕に期待しています」

　不安の影が微塵《みじん》もない落ち着いた声でいうと、ディシュリは電話を切った。

（手腕に期待する、か。しかし、こんな問題に遭遇するのは初めてだ。いったいどうしたものか。……それにしても、シンジケーション・リストをきちんとチェックしなかったことが、いまさらながら悔やまれる）

　ディシュリとの電話を終えると、今西は自分の席にすわり、両手を頭の後ろで組んでひとしきり考えを巡らせる。

　やがて机上の電話に手を伸ばし、ブリティッシュ・チャータードのマイク・ハーランドの番号をプッシュした。

「うーん、そんなことが……」話を聞いたハーランドは唸《うな》った。「わたしも、アラブ・イスラエル問題までは気が回らなかった」悔いをにじませていった。「我々もそういったケースには遭遇したことがない。ちょっと考えさせてくれないか」

（ハーランドでも経験がないのか。……こりゃ、相当厄介なことになりそうだな）

今西は続いて、東西銀行の公藤やレキシントン銀行のロジャー・モリスなど知り合いのシンジケーション・マネージャー五人にたて続けに電話したが、一様に「そのような経験はない」という返事が返ってきた。

当たりは六人目でようやく来た。

相手はアメリカの大手商業銀行、シカゴ・マニュファクチャラーズ銀行ロンドン支店のシンジケーション・マネージャー、トム・テイラー。

シカゴ・マニュファクチャラーズ銀行のローン・シンジケーション部は同行自慢の巨大なトレーディング・フロアーの一角にある。電話が繋《つな》がると、騒々しいトレーダーたちの声をバックに、テイラーのよく響き渡る声が聞こえてきた。

「ハーイ、テツ。今日はどうした？　トルコ・トミタ自動車のシンジケーションはなかなかよくやったじゃないか」強いアメリカ訛《なま》りの英語。まだ三十代半ばのシンジケーション・マネージャーは生きがいい。今西は早速事情を説明した。

「ああ、そういうのは二度ほどあったよ」テイラーはあっさりいった。

「本当!?　どうやって解決した？」今西は勢い込んで訊《き》く。

「ふふん」テイラーはもったいをつける。「ランチ一回だな」

「ランチ一回でも、ディナー三回でもいいとも」今西は笑って応じた。

「オーケー、ダン！（取引き成立！）」

今西はペンを握った右手でレポート用紙を引き寄せ、一言半句も聞き漏らすまいと左手で受話器を耳に押し当てた。

「うちがギリシアのディールをよくやってるのはご存じだと思うけど、過去二度のケースはいずれもギリシアの案件に関してだった。ギリシアは地理的に近いし、かつリターンもそこそこあるからイスラエルの銀行にとって参加しやすいんだろうな」

左耳に神経を集中させながら、今西は一心にペンを走らせる。

「これにはだいたい三つの対処方法があると思う。まず、去年うちがブックランしたギリシア国鉄向けシ・ローン。その時もアラブ系の引受銀行がシンジケーション・リストにあったイスラエルの銀行名を見落としてね。これには参った。参加してきたのは、イスラエルのバンク・カペナウムのスイス現法だ。カペナウムとアラブ系銀行とで大激論になった。結局、カペナウムにはうちが表に立ってサブ・パーティシペーション（裏参加）してもらうことにした。迷惑料として参加手数料を二〇ベーシス（〇・二パーセント）上乗せしてね」

「もう一つのケースでは、アラブとイスラエルの銀行がともに同じ融資契約書に調印した。だけど、ディールのパブリシティ（広告）は一切やらなかった。このケースではアラブ側が、公に知られさえしなければいいと判断したわけだ」

広告《パブリシティ》とは、新聞や雑誌でそのディールの完了を宣伝することだ。最も一般的なやり方は、ツームストーンの掲載である。大きなディールほど大きく、色をふんだんに使った派手なツームストーンが作られ、ファイナンシャル・タイムズやIFRの紙面を華やかに飾る。

「三番目のやり方。これはうちじゃなくて、フランスの銀行がブックランした案件なんだが、やはりアラブとイスラエルの銀行が同じ融資契約書に調印した。しかし、二番目のケースと違って、パブリシティはやった。イスラエルの銀行の名前を外してね」

（なるほど、そうやるのか……。これは貴重な情報だ）

「よくわかった。大変参考になったよ。有り難う」今西は心底から礼を述べた。

電話の向こうのテイラーはまんざらでもないといった気配。

「オイルマネーの力はひところより衰えたとはいえ、アラブの資金力はまだまだ凄《すご》いものがある。トルコ・トミタ自動車のケースも、結局イスラエルの銀行に泣いてもらうしかないんじゃないの？……じゃあ、グッドラック！」

ディーリング・ルームの電話は、受話器を置く雑音がしない。テイラーの声は、急に真空が訪れたようにフッとかき消えた。

今西はメモを見直し、頭の中を整理してゆく。

（今回は久々のトルコの大型ディールだ。しかも、この市場環境の中でよく組成できたと誰もが誇りに思っている。ボロワーも幹事銀行団も、無事調印されたあかつきには華々しくパブリシティをやりたいはずだ。きちんとしたパブリシティをやれること。これがすべての前提だ。となると、やはりテイラーのいうように、ウェスト・エルサレム銀行に泣いてもらうしかない。四百万ドルのコミットメントの銀行が抜けても大勢に影響はないが、アラブ系の銀行がごっそり抜けたりするとディール自体が成立しなくなる懼《おそ》れがある）

今西は方針を決めると、ただちに他の三つの幹事銀行に連絡して了承をとった。

（ことを荒立てぬよう、まずは電話で相手の出方を探ろう）

今西は大きく深呼吸して電話に手を伸ばした。

ふと、ウェスト・エルサレム銀行の背後でモルガン・ドレクスラーが糸を操っているのではないかと気にかかる。しかし、やるべきことははっきりしていた。思い迷っている時間はない。

今西は意を決して受話器を摑《つか》んだ。


ウェスト・エルサレム銀行国際部長、エイブラハム・アロンの反応は予想通りだった。

「そちらから参加招聘しておきながら、当方のコミットを拒絶するとはどういうことだ！　馬鹿も休み休みいえ！　当行は断じて承服できない！」

巻き舌の英語を爆発させた。

地中海を隔てた五〇〇〇キロの彼方《かなた》の、ユダヤとアラブの聖地から唾《つば》が飛んできそうな剣幕だ。

「おっしゃることはごもっともです。しかし、現実問題として五つのアラブ系銀行が大変困惑していることも事実です。このことを無視して手続きを進めるのは不可能です」

今西は気圧《けお》されながらも、懸命に説得しようとする。

「幹事銀行団にはアラブ系のガルフ・バンキング・コーポレーションも入っている。ウェスト・エルサレム銀行の参加招聘はアラブ系の幹事銀行も認めてのことではないのか⁉」

今西は返答に窮した。

実は、シンジケーション・リストをよく見ておりませんでしたとは、さすがにいえない。

「確かに形式的には認めたわけですが……」しどろもどろになった。「アラブ・ボイコット条項といった、具体的な障害があることがわかりまして……」

「我々は、そちらの参加招聘にもとづき参加を受諾した。法律的には我々の参加契約が成立している」アロンは矛先を法律論に変えてきた。

「法律的なことはまだ調べていないため何とも申し上げられません」今西はアロンの矛先をかわす。「ご理解いただきたいのは、貴行のご参加を拒絶すると申し上げているわけではないということです。関係全当事者が満足できるよう、貴行の参加形式について若干のご配慮をいただけないかとご相談申し上げているのです」

「サブ・パーティシペーション（裏参加）などという参加形式は受け入れることはできない。当行に対するインサルト（侮辱）である！」

「そこを何とかご配慮願えませんか？　貴行にとって経済的な不利益は何ら生じません」

「経済的利益・不利益の問題ではない。当行に対するインサルトだといっているのだ！　このようなことはマネジメント（経営陣）にも説明のしようがない」

「もし必要であれば、幹事銀行団から貴行のマネジメントにご説明のレターを出しますが」今西は必死で食い下がる。

「紙切れ一枚もらって納得できる話ではない。……さきほどもいったように、通常の形式にもとづく参加契約はすでに成立している」アロンは再び法律論を持ち出す。

結局、三十分間の議論は平行線を辿《たど》ったまま終わった。

受話器を置くと、今西はぐったりと椅子に沈み込んだ。その姿を腫《は》れ物に触るような目で、国際金融課のスタッフ全員が遠巻きに見る。

今西は考えごとをしながら、ぼんやり天井を眺める。耳朶《じだ》の奥でアロンの粘着質な英語が執拗《しつよう》にこだましていた。

「何かお手伝いできることありますか？」高橋がおずおずと訊いた。

「有り難う。とりあえず、明日もう一度話してみるよ」

「やっぱり、見切り発車っていうのは無理なんですか？」

「それは最後の最後だ。まずはお互いとことん話し合って妥協点を探るのがビジネスの正道だと思う。アメリカの投資銀行なんかは誰彼かまわずいきなり銃口を突きつけるようなやり方をするが、それは能力の低い人間のやることだ。……それに、この問題の法律的解釈もまだわからない。下手をして訴えられたらことだ」

翌日、今西は再びアロンと電話で話し合ったが、やはり物別れに終わった。

今西は挫《くじ》けることなく、週末を挟んで翌々日もアロンに電話した。この日は一時間近くも議論したが、やはり平行線だった。

「高橋君、ちょっと来てくれるか」

三度目の電話を終えたとき、今西が呼んだ。高橋が行くと、今西はウェスト・エルサレム銀行からのコミットメント・レターを差し出した。

「これを至急アレン&マッケンジーのミセス・ラレマンにファックスしてほしい」アレン&マッケンジーは今回のシ・ローンに関して幹事銀行団の法律顧問《リーガル・カウンセル》をつとめている大手国際法律事務所である。ミセス・ラレマンはそこのフランス人女性弁護士だ。「彼女に、我々がウェスト・エルサレム銀行の参加を拒絶できるか、拒絶した場合どういう法律的問題が生じるか、至急コメントをくれるよう頼んでほしい。向こうには、すでにインフォ・メモやインビテーションはあるから、資料はこのファックスだけで十分のはずだ」

「わかりました。……やっぱり、話し合いで解決するのは難しそうですか？」

「うん。エイブラハム・アロンはしきりに法律論をちらつかせ、場合によっては損害賠償を請求するとまでいい始めている」

「損害賠償……」高橋はぞっとする。この六月に三菱自動車が米国のセクハラ訴訟で三千四百万ドル（約四十八億円）を支払う羽目になり、昭和電工も米国の損害賠償訴訟の和解金支払いが主因で、年末の決算が六十億円の黒字予想から一転して百億円の赤字見込みになっていた。全米各州が大手たばこ会社を相手にした損害賠償訴訟では近々二十五兆円という途轍《とてつ》もない規模の和解金支払いが合意される。

「ただ、エイブラハム・アロンもどこまで本気かはわからない。……いずれにせよ、話し合いで和やかに解決するのはもはや無理だ。対決せざるを得ない」

今西の表情は疲れていたが、その声には、ここまで来れば何としてでもディールを完了《クローズ》するという執念がこもっていた。


「どうだ具合は？」

受話器を左手にした龍花が訊《き》いた。

「ここ五日間ほどやりあっているが、向こうもなかなかの粘り腰だ。最後は押し切られるかもしれん」電話の向こうのアロンが答えた。

「そうか。融資団の中に入ることができれば、もう少し自由にかき回せるんだが」

「ただ、ディールの進行自体は遅れている。調印は一週間近く延びるはずだ」

「そうか！」龍花は思わず笑みをこぼす。「それなら、あと二、三日も頑張ってもらえればいい。……それからあとは、こっちにまかせてくれ」

「オーケー、了解だ」


アレン&マッケンジーのミセス・ラレマンから、ウェスト・エルサレム銀行に関する回答が書面で来たのは二日後だった。

回答の趣旨は次の通りだった。
①幹事銀行団がクレディ・ジェネラルを通じてウェスト・エルサレム銀行に送ったインビテーションは、その受諾によって法律的関係が生じる「オファー」であるかどうかは議論が分かれる。
インビテーションは、ウェスト・エルサレム銀行に「参加についての興味表明」の機会を与えるという法律的意味しかないと解釈することもできる。
②幹事銀行団は各参加銀行の最終参加額《ファイナル・テーク》を決定する権限を持っているので、ウェスト・エルサレム銀行のファイナル・テークをゼロと決定することは手続き的に可能である。
さらに、ドキュメンテーションの段階で、各参加銀行は融資契約書の内容に同意しなくてはならないが、この段階でアラブ系銀行との意見不一致によりウェスト・エルサレム銀行が融資契約書に同意できなかったと解釈することも可能であろう。

③仮に、インビテーション受諾によって法律的関係が生じると解釈した場合でも、ウェスト・エルサレム銀行がそれにもとづいて訴訟を起こす可能性は極めて低い。損害額の立証責任はウェスト・エルサレム銀行にあるが、その立証は容易ではないからである。本トルコ・トミタ自動車向けローンは、他のトルコ案件に比しリターンは低い。従って、ウェスト・エルサレム銀行が本件と同程度のリターンがある他の融資機会を見つけることは困難ではない。
また、幹事銀行団からのサブ・パーティシペーションの提案をウェスト・エルサレム銀行は断わっている。従って、同行は幹事銀行団のおかげで損害をこうむったとは主張できない。
④結論として、この問題に関しては法律的議論が分かれる可能性はあるものの、ウェスト・エルサレム銀行が幹事銀行団を相手取って損害賠償の訴訟を起こす可能性は、現実的に判断して、極めて低い。

（よし、これで外堀は埋まった！）

ミセス・ラレマンからの回答は今西にとって千人力だった。

ただちにウェスト・エルサレム銀行に対するレターの作成に取りかかる。

ミセス・ラレマンからは、いままでのやりとりはすべて電話だったので、再度幹事銀行団の主張を書面で残しておくべきだというアドバイスが付されていた。ことは慎重を要する。今西は時間をかけて英文を練り上げていった。

"When we decided to invite your bank to participate in this facility, we did not envisage any difficulties resulting from the tensions between Israel and Arab nations. I am now very embarrassed to have to advise you that a number of Arab banks have declined to be seen alongside with an Israeli bank in this transaction. If you would still like to be associated with this loan, we would be pleased to look at alternative arrangements such as a sub-participation to ourselves. We are ready to prepare mutually acceptable documentation. I would very much appreciate your co-operation in this matter and apologize for the inconvenience caused. I look forward to hearing from you at your earliest convenience."（私どもが貴行を本案件に招聘《しょうへい》することを取り決めました時点では、イスラエルとアラブ諸国の緊張関係から問題が生じることは予期しておりませんでした。誠に申し上げづらいのですが、多数のアラブ系銀行がイスラエルの銀行と一緒に本案件に参加することを公に知られたくないと望んでおります。つきましては、貴行が本案件へのご参加を引き続き希望される場合、私どもを表とするサブ・パーティシペーションなどの代替案を検討させていただけないかと存じます。その際は、双方にとって受け入れ可能な契約書を当方が作成させていただく所存です。本件につきまして貴行のご協力をお願い申し上げますとともに、ご迷惑をおかけすることをお詫《わ》び申し上げます。なるべく早めのご返事を賜《たまわ》りたく、お願い申し上げます）

レターを書き上げると、今西は万年筆を取り出してサインした。

（さあ、行け！）

祈りと決意を込めて、それをウェスト・エルサレム銀行にファックスした。

翌日、ウェスト・エルサレム銀行から早速ファックスで返事が来た。エイブラハム・アロンの署名があった。

「貴行らから参加招聘しておきながら、いまさらそちらの都合で当行の参加に問題が生じるとはどういうことか。サブ・パーティシペーションなどという形式は断じて受け入れられない。場合によっては貴行らに損害賠償を請求する」これまでの電話での議論と同様、強い調子の反論だ。

今西は、損害賠償を請求すると書面でいってきたことにあらためて危惧《きぐ》感を覚え、アレン&マッケンジーのミセス・ラレマンに相談した。

「ミスター今西。そんなことで怖《お》じ気《け》づいては駄目。毅然《きぜん》と反論しなさい。何ならわたしの名前で先方にレターを送りましょうか？」

年齢は今西より幾つか下だが、英国で法律の学位を取り、いまや世界的な法律事務所のパートナーの地位にあるフランスの女傑はほとんど訛《なま》りのない英語で今西を叱咤《しった》した。

「いいえ。そこまでには及びません」いいながら今西は、（フランスの女性って強いなあ）と舌を巻く。

ミセス・ラレマンの言葉に勇気づけられ、今西は返答のレターを書き始めた。

"Further to your facsimile message, I would greatly appreciate it if you could give us any suggestions. As I explained to you, we are in a difficult position and would appreciate your understanding and assistance in solving this problem."（貴ファックス拝受致しました。この問題につきまして、貴行のほうで何かご提案がありましたら、是非ともお聞かせいただきたく存じます。すでにご説明申し上げました通り、私どもは困難な立場に立たされております。問題を解決すべく、貴行のご理解とご支援を賜りたいと願っております）

　書き上げると、ただちにファックスした。

（今度は何といってくるか？　次回のやりとりでは、こちらからウェスト・エルサレムの参加を拒否することもありうると示唆して、その次あたりで最後通牒《つうちょう》、という感じだろうか……）

　ところが、数日たってもウェスト・エルサレム銀行からは何の返答もなかった。

　あと二、三回は議論の応酬があるものと予想していた今西は拍子抜けした。

「ウェスト・エルサレム銀行はもう何もいってきませんね」高橋がいった。

「怒り心頭に発して愛想をつかせたのか、それとも訴訟を起こしても経済的メリットがないと判断したのか。……たぶん、その両方だろうな」

「ちょっと後味悪いですね」

「しょうがないさ。もともとは、こちらの落ち度なんだから。……ブリティッシュ・チャータードに電話して、調印式を一週間か十日くらい後ろにずらすよう伝えてくれるかな」

「はい」

「さあ、気分を変えてドキュメンテーションだ」今西は明るくいった。「アラブ・イスラエル問題でずいぶん時間をロスしたけど、これ以上は遅らせられない。ボロワーのドローダウンの都合があるから」

「わかりました。……えーと、ファイナル・テークなんですが、ウェスト・エルサレム銀行の四百万ドルは引受銀行で四等分して、各行百万ドルずつ追加ということで……」

今西と高橋はようやく息を吹き返し、国際金融課にも活気が戻ってきた。

その頃、ドックランドの超高層ビル、カナダ・スクエア・タワー五十階のオフィスから一人の男が地上を見下ろしていた。男の視線は、白く波立つテームズ川を越え、ロンドン・ブリッジ、メタリックなロイズ保険組合のビル、ナット・ウェスト・タワー、イングランド銀行と移動して行く。視線はチープサイド通りを西の方角へ這《は》い、やがてセント・ポール寺院の手前にある黒っぽい八階建ての商業ビルで止まった。

「富国銀行……」男は、低く押し殺したような声でいった。「楽しみにしておけ」

龍花丈の身体の奥から、抑えようのない破壊衝動が突き上げていた。

第六章　最強の投資銀行

1

十二月に入るとロンドンでは底冷えが始まる。

街を行く人々は一様に黒っぽいコートを着込み、うつむき加減で口数も少ない。

人々の吐く息は白く、路面は氷と霜で鈍く銀色に輝く。

街のあちらこちらに電飾が取り付けられ、書店や文房具店に色とりどりのクリスマス・カードが賑《にぎ》やかに並ぶ。商店はセールの赤い札をショー・ウィンドウにところ狭しと貼り出す。

オフィスには、取引先や同業者から届くクリスマス・カードがあちらこちらに花が咲いたように飾り付けられる。昼休みになると人々はクリスマス・ショッピングに出かけ、マークス・アンド・スペンサーの緑色のビニール・バッグやオースチン・リードの紺色の紙袋を提げ、寒風で頬を紅く染めてオフィスに帰ってくる。

龍花はオフィスでクリスマス・カードの束にサインしていた。

毎年この時期になると秘書がカードを用意し、龍花、ヒルドレスとローン・シンジケーション部のスタッフがサインして顧客や同業者に送る。何百枚ものカードに手早くサインしながら、龍花はふと去年も道子からクリスマス・カードが届いたことを思い出した。封筒の住所は龍花と別れてからずっと住んでいるアパートだった。小さな一部屋きりのアパート。から見上げたことがあった。窓ぎわによく手入れされた小さな鉢植えがいくつか並べてあった。

（まだ、あそこに住んでいるのか……）

「おい、丈《ジョー》。どうした？」

ガラス張りのオフィスの入り口にヒルドレスが立っていた。もの思いに耽《ふけ》る龍花の様子を見て怪訝《けげん》な顔をしていた。何百ものディールが奔流となって進行して行く投資銀行のオフィスで、もの思いに耽るのはクビを宣告された人間だけだ。しかし、ヒルドレスはそれ以上何もいわなかった。

「いよいよ、大欧州の幕開けだな」

薄オレンジ色のファイナンシャル・タイムズを龍花の机の上にばさりと放り出した。

十二月三日、フランス、ドイツなど来年一月一日の欧州通貨統合第一陣に参加する十一ヵ国が一斉に政策金利を引き下げていた。イタリアとアイルランドの二ヵ国を除く各国の政策金利がぴたりと三パーセントに揃えられた。不可能といわれた今世紀最後の大事業、欧州通貨統合まであと一ヵ月を切った。

米国の投資銀行各行は八月のロシア危機から早くも立ち直り、モルガン・スタンレーなどは過去最高益更新へと驀進《ばくしん》している。「欧州の巨人」ドイツ銀行は米国の名門投資銀行バンカース・トラストを買収すると発表。投資銀行業務で米系各行を追撃する態勢に入った。ＢＭＪとモルガン・ドレクスラーの攻防戦では、ＢＭＪが従業員数を半分にする起死回生のリストラを行なった後、正体不明の大口投資家から資金を取り込み、自社株買いでドレクスラーのＴＯＢに対抗する動きを見せている。ゲッティ・ブラザーズ、アクイジション・コープ、ＵＳアトランティック銀行の三社は、攻撃から一転してＢＭＪ防衛へと目標を切り替えた。彼らをＢＭＪ陣営に留《とど》まらせたのは、ベネデッティが提示した毎月百万ドル近い月ぎめ報酬《リテイナー・フィー》という札束の山だ。金融ジャングルを生き抜いてきたパオロ・ベネデッティならではの粘り腰だ。

「ところで、トルコ航空のファイナンスの方はどうだ？」ファイナンシャル・タイムズから目を上げた龍花が訊《き》いた。

「順調だ。今日明日にでも調印できるだろう」ヒルドレスが答えた。

頷《うなず》く龍花の両目が、強い光を帯びた。


今西がテーブルで待っていると、間もなくハルークが現われた。

「ハルーク、久しぶりだなあ！」今西は立ち上がり、笑顔で右手を差し出した。

「遅れて申し訳ない。ハロッズで買い物が長引いちゃってさ」ハルークは人懐こい笑顔を見せ、今西の手を握りかえす。

二人は椅子に腰を落ち着けると、ウェイターを呼んでアペリティフを頼んだ。

欧州一の有名デパート、ハロッズに近いナイツブリッジのイタリアン・レストラン。通りに面した壁は全面ガラス張りだ。街路樹に飾り付けられた豆電球が、クリスマスが近い十二月の夜の通りで無数の宝石のように燦《きら》めいている。ほぼ満席の店内は、クリスマス前のうきうきした会話がさざめいている。

「今回は何日くらいロンドンにいるんだい？」今西が訊いた。

「一週間ほどいるよ。三日間はイギリスの投資家を回って、あとはガールフレンドとクリスマス・ショッピングだ」ハルークはウインクした。

「ハロッズはどうだった？」

「すごい人出だった。建物全体が電飾で飾られて、でかい王冠みたいな感じでさ。ビデオやカメラを持った世界中の観光客が群がって、蟻塚の蟻みたいにぞろぞろと出たり入ったりしていた」

ハルークはにこやかに話す。年は三十六、七歳で今西より幾つか若いが、黒い髪をオールバックにした顔には早くも、成功している金融ブローカー兼証券会社のオーナーの貫禄《かんろく》が出てきている。茶色の細いフレームのボストン・タイプの眼鏡、カラーシャツに紺色のサスペンダー、黄色い蝶《ちょう》ネクタイに濃紺のジャケットという洒落《しゃれ》た服装だが、ヨーロッパ人とアジア人を混ぜたような垢抜《あかぬ》けない顔とよく動く二つの黒い目は何ともいえない愛敬がある。背恰好《せかっこう》は一七四センチの今西とほぼ同じだ。

まもなく、アペリティフのドライ・シェリーが運ばれてきた。

「乾杯！」今西はグラスをかかげる。

「トルコ・トミタ自動車のシンジケーション、無事完了おめでとう！」ハルークはグラスをかちりと合わせる。

シェリーを一口飲むと、ハルークはふーっと満足そうに息をついた。

「調印式はいつごろになりそうなの？」ハルークが訊いた。

「十二月十四日の月曜日だから、あと五日だ」

「ドキュメンテーションは順調かい？」

「一、二行を除いて、ほぼ全部の参加銀行が契約書ドラフトに同意した。ここまでくれば、もう大丈夫だ」

「そうか。そりゃよかった。それにしても、あんな荒れたマーケットでよく二十二も参加銀行が集まったもんだ。……ところで、日本の銀行で入ったのは結局、富国銀行と住之江銀行だけだったのかい？」

「うん。邦銀は皆、下手すりゃ年末の資金繰りがつかずに破綻《はたん》するんじゃないかと焦っている状態だから。住之江銀行にしても、参加はわずか百万ドルだ。……日本政府の国債まで格下げになったから、邦銀や日本企業は資金調達コストが上がって大変だよ」

去る十一月十七日、アメリカの格付機関ムーディーズが、日本政府の国債と外貨建て債券の格付を最上級のトリプルAから、ワンランク下のダブルA1に引き下げていた。理由は財政赤字の拡大である。一般的にいって、格付がワンランク下がると資金調達コストが〇・二パーセント程度上昇する。ただ日本の公的債務は国内で消化されているものが大部分なので必ずしもそうなるとは限らない。しかし、いかなる組織・会社もその国の政府の格付を上回ることはないという「カントリー・シーリング」のルールにより、今までトリプルAだった電力会社など民間企業の格付も自動的に下げられ、それら企業の資金調達コストは確実に上昇する。さらに、日本の先行きに対する外国銀行・投資家の懸念を増大させ、邦銀向けジャパン・プレミアム（上乗せ金利）が上昇し、貸し渋りを一層悪化させる。コメントを求められた宮沢《みやざわ》蔵相は「ありませんね、コメントは。日本の国債は世界で一番信用がある」と憮然《ぶぜん》と答えた。

「富国銀行も今、ムーディーズに格下げの方向で見直されているんだ。今がシングルAだから、今度はトリプルBだろう。そこまで下がると、お客さんに『おたくの銀行のカウンターパート・リスクが取れない』といわれて、デリバティブや資本市場関係の取引きに大きなダメージが出る」カウンターパート・リスクとは、取引相手が債務不履行に陥るリスク、すなわち富国銀行の支払い能力というリスクである。「僕がこういう大きなシンジケーションをやれるのも、これが最後かもしれないなあ」

そういって寂しげな表情をする今西をハルークはじっと見た。

ちょうど茸《きのこ》のガーリック・ソテーの前菜が出てきたので二人は無言で食べ始めた。

「ハルーク、いうのを忘れてたけど」今西が思い出していった。「コミッションは調印式の翌日に振り込むから」

「有り難う」ハルークはにっこりする。「振り込みは、指定したグランド・ケイマンの銀行口座に頼むよ。税務署がうるさいから」

グランド・ケイマン島はカリブ海に浮かぶタックス・ヘイブン（租税回避地）だ。

今回のディールで富国銀行には四十四万ドルあまりの手数料が入る。そのうち六万ドルがローカル・アドバイザー料としてハルークに支払われることになっていた。

「手数料の六万ドルっていうのは、まあまあの金額なんだろ？」ナイフとフォークを使いながら、今西が訊いた。

「うん。でも三分の一はもう使っちゃったからなあ」

「えっ、何に？」

「ほら、トルコ・トミタ自動車からマンデートが下りた直後に、トルコのトレジャリーがごちゃごちゃいってきたじゃない」

「そういえば、そんなことがあったね。あのときハルークにいわれた通りにやったら、トレジャリーが随分あっさり折れてきたんで、珍しいこともあるもんだと思ったよ」

「へへっ。裏からちょっと手を回したのさ」ハルークは悪戯っぽく笑った。

「裏から手を回した？」

「政治家にちょっと金をつかませて、トレジャリーに命令を出してもらったんだ」

「せ、政治家に金をつかませた⁉」今西はむせ返りそうになる。あわててテーブルの上のミネラル・ウォーターをがぶ飲みした。「そ、そんなことをして、ポリス（警察）にバレたらどうするんだ⁉　刑務所行きじゃないか！」今西は愕然《がくぜん》として訊いた。

「ポリスにバレたら？　うーん、そうだなあ……」ハルークは目をくるくるさせて考える。

「そんときゃまあ、ポリスにも少し金をつかませてやるんだろうな！」目をぱっと明るく輝かせてあっけらかんといった。

今西は思わず吹き出した。

（まったく、楽しい男だなあ！　自由奔放に生きている）

ハルークも一緒に大笑いする。二人は腹の底から湧き上がってくる笑いの波にしばらくのあいだ翻弄《ほんろう》された。

「ハルーク、今のは聞かなかったことにするよ」ようやく落ち着いた今西は、笑いの余韻の中でいった。

やがて、メイン・ディッシュが運ばれて来た。

今日のお勧め料理、ポークのレモン・ソース・ソテー。イスラム教徒のハルークは豚肉を敬遠して、チキンのグリルに野菜の付け合わせ。黒いズボンに白い上着を着たイタリア人のウェイターが赤ワインを注ぐ。

「証券会社の方は順調かい？　トルコの株価はずいぶん下がってるんだろ？」風船グラスを揺らせて赤ワインの香りをかぎながら、今西が訊いた。

「うん。順調、順調。確かに、イスタンブール市場の株価指数は七月半ばに四、三五一ポイントの最高値をつけた後、ロシア危機の影響で相当下げた。今年の年末は二、六〇〇ポイントくらいだろう。だけど取引ボリュームは去年以上だし、株価が下がったら下がったで空売りでいくらでも儲《もう》けられるから」ハルークはチキンをナイフとフォークで器用に切り刻みながら答える。

「そうか、たいしたもんだなあハルークは。その歳で会社を経営して、金融ブローカー業でも相当な収入を上げて。……大金持ちじゃないか。羨《うらや》ましいよ」

「テッ」ハルークは笑みを絶やさず、今西を見つめた。「金持ちになること自体には何の価値もない。僕には預金通帳の残高を見て喜んだり、札束を見てうっとりする趣味はない。金に対する執着心もない」

「えっ？」

「金があるかないかは、単に選択肢の問題にすぎない。つまり、金を持っていれば、それだけ自分の選択肢が増える。それが金の持つ価値だ。それ以上でもないし、それ以下でもない」

「うーん、なるほど」今西は唸《うな》る。

（この男はそこまで考えているのか……）

「僕には自分の証券会社をトルコでナンバー・ワンにするという夢がある。そのために金を稼いでいる。金はあくまで手段で、目的じゃない」ハルークはきっぱりといった。「この世で大切なものは金では買えない。夢や愛情には、値段は付けられない」

今西はその言葉を聞いて、同じように金を追い求めていても、ハルークの生き方は龍花とは根本的に違うと思った。

「テッには夢があるか?」

「夢か……」今西は考える。「そうだな……。ロンドンの金融街シティで働いて、ここの仕事に魅了された。一時は、誰にも負けない一流の国際金融マンになることを夢見ていた……」昔を思い出すような口ぶりでいった。ハルークはじっと今西を見つめている。

「テッ、銀行を辞めるなら早いうちがいいよ」ハルークはずばりと切り込んできた。

考えていたことをいきなり見透かされ、今西はどぎまぎする。

「うん。銀行を辞めるっていうのは、……正直いってここのところずっと考えてはいたんだ。実は、かなりの給料で雇ってくれるという話もある。しかし……」

「しかし?」

「辞めるとなると銀行からの借金も返さなくてはならない。ロンドンの社宅も出なきゃならない。それ以外にもいろいろ金もかかるし……」

「ヘイ、テッ! あんたはどこかの金融機関に高給で仕事をオファーされてるんだろう? 同年代の人間の中じゃ最も収入が多くなるじゃないか」

「しかし、将来何が起こるかわからないだろ?」

「将来何が起こるかなんてわかってる奴がいるか! Only God knows!(神のみぞ知る、

だ！）わかってるのは、いずれは死ぬということ。それだけだ。今のままじゃ、テッは死ぬと
き後悔するぞ」

そういってからハルークは、怒ったような顔で風船グラスに注がれた赤ワインを口に運んだ。

今西はハルークの言葉を反芻《はんすう》しながら、ふとガラスの向こうの通りに目をやる。

街路樹に飾り付けられた無数の豆電球が今西の胸中のように寒風の中で揺れていた。

翌朝、高橋が思いつめた顔で今西のところにやって来た。
「住之江銀行ロンドン支店でドキュメンテーションをやってるドイツ人弁護士が目茶苦茶細《こま》か
いんです」高橋がいった。
「ドイツ人弁護士？」
「ええ。ドイツで資格を取ったあと、英国の弁護士事務所で八年間働いた経験があるそうで
す」
ドイツ人は融資契約書に関しては異常なほど細かい。他国の銀行なら問題にしないような言
い回しや、数字にこだわるので融資団にドイツの銀行が入っていると交渉が難航することが多
い。今回の融資団にもドイツの銀行が数行入っていたが、こちらは何とか説得できた。
「一安心と思ったら、今度は邦銀のドイツ人弁護士か。……土、日を除くと調印式まであと二
日だ。時間がない」
今西はその日の午後のフライトで急遽《きゆうきよ》イスタンブールに飛んだ。

ロンドンを午後四時すぎに出発した英国航空六八〇便のボーイング767の藍色の機体が、イスタンブール・アタチュルク空港に着陸したのは午後十時半をすぎていた。滑走路には、真っ暗な空から雪が舞い降りていた。気温は零下二度。

今西は空港ビル前で、黄色い小型タクシーに乗り込み、雪の道をイスタンブール市街へと向かう。宿泊先は、ボスポラス海峡を見下ろすマチカ地区にあるスイス・ホテルだ。

チェックインを済ませて部屋に入ると、時刻は真夜中に近かった。

「あっ⁉」

衣類を入れたスポーツバッグを開けた今西は思わず声を上げた。

折りたたんだ白いワイシャツを慌てて取り出して見ると、肩や胸のところにうす茶色の泥水が滲《にじ》んでいた。別の青いワイシャツも背中の方が汚れ、下着類も同様だった。どうやらヒースローかイスタンブールの空港のどこかでバッグを水溜《みずた》まりに落とされたらしい。バッグの片側に泥がこびりついていた。

すでに夜中の十二時近くで、ホテルの洗濯サービスは明日の朝まで利用できない。

仕方なく今西は、バスルームのタオルでワイシャツと鞄《かばん》の汚れを拭《ふ》く。明日は汚れが軽微な青いワイシャツを着て、残りの衣類は急ぎの洗濯サービスに出すしかない。

幸先《さいさき》の悪いスタートに憂うつな気分で眠りについた。

翌朝、トルコ・トミタ自動車からホテルに連絡があり、午前中のはずだったアポイントメントが午後一時に変更された。

(ぎりぎりまで引き延ばして、交渉を有利に進めようというのか？)

今西は疑心暗鬼にかられる。午前中電話でロンドンの高橋に週明けの調印式の段取りについて指示し、ルームサービスで昼食をしてからホテルを出た。

コートを着て手袋をし、黒い書類鞄をさげて徒歩で雪の道をトルコ・トミタ自動車の本社に向かう。吐く息が白い。道端にイスタンブールの冬の風物詩、焼き栗売りが立っていた。ちょび髭《ひげ》の地元の男が毛糸の帽子に厚手のコートという姿で、火箸《ひばし》を使って屋台の鉄板の上で栗を焼いている。黒い焦げ目がついた大粒の栗が、冬の寒さの中で湯気を立てていた。

トルコ・トミタ自動車本社に着くと、決意を胸に秘めて、受付けで法務部長の名を告げ、案内を待った。

(何としてでも、今日じゅうに決着しなくては)

トルコ・トミタ自動車の法務部長はドアン・セビムといった。

ドアン(dogan)とはトルコ語で「隼《はやぶさ》」を意味する。その名の通り、隼のような精悍《せいかん》な目元をした長身のトルコ人だった。ハルークによると、以前は米国系の法律事務所のイスタンブール事務所に勤務していた弁護士で、年齢は今西より二、三歳上らしい。オールバックにした頭髪が黒々と精気に溢《あふ》れていた。

「何かお飲み物はいかがですか？」

法務部の会議室に今西を案内したセビムが訊《き》いた。目には交渉に臨む気迫が宿っている。

「トルコ・コーヒーを下さい」

「ミルクとお砂糖は？」

「ブラックでお願いします」

今西の言葉を聞くと、セビムは傍らの若い女性給仕に「サアデ（ブラック）」とトルコ語でいった。

住之江銀行が固執し、トルコ・トミタ自動車が抵抗している争点は五つあった。

しかし、そのうちの三つは事務手続上の問題で、解決はそれほど難しくない。最後まで揉《も》めそうなものは二つだ。

一つは、クロス・デフォルトの発動免除額である。

クロス・デフォルトとは、トルコ・トミタ自動車がこの一億五千万ドルのローン以外の借入れでデフォルト（債務不履行）を引き起こした場合、たとえ本件の支払いをきちんと行なっていても、本件に関してもデフォルトが発生したとみなす条項である。ただし、このクロス・デフォルト条項には一定の発動免除額が付されることが多い。本件でも、当初の融資契約書ドラフトでは、他の借入れのデフォルトが二百万ドル以下であればクロス・デフォルトは発動しないとなっていた。これに対し、トルコ・トミタ自動車側はこの金額を二千万ドルまで引き上げてほしいと要求してきた。これに頑強に反対しているのが住之江銀行である。これまでの交渉で住之江銀行はこの金額を五百万ドルまで引き上げ、トルコ・トミタ自動車側は千五百万ドルまで引き下げた。しかし、まだ一千万ドルの開きがある。

二つ目は、貸出し金利のベースとなるライボー（LIBOR、ロンドン銀行間金利）の決め方である。

住之江銀行が本件の幹事行である富国、ブリティッシュ・チャータード、クレディ・ジェネラル、ガルフ・バンキング・コーポレーションを基準《レファレンス》銀行とし、四行が提示《クオート》する金利の平均値をライボーとする「レファレンス銀行方式」を主張しているのに対し、トルコ・トミタ自動車側はＢＢＡライボー方式を主張している。ＢＢＡライボーとはＢＢＡ（British Bankers' Association、英国銀行協会）が指定する十六の銀行が毎日午前十一時にクオートする金利のうち、高い方と低い方からそれぞれ四行を除いた残り八行の平均値である。指定銀行は米国系がチェースとシティバンクの二行、英国系がバークレイズ銀行など六行、欧州系がドイツ銀行など四行、豪州のウェストパック銀行、それに東京三菱銀行など邦銀が三行である。米ドルの六カ月の金利の場合、邦銀はジャパン・プレミアムを払わないと資金調達ができないので他の銀行が提示する金利より〇・七パーセント程度高い金利になっている。住之江銀行の主張するレファレンス銀行方式を採用すると、ブリティッシュ・チャータードとクレディ・ジェネラルの二行は問題ないが、富国銀行とガルフ・バンキング・コーポレーションは邦銀並みの金利しかクオートできないので、適用されるライボーはＢＢＡライボーより高くなる。

（まず最初に、事務手続上の三つの争点から片をつけよう。揉めそうなクロス・デフォルトとライボーはその後だ）

どろりとしたトルコ・コーヒーを一口啜《すす》ると、上唇にざらざらしたコーヒーの粒がついた。それをハンカチでぬぐい、今西は交渉の口火を切った。

「これまでの交渉で多くの争点が合意されましたが、あと五点残っています。今日は金曜日で、調印式を週明けに控えていますので、今日はこれら五点に関して何としてでも合意しなくてはなりません。合意ができ次第、最終的な融資契約書を印刷・製本すべくアレン&マッケンジーの弁護士もロンドンの事務所で待機しています」

セビムは頷《うなず》いた。

「まず、第一点目の金利にかかる銀行・保険業税ですが……」

今西が説明を始めると、セビムはじっと耳を傾ける。油断のない目が今西を見つめる。その様子に、今西は手強《てごわ》さを感じる。半人前の人間は相手の話も聞かずに声高に自分の主張を繰り返すが、すぐれた交渉者《ネゴシエイター》は、まず相手の言い分をじっくり聞くものだ。セビムの態度はまさに後者だった。

今西の説明が終わると、セビムがトルコ・トミタ自動車側の言い分を説明し始めた。予想通り今西の説明を十分に理解した上で、それを覆すべく理詰めで迫ってくる。

(正攻法……。王道を行く交渉術だな)

だが油断はできない。真にタフなネゴシエイターは土壇場の勝負どころと見ると、予測もつかない手でこちらの止《とど》めを刺しにかかってくる。今西はメモをとりながら、セビムの主張にじっくり耳を傾けた。やがて今西とセビムは、互いの白刃の切っ先を交えるような緊迫した議論に入っていった。今西はときおり、貸し手《レンダー》側の法律顧問であるロンドンの法律事務所アレン&マッケンジーの弁護士や、住之江銀行に連絡しながら議論を進める。住之江銀行では、ドイツ人弁護士と共に本件に関する最終決定権者である国際金融担当次長田川も議論に加わっていた。

七階にある会議室の窓からは、冬のボスポラス海峡が曇り空の下で青灰色のモノトーンに沈んでいるのが見える。アジア側の港の巨大なクレーン群が奇妙なシルエットになって浮かんでいた。

「ちょっとコーヒー・ブレイクにしませんか？」

最初の三つの争点の片がついたところで今西が提案した。「お話を始めてからもう二時間以上経っています」

「オーケー、いいだろう」

今西は廊下に出て伸びをした。

廊下の窓からは、マチカ地区のビジネス街やサッカー・スタジアムが見下ろせる。灰色のサッカー・スタジアムは人の気配もなく寒々としている。

（さあ、これからが本番だぞ）

今西は気を引き締めて会議室に戻り、再びセビムと対峙《たいじ》した。女性給仕が淹《い》れてくれた新しいトルコ・コーヒーが今西の目の前に置かれていた。

「第四点目のクロス・デフォルトの発動免除額ですが融資団としては、五百万ドルでご納得頂きたいと……」

「冗談じゃない！」セビムが憤然といい放った。

「トルコ・トミタ自動車の他の融資契約書ではすべて二千万ドル以上になっている。我々が主張している千五百万ドルというのは、すでに相当妥協した数字だ。これ以上の妥協は論外だ！」

セビムの剣幕に今西はいったん沈黙した。

今までの交渉のやり方がまずかった、と改めて後悔される。

これまでドキュメンテーションは、高橋がアレン＆マッケンジーの担当弁護士と相談しながらセビムと交渉し、迷ったりわからなかったりしたときだけ今西に助言を求めていた。担当弁護士はミセス・ラレマンの部下の見習い弁護士《アソシエイト》で、ミセス・ラレマン自身はドキュメンテーションの細部にはタッチしていない。高橋から最終的に残った争点に関する交渉経過を詳しく聞いたとき、今西はほぞを噛《か》んだ。高橋は銀行団が主張する数字を、当初の二百万ドルからスタートし、交渉が進むにつれて三百万ドル、四百万ドル、五百万ドルと小刻みに三度も変えていた。小刻みに数字を変えると、こちらがさらに妥協できることを相手に読まれてしまう。最初の二百万ドルに頑として踏み止まって、相手を十分に引きつけた上で最後の瞬間にさっと妥協していれば、おそらく五百万ドルで手を打てたはずだ。

「しかし、五百万ドルのデフォルトでも、相当な金額です。融資団として懸念を抱くに十分な金額です」

今西はいったん間をおいて反論した。

「ミスター今西、我々はデフォルトしない。クロス・デフォルトの限度額はあくまで事務ミスか何かで返済資金の送金が遅れたりしたようなときのためのものだ」

「デフォルトしないなら、ゼロでいいではありませんか。わたしはクロス・デフォルトに関してこんな限度額があること自体おかしなことだと思っています」

「我々の融資契約書にはすべて二千万ドル以上の金額が限度として規定されている。これを見たまえ」

セビムはあらかじめ用意していたローン契約書を開いて、今西の目の前に突き出した。そこには二千五百万ドルという数字が記載されていた。

「もし納得しないなら他の契約書もお見せするが」自信満々だ。

(このままでは押し切られる)危惧《きぐ》を感じた今西は鞄《かばん》の中から携帯電話を取り出した。

「ちょっとロンドンの弁護士と話をさせて下さい」

今西の頼みはセビムの気勢をそぎ、セビムは渋々同意した。

今西は廊下に出て携帯電話でアレン&マッケンジーに電話を入れる。

アレン&マッケンジーの担当弁護士はまだ三十すぎの若いイギリス人男性だった。パートナー級の弁護士であれば高橋に交渉のやり方を教えてくれていたのだろうが、と思うとまた悔やまれる。

「今、セビムとクロス・デフォルトについて交渉しているんだが、一つ頼みがある」今西は電話の相手にいった。

「向こうは千五百万ドルといい、こちらは五百万ドルだ。おそらく落とし所は一千万ドルだと思う。しかし、話の持って行き方を一歩間違えれば千五百万ドルを呑《の》まされる」

「…………」

「これから交渉を再開するが、カンファレンス・コール(電話会議)の形で会議に参加してほしい。そしてまず僕が六百万ドルと提案する。セビムは千三百万ドルくらいで切り返してくるだろうから、そのあと少し議論したあと適当なタイミングを見計らってきみが一千万ドルと提案してほしい」

「うーん、わたしはそういう交渉はあまり得意じゃないんですけど……。それにこの限度額をいくらにするかは純粋なビジネス・マターで、リーガル・マター(法律問題)じゃありませんし……」若い弁護士はいかにも自信なさそうだ。

「そういわずに協力してくれよ。金額に関しては向こうも妥協はできるはずなんだ。頼むよ」

「うーん……」相手はしばらく考え込む。「わかりました。上手くできるかどうかわかりませんが、やってみます」

携帯電話を切り、今西は会議室に戻る。

議論にアレン＆マッケンジーの弁護士も参加させたいと申し出ると、セビムは承諾した。

弁護士に連絡してセビムのところに電話を入れさせ、電話をスピーカー式に切り替える。しばらく先ほどと同様の押し問答を繰り返した後、今西は切り出した。

「ミスター・セビム。この点についての議論にすでにかなりの時間を費やしました。週明けには調印式です。何とか議論を終結させるためわたしどもも、もう一段の妥協をしたいと思います。……六百万ドルではいかがでしょうか？」

今西はセビムの反応を待つ。

(千二百万ドルといってくるか、それとも千三百万ドルか？)

「けっ！」セビムは蔑《さげす》んだように吐き捨てた。「ミスター今西。我々はこの点に関して、イスタンブールの土産物屋の店先みたいな交渉をする気はない。相手が六百万ドルといったら、こちらは千四百万ドル、それから相手が七百万ドルでこちらが千三百万ドル。そういう交渉はしないのだ」

(いかん。こりゃ失敗だ。……何とかしなくては)

「しかし、千五百万ドルはないでしょう」今西は動揺しながら懸命に反論した。顔が紅潮しているのが自分でもわかる。「いくらかでも妥協してもらえませんか？　アレン＆マッケンジーの方でも同様に考えていると思いますが。……そうですよね？」電話に向かって呼びかけた。

「えー、まあそうですね。やはり他のローンで五百万ドルのデフォルトを起こすということは、えー、これは相当深刻な事態です」若い弁護士は一千万ドルと切り出す状況ではないことに当惑した様子だ。

「ふん。さっきもいったがほかの融資契約書ではすべて二千万ドル以上になってるんだ。ほかの銀行が認めているのに、富国銀行だけが認められない理由があるなら明確に示してもらいたい」

この限度額に明確な基準などあるはずがない。すべてレンダーとボロワーの力関係と交渉術で決まる。まさに土産物屋の店先的交渉の産物なのだ。それはセビムも十分承知しているはずだ。

「困りましたねえ。銀行団としては、千五百万ドルはとても呑めない数字なんですよ」今西は、理屈を探しながら、とりあえず押し返す。

両者は睨《にら》み合いに入った。

スピーカー・フォーンから雑音混じりのアレン＆マッケンジーの弁護士の声が部屋の中に流れてきてセビムを説得しようとするが、セビムは動じる気配はない。

「この点に関しては、もう話すことはないと思うがね」しばらくしてセビムがいった。

「わかりました。この点は飛ばして、あとで議論することにしましょう」

「オーケー、いいだろう」セビムはスピーカー・フォーンのスイッチを切った。

膠着《こうちゃく》状態が打開できないときは、争点を飛ばして次へ行き、あとで再び議論するのが常道だ。

セビムが何といおうとこの点に関しては土産物屋の店先的交渉で決着するしかない。その手の交渉はロジックも糞《くそ》もないから、最後の最後にやるのがよい。

「最後の争点のライボーについてですが、我々はレンダー（貸し手）の資金調達コストをより反映するライボーにすべきと思っています」

いいながら今西は、我ながら臆面《おくめん》もないなと思う。

トルコ・トミタ自動車に対するオファーでは、金利のベースは単に「ライボー」とだけ書いてあった。普通ライボーというときは、市場金利すなわちBBAライボーを指す。たとえレファレンス銀行方式を採用する場合でも、邦銀のようにプレミアム（上乗せ金利）を払わないと資金調達できない銀行はレファレンス銀行にはしない。

「そりゃ論外だ！」セビムはすぐさま反論した。

「普通ライボーといったら、BBAライボーのことじゃないか！こんなレファレンス銀行方式は受けられない」

そうだろうなあ、と今西は思う。

同時にジャパン・プレミアムを払わないと資金が取れない自分の銀行が情けなくなる。

「こういう融資契約のライボーは市場実勢を反映した金利を使うべきだ。このやり方では市場実勢を反映しない。BBAライボーが最も適当だ」

セビムは富国銀行とガルフ・バンキング・コーポレーションが払うプレミアムのことをあからさまにはいわないが、それが念頭にあるのは明らかだ。

「我々がBBAライボーより低い金利で調達できるときは、トルコ・トミタ自動車も低い金利で借りることができ、我々のライボーが高いときは御社の借入れ金利も高くなるべきです。ウェン・ウィ・ゲイン、ユー・ゲイン。ウェン・ウィ・ルーズ、ユー・ルーズ（我々が得するときはあなたがたも得し、我々が損するときはあなたがたも損する）。このやり方が公平でいいと思いませんか？　一方だけが得をし、片方が損をするやり方では、ビジネスは長続きしません」

「ミスター今西。あなたの言葉は耳に心地好く響くが、それは欺瞞《ぎまん》だ」セビムはきっとなっていい返した。「計算してみたが、ミスター今西のいうレファレンス銀行方式でやるとBBAライボーよりも現状で三五ベーシス（〇・三五パーセント）も適用金利が高くなる。すなわち一億五千万ドルに対して年間五十二万五千ドル（約六千百万円）も余計なコストがかかる。そんなやり方は到底受け入れがたい」

「コストがかかるのは我々レンダーも同じです」

「そんなことはない。BBAライボーで資金調達できる銀行は、我々に三五ベーシス余分に払わせてそれを自分のポケットに入れられるじゃないか。ウェン・ウィ・ルーズ、ゼイ・ゲイン（我々が損して彼らが得する）だ」

「しかし……」

「ミスター今西、この点についてはこれ以上議論する気はない！」ぴしゃりといった。これ以上議論を続けると癇癪《かんしゃく》を起こしそうな顔つきだ。

「わかりました。ほかの銀行が何というかちょっと相談させて下さい」

今西は携帯電話を持って立ち上がった。住之江銀行に電話するとはいわない。こういう場合どこの銀行が反対しているかはボロワーに告げないのがプロフェッショナルなやり方だ。告げるとボロワーとその銀行の関係が悪化する可能性があるからだ。

　廊下に出て、住之江銀行ロンドン支店の田川を呼び出す。

「田川さん、ライボーの定義なんですけどね、予想通り激しい抵抗に遭ってます。たぶんボロワーは我々の提案を受けないと思いますけどね」

「そんなことといわずにもう少し頑張って下さいよ。我々邦銀はジャパン・プレミアムを払わなきゃならないんですから」

「もうかなりやり合ったんですがねえ。あまりこの点にこだわると交渉が決裂して月曜日に調印できなくなるかもしれませんよ」

「とにかくやるだけやってみて下さい」

　田川の言葉には、駄目なら諦《あきら》めるというニュアンスがあった。

　今西は少し気が楽になる。

「わかりました。それじゃ、もう少し話してみます」

　電話を切りかけると田川が遮った。

「あっ、ちょっと待って下さい！　ライボーは最悪やむなしとしても、クロス・デフォルトの発動免除額はお願いしますよ。千五百万ドルを呑《の》まされるんじゃ癪ですからね」

（なかなか楽にしてくれないな、住之江銀行は）今西は胸のうちでため息をついた。

「わかりました。できる限りの努力をします」

　今西は電話を切って会議室に戻った。

「やはり銀行団としては、レファレンス銀行方式で行きたいと……」

「それは受けられないといっただろう！」

セビムが怒鳴る。再び押し問答が始まる。

すでにお互いのいい分は出し尽くしていて、論理《ロジック》で相手を納得させることはできない状況だ。あとは相手のミスにつけこんで話の流れを自分に有利に運ぶか、相手の疲れと気のゆるみが見えたとき、一気に勝負に出るしかない。

しかし、セビムはつけ込む隙を見せない。

膠着状態のまま、時間だけが刻々と過ぎて行く。

交渉が始まってから既に数時間が経過していた。

冬の日は釣瓶《つるべ》落としだ。議論を始めたとき会議室に差し込んでいた明るい日差しは、すでに落日の茜《あかね》色に変わり、疲労と倦怠《けんたい》感が室内にどんよりと垂れ込めている。今西は手や顔にじっとりと滲《にじ》んでくるあぶら汗をハンカチでぬぐう。

（これ以上やりあっても駄目だ、そろそろ決着をつけないと）

疲れで鈍ってきた頭で今西が考えたそのとき、セビムが口を開いた。

「ミスター今西、ライボーについては一切妥協できない。銀行団があくまでレファレンス銀行方式にこだわるなら、交渉は決裂だ」

引導を渡すように決然といった。顔にはもうこれ以上議論を続けたくないという嫌悪感を滲ませていた。その嫌悪の表情が本当なのか、演技なのか今西は読めなかった。

議論を切り上げたいのは今西も同じだった。レファレンス銀行方式にこだわっているのは住之江銀行だけなのだ。

「わかりました。この点に関して、御社のご意向が固いということで銀行団に持ち帰って相談します」

こちらはまだ完全に同意したわけじゃないぞ、という含みを持たせた。

「そうか。じゃ、そういうことでよろしくお願いする。……それじゃ、議論はすべて終わりだな？」

セビムは机の上の書類をかき集めて抱えると立ち上がった。

「ちょ、ちょっと待って下さい！　まだ終わりじゃありません！」今西は慌てて叫んだ。

「いや。もうすべて話しただろう？　調印式はよろしく頼むよ」しれっといった。

「待ってください！　クロス・デフォルトの発動免除額に関する議論はまだ終わっていません！」

「いや、あれは千五百万ドルで決着したじゃないか」セビムは書類を抱えてドアの方へ歩き始める。

「いえ、まだこちらは納得していません。こちらの主張は六百万ドルのままです！」

今西はセビムを睨《にら》みつけながら、梃子《てこ》でも動かぬぞという気迫を全身からにじませ、席にどっかりと座り込んだ。セビムは露骨に嫌な顔をしながら戻ってきた。

「ミスター今西。いったいあなたはどうしたいんだ、ええっ!?　さっきわたしが千五百万ドルでしか受けられないといったのを忘れたのか!?」

セビムは一触即発の気配を全身から発散している。ライボーに関する議論の余勢を駆って、一気に押し切ってしまおうという魂胆のようだ。

（ここで振り切られてたまるか！）今西は気圧《けお》されながら必死で食らい付いてゆく。

「アイド・ライク・トゥ・シー・サム・コンプロマイズ・オン・ユア・サイド・アズウェル！（わたしはあなたがたの側でも妥協したという事実がほしい！）」

叫ぶようにいうと、セビムを一直線に見据えた。

心の中では泣きたい気分だった。この場の雰囲気から、ここでセビムがあくまで千五百万ドルだといえば尻尾《しっぽ》を巻いて帰るしかない。土壇場で強いのはいつもボロワーだ。

敗北と交渉の終結の予感を胸に、相手の反応を待った。

窓から差し込んでくる黄昏《たそがれ》の西日が今西を赤く染めていた。

「ミスター今西、あなたはいくらにしたいというのか？　五百万ドルから六百万ドルというのでは話にならないといっただろう」セビムは動ずる様子もなく威嚇するような目つきで今西を睨んだ。

「ハウ・アバウト・テン・ミリオン？（一千万ドルではどうですか？）」

最後の気力をふりしぼり、短く鋭く、今西が叩《たた》きつけた。

一瞬の沈黙が流れた。

怒ったような表情で今西を睨みつけたまま、セビムが口を開いた。

「オーケー、わかった」セビムはドスの効いた声でいった。「そちらがライボーに関してわれわれの主張を認めるなら、一千万ドル、そうでなければ千五百万ドル。これでいいな？」

セビムの言葉は濁流に呑み込まれかけていた今西にとって一本のロープだった。今西はそれをしっかりと摑《つか》んだ。

「ユア・プロポーザル・イズ・アクセプテッド（あなたのご提案で結構です）」

今西は立ち上がってセビムに右手を差し出した。セビムがその手を握りかえす。終始固い表情だったセビムが晴れやかに微笑んだ。

今西は、セビムが花を持たせてくれたのを感じとる。

最後まで千五百万ドルといい張れば勝てたにもかかわらず、今西に武士の情をかけて最後の妥協をしてくれたのだ。論理《ロジック》とロジックのぶつかり合い、丁々発止の掛け合い、そして一振りの人情。これがトルコ流交渉術だ。

2

週が明けた月曜日。ついに調印式の日の朝がやってきた。

その日、今西は誰よりも早くオフィスに出勤した。机の上に、調印式を担当するブリティッシュ・チャータード銀行の獅子《しし》と帆船の紋章がついた封筒が届いていた。調印式の案内状だ。今西はここまでの長い道のりに思いをはせながら封筒を開いた。

調印式会場はシティのほぼ真ん中に位置するフォスター小路のゴールドスミス・ホール。一三二七年にエドワード三世から勅許を得た金細工職人組合の会館《ホール》である。シティには薬種商組合会館、皮革職人組合会館など、古いギルド・ホールが数多くあり、現在では様々な行事の会場として貸し出されている。

調印式の出席者。トルコ・トミタ自動車からはアティラ・カラオズ社長、野々宮ら七名。ジュムフーリエト紙などトルコの新聞社が四社、TRTなどトルコのテレビ局が二社、法律事務所のアレン＆マッケンジーからミセス・ラレマンら三名の弁護士。在英トルコ大使館からオルハン商務官ら二名。トルコ・トミタ自動車と親しいトルコの銀行から六名。そして幹事銀行四行を含む参加銀行から四十六名のバンカーたち。久々のトルコ向け大型国際協調融資にふさわしい大調印式だ。

式次第――

午前十時半、受付けとコーヒー・レセプション。

午前十一時、融資契約書調印。

午前十一時半、ブリティッシュ・チャータード銀行ハミルトン常務による歓迎の辞。トルコ・トミタ自動車社長挨拶《あいさつ》。主幹事銀行挨拶ならびに乾杯。

正午、カクテル・レセプション。

十二時半、昼食会。

今西は富国銀行の林ロンドン支店長が行なう「主幹事銀行挨拶ならびに乾杯」という文字を見て胸を熱くする。（主幹事銀行……。とうとうやったのだ！　長い闘いだったが、ついにまとめ上げることができた。自分がこのビッグ・ディールをまとめ上げたのだ。……信じられない！）涙で文字がぼやけてくる。大型ディールを完了《クローズ》する充実感と恍惚《こうこつ》感。今西はそれを今、心ゆくまでかみしめる。

やがて高橋やイヴォンヌが出勤してきて、晴れやかな慌ただしさの中で最後の準備が始まった。調印式後のドローダウン・ノーティス（ローン引き出し通知）受領に備え、関係書類一式がローン管理課に引き渡される。ディーリング・ルームに資金準備要請《ファンディング》が行く。海外審査部に最終参加額が報告される。調印式後に発表されるプレス・リリースがタイプ・アップされ、最終チェックのため各幹事銀行に送られる。

窓の外を見ると、寒さの中でからりと晴れた明るい青空が広がっていた。

今西は受話器を取り上げ、ガルフ・バンキング・コーポレーションのシンジケーション部長サイード・アッ・ディフラーウィーの電話番号をプッシュする。ガルフ・バンキング・コーポレーションからはロンドン支店長らが調印式に出席するが、バーレーンにいるディフラーウィーは遠隔地のため欠席だ。

「ディフラーウィーさん。お疲れ様でした」

今西が、清々《すがすが》しい声で話しかけた。

「いやあ、きみこそ。きみのリードのお陰で無事調印式だねぇ」

ペルシャ湾の真珠、バーレーンからの声も晴れ晴れとしている。

「何をおっしゃいます。皆さんのご協力の賜物《たまもの》です」

「調印式にはケイトが行くからよろしく頼む。きみもシンジケーション中に何回か電話で話して知っているとは思うが、彼女は去年新卒でうちのロンドン支店に入ってね。大きな案件の調印式に幹事で出席するのは初めてだから面倒を見てやってほしい」

「ええ、喜んで。……ところでディフラーウィーさん。僕らはまた会えませんでしたね」

「ハッハッハ、そうだね」

今西はディフラーウィーとはまだ一度も会ったことがない。

国際金融街シティでは、口約束と電話だけでどんどんディールが進行して行く。たとえ五年間ディールを一緒にやった仲でも、知っているのは声だけというケースはざらにある。「マイワード・イズ・マイボンド」という言葉に象徴される、強い倫理観に支えられたプロフェッショナルの世界ならではのことだ。

「ところで、ディフラーウィーさん。前々から一つお訊《き》きしたいと思っていたことがあるんですが」

「うん、何だね？」

「お年はおいくつですか？」おどけた調子で今西が訊いた。

「ハッハッハ……。いくつだと思う？」

「四十五歳くらいですか？」

「いいところだ。四十六歳だよ。……きみは？」

「四十一歳です」

「近いうちに是非お会いしたいね」

「ええ。是非」

今西がディフラーウィーとの電話を終えたとき、龍花丈はイスタンブールにいた。

モルガン・ドレクスラーのトルコ現法、ドレクスラー・ヤトルム・テュルク（トルコ・ドレクスラー証券会社）はイスタンブールで最も古いビジネス街であるフンドゥクル地区にある。

通りには銀行や大手企業、海運会社などがずらりと軒を並べ、さながらトルコの丸の内だ。

三十人のスタッフが働くディーリング・ルームは四階にあるガラス張りの一室。

ディーリング・デスクの上に、ドレクスラーが手がけたトルコ企業の株式公開案件のツームストーンが並べられている。壁にはオスマン・トルコ帝国時代の一九一七年に発行されたコンスタンチノープル鉄道・電力会社の青い株券や、一九二三年発行のコンスタンチノープル・ガス会社のベージュ色の株券が額に入れられ飾ってある。

「いよいよだな」龍花は傍らのトルコ人株式トレーダーの男に話しかけた。「飛行機のデリバリー（引き渡し）の準備はどうだ？」

「先ほどシアトルから連絡がありました。準備万端です」トレーダーが答えた。

シアトルはボーイングの本社があるアメリカ西海岸の風光明媚《めいび》な都市だ。マイクロソフトやスターバックス・コーヒー、アマゾン・ドットコムなどアメリカの新しい息吹の故郷でもある。ジャンボ機はシアトルの北、カナダ国境の百キロ手前にあるエバレット工場で組み立てられ、引き渡し手続きがなされると、発注者である世界各国の航空会社に向けて飛び立って行く。トルコへは、小型の737型機などはアイスランドなどで一旦《いったん》給油するが、航続距離のある767やジャンボ機（747）は北極回りでイスタンブールまで直行する。

「オーケー」

龍花の全身に、獲物に襲いかかる直前の獣の緊張感がみなぎった。


午前十時半。今西は支店長の林、高橋とともにゴールドスミス・ホールに到着した。

建物は一八三五年に建築された灰色の御影石《みかげいし》の堂々とした三階建て。正面のコリント式の列柱の間には、杯と獅子《しし》の印のある盾を二頭の一角獣が左右から支えている職人組合の紋章が、立体感豊かに彫り込まれている。

調印式はシンジケート・ローンのクライマックスだ。

国際金融マンにとっては、そこに辿《たど》り着くまでの汗も涙もきれいさっぱり忘れ、拍手と賞賛に包まれる栄光の舞台だ。今西は晴れ舞台にふさわしく、自分が持っている中で最高級のダーク・スーツを着て、糊《のり》のよく効いた真っ白なワイシャツに鮮やかな黄色のネクタイを締めた。胸にはネクタイと同じ色のポケット・チーフ。

会場にはイヴォンヌがすでに来ていて、ブリティッシュ・チャーータード銀行の秘書たちとにこやかに受付けをしていた。富国銀行の三人は受付けでプラスチックのネーム・プレートを受け取り、コーヒー・レセプションが行なわれているレセプション・ルームに入る。天井の高い部屋にはやわらかな絨毯《じゅうたん》が敷き詰められ、大きなシャンデリアからまばゆい光が降り注いでいた。「あれが富国銀行の今西だ」あちらこちらから囁《ささや》きが聞こえる。ウェーブのかかった栗色の髪のフランス人、クレディ・ジェネラルのピエール・フォンタンが駆け寄ってきた。小柄な身体に濃紺のダブルのスーツを粋に着こなしていた。「ハロー、テツ！　今回はご苦労さま」フォンタンは抱きつかんばかりに握手を求めてきた。大型案件のブックランナーを無事つとめ上げることができ、フォンタンも嬉《うれ》しいのだ。「グッド・ジョブ！　ウェル・ダン！（いい仕事だ。良くやったね）」すぐそばから声がかかる。ブリティッシュ・チャーター ド銀行のマイク・ハーランドだ。

ガルフ・バンキング・コーポレーションのケイト・カニンガムは眼鏡をかけ、ブロンドの髪をショートカットにした英国人女性だった。

「はじめまして、ミスター今西。……もっと年上の人かと思ったわ」

「イギリス人から見ると日本人は若く見えるだろうけど、きみより十五歳くらいは年上だよ」

今西は握手をしながら笑顔でいった。

今西たちの後からも各国のバンカーたちが続々と到着する。

強大な資金力を背景にときおり市場をあっといわせる引受けをやってのけるフランクフルト・ドレスデン銀行のシンジケーション・マネージャー、ハンス・ヘッセル。プライドの高そうな顔をまっすぐ上げ、凛《りん》とした雰囲気を漂わせている。学者風の長髪にゆったりとしたスーツ姿でやって来たのは、イタリアの古都シエナの名門モンテ・パスキ銀行のロンドン支店長リカルド・ベッリーニ。フランスのインド・メコン銀行の企業金融部長は白いフレームの眼鏡をかけた中年女性。台湾華南銀行ロンドン事務所のリー所長は禿《は》げ上がった丸い頭をした小柄で愛想の良い中年男性。

調印式に先立ち、今西はボロワーであるトルコ・トミタ自動車のカラオズ社長ら幹部を出席者一人一人に紹介して回る。これは主幹事銀行の大切な役割だ。

「ジェントルメン！　プリーズ・ムーブ・トゥ・ザ・ネクスト・ルーム！（皆さん、次の間に移動して下さい）」燕尾《えんび》服を着たゴールドスミス・ホールの案内係が木槌《きづち》を高らかに打ち鳴らし、室内じゅうに響く大音声《だいおんじょう》で呼ばわった。いよいよ調印式の始まりだ。

調印式会場は茶色い樫《かし》材で内装された会議室だった。天井に近い部分の壁には植物を象《かたど》った凝った装飾がぐるりと施され、落ち着いた雰囲気の中にも豪華さが漂っている。

会場にはテーブルがコの字型に並べられていた。正面中央に林富国銀行ロンドン支店長とトルコ・トミタ自動車のカラオズ社長が並んですわり、その左右に四つの幹事銀行各行の代表者とトルコ・トミタ自動車からの出席者が陣取る。正面に向かって左の縦の列に一般参加銀行からの出席者、右の縦の列に幹事銀行からの出席者が着席した。

午前十一時。ブリティッシュ・チャータード銀行のハーランドの司会で融資契約書の調印が始まった。

融資契約書はボロワーと全参加銀行に一部ずつ行き渡るよう、二十七部作成されていた。ボロワーと各参加銀行の代表者は融資契約書一つ一つの自分の署名欄にサインし、それを火事場のバケツ・リレーのように次々と隣りの人に渡して行く。二十七部の融資契約書が広い調印式会場を波のように移動して行くさまは壮観だ。波はトルコ・トミタ自動車のカラオズ社長から始まり、時計まわりに回って林支店長のサインで終わる。それをアレン&マッケンジーの弁護士たちが集め、きちんとサインされているか点検した上で後方の机の上にうずたかく積み上げていく。

やがて融資契約書の調印は滞りなく完了した。

ブリティッシュ・チャータード銀行のハミルトン常務、トルコ・トミタ自動車のカラオズ社長の挨拶《あいさつ》に続いて、林ロンドン支店長が立ち上がった。

（とうとうやった……）やや緊張した面持ちでスピーチをする林の横顔を見ながら、今西は感激を新たにする。（何もないところから、この手でこの大きなディールを作ったんだ）今西は自分の両方の手のひらをテーブルの上に出して、無言で見つめる。

それを少し離れた席の高橋が見て（今西さんは、いったい何をしてるんだろう？）と怪訝《けげん》な顔をした。

「では、案件の完了を祝して、乾杯！」

スピーチを終えた林が上気した顔でシャンペン・グラスを掲げ、乾杯の音頭を取った。

カメラのフラッシュが焚《た》かれる。六十四個のシャンペン・グラスが金色に燦《きら》めく。トルコ・トミタ自動車や在英トルコ大使館からの出席者に加え、ダーク・スーツに身を固めた国際バンカー四十六人が一斉に立ち上がり、古めかしいギルド・ホールの一室で乾杯をするさまは一種異様な迫力がある。高橋はシャンペンを飲みながら、自分が紛れもなく国際金融マフィアの世界に足を踏み入れたことを知る。

（マイワード・イズ・マイボンド……）高橋は心の中で呟《つぶや》いてみる。

乾杯が終わると出席者たちは再びレセプション・ルームに移動する。

レセプション・ルームにはコーヒーに代わってカクテルが用意されていた。昼食前のひととき、カクテルを飲みながらディールの成功を祝うのだ。

しかし、今西だけは調印式会場にとどまった。

調印式に出席しない参加銀行に代わって、融資契約書にサインしなくてはならないからだ。シンジケート・ローンの調印式には必ずしも全部の参加銀行が出席するわけではない。調印式に出席しない銀行は、主幹事銀行にパワー・オブ・アトニー（署名委任状）を渡し、自分たちに代わって署名してもらう。

人気《ひとけ》がなくなってがらんとした調印式会場の片隅で、弁護士の一人に見守られながら今西は二十七部の融資契約書一つ一つにサインしていく。サインには青いボールペンを使っていた。できることなら万年筆で格好良くサインしたいところだが、大量の契約書にサインしなくてはならないので、インクが乾くのを待っている暇がない。

(何だか『残され坊主』の小学生みたいだな)

サインしながら今西は可笑《おか》しさがこみ上げてくる。

「ご苦労様」傍らから声がかかった。

支店長の林だった。今西は立ち上がる。

「今西君、素晴らしい調印式だった。僕もこれだけの調印式に出席させてもらうのはロンドン支店長在任中に一度あるかないかだろう。想い出に残る経験をさせてもらった。いや、本当に有り難う」林は感激の面持ちだ。「とんでもありません。今日は立派なスピーチをしていただき、本当に有り難うございました」今西は頭を下げる。

しばらくすると、ガルフ・バンキング・コーポレーションのケイト・カニンガムがやって来た。

「ミスター今西はお忙しいそうだから……はい、これ」キール・ロワイヤル（カシスのシャンペン割り）の入った細長いグラスを差し出した。

「有り難う」今西は微笑み、すわったままそれを受け取る。

やがて今西は全ての融資契約書にサインし終え、銀色のボールペンをスーツの内側のポケットにしまう。立ち上がって弁護士と握手を交わす。

その瞬間、今西はこの数カ月間ずっと背後につきまとっていた龍花丈とモルガン・ドレクスラーの巨大な影からようやく逃れたのを確信した。ウェスト・エルサレム銀行のエイブラハム・アロンからもあれ以来何もいってきておらず、ひとたび融資契約書がサインされた今、もはや誰も手出しはできない。

(これですべて終わりだ!)飛び上がって歓喜の叫びを上げたい気分だった。

ディールが無事終わり、アルコールも入っているせいか、レセプション・ルームは調印式前より一段とにぎやかだった。フランクフルト・ドレスデン銀行のヘッセルは早くも次のマンデートを狙っているのか、トルコ・トミタ自動車のカラオズ社長に何ごとかしぶとく食い下がっている。ブリティッシュ・チャータード銀行のハーランドと住之江銀行の田川が、現在組成中のスペインのイベリア航空のシンジケーションの行方をああでもないこうでもないと予想し合っている。部屋の隅ではイヴォンヌとケイト・カニンガムが赤ワインを片手にダイエットの話題で盛り上がっている。

今西は高橋と一緒にトルコのバンカーたちの話の輪に加わった。

今回のシンジケーションにはトルコの銀行は参加していないが、サムスン銀行などトルコ・トミタ自動車と親しいトルコの大手銀行三行から六人のバンカーがゲストとして調印式に招かれていた。しばらく最近のトルコ情勢が話題になる。

「ところで富国銀行さんは今回のトルコ航空のファイナンスには参加されていませんでしたっけ?」サムスン銀行の国際部長イェトキンが今西に訊《き》いた。

「ああ、あのモルガン・ドレクスラーがやっているボーイング747-400を七機ファイナンスするっていうディールですか？　あれは確かトルコリラ建てのファイナンスでしたよね。うちはトルコに支店がなくてトルコリラのファンディング（調達）ができないので参加したくてもできませんでした」

「ああ、そうですか。あの案件にはうちはかなりの額を参加させてもらいました。なにせサムスン銀行はトルコ航空のメインバンクですから。トルコ航空の久々の大型案件ということで地元の銀行はもとより、外銀もかなりの数が参加しました」

「調印はいつごろの予定なんですか？」

「調印式は十日前に終わってます。ローンの引き出しも三日前に十億ドル相当分全額が引き出されて、今うちの銀行にあるトルコ航空の口座に眠っています。地元の銀行や外銀が国じゅうのトルコリラをかき集めて、うちの銀行に預金してくれたようなものです」イェトキンは嬉《うれ》しそうにいった。「資金は今、トルコ中央銀行とのレポ（短期国債売買）で運用しているところです」

（何だって？　十日前に調印式が終わり、ドローダウンもされている？　それならなぜモルガン・ドレクスラーはディールのパブリシティ［広告］をやらないんだ？　これだけ大きなディールをやり遂げたのなら、ドレクスラーならずとも華々しくパブリシティをやるのが普通じゃないか。どうしてなんだ？）

　胸騒ぎがした。

「それで、飛行機のデリバリー（引き渡し）はいつなんですか？」今西は恐る恐る訊いた。

「ああ、デリバリーは今日と聞いてますが」

その瞬間、今西の顔色がサッと一変した。

「ミスター・イェトキン、ちょっと失礼します」打って変わって緊張した声でいうと、高橋の方を向いた。「大変なことになった。僕はすぐ銀行に戻る。あとは頼む」

高橋が質問する隙もなく、今西はレセプション・ルームを飛び出した。


(やられた!)

ショックが電流のように今西の頭の中を駆け巡る。目眩《めまい》で倒れそうだ。

カクテルとシャンペンが胃液と一緒にせり上がって来る。それを何とか喉元《のどもと》で押し返しながら、今西は調印式会場から富国銀行ロンドン支店までの道を全力疾走する。フォスター小路の小さなイタリアン・レストランから出てきた客を間一髪でかわすと、すぐにチープサイド通りの交差点に出る。セント・ポール寺院の大伽藍《だいがらん》が見える。昼休みどきの通りは、クリスマス・ショッピングをする人々で賑《にぎ》わっていた。今西は人込みをかき分け、バス停の人溜《ひとだま》りを避け、必死で走る。買い物袋を提げた黒っぽいコートの婦人に衝突しそうになり「ソーリー!」と叫ぶ。婦人が目を剝《む》く。次第に息切れがしてくる。道行く人々が、寒空にワイシャツ姿でスーツの上着を小脇に抱え、血相を変えて走って行く東洋人の姿に「何事か⁉」と振り返る。眉《まゆ》をひそめたり、冷笑を浴びせる者もいる。しかし、今西の視界には周囲の風景は入ってこない。自分の両側をピンぼけ写真のように流れ過ぎて行くだけだ。セント・マリー・ル・ボー教会手前の横断歩道のない場所で、黒いタクシーやバイクの流れを縫って通りを渡り、ブレッド・ストリートに入る。古めかしい煉瓦《れんが》造りの法律事務所のビルの前を通り過ぎるとその先は工事現場だった。今西は右手で頭を庇《かば》いながら、パイプを組み上げた足場の下の狭い通路を駆け抜ける。通路に落ちていた角材に危うく躓《つまず》きそうになる。そこを抜けて広いキャノン・ストリートに出ると、富国銀行の黒いビルが目の前に現われた。

今西は一直線に富国銀行のビルに駆け込むと、喘《あえ》ぎながらエレベーターに突進した。エレベーターのゆっくりとした上昇がもどかしい。ディーリング・ルームがある七階のボタンを何十回もいらいらと押し続ける。すでに汗びっしょりで、全身から湯気が立ち上っている。寒風になぶられた頬は真っ赤だ。調印式のときにはきれいに撫《な》でつけられていた頭髪は無残に乱れていた。

ようやくエレベーターが七階に到着する。

今西は、まだ半分しか開いていないドアから身を捩《ねじ》るようにして躍り出た。息を切らせ、転げるような勢いでディーリング・ルームのドアに到達する。

バターン、と大きな音をたてて、今西はドアを開けた。

ディーリング・ルームは通夜《つや》のようにしんとしていた。

五十人あまりのディーラーと彼らのアシスタントはみな呆然《ぼうぜん》として席にすわっていた。時おり、顧客《カスタマー》担当ディーラーがぼそぼそと顧客の注文に受け答えする小声だけが聞こえてくる。ディーリング・ルーム中央の大きな副支店長席にすわった土屋は放心状態でモニター・スクリーンを眺めていた。顔面が蒼白《そうはく》だった。

(遅かったか……！)

今西が近づいて行くと、小柄で小太りの土屋は力なく振り返った。いつもはきちんと締めているネクタイはゆるみ、目がうつろだ。

「ああ、今西君か……。何か用かい？」

蚊の鳴くような声でいうと、今西の返事などどうでもいいという風に無気力な顔で再びモニター・スクリーンに視線を戻す。

「トルコリラ……急落ですか？」今西は恐れていた質問をした。

「ああ……」土屋は絞り出すようにいった。「どうしてなんだ⁉　なぜ今日になって突然急落したんだ⁉　ねえ、どうしてなんだ⁉」土屋は頭を抱える。

「それで……うちはかなりのロス（損失）が出るんですか？」

今西の問いに、土屋は一瞬戸惑うように視線を宙にさまよわせた。

「……少なくとも、百億円くらいはね」

「百億円……」今西はごくりと唾《つば》を飲む。トルコ・トミタ自動車のシ・ローンで今西が稼いだ手数料など軽く消し飛んでしまう金額だ。

「どうして……どうしてなんだ？　ここ二、三日はトルコリラ相場はあんなに堅調だったのに……」土屋は目に涙を浮かべ、すがるような目つきで今西を見る。

そのとき今西の脳裏に、今年の四月ロンドンのナイトクラブで見た一シーンが鮮やかに蘇《よみがえ》った。龍花の手帳の乱暴ななぐり書きの文字。「Turkish Airlines（トルコ航空）」、「X7 : 141298（九八年十二月十四日、七機）」「Fukoku B/K Tsuchiya（富国銀行・土屋）」

今西は呆然《ぼうぜん》と立ちすくむ。

すべての筋書きが今、はっきりと見えた。

トルコリラが急落したのは、モルガン・ドレクスラーが、トルコ・トミタ自動車の調印式と時を同じくして、十億ドル相当もの大量のトルコリラを銀行間《インターバンク》市場で売却したためだ。龍花は、トルコ航空の七機のボーイング747－400のデリバリーを利用したのだ。トルコ・トミタ自動車のマンデートが富国銀行の手に落ちた直後、龍花はトルコ航空を上手くいくるめて、米ドル建ての予定だったファイナンスをトルコリラ建てに切り換えさせた。そして何も知らない土屋はトルコリラの先物取引を積み上げた。ウェスト・エルサレム銀行を使い、航空機のデリバリー日に合うようにトルコ・トミタ自動車の調印式を引き延ばした。

航空機の購入代金は通常、引き渡し当日に航空機メーカーに対して米ドル建てで支払われる。航空機のデリバリーは予定日を変更したりすると航空当局の認可や巨額の元本の金利負担の問題が生じるので、龍花はトルコ・トミタ自動車の調印式の方を引き延ばしたのだ。

三日前にトルコ航空から預け入れられた十億ドル相当のトルコリラをサムスン銀行はインターバンク市場に放出せず、トルコ中央銀行とのレポ取引で運用した。そのため市場では一時トルコリラが品薄状態になり、米ドルなど他の通貨に対して強含みで推移した。それに気を良くした土屋がここ二、三日で一挙に先物買いのポジションを積み増したことが決定的な致命傷となった。

調印式当日、モルガン・ドレクスラーはサムスン銀行の口座に入金しておいた十億ドル相当のトルコリラを、満を持して一挙にリラ売り・ドル買いに使ったのだ。取引きの二営業日後に決済（資金の受け渡し）されるドルなどと違って、トルコリラの為替取引はロンドン時間の午後二時までに成立した分は即日決済である。従ってその日に航空機の代金として使うことが可能だ。取引きの手口も巧妙だった。一件当たり二、三千万ドル相当の小口取引に分散し、世界各地で、かつすべて異なった銀行を相手にして巨額のトルコリラを売り捌《さば》いた。一時間後にインターバンク市場の参加者たちが気づいたときには、すでに大量のトルコリラが市場に溢《あふ》れ返っていた。二億ドル程度の取引き一発で「ぶっ飛ぶ」トルコリラ相場はひとたまりもなく、急カーブを描いて暴落した。

暴落は土屋を直撃した。これに他行のディーラーたちの狼狽《ろうばい》売りが拍車をかけた。モルガン・ドレクスラーが暴落後の市場から安く買い上げたトルコリラを、あらかじめ約定していた高い値段で大量に引き取らされる羽目になり、見る見る損失額が膨らんだ。

一方、モルガン・ドレクスラーは、土屋との先物取引で濡《ぬ》れ手に粟《あわ》の利益を上げた。また、十億ドル相当のトルコリラ売却に伴うトルコ航空からの手数料収入も得た。

「ミスター今西」

呆然としている今西を、土屋の傍らの秘書が受話器を差し示しながら呼んだ。「イスタンブールのハルークという方からお電話です」

今西は受話器を秘書から受け取る。

「テツ！　大変だ！」慌てたハルークの声。

「えっ!?」

「トルコ・トミタ自動車の株が急激に値下がりしてる。モルガン・ドレクスラーのトルコ現法が猛烈な空売りを仕掛けてきてる」

「何だって⁉」今西は愕然《がくぜん》とする。

「今西さん」その時、傍らの日本人ディーラーが呼んだ。「もう一本イスタンブールから電話が入ってます」

今西は怪訝《けげん》に思いながら、ハルークには折り返し電話することにして、もう一本の電話を取った。

「今西スピーキング」

「今西。久しぶりだな……ふっふっふっ」地の底から響いてくるような笑い声。

「龍花！　お前……」

「どうだ、俺のちょっと早いクリスマス・プレゼントは？」

「お前……トルコ・トミタ自動車の株まで空売りして、いったいどういうつもりなんだ！　土屋さんを叩《たた》き潰《つぶ》して、もう十分な儲《もう》けを上げたんじゃないのか！」

「まだまだ」冷ややかに龍花はいった。「チャンスは徹底的に利用する。金は儲けられるだけ儲ける。そして敵は徹底的に叩きのめす。これがアメリカ流だ」

「貴様……」今西は歯ぎしりする。

「トルコ・トミタ自動車のシンジケーション、ご苦労様だったな。だが、株価が下がれば信用不安でトルコ・トミタ自動車は既存の銀行借入れのロールオーバー（更新）ができなくなる。そうなればクロス・デフォルトで、一億五千万ドルのローンも引き出せない。お前のせっかくの努力も水の泡ってわけだ。まあ、楽しみに見てろ。ハッハッハッハ……」

龍花はガシャンと電話を切った。

その時イスタンブールでは、トルコ・トミタ自動車の財務部長のディシュリが物凄《ものすご》い勢いでドレクスラーのトルコ現法に駆けつけて来た。

「ミスター龍花に用がある!」

受付けで怒鳴ると、案内も請《こ》わずに四階の株式部まで階段を駆け上がる。

バターン、と大きな音をたて、ディシュリは突き飛ばすようにディーリング・ルームのドアを開けた。ドア近くにすわっていた数人が驚いて、ディーリング・デスクごしにディシュリを見る。ディシュリは室内を睨《にら》み返す。

モニター・スクリーンを見つめ続ける龍花の背中があった。

「おい、ミスター龍花! あんたは自分が何をやってるかわかってるのか!」

龍花は返事をしない。背中を向けてスクリーンを睨んだままだ。

「おい、聞こえてるのか! 返事ぐらいしたらどうなんだ、おい!」

ディシュリが背後から怒鳴る。

「聞こえてるさ」

背中を向けたまま、くぐもった声で龍花が返事をした。

次の瞬間、椅子をくるりと回転させて、龍花はディシュリの方を向いた。

「うっ……」その顔を見てディシュリは思わずあとずさった。

龍花の両目は真っ赤に血走り、吊《つ》り上がっていた。墓場で血を吸っていた吸血鬼が振り返ったときのような邪悪な形相《ぎょうそう》。何かに取り憑《つ》かれた視線。ディシュリは一瞬、龍花の口が両耳までかっと裂けているかと錯覚する。全身から黒い悪意が発散していた。

ディシュリはいいしれぬ恐怖に襲われ、言葉を失う。

「何をやってるか、よくわかっているさ」龍花がゆっくりといった。引きつった顔に不気味なうすら嗤《わら》いが浮かんでいる。「トルコ・トミタ自動車の株を空売りしてるんだよ。……それがどうかしたのかい?」蛇が赤い舌で舐《な》めるような視線でディシュリを見る。

「それが我々にとってどういう問題をもたらすか、わかっているのか?」ディシュリはようやく恐怖から立ち直った。「トルコ・トミタ自動車に対する信用を失わせ、場合によっては倒産させかねないんだぞ!」

「倒産? 結構じゃないか。いずれにせよ、俺の知ったことじゃない」

「知ったことじゃないだと……」

「ああ。知ったことじゃないね。俺はこの空売りでモルガン・ドレクスラーと自分のために金を儲ける。ただそれだけだ。あんたの会社がどうなろうと知ったことじゃない」

「トミタ自動車とモルガン・ドレクスラーの関係はどうする!? トミタ自動車は日本を代表する世界企業だ。ビジネスはトルコだけじゃない。こんなことをすれば、モルガン・ドレクスラーは世界中でトミタ自動車とのビジネスを失うぞ」

「ウワッハハハハハ……」龍花は笑いを爆発させた。「ハッハハハハハ……」

驚きと憤慨で、ディシュリは目を剝《む》く。

「何が可笑しい!」

「ハッハハハハハ……」ひとしきりディシュリに哄笑《こうしょう》を浴びせたあと、ようやく龍花は口をきいた。「ミスター・ディシュリ。あんたもUSアトランティック銀行の投資銀行部門にいたんだろう？　そのわりには馬鹿なことを訊《き》くじゃないか」

「馬鹿なことだと……」

「そうだ。俺がいつまでモルガン・ドレクスラーにいると思ってるんだ？」

「…………」

「インベストメント・バンカーを縛れるのは金だけだ。俺はこの空売りで五十億円儲ける。そうすればドレクスラーにいなきゃならん理由はない。だから、ドレクスラーとトミタ自動車の関係がどうなろうと俺の知ったことじゃない」

「むうーっ……」ディシュリは唸《うな》る。

「それにな」龍花は嘲《あざけ》るような視線をディシュリに向けた。「トミタ自動車がモルガン・ドレクスラーを本当に出入り禁止にできると思うか？　我々の力なしで資本市場でまともな資金調達ができると思うか？　M&Aをやっていけると思うか？……ミスター・ディシュリ。あんたもよくわかってるだろう？　企業は好むと好まざるとにかかわらず、アメリカの投資銀行に頼らなければやって行けないんだ。なぜなら……」龍花はディシュリを見下ろすような傲然《ごうぜん》とした目つきになった。「我々が市場を支配しているからだ」

ディシュリは反論できず、龍花を睨む。

「それからもう一つ」龍花がいった。「トミタ自動車はアメリカに大きな工場を持っているだろう？　マイノリティや女性に対する差別はしていないか？　ダンピングはしていないか？　探せばいくらでもボロが出るんじゃないのか？……我々投資銀行のOBは数多くアメリカ政府の中枢部にいる。筆頭は財務長官のロバート・ルービンだ。我々がその気になれば商務省や司法省を動かして様々な圧力をかけることができる。弁護士を使ってトミタ自動車に決定的な損害を与えるような巨額の訴訟を起こすこともできる」龍花はにやりと嗤う。「なにしろアメリカにはかつあげ専門の弁護士がごまんといるからな」

ディシュリは歯ぎしりする。

「ミスター・ディシュリ。企業とアメリカの投資銀行の関係はラブ・アンド・ヘイト（愛し合い憎み合う）なんだ。この関係から逃れることはできん」龍花は結論づけるようにいった。

「さあ、そろそろお引き取り願おうか。俺のディールはまだ半ばだ」

いつのまにか黒い制服を着た屈強な警備員二人が現われ、ディシュリの腕に手を伸ばす。

「ドクンマ！（さわるな！）」

ディシュリは警備員の手を払い除けた。

「ミスター龍花。このまま思い通りになると思うなよ！」ディシュリはディーリング・ルームに背を向けた。

「ほざけ」吐き捨てるようにいって、龍花は椅子を回転させ、モニター・スクリーンに向き直った。「おい、トルコ・トミタ自動車、二億株売りだ！」傍らのトレーダーに向かって怒鳴る。

トルコ・トミタ自動車株は下げ続けた。

その日の午後は下げ通しで、翌日午前中の前場では一割の値幅制限一杯まで下げ、ついに取引き停止となった。

いったん取引き停止になった株はその後五セッション売買できない。前場と後場をそれぞれ一セッションと数えるので、取引きが再開されるのは三日後の前場だ。取引き再開後は値幅制限がなくなり、株価は底なしに下がって行く可能性がある。すでに市場はトルコ・トミタ自動車株に深刻な危惧《きぐ》感を抱き、パニックが広がりつつある。

株価の下落が始まってからというもの、ディシュリのところに取引銀行から問い合わせが殺到していた。株が取引き停止になると借入れの返済を求める銀行も出始めた。

トルコ・トミタ自動車は追いつめられていった。

打開策を協議するため、東京本社と電話や電子メールのやり取りが続く。

株が取引き停止となった日の午後、ディシュリはついに意を決した。受話器を取り上げ、思いつめた表情で海外の電話番号をプッシュする。まもなく相手の交換台が出た。

ディシュリは最後の望みを懸け、交換手に告げた。

「ミスター伊吹をお願いします」

3

三日後、龍花は午前九時半頃、ドレクスラー・ヤトルム・テュルクのディーリング・ルームに出勤して来た。昨晩、水を入れると白濁する「ラク」という地元の蒸留酒で勝利の前祝いをした。飲みすぎで軽い頭痛がする。

窓のブラインドの隙間の向こうで、すぐそばのボスポラス海峡が朝日を反射して燦《きら》めき、銀色のさざなみの中を逆光を受けた船の黒いシルエットが滑るように移動して行く。表通りから車やバイクの排気音が聞こえてくる。

イスタンブール証券取引所の前場が開始される午前十時まであと三十分。

龍花はディーリング・デスクのキーボードを叩《たた》いてスクリーンを開く。画面にびっしりと二百近い銘柄の昨日の終値が示される。トルコ・トミタ自動車株は三日前に取引き停止となった日の終値一七、四二〇リラが黒い数字で表示されていた。黒は株価の下落、赤は上昇を示す。

「さあ、お楽しみはこれからだ」龍花は隣りのトルコ人株式トレーダーの男にいった。

「値幅制限がなくなってどこまで下がるか見ものですね」ヘッドフォーン型の電話のレシーバーを頭にかけたトルコ人トレーダーがにやりとした。顔の左側にマイクロフォンが突き出している。背広を脱いだ白いワイシャツ姿は、いかにも市場の動きに敏捷《びんしょう》に反応しそうだ。

「売って、売って、売りまくってやろう。ふふふ」

まもなく午前十時になり、前場がオープンした。

瞬く間にトルコ・トミタ自動車株は急落する。あっさり一七、〇〇〇リラを割り込んだ。

「順調だな」龍花は隣りのトルコ人トレーダーと笑みを交わす。「これから十分間隔で波状攻撃だ。まず三億株売るぞ」

「オーケー」

トルコ人トレーダーが、マイクロフォンを通じ、証券取引所にいるドレクスラーのフロアー・トレーダーに売り注文を出す。途端に、スクリーンのトルコ・トミタ自動車の黒い株価の数字が変化し、一五、〇〇〇リラに近づく。

「面白いように下がるもんだな」龍花は笑いが止まらない。「トルコのように市場規模が小さいと反応がシャープだ。仕掛け甲斐《がい》があるな」

「投資家も完全に恐慌をきたしてますよ」トルコ人トレーダーがにやりとする。「市場は売り一色です」

「こうなったら、本当に潰《つぶ》してやろうじゃないか」龍花の目に狂気が宿った。「さあ、次は二億株だ。売れっ！」

スクリーンの数字が下がる。龍花が売る。再びスクリーンの数字が下がる。

トレーダーの手元の電話のタッチ・ボードは、殆《ほとん》どのランプが赤く点灯している。顧客や同業者から売り注文が殺到しているのだ。トルコ人トレーダーは次々と注文をフロアー・トレーダーに伝える。市場はパニックを起こした投資家の狼狽《ろうばい》売りで雪崩《なだれ》現象だ。

午前十一時までに龍花はトルコ・トミタ自動車株の二〇パーセントに当たる三十二億株を売って売って売りまくった。株価はとうの昔に一〇、〇〇〇リラを割り込み、五、〇〇〇リラの水準が見え始めている。

「売り注文はすべてエグゼキュート（取引執行）できました」

午前十一時十分、フロアー・トレーダーから連絡を受けたトルコ人トレーダーが龍花にいった。

「オーケー」

返事をしながら龍花は一瞬奇異な思いにとらわれる。

（エグゼキュートできたということは買い手がいたということだな。……これだけ大量の売り注文を消化できるほど買いがあったということか？　市場は売り一色だというのに）

十一時三十分、スクリーンを見詰めていた龍花は（おや？）と思う。トルコ・トミタ自動車の株価の数字が上昇を示す赤色に一瞬変わったのだ。

（何だ？　これだけ売ってるのに下げ止まるのか？　冗談だろう）

数字はすぐに黒に変わる。

（そうだ、その調子だ）

しかし、一瞬後また赤に変わった。

（何だ？　いったいどうしたんだ？）

今度はしばらく赤のままだ。

株価はじりじりと上昇し始める。七、〇〇〇リラの水準を回復し、八、〇〇〇リラへと迫って行く。

「おい。何かおかしいぞ」龍花は傍らのトレーダーに話しかける。

「そうですね。下がるはずなんですが」

「試しにもう三億株売ってみろ」

トレーダーはマイクで売り注文を出す。しかし、トルコ・トミタ自動車の株価は赤のままだ。

「おい！　どうなってるんだ！」龍花は怒鳴《たた》った。「誰が買ってるんだ!?」

トルコ人トレーダーが慌ててキーボードを叩く。

ユーロ・リンク社の情報スクリーンを開き、買いの手口を調べる。ジェームス・エティレル証券から大量の買い注文が入っていた。スクリーンは続いてパイチャートで買い手の分布を示す。丸いチャートはほとんどが赤く塗りつぶされ、買い注文が実質的にジェームス・エティレール証券一社であることを示している。

「何だこのジェームス・エティレール証券というのは⁉　こんな証券会社聞いたことがないぞ！」

「一年くらい前に設立された、株式のブローカレッジ（仲介）だけを専門にやっている小さな証券会社です。従業員は三十人くらいでたいした資金力もありません」トルコ人トレーダーがいった。

「ということは自己売買じゃないな。背後にいるのは誰だ⁉」

「このスクリーンではわかりません。フロアー・トレーダーに訊《き》いてみます」

そういうとトルコ人トレーダーは早口のトルコ語でマイクに向かって怒鳴った。まもなく、証券取引所にいるフロアー・トレーダーから情報が入ってきたらしく、ヘッドフォーン型のレシーバーに入ってくる言葉に耳を澄ませ、相づちを打ちながら頷《うなず》いている。

「海外の大口投資家が大量の買いを入れているようです」

「何っ！　海外の投資家だと⁉」

そういっている間にもトルコ・トミタ自動車株は上昇を続ける。

「くそっ！　どこのどいつだ⁉」龍花はスクリーンを睨《にら》みつける。「名前がわからんのか⁉」

「今、フロアー・トレーダーが訊き回ってるところです」

株価は上昇に転じてからすでに五割近く上げ戻し、一〇、〇〇〇リラを回復する勢いだ。

「売れ！　とにかく売るんだ！」龍花は怒鳴る。

「しかしこれ以上売ると玉《ぎょく》の確保ができるかどうかわかりません！」

スポット（直物）取引しか認められていないイスタンブール証券取引所では、取引きの二営業日後には株券の現物を引き渡《デリバリー》ししなくてはならない。株券を借りてデリバリーする方法もあるにはあるが、貸し株市場がまだ未発達なため借りられる量はごく限られている。そのため、空売りした場合、その分を後場の終了までに買い戻さないとデリバリーができなくなる。

「いいから売れ！　売るんだ！」龍花は目を血走らせて怒鳴る。

「トルコ・トミタ自動車、五億株売り！」トレーダーがマイクに向かって怒鳴る。顔に脂汗が浮かんでいる。

しかし、トルコ・トミタ自動車株は上げ止まらない。

結局前場は一二、〇六〇リラで引けた。

昼休みの間じゅう、ドレクスラーのフロアー・トレーダーはジェームス・エティレール証券の背後にいる投資家の正体を求めて市場で訊きまくった。ようやく、後場開始の午後二時直前になって買い手が判明した。

「バミューダ・インベストメントという投資家らしいです」トルコ人トレーダーがいった。

「バミューダ・インベストメントだと？……どこかで聞いたような名前だな……」そういってから龍花はハッと思い当たった。

（あの伊吹という男の会社だ！　今年の四月にＧＦモーター・ファイナンス・ヨーロッパ向け融資の調印式にいた謎の日本人。……何者だ、あいつは⁉）

「ミスター龍花！」隣りのトレーダーがスクリーンに目を釘付《くぎづ》けにして絶叫した。「トルコ・トミタ自動車株がいきなり三割上げました。ぐんぐん上げてます！　物凄い買い圧力です！

このままでは我々は大損です！」

「何だとー!?」


東京、大手町《おおてまち》。

ビジネス街のビル群が明るい冬の朝日を浴びている。

電車が高架の鉄道線路を走るガタン、ゴトンという音が聞こえてくる。東京駅丸の内北口からはコートを着込んだサラリーマン、ＯＬの群れが吐き出されて来る。彼らは皇居までの間に広がる大手センタービルや大手町ファーストスクエアなどのオフィスへ黙々と出勤して行く。

近代的なオフィス街の一角に十五階建ての地味なビルがある。そのビルは、二つの点で大手町や丸の内のビル群の中でひときわ異彩を放っている。

一つは、屋上にへんぽんと翻る大きな日の丸の旗。あたかも日本という国を背負って立つ気概を表わしているようだ。もう一つは、ビルに取り付けられた四つの巨大な通信用ディスク。そのディスクで世界中の情報を収集し、世界八十カ国以上に百五十のオフィスを有する「陽の沈まない」会社に情報という燃料を送り続けている。さらにこのディスクは地上三六〇〇〇キロの静止軌道上にある自社の人工衛星「ライジング・スター」と交信し、傘下のコンビニエンスストアに地図データやソフトを配信している。国内に六千の店舗網を持つコンビニは新たな金融ビジネスの中核だ。

総合商社、五井《いつい》商事。

五井銀行、五井金属とともに、日本を代表する旧財閥系企業集団「五井グループ」を取り仕切る「御三家」の一つである。

その業務は多岐にわたる。

商取引の仲介は、鉄鋼、非鉄金属、プラント、電機、通信、自動車、船舶、航空機、石油化学、原油、ガス、食糧、繊維など、産業別に百五十以上の部門に分かれ、ありとあらゆる商品を取り扱っている。それを運輸部、保険部といった補助部門がサポートする。

銀行ではないが、融資残高は一兆円を超える。融資の内容も、取引先に対する販売代金の延べ払いから、鉱山開発資金、航空機金融、船舶金融、貿易金融、鉄道車輌《しゃりょう》リースなど高度な金融技術を駆使したものまで多種多様にわたる。リスクの取り方は積極果敢。金融機関が尻込《しりご》みするような案件にも大胆に取り組んでゆく。事業会社への投資残高は一兆三千億円。証券取引法上の関係会社は千二百社。投資専用のファンドを持ち、五井商事と商取引関係が全くない企業へもキャピタル・ゲイン狙いで投資する巨大なベンチャーキャピタルでもある。さらに貴金属、商品、先物取引、M&Aの仲介も行なう。

ビジネスがあれば、自らさまざまに形を変え、巨大なアメーバのように触手を伸ばして行く世界でも類のない企業形態、総合商社。

その五井商事ビル十階に国際金融部がある。

部長代理の伊吹慎一郎《しんいちろう》は朝のコーヒーを目の前に置いて、机上のパソコンのエクセル・シートで株取引の内容をチェックしていた。

「どう、伊吹君。上手く買えたかね?」

五十を二つ、三つ過ぎた身なりの良い男が背後から声をかけた。自動車第二部長の水野《みずの》だ。

「おはようございます」伊吹は椅子にすわったまま頭を下げた。

「イスタンブール市場の後場まで付き合って、終電直前まで頑張ってくれたんだって？」水野は傍らにきて、パソコンのスクリーンを覗《のぞ》き込む。「ふうーん、なかなかいい値段で買えてるじゃないか。平均買い入れ価格が九千リラ以下……！　終値の三分の一くらいだな。すごいねえ！」

「今日マーケットで売ったら五百億円くらい利益が出ますよ」伊吹は悪戯っぽくいった。

「駄目駄目」水野は苦笑しながら手を振った。「トルコ・トミタ自動車は昔から喉《のど》から手が出るほど欲しかった戦略投資先なんだから」

「確かにいい会社ですね。東欧や中近東にも輸出してるし、あの地域一帯の自動車ビジネスの拠点としては最高でしょうね」

「イスタンブール事務所がジェームス・エティレール証券からタイミングよく空売りの噂を聞きつけてくれたのが大きかったな」

「そのジェームス・エティレール証券なんですがね」伊吹はパソコンのスクリーンに目をやった。「売買高を分析すると、どうも我々以外にも彼らを使って仕掛けた投資家がいたようです。もっとも連中はトルコ・トミタ自動車の株式取得には関心がなく、午前中に安値で拾い、午後に高値で売り払って儲《もう》けただけですが」

「ほーお。さすがトルコの証券会社は動きがすばしこいね。おおかた我々の動きをイマージング・マーケット専門の機関投資家か投資銀行にこっそり教えて提灯《ちょうちん》をつけさせ、手数料を稼いだんだろう」

「うちとしては、連中のおかげで市場が狙い通りに動いたわけで、感謝すべきかもしれません」

「うむ。今回は何もかも狙い通りに行った」腕組みをした水野は満足そうにいった。「株の取得だけでなく、トミタ自動車に恩を売ることもできたしな」

「トルコ・トミタの財務部長のディシュリさんからも感謝の電話がありましたよ」伊吹は頷きながら答えた。「株の五井商事への名義書き換えはいつやります？　至急の案件ということで、取りあえず海外投資用のヴィークル（専用会社）のバミューダ・インベストメント名義で取得してありますが」

「名義書き換えは年明けでいいだろう。トルコ・トミタ自動車の筆頭株主になった旨のプレス・リリースは今日広報部経由でやる予定だが」

「ところで、海外投資委員会の承認は取っていただいたんでしょうね？」伊吹はにやりとした。「二百五十億円からのトルコ株を買って、実は決裁が下りなかったなんてのは心臓に悪いですからね」

それを聞いて水野は苦笑いした。

「ほら、きみにクリスマス・プレゼントだ」

水野は背広の内ポケットから一枚の書類を取り出した。担当副社長の印鑑がある決裁書だった。

「これできみも僕もこの寒空の下で路頭に迷わずにすんだ。ハッハッハ……」

「決裁が下りなけりゃ株を売って五百億円儲けようと虎視《こし》眈々《たんたん》と狙ってたんですがねえ。ハッハッハ……」

二人はしばらく高らかに笑い合った。

「今夜は銀座で一杯やろう。自動車第二部のおごりだ」

水野は伊吹の肩をぽんと叩《たた》いて引き上げて行った。

「やはり、日本の総合商社だったか……」

ロンドンのモルガン・ドレクスラーのオフィスでロイター・スクリーンを見ていたヒルドレスは呻《うめ》いた。

(俺にはどうしても奴らのことが気になって仕方がなかった。奴らは、リーグ・テーブルにこそ現われないが、ある意味では世界最強の投資銀行だ)

ヒルドレスは昨年関わった中近東のある石油化学プロジェクトを思い出す。モルガン・ドレクスラーが最初に簡単なフィージビリティー・スタディー(採算性調査)をやり、ファイナンスの組成をしただけだったのに対し、日本の総合商社はありとあらゆる場面でプロジェクトに関わっていた。プロジェクトの出資者《スポンサー》を探し、詳細なフィージビリティー・スタディーを行ない、地元政府に働きかけ、自らも出資し、EPC(設計・調達・建設契約)を請け負い、ファイナンスに参加し、プラントを運営するオペレーターとなり、原料を供給し、製品を引き取り、将来地元の証券市場にプロジェクトを上場させる計画まで作り上げた。業務部、国際金融部、化学プラント部、化学品部、国際建設部、運輸部、燃料部、鋼管輸出部、産業機械部、保険部など数え切れないほどの部署から後から後から人が出てきて、彼らがオーケストラのように一体となって力を発揮しプロジェクトを推し進めていく。ヒルドレスは総合商社の底知れぬ力をまざまざと見せつけられ、愕然《がくぜん》となった。

（日本の銀行が預金と貸出ししか能がない大人しいヒッジで、日本の証券会社がブローカレッジ専門の株屋にすぎないのは、総合商社が投資銀行の役割を果たしてきたからだ。……ロイ・C・スミスがいった『日本勢』とは総合商社のことじゃなかったのか!?）

ヒルドレスは五井商事がトルコ・トミタ自動車の筆頭株主になったというロイター・スクリーンのニュースをしばらく呆然《ぼうぜん》と眺めた。

「セーラ！」ヒルドレスは身体をねじって龍花の秘書に呼びかけた。「丈《ジョー》が今晩イスタンブールからロンドンに戻って来る飛行機を予約してくれ。ルフトハンザでフランクフルト経由の遅い便があるはずだ。それから明日の午後、バーレーンに行く便とホテルも頼む。バーレーンの発電プロジェクトのシ・ローンの交渉があるんでな。帰りは二十三日でいいだろう」

「ジャック」セーラという名の秘書が咎《とが》めるような目でヒルドレスを見た。「丈《ジョー》は今、大敗北を喫して精神的にずたずたなのよ。自分の財産もほとんど失くしてしまったし。それなのにすぐバーレーンに行って交渉をやれっていうの？」

「それはわかってる。しかしな、親が死のうが配偶者が死のうが」ヒルドレスは重苦しい声でいった。「ディールズ・マスト・ゴー・オン（ディールは進むのだ）。……それがアメリカの投資銀行だ」

ヒルドレスと秘書の視線が真っ正面からぶつかり合った。一瞬の沈黙が流れた。

「わかったわ」

秘書はため息をつきながら受話器を取り上げた。

ニューヨーク、マンハッタンの高層ビル最上階のペント・ハウス。

ＢＭＪ（ベネデッティ・モンディーノ・アンド・ヤヌス投資銀行）会長兼ＣＥＯ（最高経営責任者）パオロ・ベネデッティはナイト・ガウン姿で全面ガラス張りの窓際に立ち、葉巻をくゆらせていた。眼下でイースト川を挟んだ対岸のブルックリン地区の茶色のビルや不揃いな住宅群が冬の朝日を浴びている。ブルックリンはオランダ語で「分割された土地」を意味する。大西洋を渡って種々雑多な人々が流れ着いた庶民の街で、現在でも百以上の民族コミュニティーがある。その庶民の街から、ゴールドマン・サックスの伝説的シニア・パートナー（社長）シドニー・ワインバーグやシティグループの共同会長となったサンディ・ワイルが現われた。イタリア移民の子、ベネデッティもまたそこで育った。

葉巻をふかすベネデッティの顔に、勝利の満足感が浮かんでいた。

ロシア危機に端を発するイマージング・マーケットの混乱でＢＭＪの経営が大きく揺らぎ、巨人モルガン・ドレクスラーの買収攻撃に晒《さら》されたのは四カ月前のことだ。満身創痍《そうい》の苦しい戦いであったが、二週間前に中近東のバーレーンを本拠地とする企業買収専門投資銀行アクイジション・コープから資金を導入することに成功した。「いいか、イマージング・マーケットは必ず復活する」ベネデッティはアクイジション・コープのジョン・マグロウグリンに囁《ささや》き続けた。「この世界的低金利を見てみろ。円はゼロ金利だし、エキュー（ユーロ）も三パーセント台だ。ドルでやっと五パーセント。こんな蚤《のみ》の糞《くそ》みたいな金利に投資家がいつまでも我慢しているると思うか？　ハイ・リターンにつられてまたぞろイマージング・マーケットに戻ってくるに決まっている。そこしか金の行き場はないのだ。ＢＭＪは必ず復活する」

ＢＭＪはアクイジション・コープから得た資金で大量の自社株買いを行なった。これにより、モルガン・ドレクスラーに渡る可能性のある浮動株を大幅に減らして彼らの買収攻勢を退《しりぞ》けた。

（アクイジション・コープにとっても悪いディールじゃない。奴らにはＢＭＪの株価が上昇したときにＢＭＪに対するローンを株式に転換して大儲けできるオプションをくれてやったのだからな。それにしても……）

ベネデッティの顔に嗤《わら》いが浮かんだ。幾多の修羅場を潜り抜けてきた彫りの深い顔が嗤うと凄絶《せいぜつ》な雰囲気が漂う。サンディ・ワイルなど、底辺から這《は》い上がって来た男たちだけが持つ本物の迫力である。

（マグロウグリンのあの顔はなかったたな）

ベネデッティは、ふっふっふっふっふ、と愉快そうに笑った。

（わしがトルコのジェームス・エティレール証券からドレクスラーが大規模な株式の空売りを計画している情報を聞いて、奴らに一発食らわせてやるために追加の資金を寄越せと要求した時の、マグロウグリンの唖然《あぜん》とした顔。そして読み通りにわしが底値でトルコ・トミタ株を買い、高値で売り抜けて六千万ドルばかり儲けたと教えてやったときの、奴の毒気にあてられたような表情）

ベネデッティは再び、愉快そうに笑った。

そして短くなった葉巻を大理石の灰皿にこすりつけながら、うそぶくようにひとりごちた。

「味方もたじろぐ毒気がなけりゃ、男稼業はおしまいよ」

その頃、イスタンブールのドレクスラー・ヤトルム・テュルクのディーリング・ルームでは、龍花が放心状態でぐったりと椅子に身体をあずけていた。傍らでトルコ人トレーダーが、憔悴《しょうすい》し切った顔でパソコンのキーボードを叩き、スプレッド・シートで売買の収支計算をしている。

「計算ができました」計算を終えたトレーダーが龍花の方を向いた。

「……そうか」

「取引高五十八億株。平均空売り価格八、四五三リラ、平均買い戻し価格二二、〇四八リラ。差し引き収支七十八兆八千五百十億リラの損失。米ドル換算で二億五千四百五十二万二千二百七十二ドル（約二百九十六億円）の損失です」

「そうか」

龍花の目はもう何も見ていなかった。

ディーリング・デスクに取り付けられたテレビのスクリーンが、買い物客で賑《にぎ》わうニューヨークのデパートの様子を映し出していた。

クリスマスまであと四日だ。

富国銀行ロンドン支店ディーリング・ルームの損失は最終的に百四十七億円に上った。

銀行内部で定められた上限額を大幅に超えてポジションを持っていた土屋は直《ただ》ちに懲戒免職となった。銀行側の必死の隠蔽《いんぺい》工作にもかかわらず事件は英国の銀行監督当局の知るところとなり、即刻検査が入った。最も厳しい反応をしたのはマーケットだった。富国銀行は内部管理がずさんな銀行というレッテルを貼られ、百四十七億円以外にも隠れた損失があるのではないかとの憶測を呼んだ。その結果、インターバンク市場での資金調達に一パーセント以上のプレミアムを課されるようになり、国際金融課はほとんどビジネスができなくなった。

今西にとって何よりも悔《くや》しかったのは「マイワード・イズ・マイボンド」の信頼関係の上に成り立っているシティで、富国銀行という汚れた名前を背負って仕事をしなくてはならなくなったことだった。他行のシンジケーション仲間と話していても肩身が狭い。

「これだけの損失を出しておいて、一人の人間の処分だけでことをすませるのか！」

本店では頭取の一言で米つきバッタたちが驚いて一斉に飛び跳ねた。

事実関係がどうあれ、「現人神《あらひとがみ》」である頭取の言葉は一言一句忠実に実行されなくてはならない。いつものように「お言葉」が一人歩きを始め、粛正の元締めとなる本店人事部がスケープゴート探しに動き出した。本店でもロンドン支店でも関係者は災厄の火の粉が降りかからぬよう、全員ウサギのように聞き耳を立て目をいっぱいに見開いて毎日を過ごす。

最も敏感に反応したのがロンドン支店副支店長の曽根だった。とりわけ土屋に対する豹変《ひょうへん》ぶりは凄《すさ》まじかった。それまでことあるごとに「土屋君、土屋君」とおもねるほどの気のつかいようだったが、土屋の処分が確実になったとみるや途端に忌まわしい汚物でも見るような目つきになった。土屋が銀行を去る日に曽根の前に挨拶《あいさつ》にやって来たときも目を合わせようとはしなかった。曽根はかつて人事部にいたコネを生かし、自分は非ディーリング部門の担当副支店長であり土屋を監督する立場になかったと必死でアピールした。

「責任は土屋を監督すべき立場の林支店長にあるんじゃないんでしょうかねえ」

曽根は支店内の別室にこもって本店人事部の担当者に電話で囁《ささや》いた。

「林支店長は今度人事担当になられた藤田専務に仕えたことがあって、今もかなり親しいんですよ」電話の向こうの東京の人事部の男がいった。「ですから専務は『まあ、林君は……』という反応をされるでしょう。下手すりゃご機嫌を損ねかねません」

「じゃあ誰が？……まさか俺じゃないだろうな？」曽根は内心ぎくりとしながら訊《き》いた。

「曽根副支店長殿はわたしもよく存じ上げてる人事部ＯＢですから」相手はへらへら笑いながらいった。「……誰かほかにいませんかねえ。誰もいないとなると曽根副支店長って話になるかもしれませんし」

（糞《くそ》っ、こいつ俺を脅迫する気か！）曽根は内心歯噛《はが》みする。

「ほかにといわれてもなあ……」曽根は空とぼけた。

「次長クラスでもいいんですがねえ」

「次長クラス……？　今西か？　そりゃちょっとやりすぎじゃないか？　それに奴は同期の中でもベスト5に入ってるじゃないか。下手に扱って辞められでもしたら対労働組合上も面倒だぞ」

「それは確かにそうですが、そう簡単に辞めたりはできんでしょう。何とか『譴責処分《けんせき》』くらい受けるよう本人にいい含めて下さいよ。次の昇格や転勤をちらつかせればエリート連中はだいたいこちらのいうことを聞くじゃないですか。……早くしないと頭取の癇癪《かんしゃく》が爆発しますよ」

相手はおどすようにいって電話を切った。（頭取の癇癪……）曽根の背筋に寒気が走る。

曽根は直ちに今西を呼びつけた。

「何でしょうか？」今西は怪訝《けげん》な顔で曽根の前に現われた。

「きみ、ちょっとすまんが今回のディーリング・ルームの損失発生の経緯とその間の国際金融課の動きをレポートしてくれんか」

「ディーリング・ルームの損失発生と国際金融課の動き……？　それはほとんど関係ないと思いますが。土屋副支店長、いえ、前副支店長には極力トルコ関係の情報を流していた程度ですから」

「その情報の流しかたがまずかった可能性もある！」

「な、何をおっしゃるんですか⁉　わたしと高橋は……」

「いいからとにかくレポートを書きたまえ！」曽根は大声で今西の言葉を遮《さえぎ》った。「話はそれからだ！」

今西は納得のいかぬ顔で引き下がった。

翌日、今西からA４判で五枚ほどのレポートが曽根に提出された。曽根はそれを読むと今西を支店内の別室に呼びつけた。そしてレポートの内容を逐一《ちくいち》問いただし始める。「これは本当か？」「このトルコ人のブローカーときみはどういう関係なんだね？」「なぜもう少し早いタイミングで土屋にこのことを知らせてやらなかった？　わざと遅くしたのか？」「ほう、この話は初耳だな。なぜ上司であるわたしに報告がされていない？」ねちねちと揚げ足取りの質問を繰り返す。

（こいつを挙げなければ俺がやられる……）内心怯《おび》える曽根は必死だった。

今西は、曽根が自分をスケープゴートにしようとしているのを悟った。

（ジリ貧の富国銀行の名前をマーケットで守ろうと今まで必死に頑張って来たのに。銀行が自分にしてくれるのはこういうことだけなのか……）

曽根の尋問は夕刻にまで及んだ。

次の日の朝、曽根が自分の席で支店内の企画と人事を担当している課長の山田《やまだ》と話しているところに今西が現われた。

「おはようございます」今西は一礼して頭を上げると、席にすわっている曽根を見下ろした。今西の目を見て、曽根はぎくりとした。物でも見るような感情のない目だった。

今西は上着の内ポケットから白い封筒を取り出すと、無言で曽根の机の上に置いた。

「いっ、今西君っ！　何だねこれは!?……た、退職願、だとお!?」予想外に早い今西の反応に曽根は取り乱した。「き、きみっ！　早まっちゃいかんよ！　ディーリング・ルームのことにしたってあれは形式だけなんだ！　きみの将来には影響しないんだ！」曽根の脳裏を、優秀な部下が辞めた責任を取らされ一生地方支店のドサ回りをさせられている男たちの顔がかすめる。

「それにきみは今まで時期が来ればちゃんと昇格させてもらってるじゃないか！　何の不満があるっていうんだ!?……きみ、富国銀行の次長といえば世間では……」必死で慰留にかかる。

今西は曽根が唾《つば》を飛ばしながら必死でまくし立てるのを十分間ほど右の耳から左の耳へ聞き流した。

「お引き止めいただくのは誠に有り難いと存じますが、わたしの決心は変わりませんので」一頭を下げて立ち去ろうとする。

形勢不利と見るや曽根は途端に猫撫《ねこな》で声になった。

「まあ、ちょ、ちょっと待ってくれたまえ今西君。もうちょっとよく話し合おうじゃないの。……おい、きみ。きみったら。話し合おうじゃないか。一緒に働いた仲じゃないか。……おい、きみっ……ちょっと待ちたまえよ。きみーっ！」

絶叫する曽根の声を背中に聞きながら今西は歩き始める。後ろで曽根が部下の山田をどやしつける声がした。

「おい、山田っ！　大変なことになった！　すぐに東京の人事部の海外人事担当者に電話しろっ！……何いーっ、もう家に帰っただとー⁉　じゃあ、そいつの自宅に電話しろ、自宅にっ！　それで何時になってもいいから……そうだ、何時になってもいいから俺に大至急電話しろと伝えろ。わかったか⁉　緊急事態だというんだぞ、緊急事態だと！　大至急だぞ、大至急！」

その日の午後一杯、今西は支店長室で林の慰留を受けた。しかし、富国銀行に対する愛想は完全に尽きていた。夕方近くになって今西が次の就職先からのオファー・レターにすでにサインしていることを告げると、林は力なく肩を落として説得を諦《あきら》めた。


ヒースロー空港三番ターミナル。

長距離フライト専用ターミナルのエプロンには色とりどりの大型機が駐機している。

龍花は待ち合いラウンジのソファーにすわり、それらの飛行機をぼんやりと眺めていた。ウールの高級スーツの内ポケットには英国のパスポートと搭乗券が入っている。バーレーン行きトランス・アラビアン航空二一二便の出発まであと四十分ほどだ。

午前中、モルガン・ドレクスラーのオフィスでバーレーンの発電案件の打ち合わせに出席したが、何を話したかほとんどおぼえていない。打ち合わせ後、時間がなかったので机の上の書類の束をそのまま摑《つか》んで空港にやって来た。先ほどまでそれに目を通していたがやはり頭に入ってこない。

(俺は今まで何のために死にもの狂いでディールをやってきたのか……)

うつろな心の中を冷たい風が吹いていた。

(金のためにすべてを犠牲にして戦い続けてきたが、もう俺には何も残っていない……)

龍花はラウンジのガラスの向こうに生気のない視線を向けた。滑走路では、世界各地からやって来た様々な航空会社の飛行機が管制塔に誘導され、見事な一定間隔で着陸していた。飛行機は最初、陽炎《かげろう》の彼方で揺れる篝火《かがりび》のような小さな光の点に見える。それは前輪付近に付いている地上走行灯だ。やがて光の点の周囲に徐々に機体が現われ、両翼前縁の着陸灯を白くまばゆく燦《きら》めかせながら高度を下げ、近づいてくる。轟音《ごうおん》を発しながら飛び立って行く飛行機は、それ以外には目的を知らぬかのようにもの凄《すご》い勢いであっという間に上昇して行くが、着陸する飛行機は長い旅をようやく終えるという、どこかホッとした雰囲気を漂わせている。

(鳥のようだな……。俺も鳥になれたら……)

そのとき、冬の午後の灰色の雲間に白い機体が見えた。

大きく翼を広げた最新型のジャンボ機。龍花は視線を上げ、まだ遠くにある機体を眺める。

ジャンボ機は機首を軽く上に向け、ゆっくりと近づいてくる。

（白い飛行機か……。どこの国の飛行機だ……？）

龍花の視界の中で機体が徐々に大きくなる。まだ遠くにある尾翼に赤い色が見える。龍花はその赤い色に目を凝らす。赤い点が次第に円になる。ジャンボ機は両翼から車輪を出し、着陸体勢に入った。尾翼に真紅の鶴のマークがくっきりと見えた。

（ああ……日本の航空会社だ。……日本だ……）

その瞬間、龍花の胸に熱いものがこみ上げてきた。（あの飛行機の先に日本があるのか……）それはまぎれもなく日本に対する想い、身を焦がすような望郷であった。（あの先に日本がある……）長い間必死で押さえてきた心の堰《せき》が、数日来の失意で脆《もろ》くなっていた。龍花は周囲の人々に気取られまいとぐっと涙をこらえた。

ジャンボ機は滑走路に接地すると車輪のタイヤから白い煙を一瞬上げ、軽くバウンドして滑るように龍花の前を通り過ぎて行く。龍花はジャンボ機の後ろ姿を目で追った。

（日の丸を胸に付ける日を目指して雪原を滑走していた頃から、もう二十年になるのか……）失意のどん底にあっても、何かを見て胸が熱くなるエネルギーが自分の身体のどこかにまだ残っていることが不思議だった。（やはり俺は日本人ということか。祖国……これだけは値段が付けられんのかもしれん）龍花は寂しげに笑った。

深いため息をつき、涙で濡《ぬ》れた目をハンカチで拭《ぬぐ》った。

ふと視線を落としたとき、手にした書類の束の間に一枚のカードが挟まっているのに気が付いた。龍花はカードを抜き出す。金色に輝く月と星の下で、サンタクロースが乗った橇《そり》を何頭ものトナカイが引いて蒼《あお》い夜空を行く、暖かみのある絵が描かれていた。サンタクロースの袋からは、赤と白の縞《しま》模様のキャンディーや緑色のリボンをかけたプレゼントの箱が溢《あふ》れ出している。道子からのクリスマス・カードだった。

龍花の脳裏に道子の笑顔が蘇《よみがえ》った。

「ねえ、丈。あたしは、お金持ちになりたいと思ったことはないわ。お金は少しだけあればいいの。暖かい家と三度三度食べるものがあればそれで十分だわ。本当に十分。……ねえ、丈は人間の幸せってなんだと思う？……あたしはね、幸せって一緒に泣いたり、笑ったり、喜んだりしてくれる人がそばにいることだと思うの。一人でいいからそばにそういう人がいれば、それが本当の幸せだと思うわ」

（この女は今でも俺を待ってくれているのか……）

龍花はしばらくの間そのクリスマス・カードを見つめた。

「丈、幸せというものは思いもよらない身近にある平凡なものなんだよ。それが本当の幸せなんだよ」亡くなった母の言葉が蘇る。

龍花は鞄《かばん》の中から携帯電話を取り出した。目に温かさが宿っていた。

秘書のセーラの番号をプッシュする。

「ああ、セーラ。俺だ……」心の震えを悟られぬよう一語一語しっかりいった。「すまないが、クリスマス・イブの晩にル・ポン・ドゥ・ラ・トゥールの席を二人分予約しておいてくれ。それと、俺のコンタクト・リストの中にＭＩＣＨＩＫＯという名前がある。彼女に電話して、イブの晩八時にル・ポン・ドゥ・ラ・トゥールに来るようにいってくれないか」

「わかったわ」秘書はプロらしく淡々といった。

「ああ、それから……」龍花はちょっと迷いながらいった。「彼女に、いい知らせがあると伝えてくれ」

「オーケー、丈《ジョー》。……メリー・クリスマス！」

4

十二月二十三日。龍花の乗ったトランス・アラビアン航空一八四便のトライスター機は、アラビア半島東部の砂漠の上の夜空を順調に飛び続けていた。バーレーンでの交渉は成功裏に終わった。年末に近いせいか飛行機の便は混み合っていて、帰りは直行便が取れず、オマーンの首都マスカット経由になった。マスカットで夜中の零時半発の英国航空に乗り換えれば翌朝六時半にはロンドンだ。

トライスターは両翼に二つ、尾翼付近に一つの計三つのエンジンを搭載したロッキード社製の大型機だ。日本でもかつて全日空が札幌《さっぽろ》・東京間などで使用していたが、初飛行以来三十年近い機体は老朽化が進み、先進国ではもうあまり見かけない。国際金融マンの例にもれず龍花も飛行機選びには神経を遣《つか》っていたが、今回は他に選択肢がなかった。しかし、飛行は思った以上に順調である。龍花はシートでリラックスした。

（明日の夜は道子と一緒にクリスマス・イブのディナーだ。……そして、また、一緒に暮らそうと伝えよう）龍花は失意の底から立ち直りつつあった。

機内にはオマーンに駐在しているイギリス人ビジネスマンたち二十人ほどが乗っていた。ラグビー同好会に属している二十代から四十代のがっしりした体格の男たちだった。バーレーンで試合をして帰るところらしい。彼らはバーレーンを飛び立つ前からビールを飲み始めていた。今は、機内のごみ用の紙袋で作った帽子をかぶって皆で肩を組み、いかにもラガーメン風の歌を唄《うた》っている。スチュワーデスたちは「あら、まあ」と目を丸くしているが、歌をやめさせるでもなく、時々和やかに彼らと談笑している。他の乗客の大半は、湾岸諸国でメイドをしているスリランカ人女性たち。全員がインドのサリーのような独特の民族衣装を着た、百人以上の大集団だ。休暇で帰郷するところらしい。疲れているのか、大半が眠っている。目覚めている女たちも、にぎやかにお喋《しゃべ》りをするでもなく、席にすわってひっそりとしている。

機がマスカットに到着するのは午後十時頃だ。間もなく「あと十分ほどで着陸します」という機内アナウンスが流れた。龍花は腕時計を見る。時刻は午後九時五十分。定刻通りの飛行だ。

ところがそれから三十分たっても、機は全然着陸する気配がない。それどころか、地上へ向けて高度を下げている気配すらない。夜のフライトが着陸体勢に入るときは、窓外に地上の灯《あか》りがちらほら見えるのが普通だ。ところが窓の外はただ黒一色の闇の世界で、どれくらいの高度にいるのか、どこを飛んでいるのか全くわからない。龍花は嫌な気分になる。心なしか機内の温度が上がったようで、額がじっとりと汗ばんでくる。ビジネス・クラスの最前列の龍花の席からは、クルーの動きがよく見えるが、皆冴《さ》えない表情をしている。

突然ピンポーンと機内の呼び出しボタンが甲高《かんだか》く鳴り、クルーは一人残らずコックピットに向かって行く。五分ほどで彼らは戻って来た。全員ビジネス・クラスの前のキッチン・スペースに集まり、重苦しい雰囲気で話し合いを始める。やがて一・五リットルのプラスチック・ボトルに入ったミネラル・ウォーターの回し飲みを始めた。トランス・アラビアン航空では二十カ国以上の国籍の乗務員が働いている。その便のクルーもヨーロッパ人、インド人、アラブ人、中国人など様々な人種で構成されていた。ヨーロッパ人のスチュワーデスがミネラル・ウォーターを一口飲んでアラブ人のスチュワードに「あんたも飲みな」と神妙な顔つきでボトルを渡し、そのスチュワードが「お前も飲め」とインド人スチュワーデスにボトルを渡す。そうして十人ほどのクルーが次々と一口ずつコップも使わずにミネラル・ウォーターを飲んだ。ふと見ると、ヨーロッパ人のスチュワーデスが思いつめた表情で天を仰ぎ、胸で十字を切っていた。

龍花はその光景に愕然《がくぜん》とした。

「機体のテクニカル・プロブレム（機械上の問題）のためマスカットには行かずに、アラブ首長国連邦のアブダビに向かいます」機長の機内アナウンスが流れる。

「シット！（なんてこった！）」龍花の隣りにすわった英国人の男が舌打ちした。

トランス・アラビアン航空はアブダビ空港に航空機の整備施設を持っており、また滑走路の長さもアブダビの方がマスカットよりも長い。どうやらアブダビで胴体着陸をするらしい。

機長のアナウンスが終わるとすぐに、クルーがガタガタと大きな音を立てながら機内食や免税品のキャビネットを一斉に片づけ始めた。四角い金属製のキャビネットは所定の格納場所に押し込まれ、がっちりとロックされる。通路などに置かれていた荷物は一つ残らず頭上やキッチン横の荷物入れにしまわれ、蓋《ふた》をされる。クルーが慌《あわ》ただしく通路を行き交《か》い、乗客のシートベルトや座席位置を確認する。龍花や英国人たちは呆然《ぼうぜん》としてクルーの動きを目で追う。スリランカの女たちの大半はまだ何も知らずに眠っている。

「そこの人たち、ちょっとこちらに来て下さい」

クルーの長らしいアラブ人スチュワードが龍花、隣りの英国人の男、すぐ後ろのインド人の男を呼んだ。三人は立ち上がって、キッチン・スペースに行く。「よろしいですか。これから非常出口の開け方をお教えします。非常出口は我々クルーが開ける予定ですが、胴体着陸のショックで我々が怪我をした場合は、あなた方に開けてもらわなくてはなりません」口髭《くちひげ》を生やした四十歳くらいのアラブの男は落ち着いた口調でいうと、三人を非常出口の前に集めた。「これがレバーです」非常出口の右上にあるプラスチック・カバーで覆われたレバーを指差す。「このプラスチック・カバーを取り外し、中のレバーをぐいっと引き下ろして下さい。そしてドアを押し開けるとシューターが自動的に出ます。万一外の風か何かでシューターが機内に押し戻されてきたときは、足でけり出すのです」スチュワードは次に、非常出口を押し開けてからの行動を三人に細かく指示する。龍花には後方から乗客たちが押し寄せてきた場合、混乱を防ぐため彼らを押し戻す役目が与えられた。

説明を聞き終えて席に戻ると隣りの英国人の男が「俺の名前はスティーブだ。お前の名前は？……そうか、ジョーか。ジョー、よろしくたのむぜ」といって右手を差し出してきた。まだ三十歳くらいの気の好さそうな男だった。龍花が男の手を握り返すと「ところで、ジョー。お前、こういうのはやったことがあるか？」と訊く。「いや、ない」「そうか。……俺も初めてだ」英国人の男は心細げにうつむいた。

トライスター機はゴーッという唸《うな》りを上げて、真っ暗闇の空を飛び続けている。時々機体がぎしぎし揺れる。ラガーマンたちの歌声も止み、機内は重苦しく静まり返っている。

二十分ほど飛ぶと、地上に光が見えてきた。アブダビに近づいたようだ。この先どうなるかわからないが、地上に光が見えただけで多少救われた気分になる。間もなく機は高度を下げ、アブダビ空港の上空を旋回した。暗い滑走路に消火剤が撒《ま》かれ、滑走路脇に何台もの消防車と救急車が赤いランプを点滅させて待機しているのが見えた。

緊急着陸用の姿勢をとるよう機内アナウンスが流れる。いよいよ運命の時だ。龍花は両足を揃え、膝《ひざ》の近くまで頭を下げ、両手を頭の後ろで組んだ。

（こんなところで死んでたまるか！　俺は運が強いんだ！）龍花は必死で自分を奮い立たせる。

「ブレース・ダウン・ティル・ザ・プレイン・ストップス！（機が停止するまで緊急着陸姿勢！）ブレース・ダウン・ティル・ザ・プレイン・ストップス！」クルーが一斉に大声で唱和を始める。龍花の目の前にすわっているヨーロッパ人やインド人のスチュワーデスたちもアラブ人スチュワードにリードされながら声を限りに繰り返す。「ブレース・ダウン・ティル・ザ・プレイン・ストップス！　ブレース・ダウン……」

機が突然ガクンと揺れたかと思った瞬間、グァガガガーンという激しい衝撃が全身に来た。途方もない重量が龍花の身体に押し寄せ、身体がばらばらになったか真っ二つに折れたかと思う。それすら閃光《せんこう》のような刹那《せつな》の感覚だった。視界の片隅で目の前のクルーが壊れた人形のように吹き飛ぶのが見えた。次の瞬間、薄れ行く視界いっぱいに真っ赤な炎が広がった。そして龍花の意識は暗黒の中でプッツリと途切れた。

「アブダビ空港でトランス・アラビアン航空が胴体着陸に失敗したみたいですね」

インターネットで新聞のニュースをチェックしていた高橋が今西の方を向いていった。

「そうらしいね。今朝出がけにBBCのニュースでちらっと見たよ。クリスマス・イブだというのになあ……」今西は沈んだ声でいった。「乗客、乗員百八十人全員死亡だって？」

「はい。日本国籍の人間はいなかったようですが」

「そう……。それは不幸中の幸いだな」

今西は机の上に積み上げた書類に視線を戻す。

富国銀行で働くのは今日が最後だ。今西は午前中に支店内を回って挨拶《あいさつ》をすませ、午後は後に残る高橋のために役に立つ書類とそうでないものを選《よ》り分ける作業をしていた。

「メープルウッドで働き始められるのは年明けからですか？」高橋が訊《き》いた。

「うん。急で申し訳ないが、向こうも人手が足りなくて大変らしい。何カ月も前から熱心に誘ってくれていたしね」

メープルウッドは未公開株式《プライベート・エクイティ》への投資を専門にする米国の投資会社だ。設立されてまだ数年だが経営陣に大手投資銀行のベテラン数人が加わっている。日本では大規模な投資ファンドを作る計画を進めている。また、国有化された長銀や日債銀の買収も検討中だ。

「今西さんは日本支社の投資担当ダイレクター（部長）になられるんですよね。長銀なんかの買収も手がけられるんですか？」

「まだどこをターゲットにするかは決めてないそうだけど、僕も何らかの関与はしていくと思う。大きい仕事だし、社会的な貢献度も高いところがいいと思ってる。それ以外にも投資ファンドの設立を担当することになりそうだ」

「面白そうですね」高橋が羨《うらや》ましそうにいった。

「僕はやっぱり自分の仕事がどのように社会に貢献していくかということにこだわりがある。それも、できればよその国じゃなくて日本に貢献したい。……曽根副支店長なんかには異端視されるけどね」

今西は照れたように苦笑いした。

「そんなことは、ありません」高橋はきっぱりといった。「今はそういう生き方が段々認められる世の中になってきてると思います。ちょっと話は違いますが、僕は四年前の神戸の震災の現場で無給のボランティアをしている女子高生たちの姿を見て感動しました。『ああ、日本もまだ捨てたもんじゃない。こういう若い人たちがちゃんといるんだ』って。その一方で邦銀をここまで駄目にした人たちがいまだに銀行にしがみついて高額の役員報酬や何億円という退職金を貰《もら》っている」高橋の顔が憤慨で赤味を帯びる。「神戸の女子高生とうちの会長、頭取のどちらが偉いかといえば、答えははっきりしてます。昔は出世イコールその人の価値と誰もが信じていましたが、今は物事の本質がしっかりと見つめられる時代になった。人それぞれが自分の価値観と人生観に従って生き、それぞれに成功して行く時代がやって来たんだと思います」

「高橋君がそういってくれると心強い」今西は微笑んだ。「それに銀行再建や投資ファンドの仕事は本当に面白いと思う。長銀なんかは欧米の金融機関で実績のある人をトップに据《す》えて大胆に改革すればいい銀行になる可能性があるし、自分が投資した小さな会社が将来ソニーやホンダのように日本を背負って立つ企業になるかもしれない」今西の目がきらりと光った。高橋はそれを見て羨ましいと思う。

「ああ、そういえば……」

今西はふと思い出していった。「若林さんも来月末で銀行を辞められるそうだ」

「えっ、若林さんも⁉」

「欧州系投資顧問会社のストラテジストになるそうだ」

ストラテジストとは、個別の企業や業界を分析するアナリストの仕事に留まらず、マクロ経済の視点から資産配分《アセット・アロケーション》を含む投資戦略全体をアドバイスする仕事だ。

「今、アナリストやストラテジストは引っ張りだこだろ？　給料が二、三割上がるだけの僕なんかと違って年収は三、四千万だろうね。それに若林さんは自分のリサーチを現場で活《い》かしたいという希望を常々持っていた。……若林さんも僕もビッグ・バンのおかげで自分の生き方に適《かな》った職を手にしたっていうところかな」

そういうと今西は再び作業に取りかかった。

高橋のために心を込め、一つ一つの書類を念入りにチェックする。ときおり必要なことをメモに書き記《しる》す。

ロンドンは樺太《カラフト》のほぼ中央と同じ緯度に位置する北の街だ。冬の日暮れは早い。時計の針が午後三時を回ると外は暗くなり始めた。ときおりローン管理課やプロジェクト金融課の英国人スタッフが今西に別れの挨拶にやって来て「グッド・ラック」と握手を交わす。

午後七時半になって今西はようやく作業を終えた。

支店内にはほとんど人影がなくなっていた。今西は、持ってきたスポーツバッグに身の回り品をしまい始める。名刺と自分で買った文房具をバッグに入れる。そしていくつかのツームストーン。今西が苦労して取りまとめた国際協調融資のツームストーンだ。「トップ・レフト」の位置には富国銀行の名前が燦然《さんぜん》と輝いている。文庫本ほどの大きさのアクリル・ブロックの一つ一つに様々なドラマと想い出が詰まっている今西の青春そのものだ。

荷物を詰め終えると今西は立ち上がり、高橋に右手を差し出した。

「じゃあ高橋君、お別れだ。神戸の女子高生たちに負けないよう頑張ろう」

「今まで有り難うございました。会社は別々になりますが、これからもよろしくお願いします」

高橋は今西の目を見ながら、しっかりと手を握り返した。

今西がオフィスを出ると、辺りはすっかり夜の帳《とばり》が降りていた。

夜空の高い位置に月が出ていた。凍りつく大気のため輪郭がぼやけた小さな月は白々とした光を放っていた。吐く息が白い。今西は富国銀行の黒い八階建てのビルを仰ぎ見て、十八年余りの銀行員生活に別れを告げた。やがてビルに背を向け、歩き始める。ふとセント・ポール大寺院を見るとステンド・グラスの内側から寒気を射るような神々しい光が漏れていた。その光を見ていると本当に今夜、神の子が地上に降りてきそうな気がする。

今西は黒いタクシーを拾って、妻と待ち合わせのレストラン名を告げた。

今西を乗せてタクシーは走り出す。車外の景色を眺めながら、今西は妻のことを想う。一週間ほど前に今西が転職する気持ちを告げたとき、妻の顔に不安がよぎった。育ち盛りの子どもを二人も抱えていれば無理はない。

しかし妻は反対しなかった。

(苦労をかけるな……)

車の外のシティの街はクリスマスの光で溢《あふ》れていた。

待ち合わせの時刻まで多少間があったので今西はタクシーをロンドン・ブリッジ駅のたもとで降りた。駅の建物は一八三六年から一八五一年にかけて建てられたもので、灰色の煉瓦《れんが》の壁が老人の歯のように朽《く》ちかけている。今西はレストランまでの道をゆっくりと歩き始める。テームズ川のそばのこの一帯は昔波止場だったところで、付近の地名も「波止場」を意味するキー(Quay)やワーフ(Wharf)という語が付いたものが多い。商店街のアーケードには聖歌を唄《うた》う少年合唱隊の声が低く静かに流れていた。アーケードには艶《つや》やかな緑の葉を付けたひいらぎの枝が飾られ、その上にたくさんの豆電球が宝石のようにちりばめられていた。黒いコートの裾を翻して、クリスマス・ショッピングの紙袋を提げた背の高い女性が颯爽《さつそう》と歩いてくる。花屋には鉢植えのポインセチアがたくさん並んでいる。真っ赤な葉の形がベツレヘムの星を連想させるクリスマスの花だ。花言葉は「祝福する」。

十分ほど歩いて今西はレストランのあるバトラーズ・ワーフに着いた。

レストランの入り口はテームズ川沿いの遊歩道に面している。遊歩道に沿って大きな丸い電球が載った街灯が立ち並び、濡《ぬ》れた路面を照らしていた。

「ごめん。待ったかい?」

今西は川を見ながら待っていた妻に声をかける。

「ううん。今来たばかりよ。ねえ、この『ル・ポン・ドゥ・ラ・トゥール』ってすごく高級なレストランなのよね？　こんな立派なところで夕食させてもらっていいのかなあ」

「今日はクリスマス・イブだから」

「そうね。……それにあなたの門出の日。おめでとう哲夫さん。今日はお祝いだね」

（こいつ……泣かせるなあ……）今西は妻の心づかいに胸がいっぱいになる。

今西は右手で妻の肩を抱き、レストランの入り口に向かう。

入り口の近くに小柄な女性が人待ち顔で立っていた。紺色のコートを着てフードをかぶり、手袋をしていた。黒い髪を短く切り揃えた顔に幼さが残る日本人女性だった。

今西夫妻は会釈をして女性の前を通りすぎる。

「色が白くて、可愛い人ね」

「きっと北国の人なんだろうな」

言葉を交わしながら二人はレストランの扉を押した。

会釈を返した道子は、仲睦《なかむつ》まじくレストランに入って行く日本人カップルの後ろ姿を見送って微笑んだ。腕時計を見ると龍花との約束の時間を十分すぎていた。

（……きっと仕事が忙しいんだわ）

道子は視線を上げる。テームズ川の流れる音がはっきりと聞こえてくる。

広い川面が対岸のホテルやマンションの灯《あか》りで銀色やオレンジ色にさざなみ立っている。左手にロンドン・ブリッジが照明で夜空に浮かび上がり、その向こうにシティのビル群が小山のように見える。右手の彼方にはドックランドのカナダ・スクエア・タワーが巨大なダイヤモンドのように眩《まばゆ》い銀色の光を放っている。暗い夜空では灰色の雲がゆっくりと移動していた。

道子はしばらくそれらの景色を眺めたあと、レストランの方を振り返った。

窓の下半分に白いカーテンが引かれたレストランはパリの町角のようだ。明るい光がもれてくる店内の壁は落ち着いたベージュ色で、洒落《しゃれ》た絵がいくつも掛かっている。テーブルはすべて真っ白なテーブルクロスで覆われている。どのテーブルにもワイングラスが林立し、レストランの客は誰もが幸福そうに見える。先ほどの日本人カップルがシャンペンで乾杯していた。

その光景に道子は微笑む。

(もうすぐ丈は来るわ……)

冷たい風がやすりのように道子の頬を撫《な》でる。しかし、道子の心は幸福の予感で暖かだった。川の水が流れる音やロンドン・ブリッジの上を走って行く車の音が、街が生きていることを伝えている。その街の生命《いのち》の音を聞きながら、道子は待ち続ける。

約束の時間を一時間すぎても龍花は現われなかった。

道子の鼻先は冷たくなり、頬の感覚も失くなってきていた。

(あの人はきっと来るわ。……今日は二人の始まりの日なのだもの)

道子は現われぬ男を想って微笑む。風で乱れた髪をかき上げる。

ふと道子の目の前を白いものが舞った。道子は夜空を見上げる。

雪が降り始めていた。

エピローグ

ボーイング757の細長い機体は徐々に高度を下げて行く。

豊かな緑の森に覆われた眼下の日本の風景は、かつてロンドン駐在時代に訪れた南部アフリカの光景を彷彿《ほうふつ》とさせる。

午後二時半、ユナイテッド航空八〇一便はほぼ定刻通りに成田空港に着陸した。

黒い革の書類鞄《かばん》を提げた今西は機外に出ると、空港ターミナルへと続く通路を歩き始める。ガラス窓から差し込む初夏の日差しがまぶしい。邦銀勤務時代は地味などぶねずみ風スーツを着ていたが、今は光沢鮮やかな純白の綿のワイシャツにぱりっとした高級ダーク・スーツ、裾《すそ》がダブルのズボンである。この方が遥《はる》かに気分が引き締まり、闘志も湧く。肩書きは日本支社投資担当ダイレクター。米国の投資会社メープルウッドの切り込み隊長だ。

今西が富国銀行を辞めてから一年半が経ち、時代は西暦二〇〇〇年を迎えていた。

この一年半の間に日本の金融界は未曾有《みぞう》の地殻変動を経験した。九九年八月に第一勧銀、富士、興銀が統合を発表。それに続いて他の大手銀行もばたばたと統合を発表し、あっという間に都銀は四つのグループに集約された。

「メガバンク誕生」マスコミは囃《はや》しているが、実態は病人同士がもたれあっているだけだ。戦略もない。シティグループ共同会長ジョン・リードは日経ビジネス誌のインタビューで「みずほフィナンシャル・グループは総資産で世界一になるが」と問いかけられ、「でも多分、利益では二百位ぐらいだろう」と肩をすくめた。ジョン・リードのメッセージは明確である。「利益や売上げこそが顧客に何を提供できたのかを意味する。総資産規模は何も表わさない。日本の金融機関が世界市場で重要な地位を占めるとは想像できない。トヨタやソニーには国際市場を生きる経営があるが、同じものを金融業界でみつけることはできない」

統合を発表した各銀行は統合後のポストを一つでも多く獲得するため、現場で融資拡大の死闘を演じている。富国銀行では新頭取が開かれた経営を標榜《ひょうぼう》し、行員は誰でも電子メールで直接頭取に意見具申できるようになった。しかし、コンピューター会社との取引きを担当している支店の行員が「頭取のネット・バンキング戦略はすでに時代遅れだ」という趣旨のメールを出したところ、頭取はメールなど読んでおらず、その代わり即座に秘書役など七、八人から「頭取殿の戦略はこれこれしかじかで、きみの考えは間違っている」と矢のような返信が入ってきたという。

大企業信仰に凝り固まった大手銀行が明確な戦略もないまま統合に走る一方で、新たな勢力が金融業界に参入している。オリックスが信託銀行を設立。イトーヨーカ堂とソニーがそれぞれ決済専門銀行とインターネット専業銀行設立へ始動。三菱商事、伊藤忠、日商岩井など総合商社が証券会社を設立。ゴールドマン・サックスの元パートナー松本大とソニーも共同でインターネット専業証券会社を設立。ソフトバンク、オリックス、東京海上などの企業連合が日債銀を買収。それに加えて、個人資産千二百兆円の黄金の国ジパングに続々と上陸する外資系金融機関。長銀は米国の投資会社リップルウッドに買収され、新生銀行と名前を変えた。今後、既存の大手銀行や大手証券会社はこれら新規参入勢力にシェアを食われ、金融機関同士の競争は確実に激化する。利用者にとってはサービスが良くなる一方で、金融サービスが複雑多様化し、投資家責任が一層問われる時代になる。

　ロシアの株式市場は三月二十六日に行なわれた大統領選挙でウラジミール・プーチンが当選したことを好感し、再び沸き立っている。三〇パーセントを超える年初来の上昇率（ドル換算ベース）は、世界じゅうの株式市場でナンバー・ワンである。ロシア向けローンや債券の利鞘《スプレッド》も急減している。二〇〇七年満期のロシア政府のユーロ債で見ると、一九九八年十月にはロシア危機を反映して（米国債プラス）八〇〇〇ベーシス・ポイント（八〇パーセント）以上の利鞘《スプレッド》だったのが、九九年五月に五〇〇〇ベーシス、二〇〇〇年一月に二〇〇〇ベーシスと急速に縮小。二〇〇〇年三月には一〇〇〇ベーシスを切った。ロシア政府は年末までにユーロ・ボンド市場への復帰を計画している。トルコは格付機関フィッチIBCAが格付をシングルBからダブルBに格上げし、中南米ではムーディーズがメキシコをダブルBから投資適格のトリプルBに格上げした。BMJの会長兼CEO、パオロ・ベネデッティの予言通りイマージング・マーケットは復活した。

　しかし、こうした日本やイマージング・マーケットの変化は、今世界全体で起きている変化に比べれば些細《ささい》なものだ。IT革命。その巨大なうねりが、世界じゅうのあらゆるビジネスを容赦なく変えつつある。「わたしがナットウェストに行った六カ月前は、世界は確実なものに見えた。それが今では大きく変わってしまった」この三月に英国の四大クリアリング銀行の一つ、ナショナル・ウェストミンスター銀行のCOO（Chief Operating Officer、最高執行責任者）を辞し、インターネット・ビジネスへの投資会社の会長となったロン・サンドラーの言葉である。おそらく十年後には多くのビジネスが想像を絶する形態へと変貌《へんぼう》し、想像を絶するプレーヤーたちが活躍し、さらには人々の暮らしや価値観までもが変わっていることだろう。

今西にとって、その大変革の真っ只中《ただなか》で、力の限りビジネスを追求できることは嬉《うれ》しい。米系金融機関は厳しいが働き甲斐《がい》がある。組織がフラットで決断が早く、かつ会社に力があるので邦銀時代は想像もできなかったディールを次々に取りまとめることができる。時としてディールの魔力の虜《とりこ》になりそうなほどだ。しかし、そんな中にあっても今西は社会への貢献と正義という自分の原点は守っていた。そしてこれからも守り、まっすぐに生きて行くつもりだ。名はなくとも、誇り高く生きる普通の人々に負けないように。

今西は入国審査を通り、荷物受け取りのベルトコンベヤーへと階段を降りて行く。

スーツケースが出てくるまでコンベヤーのそばの長椅子にすわって待つ。三カ月に一度はニューヨークに出張しているので十三時間の長いフライトにも慣れた。着陸直前まで読んでいた資料を書類鞄から取り出し、足を軽く組んだリラックスした姿でページを開いた。それは今回のニューヨークでの会議のテーマであった高い技術力を有するベンチャー企業の株式公開計画書であった。すでに今年の春に店頭上場させた投資先があり、今西にとっては二件目の株式公開だ。今後のスケジュールを頭に思い浮かべながら資料のページを繰っていった。

「すいません。麻薬犬の訓練にご協力お願いできますでしょうか？」

えっ、と思って今西は書類から視線を上げる。目の前に、二十五歳くらいの純朴そうな若者が立っていた。紺色の作業服風の制服。帽子を取った頭の髪の毛がはねていた。

「何をすればいいんです?」

「いえ、何もしていただかなくて結構です。そのますわっていて下さい」

「まさか嚙《か》み付いたりしないでしょうね?」今西はなかば冗談で訊《き》いた。

「大丈夫です」青年は笑顔でいい、持っていた透明なビニール袋の口を開ける。袋の中には靴下の片方や手ぬぐいが入っていた。「これを足首に巻いて、その上から靴下をかぶせて下さい」白いハンド・タオルを今西に差し出した。

どうやらそのタオルに麻薬か何かの臭いが付いているらしい。

同じ便で到着し、ベルトコンベヤーのそばで荷物が出てくるのを待っているアメリカ人や日本人たちが振り返り、二人のやり取りを面白そうに眺めている。今西は青年にいわれた通り、足首にタオルを巻きつけ、その上から靴下をかぶせた。そして椅子にすわって待っていると、間もなく一匹の犬が現われた。毛の長い白い中型犬だ。犬はベルトコンベヤーの周囲や、他の乗客たちの間をひとしきり嗅《か》ぎ回る。あちらこちらと嗅ぎ回るが一つの場所には立ち止まらない。一、二分して犬は今西のところにやって来た。ハンド・タオルを巻いた足首をくんくん嗅ぐ。それから二度、三度と鼻を靴下にこすりつけんばかりに熱心に嗅ぐ。やがて確信したらしく、今西の前に伏せの姿勢ですわり込んだ。そして「ここだ、ここだ」とでもいうように首をしきりに振って先ほどの青年に知らせる。犬は一切吠《ほ》えない。

（よく訓練されてるもんだ……）今西は感心した。青年がやってきて、尻尾《しっぽ》を振る犬の頭をごしごし撫《な》で、丸めた白いタオルを褒美《ほうび》に嚙《か》ませてやる。

「どうも有り難うございました」頭を下げる青年の笑顔が眩《まぶ》しかった。

タオルを返しながら今西は、頑張れよ、と声をかけたくなる。

やがてゴトンと音がして、ベルトコンベヤーが動き始めた。

ビジネス・クラスに乗っていた今西のスーツケースはすぐに流れてきた。スーツケースを持ち上げ、カートに載せる。パスポートを見せて税関を通過すると、ガラスの自動ドアが左右に開いて到着ロビーが現われた。ロビーは出迎えの人々で混み合っていた。今西はカートを押しながら人込みの中を出口へと向かう。

ふと出てきたほうを振り返ると、出迎えの人々の頭上に大きな到着案内板があった。黒い案内板は到着便の状況を刻々と伝えている。今西が乗ってきたユナイテッド航空八〇一便の右の欄に「到着済」と表示があり、到着時刻の表示がしてあった。

そのすぐ下の航空会社名を見たとき、今西の視線が切なげに揺れた。

（トランス・アラビアン航空……）

アブダビ空港に散った一人の男の面影が浮かぶ。

トップ・レフトの地位が似合う、荒鷲《あらわし》のような国際金融マンであった。

今西は立ち止まり、遥《はる》か遠くの幻でも見るかのように「トランス・アラビアン航空七六五便、到着」という文字を見つめた。

やがて今西は小さなため息をもらし、視線を空港ビルの出口へと戻す。そして出口の大きなガラス戸へ向かって再びゆっくりとカートを押し始めた。

初夏の日差しをいっぱいに浴びたガラスの向こうの風景が、無邪気なほどに明るかった。

（注）為替の換算レートはそれぞれの時点での実勢レートを使用しています。
TOBの一般的な日本語訳は「株式公開買付け」ですが、実質的に「敵対的買収」を意味する場合が多く、本文でも場面に応じて両方の訳語を使用しています。

本作品はフィクションです。実在の人物や企業、団体とは関係ありません。

参考文献

「マーチャント・バンカーズ（上、下）」今井清孝著　東京布井出版　一九七九年五月
「マーチャント・バンキングの興隆」
　スタンリイ・チャップマン著　布目真生・萩原登訳　有斐閣　一九八七年一二月
「金融の国際舞台で」藤川鉄馬著　サイマル出版会　一九九七年五月
「シティグループが描く「銀行」の未来」日経ビジネス　二〇〇〇年三月二七日号
「ゴールドマン・サックス」リサ・エンドリック著　斎藤聖美訳　早川書房　一九九九年八月
「フォーカスひと　サンフォード・ワイル氏」
　牧野洋著　日経ビジネス　一九九八年六月二九日号
「ビッグ・ディール（上、下）」
　ブルース・ワッサースタイン著　山岡洋一訳　日経BP社　一九九九年九月
「ライアーズ・ポーカー」マイケル・ルイス著　東江一紀訳　角川書店　一九九〇年一一月
「M&Aの仕掛人」
　ロバート・スレーター著　三菱商事資本市場部M&Aチーム訳　ダイヤモンド社　一九八八年一月
「現代用語の基礎知識」自由国民社　一九九八年一月

「Ｆｒｕｉｔ Ｐｕｎｃｈの本、英国で障害児とともに暮らす」
Ｆｒｕｉｔ Ｐｕｎｃｈハンドブック編集部著 Ｆｒｕｉｔ Ｐｕｎｃｈ発行 一九九七年一〇月
「The eve of destruction」 David Shirreff, Euromoney 一九九八年一一月
「The fund that thought it was too smart to fail」 Financial Times 一九九八年九月二五日

解説

原田《はらだ》泰《ゆたか》

一九八〇年代末、日本が経済大国であり、日本の金融機関が世界を席巻すると恐れられていた時代は、遠く過ぎ去ってしまった。日本の銀行は、不良債権にあえぎ、巨額の損失を計上してきた。邦銀の失敗は、単にバブルで不良債権を積み上げただけではなく、その経営体質そのものが国際的金融機関となるには程遠いということだった。いくつかの邦銀は、不良債権を処理できないばかりか、帳簿を合法的にごまかすための怪しげな債券を売る外銀のカモにさえなっていた。

資本市場はもちろん存在したが、企業は持ち合いによって保護され、株主のものではなかった。企業が株主のものでなければ、資本市場での戦いもつまらないものにしかなりえない。したがって、金融機関の戦いもつまらないものでしかなかった。

一九九〇年代末の日本では、企業は株主のものであり、金融業は利益を求めて激しく争うものであるということが、いまだ実感をもって理解されていなかった。しかし、そんな時代でも、国際金融市場で競いあう日本の男たちがいた。

その後二〇〇五年の初めに、ライブドアの敵対的買収（TOB）に対するニッポン放送とフジテレビ連合の攻防によって、ポイズン・ピル（毒薬条項）、クラウン・ジュエル（王冠の宝石、重要な資産を売却して買収価値を引き下げること、焦土作戦）などといった言葉が、若者の集まる酒場で普通に飛び交うようになった。九〇年代末には、敵対的買収のことを、一般の人々が具体的に考えることなどはなかったろう。

本書は、グローバリゼーションの中で日本がどのような世界に投げ出されるかを予言したものと言えよう。読者はまず、国際金融市場の戦い、為替《かわせ》市場の動き、敵対的買収を巡る攻防、世界的投資銀行の行動と日本の銀行の現状などについて十分な知識を与えられる。

もちろん、本書は知識を授けるだけのものではない。本書の主人公は、富国銀行ロンドン支店次長今西哲夫と、モルガン・ドレクスラーのマネージング・ディレクター龍花丈である。邦銀の官僚主義と無責任体制に愛想を尽かしながら日本にとどまる今西と、その体制を憎み日本を捨てた龍花の対立を軸にドラマは進行する。このドラマが、本書を、単にビジネス知識を与えるものではない、生身の人間の息遣いが聞こえる小説としている。

トップ・レフトとは、融資案件の借入れ人名、融資総額、主幹事銀行名、引受銀行名、一般参加銀行名を記した紙片を埋め込んだアクリル樹脂の置物―ツーム・ストーン（墓石）と呼ばれる―の、主幹事銀行となること、すなわち融資銀行団の一番左上（トップ・レフト）の位置を占めることである。このトップ・レフトの位置を巡って国際金融マンはしのぎを削る。

作者は、今西と龍花という対照的な二人を簡潔に紹介し、国際協調融資とは何かという説明をしながら、読者をトップ・レフトの世界に瞬く間に引き込んでしまう。

何も問題がないところに金を貸しても儲《もう》からない。企業としては順調に業績を伸ばしているが、国家としては対外債務など様々な問題を抱えている国の企業への国際協調融資を巡ってストーリーが始まる。案件は、トルコ・トミタ自動車のイラン工場建設資金への国際協調融資である。富国銀行に恨みを持つ龍花は、今西の案件を横取りしようとするのだが、モルガン・ドレクスラーが敵対的買収の危険にさらされる。今西の案件どころではなくなって、富国銀行はこれで横取りを免れると思いきや、事態はさらに展開する。これにさらにイマージング・マーケット（ロシア、中南米などの新興国市場）の崩壊、このマーケットに入れ込んでいた国際金融機関の危機がからむという多彩な物語が展開される。

事件の背景を正確に描き、かつ背景説明がうるさくないことが、ビジネス小説が成功するひとつの鍵《かぎ》であるが、作者は読者にはなんの苦労の跡も見せずに、この仕事をやってのける。読者は、むしろ、国際金融市場で起こる様々な事件に魅了されるだろう。この魅力的な事件を背景に描き出されるのは、戦いの人生を送ってきた男たちと保身の中に生きてきた男たちとの対比だ。それは龍花に限らず、モルガン・ドレクスラーを買収しようというBMJ投資銀行のパオロ・ベネデッティも、モルガン・ドレクスラーの経営陣も同じだ。それに対して邦銀の戦わない男たちの姿は哀しい。

龍花の目を通して、富国銀行の生態が語られる。学閥が支配し、できる部下に嫉妬《しっと》する上司。富国銀行で働いていた龍花は、周囲を富国銀行という敵に囲まれながら、次々とディールをまとめ、着々とトラック・レコードを積み上げていった。そして龍花は、辞表をたたきつけ、モルガン・ドレクスラーに去った。しかし、と作者は書く。十年間にわたって銀行から受けた侮

胸に秘めている。辱や屈辱の記憶は消えるはずがない。龍花は、いつか富国銀行を叩《たた》き潰《つぶ》してやるという思いを

富国銀行のために働き続け続ける今西も、邦銀に批判的なのは同じだ。稟《りん》議《ぎ》書は厚いが、その目的は分析ではなくて責任逃れだ。役所の報告書が厚くなるのと変らない。責任逃れだけならまだましだが、ライバルに手柄をたてさせないために、稟議に難癖をつけてはビジネスを妨害してくる。今西は、邦銀は行内の利害関係が複雑で仕事がやりにくい、だからあっという間に時代の流れから取り残される、という。

今西に共感する同僚は、邦銀の敗因の本質は、自己保身とその場しのぎに終始する官僚的行動パターンが、アングロサクソンの長期的かつ世界的な戦略を立て実行するという攻撃的行動パターンに敗れたということだ、と語る。内外交流という、スローガンだけで中身のない人事方針に基づいて、為替のディーールという専門職のトップに、バランス感覚という実体のない看板だけが売り物で、国内経験しかない人間が送り込まれてくる。

日本は組織で動くというが、龍花や今西が見る日本の銀行は、むしろ組織がないのが実態のようだ。利益への貢献を判断できず、専門家を育てず、足の引っ張り合いをしている集団は、組織とは言えない。

対するアメリカの投資銀行は真に戦う男たちの組織だ。BMJに敵対的買収をかけられたモルガン・ドレクスラーの男たちは、むしろ嬉《うれ》しそうだ。ドレクスラーの一斉射撃の恐怖を、BMJに味わわせてやろうじゃないか、攻防戦が楽しみでしょうがない、という笑顔を見せるモルガン・ドレクスラーの男たち。

作者の描く彼我の差に呆然《ぼうぜん》とさせられるが、それでも日本の戦う男たちはいる。海外で働く輸出企業の男たちだ。作者は、行政に手厚く保護された銀行や建設会社が能天気にバブルに踊っている間、自動車などの輸出産業は誰の保護も受けずに苦労を重ね、地道に力を付けてきたことを魅力的なエピソードとともに書いている。日本人として勇気付けられるところである。

しかし、作者の視線は複眼的で、いたずらにアメリカの投資銀行を神秘化していない。その実態にも厳しい目を向けている。「アメリカの金融機関なんて、本当はたいしたことはないんだ。トレーディングで大損を出すのはしょっちゅうだし、石油、不動産、中南米、LBO（レバレッジド・バイ・アウト、買収対象先資産を担保にしての買収）と彼らの一九八〇年代は失敗の連続だ。最近ではデリバティブ（金融派生商品）でも物議を醸しているだろう？　顧客に対しては、何か神秘的な能力があるように見せかけているが、一皮むけばごく普通の人間がやっているんだ。金のために血まなこでね」「アメリカの投資銀行のやり方は、弱いものを見つけたら徹底的に搾り取る」「間抜けを見つけて思いっきりカモる。インベストメント・バンカーなんて卑しい連中だよ」とトルコ人に憤慨させる。

作者の複眼的な思考は、龍花の造形にも表れている。龍花が富国銀行への恨みに拘泥する姿は日本的でもある。カモを殺してしまったらカモれないというリアリズムに徹することなく、金がすべてではなく恨みに固執するという人間造形が、本書を日本的なビジネス小説ともしている。

イマージング・マーケットの崩壊。ロシアの通貨、ルーブルが暴落し、ロシア国債はモラトリアム（支払い停止）に陥った。ロシアが駄目ならトルコもというのが当然の連想だ。イマージング・マーケットに入れあげていたＢＭＪも巨額の損失を出し、トルコ・トミタ自動車への国際シンジケート・ローンも危機に陥る。ここからドラマはさらに佳境に入る。解説を先に読まれる読者もいらっしゃるだろうから、この先は書かない。

日本と世界、今西と龍花、二つの世界を知っている作者ならではの展開に、読者は息づまる思いで、本書を読了することになるだろう。

（平成十七年五月／大和総研チーフエコノミスト）

巻末・国際金融用語集

イマージング・マーケット（emerging markets、新興国市場）

1990年代に入り、米国のブレイディ財務長官の提唱で「ブレイディ・プラン」という発展途上国の債務削減策が行なわれ、様々な債券（ブレイディ債）が作り出された。これにより、中南米、アジア、東欧諸国に大量の外国資本が流入し、ブレイディ債のみならず株式なども活発に取引きされるようになった。これら発展途上諸国はイマージング・マーケットと呼ばれ、西側金融機関にとって新たな収益分野となった。

インターバンク（銀行間）市場

銀行同士が通貨を売買したり、資金を預けたり預けられたりする市場。

オールイン・プライス

金利に手数料を加えて出す融資のコスト。オールイン・プライスを計算する際には、一括で支払う手数料は融資の平均残存期間で除した上で金利に加える。たとえば金利がLIBOR（ライボー）プラス1パーセントで平均残存期間が5年のローンの組成手数料が1パーセントの場合、オールイン・プライスはLIBOR＋1＋(1÷5)＝LIBORプラス1.2パーセントとなる。

なお平均残存期間（アベレージ・ライフ）とは、返済スケジュールを加味した融資の実質年数のこと。例えば当初融資額30百万ドルで調印1年後を第1回返済日として以後半年ごとに6百万

ドルずつ5回返済の融資の場合、平均融資残高は1年目30百万、2年目21百万、3年目9百万となり、(30+21+9)÷30という計算により平均残存期間は2年となる。

格付（信用格付）

債券などの証券の信用力を示す指標であるが、一般にその証券の発行者の信用力とみなされる。当然のことながら格付の高い証券ほど発行者にとって有利な（低い）コストで資金調達ができる。主要な格付機関はムーディーズ社、スタンダード＆プアーズ社、フィッチ・レーティングス社など。スタンダード＆プアーズ社の格付では最上級がAAA（トリプルA）で、以下AA、A、BBB、BB、B、CCC、CC、C、Dの10等級の格付がある。BBB（トリプルB）以上が投資適格、それに達しないものが投資不適格（投機的投資）とされ、格付がBBBを下回ると資金調達がぐんと難しくなる。山一證券や長銀の破綻《はたん》も格付がBBBより下に引き下げられたことが一つの契機となった。

カントリー・リスク

取引き相手国の主権に基づく政策の変更や状態の変化から生ずるリスク。政治リスクと国際収支リスクに大別される。具体的には革命、戦争、国有化、外貨枯渇、外貨送金停止、対外債務のデフォルト（履行不能）などが発生する可能性のこと。

機関投資家

顧客から拠出された資金を有価証券（株式、債券など）を含む資産に投資し、運用・管理する法人投資家のこと。保険会社、年金基金、投資信託などがこれにあたる。

国際協調融資（シンジケート・ローン）
一つの銀行では負担し切れない巨額の融資を複数の銀行が融資団を作ることによって実現する国際融資の方式。1960 年代から発達した。

コマーシャル・ペーパー（commercial paper、CP）
企業が短期の資金を調達するために発行する短期の社債。期間は通常 30〜90 日。証券会社が引き受けて投資家に販売する。

自己資本
貸借対照表の資本の部に表わされる会社の純資産。資本金、剰余金、積立金などの合計で、株式の発行とその会社が生み出した利益から生じたもの。自己資本が多いほど、企業の体質は健全である。

ジャパン・プレミアム（Japan premium）
邦銀が海外で資金調達する際、資金の出し手である欧米の銀行から要求される金利上乗せ幅のこと。オイル・ショックの頃、日本の経済力に対する不安から欧米の銀行が邦銀との取引きを絞り、プレミアムを課したことから名付けられた。ジャパン・プレミアムは邦銀の信用状態に応じて拡大、縮小、解消する。1995 年の大和銀行ニューヨーク支店の巨額損失事件や 1998 年の邦銀の流動性危機の際に拡大し、1999 年 3 月に実施された大手邦銀に対する 7 兆円強の公的資金投入で徐々に縮小した。

ジャンク・ボンド（junk bond）

格付が投資適格（トリプルB格以上）に満たないダブルB格以下の債券のこと。「くず債券」を意味し、ハイ・イールド（高利回り）・ボンドとも呼ばれる。信用が低い分、利回りは高い。

商業銀行（コマーシャル・バンク）

日本でいうところの銀行。預金の形で集めた資金を企業や個人に貸し出す業務を行なう。代表的な銀行としてシティバンク、バンク・オブ・アメリカ、HSBC（香港上海銀行）、ドイツ銀行、ABNアムロ銀行などがあげられる。

シンジケーション（syndication）

国際協調融資のための融資団を組成すること。具体的には幹事銀行団が参加見込み銀行に対してインビテーション（参加招聘状）やインフォメーション・メモランダム（借入れ人に関する様々な情報を盛り込んだ冊子）を送付し、参加銀行がそれらを検討した上で融資団への参加を受諾すること。ゼネラル・シンジケーション（一般参加行募集）ともいう。

スワップ取引

異なる通貨または金利による支払債務を持つ者同士が債務を交換し、それぞれ相手方の債務を支払う契約。1981年に米国の投資銀行ソロモン・ブラザーズが世界銀行にドル建て債券を発行させ、これをIBMのスイスフラン・ドイツマルク建て債務と交換させたのが始まり。

世界銀行

「IMF、世界銀行、IFC」の項参照。

ツームストーン (tombstone)
国際協調融資や国際的な債券・株式の発行に際して作成される案件完了広告のこと。融資（債券・株式）の借り手（発行体）名、融資（発行）総額、主幹事銀行（証券会社）名、引受銀行（証券会社）名、一般参加銀行（証券会社）名、案件完了日などを記した文庫本程度の大きさの紙片を埋め込んだ厚さ2センチほどの透明なアクリル樹脂製の置物。形が西洋の墓石（tombstone）に似ていることからこう呼ばれる。

デフォルト (default)
債務不履行のこと。

デリバティブ（金融派生商品）
通貨、債券、株式、商品などの価格変動を対象とした金融取引。代表的なものに先物（一定の価格で将来売買を行なうことを約束する取引）、オプション（一定の約定料を対価に、将来一定の価格で売買を行なう権利を売買する取引）などがある。デリバティブを使用する目的は①価格変動リスクの回避②少額の原資で多額の投機を行なうこと、などである。

投資銀行（インベストメント・バンク）
米国では1933年のグラス・スティーガル法により証券業務と銀行業務の兼営が禁止されたが、証券業務を行なう金融機関を投資銀行と呼ぶ。「銀行」という名が付いているが、業態としては証券会社である。主要な業務は株式、債券、M&A（企業買収）。顧客は大手事業会社、機関投資家、富裕個人客が中心。なお、グ

ラス・スティーガル法は1999年11月に実質的廃止され、米国では投資銀行と商業銀行が合併するケースも出てきている。

トップ・レフト

「主幹事」を意味する業界用語。国際協調融資や国際的な債券・株式の発行時に作成される融資（発行）完了広告（ツームストーン）において、主幹事を務めた銀行（証券会社）の名前が融資団（発行引受団）の最上段左端（トップ・レフト）に記されることからこう呼ばれる。

日本輸出入銀行

昭和25年に設立された政府系金融機関。主要業務は、日本企業の輸出や日本企業による海外投資を促進するための融資。1999年10月に、発展途上国向け経済開発援助（主として「円借款」と呼ばれる長期低利の円建て融資）を行なっていた海外経済協力基金と統合され、国際協力銀行（Japan Bank for International Cooperation）となった。

引受銀行（アンダーライターまたはアンダーライティング・バンク）

国際協調融資において、借入れ人が合意した融資条件で一定の融資金額を集めることを請け負う銀行。市場で融資団組成を試みた結果、融資団への参加額が足りない場合は、差額を引受銀行が融資しなくてはならない。必要な融資額全額を集めることを請け負うことを「フル・アンダーライト」、一部だけを集めることを請け負うことを「パーシャル・アンダーライト」、そのような請け負いなしで融資団の組成を試みることを「ベスト・エフォート・

ベース」と呼ぶ。

ファイナル・テーク（final take）
国際協調融資における各参加銀行の最終参加（融資）額。引受銀行の場合は、引受額からシンジケーションにより一般参加銀行に販売した残りの額がファイナル・テークとなる。

フル・アンダーライト、パーシャル・アンダーライト、ベスト・エフォート・ベース
「引受銀行」の項参照。

プロジェクト・ファイナンス
プロジェクトが将来生み出す収益のみを返済原資とし、プロジェクトに対する出資者（プロジェクト・スポンサー）は借入れ金の返済義務を負わない融資の方式。

ヘッジ・ファンド（hedge fund）
各種規制から逃れ、自由で柔軟な投資戦略で高い投資リターンを狙う投機的なファンド。投資の対象は為替、債券、株式、商品など実質無制限。投資家から集めた元本の何倍から何十倍もの資金を銀行から借り入れ、レバレッジ（てこ効果）を効かせて投資を行なうヘッジ・ファンドが多い。

変動利付債（floating-rate note、FRN）
償還期限（満期）までの間、一定期間ごとに支払金利が変動する債券。債券（ボンド）は従来固定金利債が普通だったが、1970年以降、金利の変動が激しくなるとともに、発行者と投資家の双

方が金利変動リスクを避けるために開発された。1973年に発行されたスペインのビスカヤ・インターナショナル債が最初といわれる。金利は短期市場での指標金利（LIBORなど）に一定のスプレッド（利鞘）を上乗せして決められるのが普通で、通常3ヵ月あるいは6ヵ月ごとに変動する。日本では1975年11月の東京銀行債が第一号。

ポートフォリオ（portfolio）
投資資産（あるいは保有資産）の構成内容のこと。どのような銘柄の株式や債券（債券の場合は発行者、償還日、金利等の詳細を含む）、その他の金融商品、貴金属、不動産などが投資資産に含まれているかの細目。

ホワイト・ナイト（white knight、白馬の騎士）
もともとは、企業買収戦において、買収をかけられた会社の経営陣が、自分たちを追放するおそれのある敵対的な買収者ではなく、友好的な別の会社に買収してもらいたいと望むとき、そのような友好的な買収者をホワイト・ナイトと呼ぶ。広い意味では、窮地に陥った会社を救済する人（会社）を指す。

マーケット・キャップ（market capitalization）
株式時価総額のこと。当日の終値に上場株数をかけて出す。いわばその上場企業の値段である。

マーケット・メーク（market make）
債券などの個別銘柄に関し、金融機関が毎日売値と買値を公表し、顧客から引き合いがあった場合は責任をもってその（売りまたは

買いの）注文に応じること。

マーチャント・バンク（merchant bank）
米国の投資銀行に相当する英国の金融機関。18世紀に産業革命に伴う英国の貿易量拡大を背景に、貿易手形の引受け（支払保証）を初期の業務として発達した。双璧《そうへき》はベアリング・ブラザーズとNMロスチャイルド。第二次大戦後はユーロ債の引受け・販売業者として中心的な役割を担った。しかし、1984〜1988年にかけて行なわれた英国のビッグ・バン（金融規制の緩和）以降は、資本力で優る欧米金融機関に次々と買収され、現在では小規模のマーチャント・バンクが残っているだけである。

マンデート（mandate）
借入れ人が主幹事銀行に与える国際協調融資の組成委任。通常「何月何日付貴行提示の融資条件を受諾する」といった趣旨の簡単なレター。マンデートの出状により、その国際協調融資に関して借入れ人と主幹事銀行の間に法的関係が発生し、融資団の組成が開始される。

モラトリアム（moratorium）
政府が法令を出して債務の返済を一定期間だけ猶予させること。戦争、暴動、天災などの非常時、債権の回収困難が予想される場合、政府当局は法令により国内の債務者の一時的返済猶予に踏み切る。国際的には1998年のロシアのように外貨枯渇・支払資金不足をきたした途上国政府がみずからの債務のモラトリアムを宣言して債務履行を停止する場合がしばしばある。

ユーロ市場（Euromarket）

政府による規制のない自由な国際金融市場を指していう言葉。ロンドンを中心に発展した米国外における米ドル建て預金市場であるユーロ・ダラー市場、米ドル以外にも英ポンド、独マルク、仏フランなど各国通貨建て取引きが行なわれるユーロ・カレンシー市場、中長期ローン（大部分は国際協調融資）の市場であるユーロ・クレジット市場、債券の市場であるユーロ・ボンド市場などがある。

ライボー（LIBOR, London Interbank Offered Rate）

ロンドン銀行間取引金利のこと。国際金融取引の基準となる金利で、当該通貨の資金事情に応じて変動する。国際的な融資契約においては、金利はライボーに何パーセント上乗せしたものとするという決められ方が多い。従って、貸し手の銀行から見ると、ライボーが仕入れ値で、上乗せ金利（スプレッド）分が利益となる。

BIS規制

BIS（Bank for International Settlements、国際決済銀行）が定めた国際業務を営む民間銀行の自己資本比率についての統一規制のこと。規制によると、自己資本の項目は普通株式や公表準備金などコアとなる自己資本と補完的自己資本に分かれ、すくなくとも半分はコア項目で構成しなければならない。また、自己資本比率を計算する際の分母には、資産のリスク（危険度）に応じてウエートづけした総資産を用いる。国際業務を行なう銀行は自己資本比率を8パーセント以上にしなければならない。目的は銀行の健全性を確保するとともに各国間の競争条件を同一にすることにある。

CEO (Chief Exective Officer)

最高経営責任者のこと。米国では会長が当該企業のナンバーワンであることが多く、通常会長がCEOを兼務している。CEOは取締役会を主宰するとともに、企業グループの方針決定、長期事業計画の策定などに責任を持つ、いわば企業のトップである。日本の一般企業でいえば、社長がCEOの役割を担っているケースが多い。

FRB (Federal Reserve Bank)

アメリカの中央銀行。全米が12の連邦準備区に分けられ、各区に一つずつ連邦準備銀行が設けられている。FRBの主な機能は①公開市場操作による通貨供給量の調整や公定歩合の変更②手形交換システムや資金付替システムの提供③銀行に対する規制と監督、などである。

FRB (Federal Reserve Board)

アメリカ連邦準備制度理事会。全米に12ある連邦準備銀行を統括する機関。

IMF、世界銀行、IFC

IMF (International Monetary Fund、国際通貨基金) は1945年に設立された国際機関 (2005年1月末の加盟国数は184カ国)。国際通貨・為替制度に関する討議の場であると同時に、国際収支の赤字を出している加盟国に返済期間1年から10年の融資を行なう。融資に際しては国際収支改善のための経済政策の実施を借入れ国に義務づける。

世界銀行（World Bank）はIMFの姉妹機関で2005年1月末の加盟国数は184カ国。IMFが国際収支補塡《ほてん》のための比較的短期の融資を行なうのに対し、世銀は発展途上国政府（あるいは国営企業）に対してインフラ事業や経済開発のための長期（15～20年）の融資を行なう。日本もかつて東名高速道路建設資金などに世銀の融資を利用した。

IFC（International Finance Corporation、国際金融公社）は世銀グループの国際金融機関で、世銀が政府や国営企業に対して融資を行なうのに対し、IFCは発展途上国の民間企業に期間3～15年程度の融資を商業ベースの金利で行なう。民間企業に対する出資も行なう。

LBO（leveraged buy-out）
被買収企業の資産や収益力を担保にした借入れによる企業買収方式。

M&A（mergers and acquisitions）
企業の合併・買収のこと。米国では1975年頃から企業が経営の効率化や製品の高付加価値化を目的に不要部門の売却や高い技術を持った企業の買収を活発化させ、ブームとなった。日本企業の間でも80年代中頃からM&Aの有効性が認識され、積極的に取り入れられるようになった。投資銀行にとってM&Aは株式、債券部門とならぶ主要なビジネス分野である。

TOB（takeover bid）

企業の支配権獲得などを狙いとして株式や転換社債を公開で買い付けること。欧米では力ずくでTOBが行なわれることが少なくなく、しばしば敵対的買収を意味する。

本書は平成十四年八月刊の祥伝社文庫『トップ・レフト
――都銀vs.米国投資銀行』に加筆・修正を加え、単行本
初出時のサブタイトルに戻したものです。

トップ・レフト

ウォール街《がい》の鷲《わし》を撃《う》て

黒《くろ》木《き》亮《りょう》

平成17年 7月25日　初版発行
令和7年 11月15日　29版発行

発行者●山下直久

発行●株式会社KADOKAWA
〒102-8177　東京都千代田区富士見2-13-3
電話　0570-002-301（ナビダイヤル）

角川文庫 13872

印刷所●株式会社KADOKAWA
製本所●株式会社KADOKAWA

表紙画●和田三造

●お問い合わせ
https://www.kadokawa.co.jp/（「お問い合わせ」へお進みください）
※内容によっては、お答えできない場合があります。
※サポートは日本国内のみとさせていただきます。
※Japanese text only

ISBN978-4-04-375502-8　C0193

角川文庫発刊に際して

角川源義

第二次世界大戦の敗北は、軍事力の敗北であった以上に、私たちの若い文化力の敗退であった。私たちの文化が戦争に対して如何に無力であり、単なるあだ花に過ぎなかったかを、私たちは身を以て体験し痛感した。西洋近代文化の摂取にとって、明治以後八十年の歳月は決して短かすぎたとは言えない。にもかかわらず、近代文化の伝統を確立し、自由な批判と柔軟な良識に富む文化層として自らを形成することに私たちは失敗して来た。そしてこれは、各層への文化の普及滲透を任務とする出版人の責任でもあった。

一九四五年以来、私たちは再び振出しに戻り、第一歩から踏み出すことを余儀なくされた。これは大きな不幸ではあるが、反面、これまでの混沌・未熟・歪曲の中にあった我が国の文化に秩序と確たる基礎を齎らすためには絶好の機会でもある。角川書店は、このような祖国の文化的危機にあたり、微力をも顧みず再建の礎石たるべき抱負と決意とをもって出発したが、ここに創立以来の念願を果すべく角川文庫を発刊する。これまで刊行されたあらゆる全集叢書文庫類の長所と短所とを検討し、古今東西の不朽の典籍を、良心的編集のもとに、廉価に、そして書架にふさわしい美本として、多くのひとびとに提供しようとする。しかし私たちは徒らに百科全書的な知識のジレッタントを作ることを目的とせず、あくまで祖国の文化に秩序と再建への道を示し、この文庫を角川書店の栄ある事業として、今後永久に継続発展せしめ、学芸と教養との殿堂として大成せんことを期したい。多くの読書子の愛情ある忠言と支持とによって、この希望と抱負とを完遂せしめられんことを願う。

一九四九年五月三日

角川文庫ベストセラー

ザ・コストカッター　黒木亮名うてのコストカッター・蛭田が大手スポーツ用品メーカーの新社長に就任。やがて始まる非情のリストラに対抗したのはニューヨークのカラ売り屋だった。熾烈を極めた両者の闘いの行方は……!?

エネルギー（上）（下）　黒木亮サハリンの巨大ガス田開発、イランの「日の丸油田」、エネルギー・デリバティブで儲けようとする投資銀行。世界のエネルギー市場で男たちは何を見たのか。壮大な国際ビジネス小説。

新版 リスクは金なり　黒木亮駅伝に打ち込んだ大学時代、国際金融マンとして経験した異文化、人生の目標の見つけ方、世界の街と食……。海外生活30年の経済小説家がグローバルな視点で書いた充実のエッセイ集。書籍未発表作品を多数収録。

鉄のあけぼの（上）（下）　黒木亮敗戦国・日本に、世界最新鋭の製鉄所をうち建て、高度経済成長の扉を開いた伝説の経営者・西山弥太郎。病に斃れる最期の瞬間まで最高の鉄づくりに執念を燃やした〝鉄のパイオニア〟の生涯を描く大河小説。

小説日本銀行　城山三郎エリート集団、日本銀行の中でも出世コースを歩む秘書室の津上。保身と出世のことしか考えない日銀マンの虚々実々の中で、先輩の失脚を見ながら津上はあえて困難な道を選んだ。

角川文庫ベストセラー

価格破壊
城山三郎

戦中派の矢口は激しい生命の燃焼を求めてサラリーマンを廃業、安売りの薬局を始めた。メーカーは安売りをやめさせようと執拗に圧力を加えるが……大手スーパー創業者をモデルに話題を呼んだ傑作長編。

危険な椅子
城山三郎

化繊会社社員乗村は、ようやく渉外課長の椅子をつかむ。仕事は外人バイヤーに女を抱かせ、闇ドルを扱うことだ。やがて彼は、外為法違反で逮捕される。ロッキード事件を彷彿させる話題作！

辛酸《しんさん》
田中正造と足尾鉱毒事件
城山三郎

足尾銅山の資本家の言うまま、渡良瀬川流域谷中村を鉱毒の遊水池にする国の計画が強行された！ 日本最初の公害問題に激しく抵抗した田中正造の泥まみれの生きざまを描く。

百戦百勝
働き一両・考え五両
城山三郎

春山豆二は生まれついての利発さと大きな福耳から得た耳学問から徐々に財をなしてゆく。株世界に規則性を見出し、新情報を得て百戦百勝。〝相場の神様〟といわれた人物をモデルにした痛快小説。

大義の末
城山三郎

天皇と皇国日本に身をささげる「大義」こそ自分の生きる道と固く信じて死んでいった少年たちへの鎮魂歌。青年の挫折感、絶望感を描き、〝この作品を書くために作家を志した〟と著者自らが認める最重要作品。

角川文庫ベストセラー

仕事と人生　城山三郎

「仕事を追い、猟犬のように生き、いつかはくたびれた猟犬のように果てる。それが私の人生」。日々の思いをあるがままに綴った著者最晩年、珠玉のエッセイ集。

重役養成計画　城山三郎

平凡な一社員の大木泰三は、ある日重役候補生の1人に選ばれた。派閥に属さず立身出世とは無関係の彼に、虚々実々の毎日が始まる――。現代のサラリーマンへの痛烈な批判を含みながらユーモラスに描く快作。

ナミヤ雑貨店の奇蹟　東野圭吾

あらゆる悩み相談に乗る不思議な雑貨店。そこに集う、人生最大の岐路に立った人たち。過去と現在を超えて温かな手紙交換がはじまる……張り巡らされた伏線が奇蹟のように繋がり合う、心ふるわす物語。

ラプラスの魔女　東野圭吾

遠く離れた2つの温泉地で硫化水素中毒による死亡事故が起きた。調査に赴いた地球化学研究者・青江は、双方の現場で謎の娘を目撃する――。東野圭吾が小説の常識をくつがえして挑んだ、空想科学ミステリ！

顔・白い闇　松本清張

有名になる幸運は破滅への道でもあった。役者が抱える過去の秘密を描く「顔」、出張先から戻らぬ夫の思いがけない裏切り話に潜む罠を描く「白い闇」の他、「張込み」「声」「地方紙を買う女」の計5編を収録。

角川文庫ベストセラー

小説帝銀事件　新装版　松本清張占領下の昭和23年1月26日、豊島区の帝国銀行で発生した毒殺強盗事件。捜査本部は旧軍関係者を疑うが、画家・平沢貞通に自白だけで死刑判決が下る。昭和史の闇に挑んだ清張史観の出発点となった記念碑的名作。

山峡の章　松本清張昌子は九州旅行で知り合ったエリート官僚の堀沢と結婚したが、平穏で空虚な日々ののちに妹伶子と夫の失踪が起こる。死体で発見された二人は果たして不倫だったのか。若手官僚の死の謎に秘められた国際的陰謀。

水の炎　松本清張東都相互銀行の若手常務で野心家の夫、塩川弘治との結婚生活に心満たされぬ信子は、独身助教授の浅野を知る。彼女の知的美しさに心惹かれ、愛を告白する浅野。美しい人妻の心の遍歴を描く長編サスペンス。

死の発送　新装版　松本清張東北本線・五百川駅近くで死体入りトランクが発見された。被害者は東京の三流新聞編集長・山崎。しかし東京・田端駅からトランクを発送したのも山崎自身だった。競馬界を舞台に描く巨匠の本格長編推理小説。

失踪の果て　松本清張中年の大学教授が大学からの帰途に失踪し、赤坂のマンションの一室で首吊り死体で発見された。自殺か他殺か。表題作の他、「額と歯」「やさしい地方」「繁盛するメス」「春田氏の講演」「速記録」の計6編。

角川文庫ベストセラー

松本清張の日本史探訪　松本清張

独自の史眼を持つ、社会派推理小説の巨星が、日本史の空白の真相をめぐって作家や碩学と大いに語る。日本の黎明期の謎に挑み、時の権力者の政治手腕を問う。聖徳太子、豊臣秀吉など13のテーマを収録。

聞かなかった場所　松本清張

農林省の係長・浅井が妻の死を知らされたのは、出張先の神戸であった。外出先での心臓麻痺による急死とのことだったが、その場所は、妻から一度も聞いたことのない町だった。一官吏の悲劇を描くサスペンス長編。

潜在光景　松本清張

20年ぶりに再会した泰子に溺れていく私は、その幼い息子に怯えていた。それは私の過去の記憶と関わりがあった。表題作の他、「八十通の遺書」「発作」「鉢植を買う女」「鬼畜」「雀一羽」の計6編を収録する。

男たちの晩節　松本清張

昭和30年代短編集①。ある日を境に男たちが引き起こす生々しい事件。「いきものの殻」「筆写」「遺墨」「延命の負債」「空白の意匠」「背広服の変死者」「駅路」の計7編。「背広服の変死者」は初文庫化。

三面記事の男と女　松本清張

昭和30年代短編集②。高度成長直前の時代の熱は、地道な庶民の気持ちをも変え、三面記事の紙面を賑わす事件を引き起こす。「たづたづし」「危険な斜面」「記念に」「不在宴会」「密宗律仙教」の計5編。